Marion Johanning
Was uns zueinander führt

W0358616

TINTE & FEDER

Das Buch

Westfalen, 1956: Nach der Vertreibung lebt Luise mit ihrer Familie in der Nähe von Kurstadt in Westdeutschland. Der Rückweg in die schlesische Heimat scheint durch den Eisernen Vorhang für immer versperrt, und Luise hat wenig Hoffnung, dass sie Marian jemals wiedersehen wird. Als sie ihrer Jugendliebe Wolfgang begegnet, fühlt sie sich sofort wieder zu ihm hingezogen. Auch Wolfgang möchte mit Luise zusammen ein neues Leben beginnen und am liebsten alles, was vorher war, vergessen. Doch die Vergangenheit lässt sich nicht so leicht abschütteln. Weder für Wolfgang, der durch seine Kriegserfahrungen traumatisiert ist, noch für Luise, die schon bald feststellen muss, dass es nicht nur die Sehnsucht nach der Heimat ist, die ihrem Herzen zu schaffen macht …

Die Autorin

Marion Johanning lebt als freie Autorin in der Nähe von Köln. Schon lange begleiten sie zwei Leidenschaften: Schreiben und das Interesse für Geschichte. Für ihre historischen Romane recherchiert sie sorgfältig und bereist, wenn immer möglich, die Originalschauplätze. Ihre »Rhein-Trilogie« wurde zur Bestseller-Serie. »Was uns zueinander führt« ist der zweite Band der Reihe »Luise und Marian«.

Marion Johanning

WAS UNS ZUEINANDER FÜHRT

ROMAN

TINTE & FEDER

Zur Erklärung historischer und mundartlicher Begriffe findet sich am Ende des Buches ein Glossar.

Deutsche Erstveröffentlichung bei
Tinte & Feder, Amazon Media EU S.à r.l.
38, avenue John F. Kennedy, L-1855 Luxembourg
Dezember 2021
Copyright © der deutschsprachigen Ausgabe 2021
By Marion Johanning
All rights reserved.

Umschlaggestaltung: zero-media.net, München
Umschlagmotiv: © Inara Prusakova/Shutterstock; © pashabo/Shutterstock
© Nicole Matthews/ArcAngel;
1. Lektorat: Ute Köhler
2. Lektorat: Rainer Schöttle
Korrektorat: Manuela Tiller/DRSVS
Gedruckt durch:
Amazon Distribution GmbH, Amazonstraße 1, 04347 Leipzig /
Canon Deutschland Business Services GmbH, Ferdinand-Jühlke-Straße 7,
99095 Erfurt /
CPI books GmbH, Birkstraße 10, 25917 Leck

ISBN 978-2-49670-784-7

www.tinte-feder.de

Kapitel 1

Kurstadt in Westfalen, im November 1956

Ein kalter Wind pfiff durch die Straßen der Kleinstadt, als Luise mit ihrer Freundin Rita vom Bahnhof über den regennassen Asphalt in die Innenstadt ging. Sie mussten sich beeilen, denn sie waren zu spät. Sie hatten die Bahnstation im Dorf noch rechtzeitig mit ihren Rädern erreicht, aber dann hatte sich ihr Zug verspätet. Ausgerechnet heute.

Die Hauptgeschäftsstraße lag an diesem trüben Sonntagnachmittag ausgestorben vor ihnen. Zu beiden Seiten erhoben sich Fachwerkhäuser mit schwarzen Balken und winzigen Fenstern, manche bedenklich schief mit verwittertem Holz, andere breit und mehrstöckig. In ihnen befanden sich Gastwirtschaften, eine Apotheke, ein paar Läden. Vor einem Buchladen blieb Rita stehen und spähte ins Schaufenster.

»Schau mal, die haben *Perdita*«, rief sie. »Und Pearl S. Buck.« Sie beschirmte ihre Augen mit den Händen.

Luise unterdrückte ein ungeduldiges Seufzen. Ihre Freundin konnte an keinem Buchladen vorbeigehen, ohne ins Schaufenster zu sehen. Das Einzige, was sie sich von ihrem schmalen Verdienst leistete, waren Bücher und manchmal ein Kinobesuch, sonst sparte sie das Geld für ihr Studium. Immer noch trug sie ihren alten Mantel, den sie schon seit Jahren besaß, abgetragene Schuhe und ihre filzige Mütze. Für sie hatte Kleidung nur den einzigen Zweck, sie zu bedecken und warm zu halten, mehr nicht. Luise, die sie heimlich betrachtete, wünschte sich, dass ihre Freundin nicht jeden Pfennig umdrehen müsste und mehr Geld für Kleidung übrig hätte.

Rita presste ihre Stirn gegen die Scheibe. »Da hinten steht ein Lexikon, sechs dicke Bände. Schau doch mal!« Sie winkte Luise heran, ohne sich umzudrehen.

Luise ging zu ihr. »Ach so?«, fragte sie und betrachtete unauffällig ihre eigene Silhouette im Schaufenster. Ihr neuer Mantel saß ebenso tadellos wie ihre selbst gestrickte Mütze, unter der ihr dunkles Haar herabfloss und ihr wellig auf die Schultern fiel. Sie trug es länger, als es jetzt modern war, um sich von der Masse der jungen Frauen auf den samstäglichen Tanzveranstaltungen abzuheben. Trotzdem war sie mit ihren achtundzwanzig Jahren immer noch unverheiratet, denn nach ihrer heimlichen Liebe zu Marian hatte sie sich nicht mehr verliebt.

Ihr Blick fiel auf ihre Halbschuhe.

»Sag mal, gehen meine Schuhe eigentlich noch?«, fragte sie.

»Was?« Rita sah kurz auf Luises Halbschuhe hinunter. »Na klar gehen die noch. Du hast sie doch erst kürzlich neu besohlen lassen.« Sie sah wieder ins Schaufenster.

»Aber sie sehen abgetragen aus«, wandte Luise ein.

»Was du immer hast«, murmelte Rita, ohne den Blick abzuwenden. »Du siehst hervorragend aus.«

Luise glaubte ihr nicht. Für Rita waren ihre Schuhe sicher in Ordnung, aber sie wollte auf keinen Fall einen ärmlichen Eindruck machen. Nichts sollte mehr an die armen Jahre nach ihrer Ankunft erinnern, in denen die Jungen ihnen *Lumpenpack* hinterhergerufen hatten und ihre Geschwister von den Mitschülern als *Pollacken* beschimpft worden waren. Diese

Worte hatten sich in ihr Gedächtnis gebrannt, ebenso wie das Gefühl, etwas Schlechtes zu sein, minderwertig und arm. Da halfen auch nie die Gedanken, dass sie ja nichts dafürkonnten, vertrieben worden zu sein. Da half nur, nicht mehr daran zu denken, und der Wille, allen zu zeigen, dass man sehr wohl ein ordentlicher Mensch war. Jemand, der nicht in Lumpen ging – ganz im Gegenteil.

Luise nahm sich vor, sich ein neues Paar Schuhe zu kaufen, sobald sie es sich leisten konnte. »Komm, wir müssen weiter«, sagte sie nach einem Blick auf ihre Armbanduhr, hakte Rita unter und zog sie vom Schaufenster weg. »Sie wartet seit 'ner halben Stunde auf uns. Der Kaffee ist sicher schon kalt.«

»Jaja, ich komm schon«, meinte Rita und ließ sich widerstrebend wegziehen.

»Ob sie wohl wieder Plätzchen gebacken hat?«

»Hoffentlich. Ich liebe ihr Spritzgebäck. Aber natürlich auch ihren Mohnkuchen.«

»Der ist der beste«, stimmte Luise zu. »Er schmeckt nach Heimat.«

Rita nickte. Sie verließen die Hauptgeschäftsstraße und bogen in eine Seitengasse ein. Hier war es still bis auf das Klacken ihrer Absätze auf dem Bürgersteig. Vor dem kleinen Hutladen hielt Luise inne und betrachtete die Auslage: Hüte nach der neuesten Mode, Handschuhe, Schals. Sehnsüchtig beäugte sie ein paar schwarze Lederhandschuhe, deren Preis weit jenseits dessen lag, was sie sich leisten konnte. Nun war es Rita, die sie weiterzog. »Komm, es ist unhöflich, sie noch länger warten zu lassen.«

Luise riss sich von dem verlockenden Anblick los. Vor dem Kurzwarenladen ein paar Häuser weiter machten sie Halt, und Rita klingelte an einem Schild mit der Aufschrift *Fam. Steidler*.

»Familie?«, wunderte sich Luise. »Sie lebt doch allein, oder nicht?«

»Na ja, wir waren ein Jahr nicht mehr hier, seitdem kann sich viel geändert haben«, meinte Rita und zwinkerte ihr zu. In diesem Augenblick sprang die Haustür mit einem Surren auf. Luise wunderte sich, dass so ein altertümliches Haus so etwas Modernes wie einen elektrischen Türöffner besaß. Aber er war sehr praktisch für eine alte Dame, die im Dachgeschoss wohnte. Sie stiegen die abgetretene Treppe hinauf, die bei jedem Schritt laut knarrte. Frau Steidler erwartete sie schon vor der Tür ihrer kleinen Wohnung.

»Kinder, da seid ihr ja. Jetzt aber nei mit euch.« Sie strahlte über ihr kleines, von vielen Fältchen durchzogenes Gesicht. Ihr weißes Haar trug sie zu einem akkuraten Knoten im Nacken gebunden. Früher war es einmal schwarz gewesen und Frau Steidler eine hübsche Frau, die nur deswegen älter ausgesehen hatte, weil sie sich altmodisch gekleidet hatte. In Lindenau hatte sie neben ihnen gewohnt. Während der polnischen Besatzung hatten Rita und Luise ihr heimlich etwas zu essen gebracht, und nun revanchierte sich Frau Steidler dafür, indem sie sie jedes Jahr in der Adventszeit zum Kaffee einlud. Sie nahm ihnen die Mäntel ab und führte die beiden in ihr Wohnzimmer. Es war wohl das einzige Zimmer der Wohnung außer dem winzigen Vorraum. Auf dem Esstisch in der Mitte wartete schon der Kuchen, und es roch verlockend nach Kaffee. In dem kleinen, gusseisernen Kanonenofen brannte ein Feuer.

Sie überreichten der Gastgeberin ihre Geschenke – Luise den Holunderwein ihrer Mutter und Rita ein Glas Erdbeermarmelade –, und Frau Steidler bedankte sich und bot ihnen einen Platz auf den zusammengewürfelten Stühlen am Tisch an.

»Danke, aber darf ich mir erst mal die Hände wärmen?« Luise deutete auf den Ofen.

»Aber natürlich, Kind, fühl dich wie zu Hause«, erwiderte Frau Steidler.

Luise ging zum Ofen und hielt ihre Hände vor das Feuer. Frau Steidler hatte sie wieder *Kind* genannt. Sie fühlte Wehmut aufsteigen, wie immer, wenn sie hier war und an früher denken musste. An das alte kleine Haus der Steidlers, das sie von ihrem Aussichtsposten hinter der Scheune ihres Bauernhofes hatte sehen können. An den ordentlichen Gemüsegarten mit der Bank, auf der Herr Steidler, ihr Lehrer, manchmal in der Sonne gesessen und gelesen hatte. Sie hatte immer noch die Melodien im Ohr, die er abends oft auf seinem Klavier gespielt hatte – verbotene Jazzmusik und andere, melancholisch klingende Lieder, die er sonst nie zum Besten gab, weder in der Schule noch auf den Veranstaltungen im Dorf. Luise musste an jenen eiskalten Januartag denken, an dem sie ihren Vater zum Bahnhof gebracht hatten, nachdem er zum Volkssturm einberufen worden war. Das war das letzte Aufgebot gewesen. Ihr Vater war zurückgekehrt. Herr Steidler nicht.

»Ihr Armen musstet den weiten Weg hierher in der Kälte machen«, sagte Frau Steidler. »Seid ihr mit den Rädern gefahren?«

»Erst ja und dann weiter mit der Bahn«, antwortete Rita. »Aber das sind wir gewöhnt, wir müssen doch jeden Tag bei Wind und Wetter raus.«

Luise hörte nicht weiter zu. Sie sah auf das Bett der Lehrersfrau, das in einer Ecke hinter dem Ofen stand. Eine Decke lag darüber, wohl um den Anschein zu erwecken, es wäre ein Sofa. Auf dem Nachtschränkchen daneben stand ein holzgerahmtes Foto von Herrn Steidler in jungen Jahren. Es war das Foto, das bei seiner Trauerfeier auf dem Klavier gestanden hatte, mit einer schwarzen Schleife versehen. Daneben stand ein Foto von Wolfgang, Frau Steidlers Sohn, in Wehrmachtsuniform. Ein späteres von ihm – es musste kurz nach seiner Rückkehr aus russischer Kriegsgefangenschaft aufgenommen worden sein und berührte Luise immer besonders – zeigte einen dünnen, traurig aussehenden jungen Mann in Anzug mit schwarzer Krawatte. Es war das Foto, das sie nie versäumte anzusehen, wenn sie hier zu Besuch war. Daneben stand das jüngste Foto von ihm – ein Sommerbild, sicher irgendwo im Park aufgenommen: Wolfgang und seine Verlobte, eine hübsche, schlanke Brünette in einem schönen Kleid. Dieses Foto bereitete Luise immer wieder Verdruss und stachelte sie an, noch mehr auf ihr Äußeres zu achten und auf neue Kleider zu sparen.

Sie riss sich los und wandte sich um. Rita ließ sich schon eine Tasse Kaffee von Frau Steidler einschenken. Es würde ein gemütlicher Nachmittag werden.

»Wie geht es deinen Eltern?«, fragte Frau Steidler sie, nachdem Luise sich auf einem Stuhl mit grünem Bezug niedergelassen hatte.

»Ganz gut«, meinte sie und beäugte den Mohnkuchen mit seinen Streuseln auf der saftigen Schicht Mohn. »Papa hat sich den Arm gebrochen und konnte ein paar Wochen nicht arbeiten.«

»Ist er immer noch in der Ziegelei?«, fragte Frau Steidler und schenkte Kaffee in schalenartige Tassen aus dünnem Porzellan ein.

»Ja. Der Unfall ist bei der Arbeit passiert, aber die waren nicht versichert, und so hat er nichts von der Berufsgenossenschaft bekommen.« Sie redete mechanisch, während sie das Goldrand-Service betrachtete. Es musste neu sein. Wie konnte Frau Steidler sich von ihrer schmalen Witwenrente so ein teures Service leisten? Seit der Vertreibung wohnte sie in dieser winzigen Wohnung und trug nur selbst genähte Kleider. Etwas musste geschehen sein. Während sie noch überlegte, was das sein könnte, beantwortete sie die Fragen der Lehrersfrau nach ihrer Mutter. »Mama geht es gut, sie strickt jetzt wieder mehr, wo sie weniger Arbeit hat.«

»Ist sie noch auf diesem Gut …?«

»Gut Lohwald, ja. Aber im Winter ist da weniger zu tun. Die Gutsarbeit geht erst im Frühjahr wieder los.«

»Sie ist bestimmt froh über die Winterpause«, meinte Frau Steidler und deutete auf den Kuchenteller. »Darf ich euch Mohnkuchen auftun?«

»Aber natürlich«, sagten die beiden wie aus einem Munde. Frau Steidler wandte sich Rita zu und fragte sie aus. Luise fiel auf, dass die Lehrersfrau anders aussah als sonst. Ihre Wangen schimmerten rötlich, und auf ihrem kleinen Gesicht lag ein zufriedener Ausdruck, der nicht allein von der Freude über ihr Wiedersehen herrühren konnte. Es musste noch etwas anderes sein.

Ein lautes, kurzes Scheppern erklang im Flur.

»Entschuldigt bitte.« Frau Steidler nickte ihnen zu und erhob sich rasch. Sie ging in den Vorraum und lehnte die Tür hinter sich an.

Luises Herz begann, rascher zu schlagen. Sie bemerkte Ritas fragenden Blick und schüttelte den Kopf. Nein, sie wusste auch nichts von einem weiteren Besucher, aber sie hatte eine Ahnung.

Sie hörte, wie jemand schnell die knarrende Treppe im Hausflur heraufkam. Durch die angelehnte Tür beobachtete sie, wie ein Mann Frau Steidler umarmte, auf die Wange küsste und ein paar leise Worte mit ihr wechselte. Sie sah seine schlanke Gestalt und seinen grauen Mantel, den er auszog und an die Garderobe hängte, und als es ihr dämmerte, wer er war, wurde die Tür aufgestoßen und Wolfgang erschien im Wohnzimmer. Einen Augenblick blieb er stehen, dann kam er rasch auf sie zu. »Luise, wie schön, dich wiederzusehen.« Er reichte ihr die Hand.

Luise starrte auf das blau-weiße Würfelmuster seines Pullunders, den er über seiner grauen Hose trug. Sie fühlte, wie seine kalte Hand die ihre fest umschloss. Sein Gesicht war männlicher geworden, sein blondes Haar nachgedunkelt und etwas schütterer, mit einem silbernen Glitzern an den Schläfen. Sein Lächeln war immer noch wie früher.

Sie erwiderte seinen festen Händedruck. »Wolfgang, ich freue mich, dich wiederzusehen«, hörte sie sich sagen. Sie fühlte, wie ihr Herzschlag sich beschleunigte.

Sie beobachtete ihn, wie er Rita begrüßte, ein paar Worte mit ihr wechselte und zum Schrank ging, um sich ein Gedeck des Goldrand-Services herauszunehmen und auf den Tisch zu stellen. Er war kleiner, als sie ihn in Erinnerung hatte, aber immer noch schlank und muskulös. Kein Gramm Fett zu viel. Er bewegte sich mit jener selbstsicheren Gelassenheit, die sich ihrer Wirkung auf andere bewusst war und die Luise schon früher an ihm bewundert hatte, als er noch Kameradschaftsführer gewesen war. Er sah sie an, als seine Mutter ihm Kaffee einschenkte. »Meine Güte, wie lange ist das jetzt her, dass wir uns das letzte Mal gesehen haben?«, fragte er.

»Zwölf Jahre. Herbst 1944.«

Er schluckte, wobei sein Adamsapfel über dem Hemd auf und ab hüpfte, während er sie weiter betrachtete. »Ach ja, das muss bei meinem letzten Heimaturlaub gewesen sein, bevor wir mit der Division im Wartheland waren. Was für ein kalter Winter, nur Schnee überall, und wir hatten gedacht, wir könnten das Ruder noch mal rumreißen.« Seine Stimme wurde leiser, und er sah durch sie hindurch, als würde er die Weite einer Landschaft vor sich sehen oder ein imaginäres Schlachtfeld.

Luise erschauerte. »Das ist lange her«, sagte sie und sah auf ihren Mohnkuchen hinunter.

Frau Steidler legte die Hand auf die Schulter ihres Sohnes und lächelte stolz. »Ist das nicht eine schöne Überraschung, Kinder? Die Mädchen wussten nicht, dass du heute kommst, Wolfgang.« Sie lächelte wie ein Kind nach einem gelungenen

Streich, während sie allen Kaffee nachschenkte, Kuchen auftat und sich wieder auf ihrem Stuhl niederließ.

»Die Überraschung ist dir gelungen, Mama.« Er legte die Gabel beiseite und nahm den Kuchen in die Hand. »Weißt du noch, als wir zusammen euren Mohnkuchen gegessen haben, Luise? Oben auf den Falkensteinen.« Er biss ein Stück ab und legte den Kuchen wieder auf den Teller, als wäre es völlig normal, ihn so zu essen und nicht mit der Gabel. Er zwinkerte Luise zu.

Luise fühlte, wie sie rot wurde. An jenem Tag hatten sie sich auf der Aussichtsplattform der Falkensteine geküsst. Es war der erste Kuss ihres Lebens gewesen. Später hatte er ihr gesagt, dass er sich für die Offiziersschule in Erfurt gemeldet hatte und bald weggehen würde. Eine Welt war damals für sie zusammengebrochen. Und jetzt sprach er sie einfach wieder darauf an, vor allen anderen. Er war immer noch frech wie früher. Wenn das seine Art war, wieder mit ihr zu flirten, dann hatte er sich gründlich geirrt. Sie war nicht mehr das dumme, junge Mädchen, das sich leicht verliebte und leicht verletzt werden konnte. Sie war eine erwachsene Frau.

»Damals hast du mir gesagt, dass du Offizier werden und in den Krieg gehen willst«, erwiderte sie. Ihre Stimme hörte sich heiser an.

Eine Weile blieb es still. Nur das leichte Klirren der Gabeln auf den Tellern und das Brausen des Feuers im Ofen waren zu hören. Wolfgang hatte sich zurückgelehnt und musterte sie unbeeindruckt, während er kaute und den Bissen hinunterschluckte. »Zum Glück sind diese Zeiten vorbei, nicht? Du siehst gut aus, Luise«, meinte er unverblümt. »Meine Mutter hat mir viel von euch erzählt. Ich freue mich, dass ihr hier gut Fuß gefasst habt.«

»Wir kommen zurecht«, sagte Luise, die nun froh war, dass sie ihren neuen grünen Pullover trug, den ihre Mutter ihr gestrickt hatte und der ihr ausgezeichnet stand. »Wir sind alle in Lohn und Brot, das ist das Wichtigste.« Sie überwand ihre Befangenheit und lächelte. Offenbar beeindruckte ihn das; er beugte sich nach vorn, nahm einen Schluck Kaffee, wobei er sie über den Rand der Kaffeetasse hinweg ansah. Dann wandte er sich an Rita. »Es tut mir leid, was mit deinem Vater passiert ist. Ich habe seine Predigten immer gern gehört.«

Rita nickte und rührte Milch in ihren Kaffee. Auch sie schien befangen in Wolfgangs Gegenwart zu sein, was Luise erstaunte, denn ihre Freundin war eigentlich nie befangen. Aber Rita gewann ihre Selbstsicherheit schnell wieder zurück. »Ich war froh, dass Familie Reich mich nach dem Tod meines Vaters aufgenommen hat«, sagte sie mit einem dankbaren Blick auf Luise. »Leider habe ich ja keine Verwandten mehr, ich hätte gar nicht gewusst, wohin ich gehen soll.«

Wolfgang sah von Rita zu Luise. »Meine Mutter sagt, ihr beide habt ihr in der Besatzungszeit sehr geholfen.«

»In diesen Zeiten musste man sich doch helfen«, meinte Rita.

»Das sahen aber nicht alle so«, erwiderte Wolfgang. »Ich habe gehört, dass du deinen Oberschulabschluss nachholst?«

»Ja, ich bin dabei. Nächsten Sommer habe ich Prüfung. Es ist spät, aber ich musste erst lange darauf sparen.«

Wolfgang nickte anerkennend. »Was machst du, wenn du fertig bist?«

»Ich weiß es noch nicht. Ich möchte gern studieren, aber … Ich hoffe auf ein Stipendium.«

»Was willst du denn studieren?«

»Theologie.«

Wolfgang zog die Augenbrauen hoch. »Oh, das ist sehr … interessant. Möchtest du Pfarrerin werden?«

»Vielleicht.« Rita lächelte stolz, und auch Luise war stolz auf ihre strebsame Freundin.

»Was machst du jetzt?«, wollte er von Luise wissen.

»Ich arbeite in einer Gardinenfabrik. Und du?«, fragte sie rasch, ehe er sie weiter über ihre verhasste Arbeit ausfragen konnte. »Bist du immer noch in München bei diesem ... Bundesamt?«

Er trank einen großen Schluck Kaffee, und Frau Steidler sprang für ihn in die Bresche. »Wolfgang ist jetzt Offizier bei der Bundeswehr«, erzählte sie stolz. »Seit Anfang des Jahres schon. Sie haben ihn gleich als Leutnant eingestellt. Er ist hier in der Kaserne.«

Wolfgang lehnte sich zurück und verschränkte die Arme vor seinem Pullunder. Er sah zufrieden aus.

Luise begegnete seinem Blick. »Dann bist du also jetzt wieder Offizier.«

»Ich war es immer«, sagte er nur, während er ihrem Blick standhielt. »Die Bundeswehr sucht erfahrene Männer.«

»Deine Mutter hat erzählt, dass du in den letzten Jahren etwas anderes gemacht hast«, erwiderte Luise. Jetzt erst bemerkte sie eine kleine, verblasste Narbe an seiner Stirn.

»Stimmt. Aber mit der Zeit habe ich gemerkt, dass es nicht das Richtige für mich war. Ich muss jetzt hier in der Ausbildungskompanie eine kurze Ausbildung für die neue Bundeswehr machen, ehe es weitergeht«, erklärte Wolfgang.

»Ah. Dann wohnst du also ...?«

»... in der Kaserne. Und an den Wochenenden bei meiner Mutter.« Er schenkte Luise ein Lächeln, das sie aber nicht erwiderte. Sie fragte sich, wo seine Verlobte war.

»Bist du aus München weggezogen?«, fragte Rita überrascht.

»Ja. Man könnte sagen, ich habe meine Segel neu gesetzt. Hin und wieder muss man das tun«, meinte er vielsagend. »Meine Mutter freut sich, dass ich hierhergekommen bin, nicht wahr, Mama?«

Frau Steidler nickte. »Möchtet ihr noch Kaffee?«

Rita und Luise lehnten ab, aber er ließ sich seine Tasse noch mal füllen. Während sie Kirschlikör tranken und Frau Steidlers Spritzgebäck aßen, fragte sich Luise, ob Wolfgangs Verlobung wohl gelöst worden war, aber sie wagte es nicht, ihn danach zu fragen. Es wäre viel zu plump gewesen, ihn direkt darauf anzusprechen. Sie würde es schon noch erfahren. Steif saß sie da und achtete sorgfältig auf ihre Tischmanieren, die sie einmal mit ihrer Nachbarin extra für solche Gelegenheiten eingeübt hatte. Sie hielt sich aufrecht, trank nicht hastig und lobte das Gebäck und den Likör.

Als er ihr beim Abschied in den Mantel half, überlief sie ein Schauer. »Dann werdet ihr euch nun bestimmt öfter sehen?«, fragte Frau Steidler erwartungsvoll, ehe sie gingen.

»Vielleicht«, meinte Luise.

Wolfgang schluckte. »Seid ihr nächste Woche auf dem Winterball im Kolpinghaus?«, fragte er hastig.

»Ja, da wollten wir hingehen«, sagte Luise. »Nicht wahr, Rita?«

Rita nickte sofort, obwohl sie noch nicht darüber gesprochen hatten.

Wolfgang lächelte. »Dann sehen wir uns dort«, sagte er.

Luise fühlte, dass er ihnen hinterhersah, als sie die knarrende Treppe im Hausflur hinunterliefen, und sie spürte wieder das feine Prickeln im Nacken.

Kapitel 2

»Er mag dich«, meinte Rita, als sie durch die dunkle Innenstadt zurück zum Bahnhof liefen. Ein paar Laternen warfen ihren Schein auf das regennasse Pflaster. Darüber verschmolzen die Konturen der Fachwerkhäuser mit dem Abendhimmel.

»Meinst du?«

»Ja, ich glaube schon.«

Doch Luise hatte ihre Zweifel. Sie war sich schon einmal sicher gewesen, dass Wolfgang sie mochte, und enttäuscht worden.

»Ich weiß nicht«, meinte sie. »Glaubst du, er ist noch verlobt?«

»Nein.«

»Warum nicht?«

»Frau Steidler hat doch schon lange nicht mehr von der Verlobung gesprochen«, meinte Rita. »Ich glaube, sie ist aufgelöst worden. Hast du nicht gemerkt, wie sie sich gefreut hat, dass wir alle wieder zusammen waren? Sie hatte bestimmt Hintergedanken.«

Luise vergrub ihr Kinn tief in ihrem Schal. Rita hatte wahrscheinlich recht. Sie hatte es ebenfalls bemerkt. »Du meinst, sie will ihren unverheirateten Sohn unter die Haube bringen?«

»Genau das.« Rita lachte leise. »Was denkst du? Sie will Großmutter werden.«

»Aber sie kann doch nicht im Ernst glauben, dass der eine von uns alten Jungfern will«, versetzte Luise und lachte kurz und bitter auf. »Meine Mutter liegt mir schon seit Jahren in den Ohren, ich solle mir endlich einen Mann suchen.«

»Ich weiß doch«, sagte Rita. Sie sah Luise von der Seite an. Luise erwiderte kurz ihren Blick und sah schnell wieder weg. Sie mochte nicht mehr so angesehen werden – verständnisvoll und mitfühlend. Früher hatten ihr Ritas Blicke gutgetan, sie hatten sie durch Jahre gebracht, in denen sie oft geglaubt hatte, den Lebensmut zu verlieren. Aber jetzt, wo sie sich in ihrem neuen Leben eingerichtet hatte und es ihr wieder besser ging, wo überall zu sehen war, dass alles besser wurde, wollte sie kein Mitgefühl mehr. Sie wollte nicht, dass jemand sie bemitleidete, und schon gar nicht wollte sie, dass jemand in sie hineinsehen konnte und sie womöglich besser kannte als sie selbst. Sicher hatte Rita sie auch jetzt wieder längst durchschaut und wusste, dass sie es alles andere als lustig fand, mit ihren achtundzwanzig Jahren längst über das beste Heiratsalter hinaus zu sein und immer noch nicht den richtigen Mann gefunden zu haben.

»Wir erzählen meiner Mutter nicht, dass wir Wolfgang wiedergesehen haben«, bestimmte sie. »Sonst macht sie sich nur Hoffnungen und stellt mir tausend Fragen.«

»Aber sie will doch bestimmt wissen, was Frau Steidler erzählt hat«, wandte Rita ein.

»Ja, sie will immer alles wissen«, erwiderte Luise verdrossen. »Wir können's ihr ja eines Tages erzählen, später. Ich hab keine Lust auf ihre Fragen. Lass es uns noch eine Zeit lang verstecken, bitte!«

Ihre Freundin lief eine Weile schweigend neben ihr her. »Wie du meinst«, sagte sie dann. »Erzählen wir ihr nichts.«

Sie fuhren mit dem Zug nach Rittelsbeck und von dort mit den Rädern ein paar Kilometer zu ihrer Baracke am Rittelsbecker Busch. Es war inzwischen stockdunkel, nur durch die zugezogenen Vorhänge des kleinen Küchenfensters drang noch Licht. Nebenan bei Ossacks war alles dunkel. Wahrscheinlich war Frau Ossack zu ihrem Freund ins Ruhrgebiet gefahren.

Luises Mutter ließ sie hinein und schloss schnell die Tür, damit nicht zu viel kalte Luft in die schlecht isolierte Baracke kam. Der Kanonenofen verbreitete Wärme in der Küche, die noch ein wenig für das angrenzende Schlafzimmer der Eltern reichte. Der Geruch nach Braten hing noch im Raum. Weil Sonntag war und der Freund ihrer Schwester Helene zum Essen da gewesen war, hatte es mittags Kaninchenbraten mit Klößen und Sauerkraut gegeben. Nun deckten ihre Mutter und Helene gerade den Tisch für das Abendbrot, während Luises Bruder Manfred bäuchlings neben dem alten Kleiderschrank auf dem Sofa lag und las. Er sah nur einmal kurz auf, als Luise und Rita hereinkamen.

»Da kommen wir ja gerade richtig«, meinte Luise und hängte ihren Mantel an den Haken.

»Nein, ihr seid zu spät«, versetzte ihre Mutter und musterte sie kurz von oben bis unten. »Wie war es denn?«, wollte sie wissen, nahm ein paar Teller aus dem Regal und verteilte sie auf dem Tisch. »Alfred, bitte mach Platz.« Sie zupfte an dem großen Blatt Papier, das ausgebreitet vor Luises Vater auf dem Esstisch lag. Doch er hörte nicht auf sie. Er sah über seinen Brillenrand hinweg zu Luise und winkte sie heran.

»Hast du den Plan? Lass mal sehen.« Luise überließ es Rita, ihrer Mutter vom Kaffeekränzchen bei Frau Steidler zu erzählen, und setzte sich neben ihren Vater auf den Küchenstuhl. Vor ihm auf dem Blatt waren zahlreiche helle Vierecke inmitten eines rechten Winkels zweier Straßen eingezeichnet. »Welches ist es?«, fragte sie.

Ihr Vater studierte den Plan und antwortete nicht.

»Papa«, drängte sie. »Zeig's mir! Wo ist es denn?«

Endlich deutete er auf eine Stelle. »Hier. Das mit dem meisten Land von denen, die übrig geblieben sind.«

Luise starrte auf den kleinen weißen Flecken, der am Ende einer schmalen Zufahrtsstraße lag. Ihr neues Haus. Sie mochte es nicht glauben. »Sieht gut aus«, hörte sie sich mit fremder Stimme sagen. »Wann ist es fertig?«

Er zuckte mit den Schultern. »Wenn alles gut geht, in einem Jahr.«

In einem Jahr. Nach zehn Jahren in der Baracke würden sie endlich wieder ein Haus haben, dank des Lastenausgleichs der Bundesregierung und ihren herübergeretteten und hart erarbeiteten Ersparnissen.

»Vielleicht können wir nächstes Jahr Weihnachten schon im neuen Haus feiern«, meinte Helene und stellte einen Teller demonstrativ auf den Plan. Ihr Vater setzte die Brille ab und rieb sich das Gesicht. Er sah müde aus. Seine Haut wirkte blass unter dem silbernen Haar, und er hatte einen großen Altersflecken an der linken Schläfe. Seit einigen Jahren musste er eine Lesebrille tragen. Er stieß Luise leicht in die Seite und zwinkerte ihr zu. »Freust du dich nicht?«

»Doch, doch«, beeilte sie sich zu versichern. »Ich muss mich erst noch dran gewöhnen.«

»Tja, wir hatten nicht so gute Beziehungen wie die, die im BHE sind«, meinte er. »Aber ich denke, wir haben's noch gut getroffen, nicht, Johanna?«

Luises Mutter trat an den Tisch und nickte flüchtig. »Alfred, bitte, das haben wir doch schon den ganzen Nachmittag beredet. Wir wollen jetzt essen.« Sie sah ihren Mann vorwurfsvoll an, während sie das Brotkörbchen auf den Tisch stellte. Ihr Haar hatte immer noch mehr Blond als Grau. Das Sonntagskleid hing weit an ihrer mageren Gestalt herab und schien nur durch die Schürze gehalten zu werden. Luise dachte, dass sie sie in den letzten Jahren immer nur mit Schürze gesehen hatte. Ihre Mutter hätte eigentlich noch schön sein können, wenn sie mehr auf ihr Äußeres achtgegeben hätte. Aber es schien ihr nichts zu bedeuten. Sie trug immer noch dieselbe Frisur wie seit Jahren und Kleider aus billigem Stoff, die sie sich von ihrer Nachbarin Frau Ossack, die Schneiderin war, nähen ließ.

Luises Vater seufzte und rollte den Plan zusammen, nachdem er ihn unter dem Teller hervorgezogen hatte. Dann erhob er sich und legte ihn wieder oben auf das Küchenregal zurück.

»Manfred, wir essen!«, rief ihre Mutter. »Reiß dich los und komm.«

Widerwillig erhob sich Luises Bruder vom Sofa – oder besser gesagt von dem, was ihnen als Sofa diente: eine ehemalige Krankentrage aus dem Krieg, die ihr Vater mit Holzbeinen höhergesetzt hatte und deren Sitzfläche ein selbst genähter und gestopfter Strohsack war. Rita ging zu ihm. »Was liest du denn da wieder für Schundheftchen, Manfred?«, fragte sie. »Wieder Jerry Cotton?«

»Das ist kein Schund«, verteidigte sich Manfred. »Das ist total spannend.«

»Wie wäre es denn mal mit richtigen Romanen?«, stichelte Rita.

Manfred verdrehte die Augen. »Lass mich doch lesen, was ich will.« Er warf sein Heft auf die Liege und stand auf. Rita seufzte.

Jeder setzte sich auf seinen angestammten Platz. Der Vater saß vor Kopf, daneben die Mutter, ihr gegenüber Luise, dann folgten Helene, Manfred und schließlich Rita – sie saßen in der Reihenfolge, wie sie in die Familie gekommen waren – mit einer Ausnahme. Traurig sah Luise auf den leeren Platz ihrer Oma, auf dem jetzt Helenes Freund saß, wenn er bei ihnen war. Sie vermisste sie sehr. Im Krieg war sie eine Heldin gewesen. Als sie nach der Vertreibung hierhingekommen waren und man ihnen die Baracke am Waldrand zwischen zwei Dörfern zugewiesen hatte, weil keiner der Bauern eine so große Familie aufnehmen wollte, besorgte sich ihre Oma einen Holzsammelschein und ging in den Wald zum Sammeln. Sie machte sich überall nützlich und half ihnen, in den schweren Jahren nach der Ankunft zu überleben. Aber dann, kurz nachdem sie die Nachricht erhielten, dass sie ein Siedlungshaus am Stadtrand bekommen konnten, wurde sie auf einmal krank. Sie erhob sich nicht mehr von ihrem Krankenlager. Es war, als hätte sie beschlossen zu sterben, weil es für sie als *ala Frau* nun Zeit würde, den Jüngeren Platz zu machen. Vielleicht hatte sie aber auch keine Kraft mehr gehabt und keine Hoffnung mehr, doch noch in der *Heemte* an der Seite ihres Mannes begraben zu werden.

Luise musste daran denken, dass sie die Tischordnung von zu Hause übernommen hatten. Sie saßen so, wie sie auch schon in der Wohnküche ihres Hofes in Lindenau gesessen hatten. Ihre Tischordnung war das, was die Zeiten überdauert hatte. Wenigstens etwas.

»Luise, erzähl doch auch mal was«, forderte ihre Mutter sie auf. »Du hast noch gar nichts gesagt.«

»Stimmt«, pflichtete Helene ihr bei. »Du wirkst so abwesend. War irgendwas Besonderes?«

»Nein«, sagte Luise. »Rita hat euch schon alles erzählt. Es war wie jedes Jahr.«

Aber ihre Schwester ließ nicht locker. »Ist Wolfgang noch in München?«, wollte sie wissen und bestrich ihr Brot mit Butter. »Hat Frau Steidler endlich mal verraten, was er da eigentlich macht?«

»Nein«, log Luise rasch.

»Wirklich nicht? Ich kann mir gar nicht vorstellen, dass sie nichts von ihm erzählt, sie ist doch immer so stolz auf ihn. Ist er denn noch verlobt?«

Luise seufzte. Warum musste ihre Schwester immer so neugierig sein? Sie hatte sich keinen Deut verändert gegenüber früher, als sie ihr ständig nachgeschlichen war und sie heimlich dabei beobachtet hatte, wie Wolfgang und sie sich geküsst hatten. »Ich hab keine Ahnung, Helene«, erwiderte sie gereizt. »Ich frage die Leute nicht so aus wie du.«

Helene schob ihre Unterlippe vor, während sie sich etwas vom übrig gebliebenen Kaninchenfleisch auf den Teller lud. »Aber so erfährst du auch nichts«, entgegnete sie. »Hat sie denn ein neues Foto? Ich würde zu gern mal wissen, wie Wolfgang jetzt aussieht.«

»Dann komm das nächste Mal mit und drück dich nicht immer. Was war denn heute so wichtig, dass du nicht mal einen Sonntag auf Peter verzichten konntest?«

Helene verzog das Gesicht und wechselte einen raschen Blick mit ihrer Mutter. »Peter hat mir heute einen Heiratsantrag gemacht«, berichtete sie dann. »Draußen am Garten. Ich habe Ja gesagt.« Sie strahlte und sah neugierig zu Luise hinüber, wie diese die Nachricht aufnehmen würde.

Luise starrte Helene ins rundliche Gesicht. Ihre jüngere Schwester war unbestritten hübsch – etwas kleiner und zierlicher als sie, mit braunen Augen und braunem Haar – ein flinkes Wiesel, das überall neugierig herumschnüffelte. Sie trug ihre Haare unpassend zu ihrem Charakter in einer braven Frisur.

»Was für eine Überraschung! Und das sagst du erst jetzt?« Luise stand auf, umrundete den Tisch und umarmte ihre Schwester. »Ich freu mich für dich.«

Helene lachte. Rita erhob sich ebenfalls und umarmte sie. »Schön. Das ist doch mal eine gute Nachricht.«

»Was sagt man dazu? So eine Neuigkeit, und die sitzt die ganze Zeit da und sagt keinen Ton«, rief Luise. »Wann wollt ihr denn heiraten, wisst ihr das schon?«

»Wahrscheinlich im Sommer«, antwortete ihre Mutter an Helenes statt, als sich alle wieder gesetzt hatten.

»Vielleicht schon zu Pfingsten«, ergänzte Helene.

»Oh, eine Frühlingshochzeit, das wäre schön«, meinte Luise. Sie bemerkte die misstrauischen Blicke ihrer Mutter, die wohl ahnte, dass sie ihre Fröhlichkeit nur spielte. In Luise nagte der Verdruss, den sie nur mit großer Selbstbeherrschung überspielen konnte. Nun würde ihre jüngere Schwester also vor ihr heiraten, und sie hatte noch nicht einmal einen Freund. Möglichkeiten, einen passenden Kandidaten zum Heiraten zu finden, hatte sie genug gehabt, daran lag es nicht. Es war sicher so, wie ihre Mutter ihr einmal vorgeworfen hatte: Sie sei zu wählerisch und würde immer noch an dem Polen hängen, wie sie Marian nannte. Wie gut, dass sie heute nichts von Wolfgang erzählt hatten.

»Wollt ihr nicht mit der Hochzeit warten, bis wir im neuen Haus sind?«, fragte sie Helene. »Ich meine, hier ist doch nicht genug Platz.«

»Schön ausgedrückt«, bemerkte ihr Vater grinsend. »Ich würde in dieser Bruchbude auch keine Hochzeit feiern.«

»Alfred«, tadelte ihn ihre Mutter, aber er grinste nur weiter und sah dabei seine jüngere Tochter herausfordernd an. »Luise hat recht. Willst du Elektromeister Beckmann und seine Frau wirklich hier empfangen? Und die ganze vornehme Verwandtschaft aus der Stadt? Der entlässt vielleicht noch den Manfred.«

Er sah zu seinem Sohn hinüber, der still am Tisch saß. Manfred sagte nie viel. Auch jetzt meinte er nur »Ach Papa« und winkte ab.

»Papa! Warum sagst du so was? Der Peter weiß doch, wie es hier ist, ihm macht das nichts aus«, verteidigte sich Helene entrüstet. »Er würde mich zur Not auch in einem Keller heiraten.«

»Die werden sich wundern, was das hier für eine armselige Wirtschaft ist«, entgegnete ihr Vater. »Überleg dir das noch mal, Madl. Wartet noch ein bisschen und heiratet im neuen Haus. Hat der seinen Eltern überhaupt schon von der Hochzeit erzählt?«

Helene ließ ihr Brot sinken. Ihre Kinnlade fiel nach unten. »Wie kommst du denn darauf? Natürlich hat er's ihnen längst erzählt.«

Ihr Vater hob die Schultern. »Dann fragen die sich bestimmt, warum wir sie nicht schon längst mal eingeladen haben«, sagte er.

»Ich versteh nicht, wo dein Problem ist, Papa.«

Seine Hand knallte auf den Tisch. »Mein Problem? Die denken, ich kann die Hochzeit meiner Tochter nicht ausrichten, wie es sich für die Brauteltern gehört.«

»Nein«, sagte Helene. »Das ist es nicht. Du glaubst nicht, dass ein Mann wie Peter mich wirklich heiraten will, oder? Du denkst, er würde lieber eine von hier heiraten, eine, die auch Geld hat. Anstatt dich einfach mit mir zu freuen …« Ihr Gesicht verzog sich, als wollte sie in Tränen ausbrechen.

»Hier uff, Madl«, fuhr ihr Vater sie an.

Eine Weile blieb es still am Tisch, dann sagte ihre Mutter: »Jetzt ist's aber gut! Helene, wir sind beide einverstanden mit dem Peter und freuen uns auf eure Hochzeit. Wir wissen, wie viel wir seinem Vater verdanken, schließlich hat er Manfred als Lehrjungen genommen.« Sie warf ihrem Mann einen warnenden Blick zu, und er sagte nichts mehr. Manfred nickte. Er hatte nach seinem Volksschulabschluss zwei Jahre lang keine Lehrstelle gefunden und sich so lange mit Hilfsarbeiten über Wasser halten müssen, bis Herr Beckmann ihn eingestellt hatte.

Ihr Vater erhob sich, nahm seine Pfeife und ging nach draußen. Luise, die die dicke Luft drinnen nicht mehr ertragen konnte, ging ihm nach. Sie sah ihn vor der Schlafzimmertür stehen, wo seine Pfeife in der Dunkelheit aufglomm. Seitdem sie hier waren, rauchte er Pfeife. Er baute sich seinen Tabak selber an und ließ die Blätter auf dem winzigen Dachboden der Baracke trocknen.

Sie stellte sich zu ihm vor ihre Schlafzimmertür, die nach außen führte. Da die schmale Baracke weder über ein Obergeschoss noch über einen Flur verfügte, mussten Rita, Helene und Luise sie immer verlassen, um in ihr gemeinsames Schlafzimmer zu gelangen. Manfred schlief in der Küche und die Eltern in dem kleinen Zimmer daneben. Der Waschraum und die Toiletten befanden sich hinter dem Haus. Sie teilten sich die Baracke mit Ossacks, Ausgebombte aus dem Ruhrgebiet, die nebenan wohnten, gleich neben dem Schlafzimmer der Reich'schen Töchter. Im Krieg hatte man hier Gefangene untergebracht, die auf den Feldern des nahen Gutshofs gearbeitet hatten. Nun lebten sie hier seit der Vertreibung.

»Ich finde auch, dass Helene nicht hier feiern sollte«, meinte Luise. »Ich würde hier auch keine Hochzeit feiern. Vielleicht überlegt sie es sich noch mal anders.«

»Die hat's eilig mit dem Heiraten«, erwiderte ihr Vater. »Vielleicht steckt was dahinter.« Er machte einen Zug, und seine Pfeife glomm wieder auf.

»Nein, das glaube ich nicht«, sagte Luise. Sie war sich sicher, dass sie es bemerkt hätte, wenn Helene in anderen Umständen gewesen wäre. Im matten Lichtschein des Küchenfensters konnte sie sehen, wie ihr Vater den Kopf schüttelte. »Die Beckmanns werden's ausrichten, so wird's sein«, versicherte er. »Die werden doch keinen Fuß hier reinsetzen.«

Luise seufzte leise. Sie ahnte, wie wenig ihm das passte. Es gefiel dem stolzen Bauern nicht, dass andere – und sei es aus Großmut – die Hochzeit seiner Tochter ausrichteten, was doch Sache der Brauteltern war. Er wollte selbst dafür aufkommen, und wenn es nur eine bescheidene Feier in ihrem neuen

Siedlungshaus wäre, denn ein teures Fest in einer Gastwirtschaft konnten sie sich nicht leisten. Dies hatte er eigentlich mit seiner scharfen Bemerkung gerade sagen wollen, aber Helene hatte es nicht verstanden.

Es war auch schwer, ihn zu verstehen. Seine barsche Art, seine Bedenkenträgerei – das alles war früher nicht da gewesen. Erst hier im Westen, im Laufe der harten Jahre, hatte er sich so verändert. In den ersten Tagen nach ihrer Ankunft hatte er schweren Herzens fremden Bauern die Kartoffeln aus dem Feld gegraben, um die Familie durchzubringen. Später arbeitete er auf den großen Bauernhöfen in der Umgebung als Knecht, wo man ihm nicht mal ein Pferdegespann anvertraute. Er grub ein Stück Land neben der Baracke um und legte einen Garten an, brachte von unterwegs Pferdeäpfel zum Düngen mit, Esskastanien, Fallobst, nach der Ernte auch übrig gebliebene Ähren vom Feld, die unter ihren Betten trockneten, damit er sie später zu den Bauern zum Dreschen mitnehmen und gegen Brot eintauschen konnte. Er organisierte Holz und Maschendraht für den Kaninchen- und Hühnerstall, Küken, die sie zu Hühnern auffütterten, gebrauchte Möbel auf Bezugsschein. Immer hörten ihre Eltern hoffnungsvoll Radio, ob sie nicht doch wieder in die Heimat zurückkehren konnten. Bis vor ein paar Jahren noch hatten die Kinder zu den Nachrichten immer still sein müssen, damit sie nur ja keine Meldung verpassten. Die Rucksäcke der Familie hatten lange in einer Ecke des Elternschlafzimmers gelegen. Bis dann vor ein paar Monaten die Nachricht von der neuen Siedlung gekommen war.

Luise verstand ihren Vater. Sie war froh, neben ihm draußen in der Kühle zu stehen und ihre Gedanken mit ihm auszutauschen, wie sie es zu Hause immer auf der Pferdekoppel getan hatten. Oder wie sie es davor mit Marian getan hatte, unter dem Walnussbaum.

Ihr Vater – das wusste sie – hatte es längst aufgegeben, sie zu einer Heirat zu bewegen und nach möglichen Kandidaten zu suchen. Mit ihm konnte sie über das sprechen, was ihr wirklich auf dem Herzen lag.

»Papa, wenn ihr jetzt das Siedlungshaus kauft – meinst du nicht, wir gehen noch mal zurück?«

Er blies den Rauch aus. Eine Weile war nichts zu hören außer dem Wind, der leise in den Baumkronen des Waldes rauschte. »Ich weiß es nicht«, sagte er. »Sieht nicht mehr danach aus.«

»Aber die Grenze zu Polen ist doch nicht fest. Und Adenauer hat gesagt …«

»Ach, was der alles sagt.« Ihr Vater winkte ab. »Ich glaub, doas wird nischt mehr.«

Luise begann zu frieren. Sie dachte daran, wie man jetzt die Grenze zu Polen nannte, die sie von ihrer Heimat Schlesien trennte: den Eisernen Vorhang. Stalin hatte einen Eisernen Vorhang heruntergelassen, der Europa in Westen und Osten teilte und mitten durch Deutschland führte. Er hatte aus seiner russischen Besatzungszone von Deutschland, der Ostzone, einen eigenen Staat gemacht – die DDR, die nun unter seinem Einfluss stand. Ihre Feinde waren immer noch dieselben. Was früher die Bolschewiken waren, war heute der sowjetische Kommunismus. Aber Stalin war dieses Jahr gestorben. Vielleicht wäre sein Nachfolger humaner. Vielleicht hatten sie Grund zu hoffen, doch noch in die Heimat zurückzukehren.

»Wenn ihr das Siedlungshaus kauft, dann …« Luise brach ab, weil ihr die Worte fehlten. Dann bedeutete das, dass ihre Eltern die Hoffnung auf eine Rückkehr aufgegeben hatten. »Das ist so … fest.«

»Ach was, das Haus können wir wieder verkaufen, falls Schlesien wieder deutsch wird.« Ihr Vater rieb sich die Hände. »Aber das wird wohl nischt mehr.«

»Warum nicht?«

Er zuckte mit den Schultern. »Weil es zu spät ist. Die bauen doch schon überall Siedlungen für die Vertriebenen. Lass uns ’neigehn, Madl, es ist kalt.« Er wandte sich um.

»Nein, Papa«, rief sie. All die Jahre hatten sie ihre gemeinsame Hoffnung auf eine Rückkehr gehegt, und jetzt wollte er sie einfach aufgeben?

»Ihr wollt hierbleiben, nicht? Ihr *wollt* gar nicht mehr zurück«, rief sie.

Er vergrub die Hände in die Taschen. »Schon das zweite Madl, das heute Abend herumzankt. Was ist nur los mit euch? Wir haben doch keinen Vollmond.« Er deutete auf den schwarzen Himmel, schüttelte den Kopf und wollte wieder hineingehen, doch sie vertrat ihm den Weg.

»Papa, warum willst du hierbleiben?«

Er seufzte gereizt. »Warum? Wir *können* nicht mehr rüber! Wir müssen bleiben und das Beste draus machen. Es wäre doch dumm, wenn wir die Entschädigung nicht annehmen würden. Willst du etwa in der Bruchbude bleiben?« Er deutete auf die Baracke.

Luise schüttelte schweigend den Kopf. Natürlich wollte sie das nicht. Er sah sie eine Weile düster an und brummte etwas. »So, jetzt aber nei mit dir, Madl.«

»Geh schon mal vor, ich komm gleich nach.« Luise sah ihm hinterher, als er in der Baracke verschwand, und beobachtete, wie sich die Tür hinter ihm schloss. Sie lehnte sich gegen die Holzwand und starrte in die dunkle Weite, die sich vor ihr dehnte. In der Ferne leuchteten die wenigen Lichter von Rittelsbeck – dem Dorf, zu dem dieser Flecken gehörte –, ein Bauerndorf mit ein paar Höfen, einer katholischen Kirche, einem Gasthof und der Bahnstation. Helene und Manfred waren dort zur Schule gegangen. Hinter dem Wald – zur anderen Seite hin – lag ein weiteres Dorf mit einer Bäckerei und einem kleinen Lebensmittelladen. Die Bahngleise führten quer übers Feld, das sich vor ihr erstreckte, dahinter begannen die Ländereien von Gut Lohwald. Das Land war flach und fruchtbar, aber Luise vermittelte es in seiner Weite immer noch ein Gefühl von Verlorenheit. Die Hoffnung ihres Vaters hatte sie getröstet, aber das war vorbei. Sie war allein.

Sie spürte das kalte Holz in ihrem Rücken und umklammerte ihren Mantelkragen. Sie zitterte. Die Luft roch nach winterlicher Kühle, durchsetzt mit einem Hauch modrigem Laubgeruch.

Luise dachte an die Gerüche ihrer Heimat zurück, an den vertrauten Milchgeruch im Flur und in der Wohnküche, den Geruch nach Korn in der Scheune und nach Heu auf den frisch gemähten Wiesen. Von ihren Feldern aus hatten sie in die Berge sehen können. Ob Dorle und ihr Hengstfohlen Fritz noch lebten? Ob Janusz die Pferde wirklich behalten hatte? War er auf ihrem Hof geblieben oder hatte er ihn verkauft? Was war aus Lindenau geworden?

Sie wusste, dass es keinen Sinn hatte, sich diese Fragen zu stellen, weil sie sie nicht beantworten konnte. Aber trotzdem stellte sie sich die Fragen von Zeit zu Zeit immer noch. Sie konnte nicht anders. Sie rief sich die Bilder ihrer Heimat in Erinnerung zurück, und im Gegensatz zu anderen Erinnerungen waren sie so klar und lebendig, als wäre sie gestern noch dort gewesen.

Sie dachte an Marian. Die Erinnerung an ihn war verwischt – ein verschwommenes Bild aus früheren Tagen, das nicht mehr schärfer wurde, sosehr sie sich auch bemühte. Aber es tröstete sie auf eine besondere Art, als hätte die Hitze ihrer damaligen Liebe einen sonnigen Platz hinterlassen, an dem sie sich immer noch wärmen konnte. Sie musste daran denken, wie der Kantor der kleinen Kirchengemeinde von Rittelsbeck ihr einmal Marians Lied vorgespielt hatte. Es war ein heißer Sommernachmittag kurz nach ihrer Vertreibung gewesen, und

Rita und sie hatten für den Chor vorgesungen. Anschließend zeigte sie dem Kantor ihren kleinen zerknickten Zettel, und er tat ihr den Gefallen und spielte das Stück. Es war eine schöne kleine Melodie, sanft und liebevoll, und sie hatte ihre ganze Beherrschung aufbringen müssen, um nicht vor dem Kantor in Tränen auszubrechen. Danach hatte sie es nicht mehr über sich gebracht, das Stück noch einmal zu hören, nur den kleinen Notenzettel bewahrte sie noch in einem geheimen Versteck auf. Immer wenn sie an ihre Heimat dachte, musste sie auch an Marian denken. Sie hatte lange die Hoffnung gehabt, ihn doch noch wiedersehen zu können, wenn sie erst wieder zurückgekehrt wären. Obwohl er noch vor ihrer Vertreibung weggegangen war, um seine Familie zu suchen, und sie monatelang ohne Nachricht zurückgelassen hatte. Als er zurückgekommen war und sie gebeten hatte, bei ihm zu bleiben, war es zu spät gewesen. Sie war zu sehr enttäuscht gewesen. Vielleicht wäre sie geblieben, wenn er den versprochenen letzten Brief geschrieben hätte. Das hatte er aber nicht mehr getan.

Luise fröstelte, als eine kalte Windböe sie erfasste. Hätte sie doch bleiben sollen? Wie oft hatte sie sich diese Frage gestellt, und sie war immer wieder zur selben Antwort gekommen, dass es richtig gewesen war zu gehen. Sie wäre unglücklich geworden zwischen den fremden Feinden, die nun ihre Heimat besaßen, und sie hätte Marian womöglich dafür verantwortlich gemacht. So aber hatte sie wenigstens ihre Familie und ihre Freundin behalten. Die bittere Armut nach ihrer Vertreibung, ihr mühseliger Anfang – sie hatten alles zusammen durchgemacht. Nun würde es wohl für immer so bleiben – ihre einstige Liebe ein sonniger Platz, an dem sie sich wärmen konnte. Luise seufzte tief und ging in die Küche zurück.

Kapitel 3

In den folgenden Tagen war der Winterball im Kolpinghaus das Hauptgesprächsthema in der Gardinenfabrik. Luise und ihre Arbeitskolleginnen redeten über nichts anderes – nicht in der Fertigungshalle, in der die Maschinen lärmten und Luise die Garnrollen ihrer Maschine überwachen musste, damit die Stores auch richtig gewirkt wurden, aber dafür in den Pausen, in denen sie im Aufenthaltsraum zusammensaßen und ihre Butterbrote aßen. Sie redeten über Kleider und Frisuren und spekulierten darüber, wer alles käme und ob auch genügend Männer zum Tanzen da wären.

Luise ließ sich von der allgemeinen Aufregung anstecken. Ob Wolfgang tatsächlich kommen würde? Sie brauchte ein neues Kleid. Ihr altes war inzwischen in die Jahre gekommen. Sie wollte ein schönes, schwingendes aus gutem Stoff, wie man sie in Kurstadts Geschäften bekam, kein selbst genähtes von Frau Ossack.

Da sie aber das meiste Geld für ihren neuen Wintermantel ausgegeben hatte, lieh Rita ihr etwas von ihrem Geld, das sie fürs Studium sparte, und Luise versprach, es ihr vom nächsten Monatslohn wieder zurückzugeben. Sie kaufte sich in der Stadt ein schönes dunkelgrünes, weit schwingendes Kleid mit Dreiviertelarm und Samtschleife. Dazu trug sie ihre schwarzen

Pumps, die sie sich erst im letzten Jahr vor der Wintersaison gekauft hatte.

Der Tanzsaal im Kolpinghaus war schon fast voll, als sie ihn betraten. Die Tische standen in langen Reihen am Rande des glänzenden Parketts, das als Tanzfläche diente. Vorn standen die Instrumente der Kapelle, die noch nicht spielte. An den Wänden hingen Girlanden aus Tannenzweigen. Die Kleider der Frauen leuchteten bunt im schummrigen Licht der Wandlampen.

»Ich hätte ein helles Kleid haben müssen«, sagte Luise zu Rita, als sie am Eingang stehen blieben und nach Luises Arbeitskolleginnen Ausschau hielten. »Wäre auffälliger gewesen.«

»Ach was, du siehst hervorragend aus«, meinte Rita. »Das Kleid steht dir gut. So wirst du auf jeden Fall Eindruck machen.« Sie lächelte vielsagend und musterte Luise noch mal kurz. In ihren Augen lag keine Spur Neid, obwohl sie selbst nur ihr abgetragenes altrosa Sonntagskleid trug, das noch nicht mal ein Ballkleid war.

»Ich hab's mir gekauft, weil es so einen schönen Schnitt hat. Die hellen mit den guten Schnitten waren alle schon weg«, klagte Luise, »und ich weiß jetzt auch, wer sie hat.« Sie deutete mit dem Kopf auf ein Frauengrüppchen, das gerade zu den Tischen ging.

Rita stieß sie sanft in die Seite. »Jetzt komm schon, nicht ärgern. Dein Kleid ist hübsch und du bist es auch.«

Luise sah sich unauffällig im Saal um. Sie wusste, dass die Sekunden, die sie hier am Eingang standen, wertvoll waren. Sie musste versuchen, so lange wie möglich hierzubleiben, denn dann konnte sie von möglichen Tänzern am besten gesehen werden. Sie setzte eine freundliche Miene auf. »Siehst du das junge Gemüse von Gürtler?«, fragte sie leise. Firma Gürtler war eine alteingesessene Firma in Kurstadt und der größte und am besten zahlende Arbeitgeber. Sie hatte erst diesen Sommer wieder versucht, dorthin zu wechseln, doch die brauchten im Augenblick keine neuen Leute, und leider fehlten ihr die nötigen Beziehungen, um die Sache zu beschleunigen.

»Die können uns alle nicht das Wasser reichen«, versicherte Rita. »Die sind nur jünger, aber nicht besser als wir.«

Luise musste lachen.

»Da sind ein paar Mädels vom Gymnasium.« Rita winkte ein paar Mädchen zu, die an einem Tisch an der Kopfseite saßen, gegenüber von der Kapelle.

»Willst du dich zu ihnen setzen?«, fragte Luise.

»Nein. Die sind aus meiner Parallelklasse. Lass uns lieber zu deinen Kolleginnen gehen.«

Luise nickte. An einem Tisch gegenüber saßen Soldaten, aber Wolfgang war nicht dabei. Enttäuscht sah sie zu den jungen Männern hinüber, die in Trauben an den Tischen oder an der Theke standen. Die meisten waren wohl so alt wie sie und jünger. An der Theke hatten sich ihre Arbeitskollegen aus der Gardinenfabrik versammelt, ihre Kolleginnen an den Tischen gegenüber fest im Blick. Luise hatte kaum freundlich gegrüßt, als sich ein junger Mann aus der Gruppe löste und auf sie zukam.

»Ich freue mich so, dass wir uns auch mal außerhalb der Arbeit begegnen, Fräulein Reich«, sagte er und gab ihr seine verschwitzte Hand zur Begrüßung. »Ein schöner Abend, nicht? Die Kapelle soll sehr gut sein, wie ich gehört habe. Ich würde mich freuen, wenn Sie gleich mal mit mir tanzen würden.«

Luise sah den Schweiß auf seiner Oberlippe glänzen und fühlte Widerwillen aufsteigen. Sie kannte ihn nicht, wusste nur, dass er im Lohnbüro arbeitete. Dort hatte sie ihn ein paar Mal kurz gesehen.

»Ach, ich habe mich ja noch gar nicht vorgestellt«, meinte er und grinste. »Ich bin der Günther. Lohnbüro. Ich darf doch Du sagen?«

»Ja sicher«, brachte Luise hervor. Je größer ihr Kreis an Bewerbern war, desto besser für sie, wenn Wolfgang endlich kommen würde. Er sollte nicht denken, dass sie ein Mauerblümchen wäre. Sie zwang sich zu einem Lächeln. »Ich setze dich auf meine Tanzkarte«, scherzte sie.

»Ja? Da freue ich mich aber«, schmeichelte er. »Also bis gleich dann.« Er tippte ihr kurz auf den Arm, nickte ihr zu und verschwand wieder in der Traube ihrer Arbeitskollegen. Rita verdrehte die Augen. »Sollen wir uns nicht setzen?« Sie deutete auf den Tisch von Luises Kolleginnen gegenüber, die ihnen schon einladend zuwinkten und auf ihre freigehaltenen Plätze deuteten. Sie gingen zum Tisch und begrüßten die anderen. Sie hatten sich kaum gesetzt und sich etwas zu trinken bestellt, als jemand Luise auf die Schulter tippte. Sie wandte sich um. Vor ihr stand ein schmächtiger Mann mit viel zu großen Augen für sein schmales Gesicht.

»Leopold, was für eine Überraschung«, rief sie. »Lange nicht mehr gesehen.«

»Du warst lange nicht mehr bei uns«, erwiderte er. »Wann war das noch? Vor Monaten, vor unzähligen Tagen. Hundertmal ist die Sonne auf- und wieder untergegangen, ohne dass du bei uns warst, und wir haben dich so schmerzlich vermisst.« Er legte beide Hände auf sein Herz, während sich sein Gesicht verzerrte, als wäre er ein schmachtender Liebhaber.

»Hör auf«, meinte Luise lachend und boxte ihn leicht an den Arm. »So lange ist die Pflaumenernte nun auch nicht her.«

»Oh doch! Viel zu lang, holde Schöne, nur wiedergutzumachen mit dem Versprechen des ersten Tanzes.« Er zwinkerte ihr auffordernd zu.

Sie musste wieder lachen. Leopold war der Sohn eines Großbauern, auf dessen Hof sie in den ersten beiden Jahren nach ihrer Vertreibung gearbeitet hatte. Sie mochte ihn, weil er lustig war und härter arbeiten konnte, als man es ihm wegen seiner schmächtigen Statur im Allgemeinen zutraute. »Das Versprechen sei dir gewährt, Fürst Leopold«, scherzte sie.

In diesem Augenblick begann die Kapelle zu spielen, und er ergriff ihre Hand und zog sie auf die Tanzfläche. Zu den Klängen eines Foxtrotts führte er sie unbeholfen herum, und Luise sah an seinem Blick, dass er sie immer noch mochte. Er hatte schon damals für sie geschwärmt, hatte sie heimlich auf dem Klavier der Familie spielen lassen und sie eines Tages gefragt, ob sie mit ihm tanzen gehen wolle, aber sie hatte abgelehnt. Sie dachte, dass sie nicht lange mit ihm tanzen durfte, ohne ihm wieder Hoffnungen zu machen. Während sie mit Leopold über die Musik sprach und sich höflich nach seiner Familie erkundigte, ließ sie ihre Blicke durch den Saal wandern. Es waren jetzt noch mehr Soldaten gekommen, die an den Tischen saßen, und einige tanzten. Aber von Wolfgang keine Spur.

Er war wohl immer noch wie früher und kam einfach, wann es ihm beliebte. Immer schien er wichtige Dinge zu tun zu haben, die ihn davon abhielten, pünktlich zu sein. Ärgerlich presste sie die Lippen zusammen. Wenn er Pech hätte, wäre sie bereits von anderen Tänzern in Beschlag genommen, ehe er eintraf. Sie ließ sich von Leopold wieder zurückführen, nachdem die Kapelle eine Pause eingelegt hatte, und setzte sich neben Rita an den Tisch. »Ich habe Wolfgang noch nicht gesehen«, meinte Rita, nachdem sie ihre Getränke bestellt hatten.

»Ich auch nicht«, sagte Luise verdrossen. »Vielleicht ist er ja doch noch verlobt und kommt gleich mit *ihr.*«

Rita schüttelte den Kopf. »Dann müsste ich mich aber sehr täuschen.«

»Ja, vielleicht irren wir uns«, bemerkte Luise schärfer, als sie wollte. »Vielleicht hält er uns zum Narren.« Es wäre nicht das erste Mal, dass Wolfgang sie enttäuschte. Sie leerte ihr Bierglas zur Hälfte und ließ sich von Günther, der sofort auf sie zustürmte, als die Musik wieder einsetzte, auf die Tanzfläche führen. Sie spielten einen Swing, und Günther wirbelte sie so heftig herum, dass bald noch mehr Schweiß auf seiner Stirn glänzte. Luise musste aufpassen, nicht von seinen glitschigen Fingern abzurutschen. Leider spielten sie noch einen langsamen Walzer vor der nächsten Pause, und Günther nutzte die Gelegenheit, um sie näher an sich zu ziehen. »Ich habe mal nachgesehen, du könntest fünf Mark mehr im Monat bekommen für das, was du machst«, raunte er ihr mit heißem Atem ins Ohr. »Sprich doch mal mit dem Vorarbeiter.«

»Wirklich?« Luise zwang sich zu einem Lächeln, während sie von ihm abrückte, um wenigstens einen Fingerbreit Platz zwischen ihre erhitzten Körper zu bekommen. Auf einmal entdeckte sie Wolfgang an der Theke. Er hatte ein Bein auf die Fußstütze eines Barhockers gestellt und den Ellenbogen auf den Tresen gestützt, während er zu ihr hinübersah. Ihre Blicke begegneten sich quer über die Tanzfläche hinweg, dann schob sich Günthers erhitzte Gestalt zwischen sie. Als Luise wieder zur Theke sah, sprach Wolfgang mit dem Soldaten, der neben ihm an der Theke stand. Die beiden Männer trugen schwarze Hosen und hellgraue Ausgeh-Uniformjacken mit besonderen Schulterklappen, offenbar waren sie beide Offiziere. Luise starrte auf Wolfgangs schlanke Silhouette, als er an der Theke lehnte – lässig und doch gespannt, als könnte er jeden Augenblick wegrennen, wenn eine Sirene ertönte.

Sie spürte, wie Günther sie noch näher an sich heranzog, und widerstand seinem Druck. »Tanzen wir gleich noch mal, Luise?«, fragte er, als die Kapelle ihr Lied beendete.

»Vielleicht. Ich habe noch einige auf meiner Tanzkarte«, scherzte sie gequält und ließ sich von ihm zum Tisch zurückbegleiten. Rita unterhielt sich inzwischen mit einem Oberprimaner aus ihrer Schule, der sich zu ihr an den Tisch gewagt hatte. Kaum hatte sich Günther widerstrebend von Luise verabschiedet, kam Leopold und ließ sich neben ihr nieder.

»Lass uns noch mal tanzen«, bat er und sah sie so flehend an, dass es ihr leidtat. Es musste ihm wohl immer noch ernst sein. Sie überlegte, ob nicht eine schroffe Abfuhr besser für ihn wäre, damit er endlich verstünde, dass seine Hoffnungen zwecklos waren. Sie leerte ihr Glas und holte tief Luft, als er schon zu reden begann. »Weißt du noch, als wir früher immer zusammen Klavier gespielt haben? Das heißt, ich hab gespielt und du hast gesungen.«

»Sicher weiß ich das noch«, sagte sie und musste daran denken, dass sie das nur getan hatte, weil es sie an zu Hause und an Marian erinnert hatte. Aber er hatte nicht annähernd so gut Klavier gespielt wie Marian. »Ich hab dir doch erzählt, dass wir zu Hause auch ein Klavier hatten.«

Leopold schluckte. »Ich … ich wollte dich nicht traurig machen. Es tut mir leid, dass ihr von zu Hause wegmusstet. Aber … andererseits bin ich auch froh, denn so haben wir uns kennengelernt. Du bist so … umwerfend. Kein anderes Mädchen ist so wie du.«

Er tastete nach ihrer Hand, doch sie zog sie fort. »Lass gut sein, Leopold. Das alles ist lange her. Ich will nichts mehr davon hören.«

Er sah niedergeschlagen auf den Boden. Luise schwirrte der Kopf. Sie hatte lauter und schärfer gesprochen, als sie beabsichtigt hatte. Sie langte nach ihrer Handtasche, um sich in den Waschraum zu retten und sich die Nase zu pudern, als jemand hinter ihr auftauchte. Luise sah die hellgraue Uniformjacke und hielt den Atem an. Wolfgang machte eine leichte Verbeugung vor ihr und nickte Rita freundlich zu. »Ich hoffe, ich störe nicht. Darf ich dich um den nächsten Tanz bitten, Luise?« Er warf einen kurzen Blick auf Leopold und sah dann wieder zu ihr.

Sie lächelte, wobei sie versuchte, ihre Aufregung zu verbergen. »Eigentlich habe ich die meisten Tänze schon versprochen … aber ich will mal nicht so sein.« Sie erhob sich erleichtert und ließ sich von ihm zur Tanzfläche führen. Die Kapelle eröffnete die nächste Tanzepisode mit einem Swing. Wolfgang hielt Luise fest und führte sie sicher über die Tanzfläche, als hätte er nie etwas anderes getan. Er machte verschiedene Tanzfiguren, hob den Arm und ließ sie sich drehen, wobei er sie jedes Mal mit seinen hellen Augen ansah. Feine neue Linien zeichneten sich auf seiner Stirn und um seinen Mund herum ab und verliehen seinem Gesicht männliche Reife. Als er sie von sich wegschob, dann wieder heranzog und mit den Armen umfing, roch sie sein herbes Rasierwasser. Nun war sie froh, vor einigen Jahren einen Tanzkurs besucht und mehr Tanzfiguren erlernt zu haben. Sie freute sich über ihr neues Kleid und ihre eleganten Schuhe.

»Es tut mir leid, dass ich so spät bin«, sagte Wolfgang, als hätte er ihre unausgesprochene Frage gehört. »Ich konnte nicht eher vom Dienst weg.«

»Das habe ich mir schon gedacht«, meinte Luise. Sicher hatte er sie und Leopold beobachtet. »Aber du hast Glück gehabt. Etwas später, und meine Tanzkarte wäre voll gewesen.«

»Das kann ich mir vorstellen.« Geschickt wich er einem Pärchen aus und lenkte ihre Schritte um es herum. »Normalerweise sind es ja die Frauen, die die Männer aufhalten. Seitdem meine Verlobte weg ist, spare ich viel Zeit.«

»Du bist nicht mehr verlobt?«

»Nein. Sie hat einen anderen gefunden«, erwiderte er ernst. »Sie war nicht die Richtige.«

Luise wusste nicht, was sie sagen sollte. Ihre Sicherheit, mit der sie vorhin noch ihre Bewerber um sich geschart hatte, war auf einmal verschwunden. Wolfgangs Hände fühlten sich warm und glatt an, ohne eine Spur von Schweiß. Sein Griff war fest, aber nicht zu hart, seine Haltung gerade. Er dirigierte sie leicht über das Parkett, ohne sich auf sie zu stützen, und zog sie nicht übertrieben nah an sich heran. Das beeindruckte sie.

»Ich bin froh, jetzt in der Nähe meiner Mutter zu sein«, fuhr er fort. »Auf die Dauer war Süddeutschland doch zu weit. Wir hätten sie zu uns geholt, wenn wir geheiratet hätten. Aber so ist es sicher besser, denn so haben *wir* uns wiedergetroffen.«

Sie spürte, wie ihr Gesicht heiß wurde. Dann riss sie sich zusammen. Sie war erwachsen und kein kleines Mädchen mehr. »Das ist schön«, sagte sie. Die Kapelle hielt an ihrem Schema fest und spielte vor der Pause einen langsamen Walzer. Wolfgang zog Luise näher an sich heran. Sie tanzten an ihrem Tisch vorbei, und Luise bemerkte die neidischen Blicke ihrer Arbeitskolleginnen. Leopold sah unglücklich auf den Boden. Rita lachte über etwas, das der Oberprimaner ihr erzählte. Wolfgang lächelte. Er senkte den Kopf, sodass sein Kinn an ihrer Stirn lag und sie wieder sein Rasierwasser riechen konnte. Sie sah über seine Schulter, damit er nicht merkte, wie aufgeregt sie war. Ihr schwirrte der Kopf vom Alkohol, der Wärme und den vielen Stimmen im Saal. Die Köpfe der Sitzenden verschwammen im matten Licht, und die Klänge des Saxofons wurden leiser, als die Erinnerung zu ihr kam.

Stille um sie herum. Der Lärm der rodelnden Kinder und der skilaufenden Jugendlichen war Schritt für Schritt mehr verebbt, als sie mit Wolfgang durch den tiefen Schnee gestapft war. Die Sonne war gerade hinter den Bergen untergegangen und hatte einen rötlichen Schimmer über den Wipfeln hinterlassen. Die kalte Luft biss in ihren Lungen bei jedem Atemzug. Aufgeregt umklammerte sie ihre Ski, die sie geschultert hielt, ebenso wie Wolfgang, und hörte seine Stimme, die nun einen neuen, tiefen Klang besaß, den sie so mochte. »…vielleicht gehe ich nach dem Abschluss nach Breslau und studiere, wenn Papa es erlaubt«, sagte er.

»Was willst du denn studieren?«

»Ich weiß nicht … Mathematik oder irgendwas Naturwissenschaftliches. Vielleicht werde ich Lehrer wie er.

Oder Beamter.« Sie mussten beide lachen, und Luise fühlte sich, als hätte sie beim Skilaufen einen Sprung gemacht, der immerzu andauerte. Er hielt auch abends noch an, als sie längst im Bett lag und ihre Oma im Nachbarbett leise schnarchte, und sie hatte über das neue, fremde Gefühl der Liebe gestaunt.

Die Stille, die eintrat, als die Musiker sich zur Pause erhoben, holte Luise in die Wirklichkeit zurück. Nach dem langsamen Walzer hielt Wolfgang noch immer ihre Hand. »Kommst du mit zur Theke? Ich möchte dich gern auf einen Wein einladen.«

»Gern«, sagte sie, und sie schlenderten händchenhaltend über das Parkett, als wäre es das Selbstverständlichste der Welt.

Kapitel 4

Er deutete auf einen Barhocker, doch sie lehnte ab und stellte sich neben ihn. Er reichte ihr ein Weinglas und prostete ihr zu. »Auf unser Wiedersehen.«

»Auf unser Wiedersehen.« Es war ein leichter Riesling, der ihr kühl die Kehle hinunterrann. Wolfgang lehnte sich an die Theke wie eben. Sie fühlte, wie seine Blicke sie abtasteten, und verspürte ein feines Prickeln im Nacken. »Du bist so abwesend. Woran denkst du?«, wollte er wissen.

Sie nippte an ihrem Glas und sonnte sich eine Weile in seinem interessierten Blick, ehe sie antwortete. »Ich … war wieder zu Hause«, sagte sie leichthin. »Beim Skilaufen. Kannst du dich noch an unseren Skihang erinnern?«

Er nickte. »Na klar kann ich das. Da waren wir doch im Winter immer nach der Schule. Mit Werner und den anderen … weißt du noch, wie Horst Henschel immer in die Büsche gefahren ist? Der konnte einfach nicht bremsen.« Er grinste und schüttelte den Kopf.

»Aber in der Klasse gehörte er zu den Besten«, verteidigte Luise ihren ehemaligen Mitschüler.

»Weißt du noch, die Erika? Die brauchte immer einen Schlitten für sich allein.«

»Ja, das stimmt, sie war nicht sehr sportlich.« Luise musste lachen bei der Erinnerung an die Figur, die ihre Kameradin aus der Mädelschaft auf dem Schlitten gemacht hatte.

»Was ist eigentlich aus den Mädels geworden?«, fragte Wolfgang mit rauer Stimme.

Luise blickte in sein gut geschnittenes Gesicht und bemerkte die Traurigkeit, die sich in seine Züge geschlichen hatte. »Verstreut in alle Winde«, sagte sie. »Die Kühnels haben sie noch dabehalten, weil die Polen Tischler brauchten. Die sind dann später in die Ostzone gekommen. Zuerst hat Inge noch geschrieben, aber später ging das nicht mehr, denn sie hat einen von der Staatssicherheit geheiratet. Nur Mama schreibt Frau Kühnel noch.«

Wolfgang nickte ernst. »Und die anderen?«

»Die Erika hab ich auf dem letzten Heimattreffen gesehen«, fuhr Luise fort. »Sie wohnt irgendwo Richtung Kassel. Und die Fanny ist mit ihrer Mutter ja schon geflohen, bevor die Russen kamen. Ich weiß nicht, wo die abgeblieben sind. Von Moors habe ich auch nichts mehr gehört, die sind mit dem Transport vor uns weggekommen.«

Wolfgang nickte und drehte sein Weinglas. »Ich habe Christel mal wiedergetroffen, unten in München. Sie hat einen Bekannten geheiratet.«

»Ah ja?«

»Wir hatten eine Weile Kontakt, aber das ist schon länger her. Mittlerweile habe ich meine Segel neu gesetzt, wie gesagt.« Er machte eine wegwerfende Handbewegung.

Luise wollte noch weiterfragen, ließ es aber dann. Christel gehörte zu jenen Menschen, die sie am liebsten vergessen wollte. Über niemanden wollte sie an diesem Abend weniger sprechen. »Was ist aus Werner geworden?«, fragte sie stattdessen.

Wolfgang schüttelte den Kopf. »Vermisst an der Ostfront«, sagte er nur knapp, nahm sein Weinglas und trank große Schlucke.

»Ich hab's mir schon gedacht. Die armen Eltern.«

Wolfgang sah hinüber zur Tanzfläche, die sich gerade wieder füllte. »Komm, wir tanzen«, meinte er, fasste ihre Hand und zog sie aufs Parkett. Er musste so energisch ausgesehen haben, dass Günther, der gerade auf sie zukam, wieder kehrtmachte und sich zu seinen Arbeitskollegen gesellte.

Wolfgang nahm Luise in seine Arme, und sie glitten zusammen über die Tanzfläche wie zwei Schwäne über den See. Das taten sie noch den restlichen Abend, bis die Kapelle den letzten Tanz ankündigte und der Saal sich allmählich leerte.

Danach brachte Wolfgang Luise und Rita über die regennassen verlassenen Straßen von Kurstadt zum Bahnhof und wartete mit ihnen auf den letzten Zug. Als Luise eingestiegen war, schob sie die Fensterscheibe hinunter und winkte ihm zu, als würde sie sich wieder für Jahre von ihm verabschieden müssen. Ein Komm-uns-doch-mal-besuchen kam ihr aber nicht über die Lippen, weil sie die Frage nach ihrem Wiedersehen von *ihm* erwartete. Doch er stand nur auf dem verlassenen Bahnsteig, die Hände in die Manteltaschen vergraben, das Gesicht ernst unter seiner Schiffchenmütze, und starrte ihnen unverwandt nach, bis er außer Sichtweite kam und Luise das Fenster schloss. Sie ließ sich auf die harte Sitzbank sinken, als der Zug durch die Dunkelheit ratterte, und starrte vor sich hin.

»Du siehst so nachdenklich aus«, meinte Rita. »Denkst du an Wolfgang?«

Luise nickte. Natürlich hatte Rita sie wieder längst durchschaut, sie konnte nichts vor ihr geheim halten. »Meinst du, ich hätte ihn zu uns nach Hause einladen sollen?«, fragte sie. Sie hörte, wie unsicher ihre Stimme auf einmal klang.

»Na ja, dann wüsstest du nun wenigstens, wann du ihn wiedersiehst«, erwiderte Rita mit einem vielsagenden Lächeln.

Luise wich ihrem Blick aus und schaute aus dem Fenster, an dem die Regentropfen abperlten. »Ich finde, die Initiative sollte diesmal von ihm kommen«, gab sie zurück. »Dafür, dass er damals nichts mehr von mir wissen wollte, bevor er in den Krieg ging.«

»Aber du magst ihn immer noch«, sagte Rita. »Ihr wart ein hübsches Paar gerade auf der Tanzfläche.«

Luise seufzte. Musste ihre Freundin es ihr noch schwerer machen? »Trotzdem«, beharrte sie. »Ich will ihm nicht noch einmal hinterherlaufen und eine Abfuhr bekommen. Wenn er mich will, dann muss er es zuerst zeigen.«

Rita beugte sich nach vorn. »Wenn er wirklich Interesse an dir hat, dann wird er das auch. Ein Mann wie er … ganz bestimmt.«

Luise nickte. Sie umklammerte die harte Sitzbank mit den Händen, während sie vom Zug sanft hin- und hergerüttelt wurden und sie das Gefühl hatte zu schweben. Sie sah wieder aus dem Fenster, obwohl sie dort nichts anderes sehen konnte als ein paar ferne Lichter in der Dunkelheit. Hoffentlich, dachte sie, würde Rita recht behalten.

Aufgeregt lag sie später im Bett, verbrachte den öden Sonntag mit ihrer Familie und Ritas vielsagendem Lächeln, trat am Montagmorgen in die Pedalen zur Frühschicht und wieder zurück, dasselbe am Dienstag, Mittwoch, Donnerstag und Freitag, bis die öden Alltage sie niedergetrampelt hatten und entmutigt zurückließen. Am Ende der Woche gelangte sie zu der Überzeugung, dass Wolfgang sich nicht mehr melden würde. Es wäre dasselbe wie vor Jahren schon, als er sie erst geküsst und später nichts mehr hatte von ihr wissen wollen. Es war dumm gewesen, sich jetzt mehr von ihm zu erhoffen.

Am Freitag, als sie gerade müde von der Frühschicht zurückgekommen war und in der Küche Bratkartoffeln aß, begann ihre Mutter, ihr Vorhaltungen zu machen. »Helene sagte mir beim Wäscheaufhängen, Rita hätte dir dreißig Mark für dein neues Kleid geliehen? Ist das wahr?«

Luise ließ die Gabel sinken. Diese elende Petze Helene hatte mal wieder ausgeplaudert, was sie wohl wegen der dünnen Wände in der Baracke durch Zufall mitbekommen hatte. Sie würde ihr gehörig ins Gewissen reden.

Ihre Mutter schüttelte fassungslos den Kopf. »Dreißig Mark. Das ist fast dein ganzer Monatslohn!«

»Ich weiß«, sagte Luise und aß weiter.

Ihre Mutter stellte den Teller scheppernd ins Regal zurück und ließ das Geschirrtuch sinken. Sie wandte sich zu ihr um und senkte ihre Stimme. »Die Rita spart sich das Geld vom Mund ab für ihr Studium, mit Nachhilfestunden und Arbeit in der Fabrik, und du leihst dir Geld für ein Kleid, für Modetand! Das alte hätte es doch noch getan.«

Luise sah zu ihrem Vater, der ihr gegenübersaß und seinen Tabak schnitt. Aber er blickte nur auf seine Schneidemaschine hinunter und sagte nichts. Sonst war niemand da, Manfred arbeitete noch, Rita traf sich mit einer Freundin in der Stadt und Helene war mit ihrem Verlobten spazieren. Luise seufzte. »Mama, reg dich nicht auf. Ich geb ihr das Geld wieder, schon nächste Woche, wenn ich den Lohn kriege.«

Doch ihre Mutter schien sie nicht zu hören. »Ich versteh dich nicht«, schimpfte sie. »Du verjubelst dein Geld für nischt und wieder nischt, statt es zu sparen. Das ist nicht die Art unserer Familie.«

Luise legte ihre Gabel weg und schluckte schwer. »Ich bin achtundzwanzig und kann mit meinem Geld machen, was ich will.«

Ihre Mutter warf sich das Geschirrtuch über die Schulter und stemmte die Hände in die Hüften. »Alles weißt du besser, du willst so erwachsen sein. Dann verhalte dich auch so.«

Luise rutschte auf dem Stuhl nach hinten. »Du meinst wohl, ich soll immer das tun, was du willst. Ist das nicht deine Vorstellung von Erwachsensein?«

Die Mundwinkel ihrer Mutter zuckten. Sie kam näher zum Tisch und starrte auf sie hinunter. »Andere Frauen in deinem Alter sind längst verheiratet und haben Kinder, sie tragen die Verantwortung für eine ganze Familie. Als ich in deinem Alter war, warst du sieben und Helene ein Jahr alt. Und du – du hast nur Fillititi und Bälle im Kopf.«

Sie fuchtelte vor Luise herum, als wollte sie etwas wegwerfen.

Luise verschränkte die Arme vor der Brust, um ihr wild schlagendes Herz zu beruhigen. »Du machst mir Vorhaltungen, ich soll endlich heiraten. Aber wie soll ich einen Mann finden in ewig alten Kleidern?«, schnaubte sie.

»Ach was, du willst doch überhaupt keinen Mann«, versetzte ihre Mutter. »Du willst dich nur vergnügen.« Sie drehte sich ruckartig um und hängte das Geschirrtuch an den Haken. Luise blickte auf den Berg Tabak hinunter, den ihr Vater geschnitten hatte. Er nahm neue getrocknete Blätter von seinem Stapel, rollte sie zusammen und legte sie schweigend in die Schneidemaschine, als würde sie ihr Streit nichts angehen. Früher hätte er sich eingemischt, aber seit einigen Jahren hielt er sich lieber raus und überließ seiner Frau das Streiten mit den Kindern.

Luise erhob sich und trat hinter ihre Mutter. »Du hast mich noch nie verstanden. Egal, was ich tue, es ist immer falsch. Ich kann dir nichts recht machen«, stieß sie mit rauer Stimme hervor, wobei sie auf den bleichen dünnen Nacken ihrer Mutter starrte. Ein paar weiche Haare, die die Nadeln nicht erwischt hatten, ragten unterhalb des Knotens heraus.

»Das stimmt nicht«, sagte ihre Mutter und wandte sich um.

In diesem Augenblick klopfte es an der Tür. Luise zuckte zusammen. Ihr Vater hob fragend den Kopf. Luises Mutter hob die Schultern, zog sich schnell die Schürze aus, hängte sie an den Haken und ging pfeifend zur Tür. Das tat sie immer, wenn sie ihre Nachbarn oder Fremde vermutete. Alle sollten denken, dass es in ihrem Haus immer fröhlich zuginge.

Draußen regnete es. Sie hörten den Regen niederrauschen und in die Pfützen auf den lehmigen Hof fallen. Kalte feuchte Luft strömte herein, und Luise erwartete, dass ihre Mutter den Gast sofort hereinbitten und rasch die Tür hinter ihm schließen würde. Aber das geschah nicht. Ihre Mutter hielt inne und starrte den Mann auf der Türschwelle sekundenlang an.

Wolfgang sah noch genauso aus, wie Luise ihn in der Nacht auf dem Bahnsteig verabschiedet hatte. Seine Schiffchenmütze glänzte vor Nässe, und über seinen Mantel zogen sich lange dunkle Streifen von Feuchtigkeit. Tropfen perlten über sein Gesicht, das rosig war von der Kälte.

»Wolfgang«, murmelte Luises Mutter. Und dann, als könnte sie es nicht glauben und müsste sich vergewissern: »Wolfgang Steidler?«

Er nickte und lächelte. Da kam Bewegung in ihre Mutter. »Aber kommen Sie doch herein.« Sie trat beiseite und beobachtete, wie er sich sorgfältig die schlammbespritzten Schuhe auf der Fußmatte abtrat. »Nennen Sie mich ruhig weiter Wolfgang, Frau Reich. Wir kennen uns doch schon so lange.«

Sie nickte und suchte an der Garderobe nach einem Kleiderbügel. Ehrfürchtig nahm sie seine nasse Schiffchenmütze entgegen und hielt sie fest, während sie sich nach einem geeigneten Platz zum Trocknen für die Sachen umsah. Inzwischen hatte sich auch Luises Vater erhoben und begrüßte Wolfgang. »Junge«, sagte er nur und schüttelte ihm kräftig die Hand. »Das ist aber eine Überraschung!«

Wolfgang, um einen halben Kopf größer, sah über ihn hinweg zu Luise.

Sie atmete schneller. Als er an der Tür stand, war sie sich hastig mit den Fingern durch die Haare gefahren, hatte sich den alten verwaschenen Pullover, den sie noch von der Arbeit trug, und ihren grauen Wollrock zurechtgezupft und sich auf die Lippen gebissen, damit sie in einem kräftigeren Rot schimmerten. Nun lächelte sie, und er nickte ihr zu und sah sie wieder unverwandt an wie Samstagnacht auf dem Bahnsteig.

Ihre Eltern hatten sich inzwischen gefangen. Sie führten ihn an den Tisch, und ihr Vater zog den besten Stuhl hervor und bot ihm einen Platz an, während ihre Mutter Wasser aufsetzte und seine Mütze und den Mantel zum Trocknen an die Leine am Ofen hängte.

Wolfgang setzte sich und schlug die Beine übereinander. In seiner Uniform wirkte er fremd in ihrer Küche, wie jemand, der ihnen einen offiziellen Besuch abstattete. »Ich hoffe, ich störe Sie nicht«, sagte er. »Ich bin einfach so hereingeplatzt. Aber ich dachte, wenn ich schon mal hier bin, besuche ich endlich mal meine ehemaligen Nachbarn. Ich wollte Ihnen keine Umstände machen.«

»Aber das machst du nicht«, versicherte Luises Mutter. »Wir sind froh, dich wiederzusehen.«

»Bist du zu Besuch bei deiner Mutter?«, erkundigte sich Luises Vater, füllte seinen Berg Tabak in einen Beutel und räumte alles weg.

»Hat Luise es nicht erzählt? Ich bin jetzt hier in der Kaserne.«

»Ach so?«, riefen ihre Eltern verwundert.

»Also hat sie es nicht erzählt.« Wolfgang hob überrascht die Brauen. Luise wandte sich schnell ab und holte Tassen aus dem Regal. Sie spürte seine Blicke, während sie den Tisch deckte und er ihren Eltern erzählte, wie sie sich bei seiner Mutter wiedergetroffen hätten.

»Ich wundere mich, dass Luise mir nichts von eurem Wiedersehen erzählt hat«, sagte ihre Mutter. »Normalerweise hätte sie mir so etwas Wichtiges nicht verschwiegen.« Sie warf Luise einen strafenden Blick zu.

»Also haben sie dich bei der Bundeswehr genommen«, meinte ihr Vater.

»Sie haben mich als Leutnant eingestellt«, sagte Wolfgang. »Ich hab ja das Eiserne Kreuz.«

»Oh«, entfuhr es Luises Mutter. Eine ehrfürchtige Stille entstand, in der nur zu hören war, wie der Regen auf das Barackendach rauschte und das heiße Wasser durch den Filter in die Kaffeekanne lief.

»Wie … hast du es errungen?«, fragte ihr Vater, lehnte sich zurück und verschränkte die Arme vor der Brust.

»Wir waren in der Nachhut und haben die Russen so lange aufgehalten, bis unsere Division sich eine neue Verteidigungslinie aufbauen konnte«, erzählte Wolfgang. »Danach durfte ich mir das Kreuz abholen und bekam eine Kompanie.«

Luises Vater nickte anerkennend. »Wo warst du denn eigentlich zuletzt?«

»In München.«

»Nein, ich meine im Krieg.«

»Ach so. Im Wartheland. Polen.«

»Deine Mutter freut sich bestimmt, dass du jetzt wieder hier in ihrer Nähe bist. Warst ja auch lange genug weg.«

»Die meiste Zeit unfreiwillig, die Russen haben mich nicht eher weggelassen«, sagte Wolfgang und lachte ein kurzes, bitteres Lachen. »Ich weiß, Sie haben es meiner Mutter schon erzählt, aber ich würde es trotzdem noch mal gern von Ihnen wissen. Sie waren doch der Truppführer meines Vaters im Volkssturm, Herr Reich.«

Luises Vater nickte.

»Sie waren nicht dabei, als er starb?«

»Nein.«

Eine unangenehme Stille dehnte sich zwischen ihnen. Ihr Vater starrte vor sich auf den Tisch, als wäre er weit weg mit seinen Gedanken. Luise erschrak. War Wolfgang etwa nur hierhergekommen, um mehr über den Tod seines Vaters zu erfahren? War er womöglich gar nicht ihretwegen hier? Mechanisch verteilte sie die selbst gebackenen Plätzchen auf dem Teller und stellte ihn auf den Tisch. Ihre Mutter tat dasselbe mit der vollen Kaffeekanne.

»Dein Vater war tapfer bis zum Schluss«, versicherte ihr Vater. »Ein großer Flaksplitter hat ihn getroffen, ein mächtiges Ding. Wir konnten leider nichts mehr machen.«

Wolfgang nickte, seine Lippen waren ein Strich. Auf einmal tat er Luise leid. Sie hätte ihn am liebsten in den Arm genommen. Stattdessen nahm sie die Kanne und trat an ihn heran. »Kaffee?«, fragte sie.

»Gern.« Sie merkte, wie sich seine Blicke an ihrer Figur festsaugten, und eine verlegene Hitze stieg ihr ins Gesicht. Ihre Hand, die die Untertasse hielt, zitterte ein wenig. Sie schenkte auch ihren Eltern Kaffee ein und ließ sich am Tisch nieder. »Wir haben ihn in einem Wald Richtung Bober begraben«, sagte ihr Vater. »Ich könnte dir zeigen, wo er liegt, wenn wir wieder rüberkönnten.«

»Danke, Herr Reich. Vielleicht eines Tages«, sagte Wolfgang. »Ich musste so viele Kameraden drüben lassen, die jetzt irgendwo in russischer Erde liegen. Ich habe viele Mütter besucht und ihnen von ihren Söhnen erzählt. Manche habe ich nicht mehr angetroffen. Aber die meisten waren getröstet, wenn ich ihnen erzählte, wie tapfer ihre Söhne bis zum Schluss gekämpft haben.«

Niemand sagte etwas. Luise starrte in ihren schwarzen Kaffee und hörte das Feuer im Ofen knacken. Wenigstens hatte der Regen nachgelassen, nur noch vereinzelte dicke Tropfen platschten auf das Dach.

»Trotzdem wolltest du zur Bundeswehr?«, fragte ihr Vater schließlich.

»Aber ja«, sagte Wolfgang und richtete sich ein wenig auf, um seinen Worten Nachdruck zu verleihen. »Es ist gut, dass wir wieder eine Armee haben. Wir sind natürlich nicht mehr die Wehrmacht, aber im neuen Verteidigungsministerium schätzt man die Erfahrungen und die Tapferkeit der kriegsgedienten Soldaten. Wir sind jetzt in der NATO. Irgendjemand muss die Russen doch aufhalten, wenn sie an den Rhein kommen wollen.« Er nahm seinen Löffel und rührte entschlossen in seinem Kaffee, obwohl er keine Milch drinnen hatte.

Luise überlief ein kalter Schauer. Die Russen, immer wieder die Russen und die Angst vor ihnen. Da sie jeden Abend Radio hörten, war sie gut informiert. Sie wusste, dass die gesamte Nachkriegsordnung nur ein Provisorium war – die Ostzone, die Oder-Neiße-Linie und hinter dem Eisernen Vorhang Schlesien. »Es ist kein Frieden geschlossen worden«, sagte sie. »Wir haben Waffenstillstand.«

Wolfgang nickte. »Es besteht immer noch die Gefahr, dass der Kommunismus ganz Europa überflutet. Aber zum Glück haben die Amis das spätestens seit dem Koreakrieg begriffen.«

»Wir wollen doch nicht hoffen, dass die Russen uns noch hinterherkommen«, scherzte Luises Vater, während ihm der alte Schalk wieder aus den Augen blitzte. Er stieß Wolfgang sanft mit dem Ellenbogen an den Arm. »Wie gut, dass du Leutnant bist. Da hast du wenigstens ein sicheres Einkommen fürs Familiegründen.«

»Leider bin ich nicht mehr verlobt«, sagte Wolfgang.

»Och, das ist doch nicht schlimm. Viele Mütter haben hübsche Töchter«, gab ihr Vater zurück und zwinkerte Luise zu.

Luise wurde rot und starrte auf ihr Plätzchen hinunter, das einsam auf ihrem Teller lag. Musste ihr Vater so plump sein? Sie wich seinem Blick aus und biss ärgerlich in ihr Plätzchen.

»Die Plätzchen schmecken sehr gut«, lobte Wolfgang. »Und gemütlich haben Sie es hier, Herr Reich.«

»Tja, man tut, was man kann«, sagte ihr Vater grinsend. »Nächstes Jahr haben wir ein Siedlungshaus.«

»Ach wirklich? Wo denn?«

»In der neuen Siedlung am Stadtrand, nicht weit von der Kaserne entfernt.«

Luise hörte kaum noch richtig hin. Sie sah die glühenden Wangen ihrer Mutter und hörte die Scherze ihres Vaters. Auf einmal schämte sie sich nicht nur für ihre Kleidung, sondern auch für ihre Eltern, die meinten, sich so von ihrer besten Seite zu zeigen, in der Hoffnung, endlich ihre Tochter an den Mann zu bringen. Sie wollte mit Wolfgang allein sein und erfahren, warum er wirklich hier war. Ob er ihre Familie einfach nur besuchen oder ob er *sie* wiedersehen wollte. Doch dann kamen Helene und Peter von ihrem Spaziergang zurück – durchnässt und mit roten Wangen von der kalten Luft, aber glücklich lächelnd und ganz offensichtlich so verliebt, dass es Luise einen Stich versetzte. Sie hätten sich in einen Schafstall vor dem Regen retten müssen, erzählte Helene, und dann begrüßte sie Wolfgang überschwänglich. Sie umarmte ihn sogar – wahrscheinlich hatte sie weniger Berührungsängste, weil er sie früher schon immer herumgewirbelt hatte, als sie noch klein gewesen war –, während Luise einen verräterischen Strohhalm in ihrem Haar entdeckte. Aber sie sagte ihr nichts davon und ließ ihre Schwester weiter damit herumlaufen, da sie immer noch wütend war.

Nach dem Kaffee verabschiedete sich Wolfgang, zog unter den guten Wünschen von Luises Eltern seinen Mantel und seine Mütze wieder an und trat mit Luise vor die Tür. Sie war hastig in ihre Schuhe und ihren Mantel geschlüpft und fühlte sich nun besser, weil sie ihren neuen Mantel trug. Der Regen hatte tiefe Pfützen im Schlamm vor der Baracke hinterlassen, und Ossacks Katze trank aus einer von ihnen.

Wolfgang deutete auf die Türen nebenan. »Wohnt da noch jemand?«

»Eine alleinstehende Frau mit zwei Kindern. Die ist aber oft bei ihrem Freund.« Luise deutete auf die nasse Bank, die ihr Vater vor einigen Jahren gezimmert hatte. »Wenn es nicht so nass wäre, könnten wir uns setzen …«

Er sah auf die Uhr. »Nein, ich muss wieder zurück, die Bahn fährt gleich. »Ziemlich weit ab vom Schuss hier.«

»Stimmt. Wir fahren immer mit den Rädern zur Bahn.«

Sie schwiegen eine Weile, während sie seinen unauffälligen Seitenblick bemerkte. »Der Ball war schön, nicht? Kommst du morgen Nachmittag mit auf die Adventskirmes?«, fragte er und sah sie erwartungsvoll an.

Sie fühlte sich auf einmal wieder zwölf Jahre jünger, genau wie an jenem Tag, als er sie gefragt hatte, ob sie mit zu den Falkensteinen kommen würde, wo sie sich zum ersten Mal geküsst hatten. Aber inzwischen war sie älter geworden. Sie wartete eine Weile ab und kostete seine Spannung aus. »Nun ich … könnte es einrichten«, sagte sie endlich.

Er lächelte. »Also morgen um drei am Rathausplatz?«

Sie nickte.

»Gut. Also dann bis morgen.« Er beugte sich zu ihr herunter und gab ihr einen Kuss auf die Wange, wandte sich um und verschwand im grauen Dezembernachmittag. Luise sah ihm lange hinterher, wie er mit energischen Schritten die Straße nach Rittelsbeck entlangging. Sie berührte die Stelle, wo er sie geküsst hatte, und spürte wieder das aufgeregte Kribbeln im Bauch. Erst als er nicht mehr zu sehen war, ging sie lächelnd wieder hinein. Ihre Eltern sprachen anerkennend über Wolfgang, und Helene grinste vielsagend, aber zum Glück ersparten sie Luise irgendwelche Anspielungen. Ihre Mutter beschwerte sich nicht einmal mehr darüber, dass Luise ihr nichts von ihrem Wiedertreffen mit Wolfgang erzählt hatte.

Kapitel 5

Der Rathausplatz von Kurstadt wimmelte vor Menschen. Sie drängten sich vor den Buden und Karussells, die man vor dem alten Amtsgebäude aufgebaut hatte, kauften Lebkuchenherzen, Bonbons und Tüten mit bunten Weingummis, wühlten in Loseimern. Kinder ritten jauchzend auf den Holzpferden der Kinderkarussells, von den Schaustellern mit Argusaugen überwacht, damit ja keins ohne Fahrkarte aufsprang. Der süße Geruch nach gebrannten Mandeln hing in der Luft, als Luise mit Wolfgang über den Rummelplatz schlenderte. Zum Glück hatte sich der Regen verzogen und einem klaren, kalten Wintertag Platz gemacht. Die Sonne schien vom blauen, fast wolkenlosen Himmel und wärmte sie ein wenig.

Wolfgang hatte Luise feierlich seinen Arm hingehalten, und sie hatte sich bei ihm eingehakt, als wären sie ein Paar. In seiner Offiziersuniform und seinem Mantel zog er die Blicke der Leute auf sich, und sie mochte es, dass man ihn so beachtete. Sie war stolz auf ihren neuen Mantel und ihre schöne weinrote Mütze. Den ganzen Morgen hatte sie auf ihre Körperpflege verwendet, hatte gebadet, sich die Haare gewaschen, die Augenbrauen gezupft, die Nägel manikürt und Rita von seinem überraschenden Besuch und von ihrer Verabredung erzählt.

Trotzdem fühlte Luise sich nun in Wolfgangs Gegenwart befangen; sie hatte die Sicherheit, mit der sie ihm auf dem Ball begegnet war, verloren. Seit seinem Besuch am Vortag schämte sie sich, weil er gesehen hatte, wie ärmlich sie lebten. Ob es ihm etwas ausmachte?

»Du bist so still heute, Luise«, meinte Wolfgang. »Gefällt es dir hier nicht?«

Sie warf ihm einen Seitenblick zu. Seine kurzen, dunkelblonden Haare blitzten silbern an den Schläfen unter der Schiffchenmütze. Im Sonnenlicht traten auch seine neuen Fältchen an Stirn und Mund deutlich zutage. Sie gefielen Luise.

»Doch, sehr. Ich muss nur über einiges nachdenken.«

»An was denkst du denn?«

»An zu Hause«, log sie rasch.

Er blieb vor einer Wurfbude stehen. »Zu Hause … was meinst du damit?«

»Na, Lindenau natürlich.« Sie wunderte sich, wie er so etwas fragen konnte.

Er nickte und beobachtete, wie ein Mann einen Ball auf den Dosenturm feuerte, der scheppernd zusammenkrachte. Die Freunde des Mannes jubelten.

»Weißt du noch, unsere Dorffeste früher, wie wir uns auf der Kirmes immer getroffen haben?« Sie verstummte, als sie merkte, dass Wolfgang nicht in ihr Schwärmen mit einfiel.

Er betrachtete sie ernst, nahm ihre Hand und zog sie aus dem Getümmel heraus neben eine Bude, wo niemand in Hörweite war.

»Du erzählst so viel von früher. Ich bin auch froh über unsere gemeinsamen Erinnerungen. Aber wir sollten jetzt nach vorn schauen und nicht mehr in der Vergangenheit leben. Sieh dich doch mal um.« Er machte eine vage Rundumbewegung und nahm dann wieder ihre Hand. »Du bist viel schöner als damals auf den Falkensteinen. So erwachsen und … ganz anders. Du bist eine andere Frau geworden.«

Sie lächelte überrascht. Seine Hand umschloss ihre sanft. Das Sonnenlicht fing sich in seinen hellen Augen und in den neuen Fältchen im Gesicht und gaben ihm etwas Verletzliches.

Luise musste schlucken. »Du hast mich damals geküsst, und später wolltest du nichts mehr von mir wissen.«

Er blickte kurz nach unten, dann hob er den Kopf und sah sie wieder an. »Ich weiß. Es tut mir leid, was ich damals getan habe. In dem Alter wusste ich noch nicht wirklich was vom Leben. Außerdem hatte ich mich zum Kriegsdienst gemeldet. Aber jetzt bin ich froh, dass wir uns wiedergetroffen haben. Wirklich, verdammt froh …« Seine Stimme erstarb, und er senkte seine Lippen auf ihre. Dann nahm er sie in die Arme und küsste sie.

Überrascht von seinem plötzlichen Kuss gab sie nach. Ihr Herz klopfte rascher, und sie fühlte wieder das Kribbeln, als ihre Körper sich aneinanderpressten. Verlangen stieg in ihr auf. Aber nach dem Kuss ließ Wolfgang sie los, nahm ihre Hand und zog sie weiter über den Rummelplatz.

Aufgeregt schritt sie neben ihm her. Ein wunderbares Gefühl von Beschütztwerden und Stolz erfüllte sie, als sie Hand in Hand durch das Gewühl schlenderten. Sie sei eine andere Frau geworden, hatte er gesagt. Er hatte bemerkt, dass sie nicht mehr das dumme Mädchen von damals war. Er fand sie schön. Der Aufwand, den sie für ihr Aussehen betrieb, hatte sich endlich gelohnt. Es schien ihm auch nichts auszumachen, dass sie so ärmlich wohnten. Außerdem hatte er sich für damals entschuldigt, er bereute es, dass er sie hatte abblitzen lassen. Auch er war also ein anderer geworden, ein gereifter, erfahrener Mann. Sie kannte ihn schon so lange, gleichzeitig war da neben der alten Vertrautheit etwas Neues, Prickelndes. Er kaufte ihr an der Süßigkeitenbude kleine, mit Schokolade überzogene

Lebkuchen. An der Schießbude hielt er inne. »Ich würde dir gern eine Blume schießen, aber das wäre wohl unfair«, meinte er und grinste.

Luise lachte, ihre Befangenheit war verschwunden. »Ich möchte keine Plastikblume. Die riechen doch gar nicht.«

»Stimmt.«

Sie gingen weiter, dann spendierte er ihr eine Fahrt im Kettenkarussell. Luise verschränkte die Beine in der Luft, als sie in der Gondel an den alten Fachwerkhäusern und dem wuchtigen gründerzeitlichen Rathaus vorbeischwebten. Sie sah die Menschen unter sich kleiner werden und die Kinder sehnsüchtig nach oben starren. Wolfgang streckte seinen Arm aus, und sie bekam seine Hand zu fassen. Gemeinsam schwebten sie durch die kühle Winterluft. Sie fing seine begehrlichen Blicke auf, legte den Kopf in den Nacken, sah in den Himmel und lachte.

* * *

Wenig später, nachdem sie den Rummelplatz verlassen hatten, küsste Wolfgang sie wieder. Er hatte ihr in einer der Buden noch ein Bier spendiert und später noch ein Eis, und sein Kuss schmeckte nach Vanille, als sie in einem Hauseingang eng aneinandergepresst standen. Dieses Mal war sein Kuss leidenschaftlicher, aber nicht weniger sanft. Luise spürte, wie ihre Knie wieder nachgaben. Sollte ihre Liebe tatsächlich jetzt, Jahre später, weitergehen? Vielleicht war er ja ihr wahrer Mann, sie seine wahre Frau. Es musste seinen Grund haben, warum das Leben sie nach Krieg, Vertreibung und Gefangenschaft wieder zusammengeführt hatte.

Sie fühlte, wie ihr Körper zu seinem drängte, wie sie von einem heißen Begehren überwältigt wurde, das sie in seine Gewalt nahm. Wolfgang hielt inne und strich ihr mit einem

Finger über die Wange. »Ich glaube, in meinem Dachzimmer wäre es jetzt wärmer«, meinte er und sah sie erwartungsvoll an.

Luise fühlte ihr Herz pochen. »Aber deine Mutter …«

»Sie ist bei den Kirchenfrauen und kommt vor heute Abend nicht wieder«, sagte er.

Sie nickte. Er lächelte, nahm ihre Hand und führte sie durch die Straßen zum Kurzwarenladen. Mechanisch ging sie mit ihm die knarrende Treppe hinauf in Frau Steidlers kleine Wohnung und folgte ihm in seine Dachkammer, die gleich neben dem Wohnraum lag und die seine Mutter ihm als Schlafzimmer hergerichtet hatte. Über seinem ordentlich gemachten Bett lag eine gehäkelte Tagesdecke, der alte Schrank hatte klobige runde Füße. Viel wärmer war es hier nicht, aber wenigstens fielen Sonnenstrahlen durch das schräge Dachfenster herein und wärmten das Zimmer ein bisschen. Luise ging in das helle Rechteck unter dem Fenster, und Wolfgang kam zu ihr und rieb ihr die kalten Hände. Er streifte ihr die Mütze ab, fuhr mit den Händen durch ihr Haar und hielt sie eine Weile fest, während er sie betrachtete. »Du hast schöne Augen«, sagte er. »Die habe ich immer schon gemocht.«

Luise fühlte ihr Herz noch schneller schlagen. Sie sah ihn näher kommen, schloss die Augen und gewahrte voller Freude, wie er sanfte Küsse auf ihren Lidern verteilte, als wollte er seine Worte bekräftigen. Dann wanderten seine Lippen langsam über ihre Wangen zu ihrem Hals hinunter. Sie legte den Kopf in den Nacken. Etwas dehnte sich in ihrem Innern, und sie hörte sich leise seufzen, als er ihren Hals küsste. Gebannt verfolgte sie, wie er langsam ihren Mantel aufknöpfte, ihn ihr abstreifte und auf das Bett warf. Er zog sie zu sich heran und küsste sie, bis sie glaubte, ihr Begehren nicht mehr im Zaum halten zu können und ihm die Kleider vom Leib reißen zu müssen. Da hörte er auf, trat einen Schritt zurück und begann, sich mit provozierend langsamen Bewegungen seinen Mantel auszuziehen.

Er hängte ihn ordentlich an den Kleiderhaken am Schrank. Ein wissendes Lächeln umspielte seinen Mund, als er sich ihr zuwandte und sie aufmerksam betrachtete, während er sich seine Uniformjacke aufknöpfte. Er hängte sie über den Stuhl, der neben dem Bett stand. Dann wandte er sich wieder zu ihr um, löste langsam seine Krawatte, warf sie ebenfalls auf den Stuhl und begann, sich das Hemd aufzuknöpfen. Luise starrte ihn an, wie er sich Knopf für Knopf weiter vorarbeitete, sah auf seine wohlgeformten Hände und konnte es kaum erwarten, von ihnen berührt zu werden. Endlich zog er sein Hemd aus und legte es auf den Stuhl, und sie betrachtete seinen Rücken und die Muskeln, die sich unter seinem Unterhemd abzeichneten, sah seine sahnig helle Haut im Licht schimmern. Gierig verschlang sie jede seiner Bewegungen mit Blicken, als er sich ihr wieder zuwandte und mit einem kleinen Lächeln vor ihr stehen blieb. Da hielt sie es nicht mehr aus, presste sich an ihn und küsste ihn. Sie streifte ihm das Unterhemd ab und strich über seinen nackten Oberkörper, der sich weich und glatt anfühlte wie der eines Jungen. Luise wich ein wenig zurück und betrachtete ihn im hereinfallenden Licht, und dann legte sie die Hand auf die Muskeln, die zu seiner Hose führten. Das hatte sie schon immer tun wollen.

Er seufzte leise auf. Er streifte ihr den Pullover ab und tastete nach dem Reißverschluss ihres Rocks, zog ihn auf. Der Rock fiel mit einem dumpfen Geräusch zu Boden, und Wolfgang trat vom Fenster weg, um sie im Licht zu betrachten. Er lächelte zufrieden, strich mit der Hand über ihren Oberarm, während er sie einmal halb umrundete und hinter ihr stehen blieb. »Du bist so schön«, raunte er an ihrem Ohr, schob ihre Haare beiseite und küsste ihren Hals. Eine Gänsehaut überlief sie, als sie seinen warmen Atem in ihrem Nacken spürte. Er schlang die Arme um sie und presste sie an sich. Dann packte er sie, hob sie auf sein Bett und löste mit geübten Griffen ihre Strumpfhalter.

»Keine Angst, ich passe auf«, murmelte er, beugte sich über sie und senkte seine Lippen auf ihre, und sie öffnete ihren Mund für den Kuss. Langsam strich seine Hand ihren Schenkel hinauf, und mit der anderen schob er die kratzige Decke weg und drückte sie sanft in die Kissen.

Später lag Luise neben Wolfgang und betrachtete ihn. Er lag auf dem Bauch und hatte ihr sein Gesicht zugewandt, das jetzt im Schlaf glatt und entspannt aussah. Sie blickte auf die geschwungene Linie seines Rückens, die sich bei jedem Atemzug hob und senkte, und lächelte. Wenn Frau Steidler das wüsste – ihr Sohn und das Nachbarsmädchen aus Lindenau. Sie würde sich sicher freuen, und sie selbst freute sich auch, dass sie ihn wiedergetroffen hatte. Sie hob die Hand und strich kaum merklich über seine Haare. Er runzelte die Stirn, murmelte etwas und drehte sich um.

* * *

Er sah die Panzer brennen. Es waren wohl zehn, mit zerschossenen Luken, aus denen schwarzer Qualm wölkte. Das Kampffeld, das sich unter dem ersten zarten Schimmer des beginnenden Morgens vor den Häusern des Dorfes erstreckte, war übersät mit zerschossenen Ketten und Ausrüstungsteilen. Aber sechs oder sieben Feindpanzer feuerten noch. Ihre Kanonen spien lange Feuerstrahlen. Die Granaten jaulten durch die Morgendämmerung, haarscharf an seinem Befehlspanzer vorbei. Er spürte, wie ihm der Schweiß den Rücken hinunterrann. Der Motor seines Panthers dröhnte, als er die volle Drehzahl erreichte. Ruhig bleiben. Er würde sie alle erledigen, selbst mit den übrig gebliebenen vier Panthern noch, und dann schnell zur Division aufschließen, bevor der Iwan ihnen den Weg abschnitt. Sie hatten das schon mal geschafft. Ihre Panther waren schneller als die russischen T-34, und ihre Kanonen reichten weiter. Außerdem war seine Nachhut, in der er Kompanieführer war, eine eingespielte Formation. Sie würden es wieder schaffen.

»An alle: Weiter reinhalten, wir schaffen die!«, schnarrte er mit trockener Stimme in sein Kehlkopfmikrofon. Durch das schusssichere Glas im Sehschlitz peilte er die Lage. »Wir nehmen den am Schuppen«, befahl er seinem Richtschützen Dahl. »Entfernung fünfhundert, vierzehn Uhr. Feuer!«

Die Kanone des Panzers spie einen langen Feuerstrahl, der rot durch die Nacht blitzte. Die Granate traf den T-34 am Heck. Es dauerte nur einige Sekunden, bis sich der getroffene Panzer in eine lodernde Fackel verwandelte.

Der Ladeschütze rammte die nächste Granate in den Verschluss und meldete: »Fertig geladen!« Der Turm seines Befehlspanzers drehte sich nach links, und Dahl visierte den nächsten T-34 an. »Feuer!«, befahl er. Die Granate zischte los und landete mit einem Krachen im russischen Panzer, der mit einem Kettenschaden liegen blieb.

»Treffer!«, meldete er. Nur einen Augenblick später sah er in geringer Entfernung die Mündung eines T-34 auf sich gerichtet. Im selben Moment erzitterte sein Panther, und ein ohrenbetäubender Krach ertönte. Der Panzer blieb stehen.

»Falke getroffen!«, meldete er automatisch. Er rang nach Luft. Der Qualm nahm ihm fast den Atem. Getroffen, hämmerte es im Takt seines wild pochenden Herzens in seinem Kopf. Sein Befehlspanzer war getroffen. Mechanisch überschlug sein Gehirn die Zahlenverhältnisse. Die waren sechzehn oder siebzehn gewesen, sie nur fünf. Sie waren kurz davor, den übermächtigen Gegner zu vernichten. Und jetzt das. Durch den Sehschlitz beobachtete er, wie der Sperber, einer seiner Begleitpanzer, auf den T-34 zurasselte, der ihn gerade getroffen hatte. Er hörte den dumpfen Knall durch seinen Kopfhörer, als der Sperber schoss. Krachend zerbarst der Turm des T-34, und der Panzer blieb liegen. Aber dafür bekam es der Sperber nun mit zwei weiteren russischen Panzern zu tun.

Verdammt, dachte er, es waren zu viele. Und dann: Weitermachen! So viele mitnehmen, wie sie kriegen konnten. Sie konnten es noch schaffen, die Hunde zu erledigen.

»Sollen wir ausbooten, Herr Oberfähnrich?«, rief sein Fahrer hektisch.

»Nein!«, rief er und befahl dem Ladeschützen, nachzuladen. Er ließ einen der T-34 anvisieren, der den Sperber beschoss.

»Entfernung hundert. Drei Uhr – Feuer!«, befahl er. Die Granate zischte durch die Nacht und traf den T-34 ins Heck.

»Treffer!«, meldete er mechanisch. Doch dann sah er den Sperber in Flammen aufgehen. Sein treuester Oberfeldwebel, die Jungs der Besatzung in Flammen. Das Entsetzen packte ihn mit Wucht im Nacken. Sein Herz raste, ob vor Wut oder Angst, hätte er nicht sagen können. Weitermachen, befahl er sich. Sie gingen im Flammenmeer unter oder siegten.

»Herr Oberfähnrich ...«

Er ignorierte die eindringliche Stimme seines Fahrers. »Nein, verdammt noch mal! Nachladen!«

Die nächste Granate landete im Verschluss. Der Turm seines Panthers drehte sich, um das nächste Ziel anzuvisieren. Doch dann gab es einen unbeschreiblichen Krach. Der Panther wackelte. Wolfgang spürte einen dumpfen Schlag und roch den Benzingestank im selben Augenblick.

»Sofort ausbooten!«, brüllte er. Er sah, wie alle in Bewegung kamen, und versuchte, die Turmluke zu öffnen – vergeblich. Raus, sofort raus. Benommen sah er durch den Qualmschleier, wie sein Fahrer sich aus der Fahrerluke hievte. Der Benzingeruch nahm ihm den Atem. Er fühlte noch, wie ihn zwei kräftige Arme packten, dann verlor er das Bewusstsein.

Jemand fasste sanft seine Schulter. Wolfgang fuhr hoch. Er spürte das rasche Pulsieren seines Herzschlags an der Schläfe. Sonnenlicht fiel durch das schräge Dachfenster herein und malte ein Rechteck auf die Dielen. Dahinter stand der wuchtige Kleiderschrank, in dem seine Mutter ihre Sachen aufbewahrte. »He, he, was ist denn?« Der Griff an seiner Schulter wurde stärker. Er wandte den Kopf und erblickte Luise. Sie lag neben ihm und hatte einen Ellenbogen aufgestützt. Mit der anderen Hand strich sie fortwährend über seinen Arm.

Jetzt fiel ihm alles wieder ein. Der Nachmittag auf dem Rummelplatz. Luise. Die Dachkammer. Er musste eingeschlafen sein. Er verzog den Mund zu einem Lächeln und ließ sich wieder auf das weiche Kissen zurücksinken. »Hab ich dich gestört?«, murmelte er.

»Nein, aber du hast unruhig geschlafen und laut gerufen.«

Er seufzte leise. Seine verdammten Träume. Jetzt erst spürte er, dass seine Haut feucht vom Schweiß war. Er zwang sich, Luise anzusehen und sich ganz auf sie zu besinnen – ihr zerzaustes Haar, ihre schönen Augen. Ihr Frauengeruch beruhigte ihn und ließ ihn langsamer atmen.

»Hast du was Schlimmes geträumt?«

Er schüttelte den Kopf. »Nur vom Krieg. Kommt manchmal vor.«

»Oh.« Auf ihrer Stirn stand eine feine Sorgenfalte. »Erzählst du es mir?«

»Nein.« Er wollte vergessen, nicht erzählen. Er beugte sich über sie. »Ich glaube, wir haben noch etwas Zeit«, meinte er und küsste sie, bis das schale Gefühl in seiner Magengegend verschwand und durch ein aufregendes Kribbeln ersetzt wurde.

Kapitel 6

Rittelsbeck, im März 1957

Es war ein warmer, schöner Tag. Da es einen milden Winter gegeben hatte, blühten die Blumen früher als sonst. Der Forsythienbusch an der Baracke leuchtete gelb in der Sonne. Überall zwitscherte, trällerte und gurrte es, und manchmal erklang das Krächzen der Saatkrähen, deren dunkle Silhouetten zwischen den tanzenden Singvögeln über den Himmel streiften.

Luise und Rita arbeiteten gerade kompostierten Pferdemist in das neue Gemüsebeet ein, als Helene aus dem Haus kam. Sie hielt ein schmales Kuvert in die Höhe. »Rita, du hast einen Brief bekommen!« Rita legte ihre Harke weg und streifte sich die Hände an der Schürze ab. Zögernd nahm sie den Brief von Helene entgegen und starrte auf den Absender. Sie räusperte sich. »Er ist vom evangelischen Begabtenförderwerk«, sagte sie.

Luise wischte sich den Schweiß von der Stirn, lehnte ihre Harke an die Barackenwand und ging zu ihr. »Also haben sie doch noch geschrieben. Willst du nicht reinsehen?«

Rita sah zum Hühnerstall hinüber, wo die Hühner hinter dem dünnen Drahtzaun herumliefen, scharrten und pickten. Ossacks Katze hatte sich ein warmes Plätzchen vor der Baracke gesucht und schlief in der Sonne. »Doch, aber …« Sie drehte das Kuvert unschlüssig in den Händen, als hätte sie auf einmal Angst, den lange erhofften Brief zu öffnen. Aber dann schob sie ihren Finger ins Kuvert und riss es mit ein paar energischen Bewegungen auf. Hastig las sie den Brief, dessen maschinengeschriebene Buchstaben durch das Papier hindurchschimmerten. »Ich bin angenommen«, murmelte sie. »Ich bekomme das Stipendium.«

Luise und Helene jubelten und umarmten sie. Rita lächelte.

»Nun kannst du studieren«, sagte Helene. »Ich freu mich für dich.«

»Das hast du dir wirklich verdient, Rita«, sagte Luise und strich ihrer Freundin über den Arm. »Du hast so hart gearbeitet und gespart in den letzten Jahren. Jetzt ist dein Wunsch in Erfüllung gegangen.«

Rita nickte und strahlte. Sie wischte sich die Tränen aus den Augenwinkeln. »Ich kann mich endlich einschreiben«, rief sie.

»Nun zahlt es sich also aus, dass du dich jahrelang in den Kirchenchor eingebracht hast«, meinte Luise. »Jede Woche nach Rittelsbeck radeln und die Kleinen unterrichten, das war schon ein hartes Stück Arbeit.« Wehmütig dachte sie daran, dass sie selbst noch anfangs zum Kirchenchor mitgegangen war, vor einigen Jahren aber aufgehört hatte, weil sie keine Lust mehr gehabt hatte, an den Sonntagen früh zu den Gottesdiensten aufzustehen. Außerdem mochte sie keine Kirchenlieder mehr singen.

Rita steckte den Brief zurück ins Kuvert und seufzte glücklich. »Ich kann also Lehrerin werden.« Sie hatte sich vor einiger Zeit dagegen entschieden, Pfarrerin zu werden.

»Aber nicht hier«, sagte Luise.

»Nein, das nicht«, bestätigte Rita lächelnd. »Ich muss sehen, wo ich einen Studienplatz bekomme.«

Helene drückte ihr den Arm. »Dein Vater wäre stolz auf dich«, sagte sie.

»Und ich muss euch auch nicht länger zur Last fallen«, sagte Rita.

»Du fällst uns nicht zur Last«, erwiderte Helene. »Du gehörst doch schon lange zur Familie. Außerdem gibst du unseren Eltern jeden Monat Geld ab wie wir alle.«

Luise fühlte es in ihrem Magen rumoren. Sie wusste schon lange, dass Rita studieren wollte und sich um ein Stipendium beworben hatte. Ihr war immer klar gewesen, dass ihre Freundin eines Tages weggehen würde. Aber nun, wo es Wirklichkeit wurde, schlug ihr die Nachricht auf den Magen. Sie konnte sich nicht vorstellen, dass Rita eines Tages nicht mehr in dem Bett neben ihr schlafen würde. Sie mochte ihre vertrauten Gespräche nicht missen. Sie wandte sich ab. Ein schlechtes Gefühl ballte sich in ihrem Magen zusammen. Sie ging zum Gemüsebeet und erbrach sich auf die frisch aufgeharkte Erde.

»Bist du krank?«, fragte Helene, die ihr gefolgt war.

Anstatt einer Antwort beugte sich Luise über das Beet und erbrach sich erneut, bis nichts mehr in ihrem Magen war. »Ich hole Wasser«, sagte Helene und lief zu den Waschräumen. Rita hakte Luise unter und begleitete sie zu der kleinen Holzbank, die vor der Baracke in der Sonne stand. Luise ließ sich darauf nieder und starrte auf das Feld, das sich bis zur Bahnlinie erstreckte. Das zarte Grün der Felder flirrte vor ihren Augen. Die Luft roch nach Frühling. Ossacks Katze erhob sich von ihrem Sonnenplätzchen, streckte die Vorderpfoten weit von sich und reckte sich genüsslich, dann lief sie davon.

Luise dachte an einen verschneiten Nachmittag im Januar in Frau Steidlers Dachkammer zurück. Es war das erste und einzige Mal gewesen, dass sie und Wolfgang sich nicht vorgesehen hatten. Nachdem ihre Tage ausgeblieben waren, hatte sie heiße Bäder genommen. Das sollte helfen, wie sie gehört hatte. Aber es hatte nichts genützt, wie ihr der heimliche Besuch bei einer

Frauenärztin vor einigen Tagen bestätigt hatte. »Ich bin nicht krank«, sagte sie mit tonloser Stimme.

Rita starrte sie an. Der Wind spielte mit ihren halblangen schwarzen Haaren und wehte ihr eine Strähne an den Mund. In einem der Bäume am Waldrand saßen Tauben, deren Flügel dumpf in den Ästen knallten. »Du bist schwanger«, stellte sie fest.

Luise nickte. »Ist es nicht seltsam, wie manchmal ganz lange nichts passiert und dann alles auf einmal? Du gehst weg und ich … bekomme ein Kind.« Sie lachte leise.

Rita sah verwirrt aus. Sie strich sich mit den Händen ein paarmal über die Schürze. »Ist … ist es von Wolfgang?«

Luise nickte.

»Weiß er es schon?«

»Nein. Ich wollte bis zu seinem Besuch morgen warten.«

»Und deine Eltern?«

»Niemand weiß es. Du bist die Erste. Sag bitte nichts, keiner soll es wissen, bis ich mit Wolfgang gesprochen habe.«

Rita nickte. Sie sah eine Weile auf ihre Schuhspitzen hinunter. »Meinst du … Er wird doch zu seiner Verantwortung stehen, oder?«

Luise zuckte mit den Schultern. Eine Weile schwiegen sie und sahen aufs Feld. Helene kam mit dem Wasserbecher zurück und gab ihn Luise, und Rita bat sie, noch einen Tee für Luise zu kochen.

Nachdem Helene im Haus verschwunden war, schien Rita sich wieder gefangen zu haben. »Wie schön ist das doch! Ein Kind! Ich wünsche dir alles Gute und Gottes Segen.« Sie umarmte Luise.

Luise seufzte auf. Sie hatte erst mit Wolfgang darüber sprechen wollen, aber nicht den Mut gehabt, in der Kaserne anzurufen und um ein Treffen zu bitten. Nun war eben Rita der erste Mensch, der es erfahren hatte. »Was immer er sagen wird, ich bin ab jetzt nicht mehr allein«, sagte sie. »Da ist jemand in mir, ein neuer Mensch.«

Rita lächelte. »Wer hätte das gedacht – Wolfgang Steidler, Sohn des Lehrers und Kantors, wird Vater deines Kindes.«

Luise sah zur Bahnlinie hinüber, wo ein kurzer Zug gerade nach Rittelsbeck fuhr. Die Räder der Waggons ratterten in der Stille des Samstagnachmittags. »Im letzten Schuljahr, bevor Wolfgang in den Krieg ging, war ich in ihn verliebt, das hab ich dir ja schon erzählt. Ich hab mich immer hinter unserer Scheune versteckt und Steidlers Haus beobachtet.« Sie lächelte. »Mein Vater hatte damals seinen Landauer und fuhr Hochzeitsgesellschaften. Ein paar Tage, bevor Wolfgang wegging, fuhr er ein Brautpaar in Königsdorf zur Kirche, dabei habe ich ihn begleitet. Als ich sah, wie das Brautpaar zur Kirche ging, wünschte ich mir so sehr, Wolfgang und ich würden eines Tages heiraten. Mein Vater hat mich damals noch vor ihm gewarnt und gesagt, Jungs in seinem Alter würden nur herumtändeln, und wenn ich Pech hätte, stünde ich womöglich noch allein mit einem Kind da. Und nun ist es passiert.« Sie lachte kurz auf und fuhr dann fort: »Als alle in der Kirche waren, kam eine Krämerin, und ich habe mir von ihr aus der Hand lesen lassen. Sie hat gesagt, es würde zwei Männer in meinem Leben geben, und ich würde meinem Herzen folgen. Aber ich habe damals eine Verstandesentscheidung getroffen.«

Rita ließ ihre Hand los. »Du meinst Marian?«

Luise nickte.

»Denkst du manchmal noch an ihn?«

»Ja.« Sie beobachtete geistesabwesend ein Auto, das über die Landstraße ins Dorf fuhr. »Manchmal träume ich noch von ihm. Und ich frage mich, was er macht und wie es ihm geht.«

Rita räusperte sich. »Bereust du, dass du nicht dageblieben bist?«, fragte sie leise.

Luise schüttelte heftig den Kopf. »Was soll ich denn in der Heimat, wenn sie polnisch ist? Ich wäre jetzt hinter dem Eisernen Vorhang und könnte euch nicht mehr sehen.«

Rita musste schlucken. »Stimmt, das wäre furchtbar.«

»Ich hätte Marian wahrscheinlich dafür gehasst, wenn ich ihm zuliebe dageblieben wäre.«

Rita sah sie nachdenklich an. »Du hattest die Wahl zwischen zwei Übeln«, sagte sie. »Du musstest dich für eins entscheiden.«

Luise spürte Tränen aufsteigen. Sie schluckte sie hinunter. Auf der Landstraße knatterte jetzt ein Motorroller entlang. »Ich habe immer gehofft, eines Tages wieder zurückzukönnen. Ich hatte nicht gedacht, dass alles so kommt«, sagte sie. »Dass wir hierbleiben müssen.«

»Vielleicht ist es besser, die Heimat so in Erinnerung zu behalten, wie sie war«, meinte Rita. »Früher, vor dem Krieg. Als alles noch gut war. Als mein Vater noch lebte und deiner den Landauer hatte.« Sie lächelte gequält. »Wir sollten uns keine falschen Hoffnungen machen. Wir sollten nach vorn schauen.«

»Das sagt Wolfgang auch immer. Er meint, ich denke zu viel an die Vergangenheit. Ich solle sie hinter mir lassen und an die Zukunft denken.«

»Er hat recht«, sagte Rita. »Dein Kind wird dir dabei helfen.«

Sie legte Luise den Arm um die Schultern und drückte sie kurz an sich. Luise legte den Kopf auf Ritas Schulter. Zum ersten Mal, seit sie gefürchtet hatte, schwanger zu sein, keimte Freude in ihr auf.

* * *

Am nächsten Tag traf sie Wolfgang. Er war wie jeden zweiten Sonntagnachmittag bei ihnen zum Kaffeetrinken (den ersten verbrachten sie immer bei seiner Mutter), und nun gingen sie über die Felder spazieren. Es war ebenso warm und sonnig wie tags zuvor, und Luise trug ihren Wintermantel offen ober ihrem Sonntagskleid. Kaum waren sie außer Sichtweite des letzten großen Hofes von Rittelsbeck, nahm Wolfgang sie in die Arme und küsste sie lange und leidenschaftlich. »Ich habe mich die ganze Woche danach gesehnt«, murmelte er zwischen zwei Küssen, während seine Hand nach ihrer Brust tastete. »Nächste Woche hast du doch wieder Frühschicht, oder?«

»Ja«, sagte Luise, während sie sich plötzlich fragte, ob er sich nach ihr gesehnt hatte oder nach dem, was sie seit jenem Tag nach ihrem Besuch auf dem Rummelplatz und nach ihren Stadtbummeln und Kinobesuchen heimlich in der Dachkammer getan hatten, wenn Frau Steidler in ihrem Kirchenkreis war. Luise schämte sich immer ein wenig, wenn sie daran dachte, wie oft die Gier sie übermannt hatte. Sie stand Wolfgang dabei in nichts nach, und sie war froh, dass er ihr das nicht übel nahm und sie nicht für ein leichtes Mädchen hielt. Seit Marian hatte sie, abgesehen von einem schnellen, heimlichen Abenteuer nach einem Ball, mit keinem Mann mehr geschlafen. Wolfgang hatte ihre alte Leidenschaft wieder geweckt, und nun musste sie ihm sagen, dass das nicht ohne Folgen geblieben war.

Aber er zog sie schon in einen kleinen Schuppen, der meistens offen war, und presste sie an die Holzwand. Vielleicht wäre es besser, es ihm danach zu sagen. Sie ließ es geschehen, dass er ihr Kleid hochschob und seine Hände sie energisch packten. Sie knöpfte seinen Mantel auf. Seine Schiffchenmütze fiel in den Staub, und er senkte seine Lippen auf ihre.

Danach wartete sie ab, bis sie sich beide wieder angezogen hatten und Wolfgang mit einem befriedigten Lächeln in die Sonne trat. Aber sie fühlte ihr Herz immer noch rasch klopfen. Wie würde er reagieren? Würde er sie wirklich heiraten, wie sie am Vortag Rita gegenüber so fest behauptet hatte? In Wahrheit war sie sich dessen ganz und gar nicht sicher. Sie ordnete ihr Haar und zupfte sich nervös ihren Mantel zurecht. Sie suchte nach den Worten, die sie sich zurechtgelegt hatte. Sie fielen ihr nicht mehr ein.

»Ich muss dir etwas sagen«, begann sie und lauschte mit klopfendem Herzen auf ihre Stimme, die rau und fremd klang. Er hörte auf, den Staub aus seiner Mütze zu klopfen, lehnte sich gegen die Schuppenwand und blinzelte ihr erwartungsvoll entgegen. Seine hellen Augen leuchteten in der Sonne.

Sie schluckte. Ein unbestimmtes schlechtes Gefühl, nun alles zu zerstören, stieg in ihr auf. »Ich bin schwanger«, hörte sie sich sagen. »Es muss bei dem einen Mal passiert sein, als du nicht aufgepasst hast«, setzte sie hinzu.

Er senkte den Kopf und knetete die Mütze in seinen Händen.

»Ich weiß, dass ich nicht aufgepasst habe«, sagte er mit rauer Stimme. »Bist du dir sicher?«

»Ich war bei Doktor Schulte.«

Ängstlich beobachtete sie, wie er ihre Worte aufnehmen würde. Wenn er abstreiten würde, der Vater zu sein, und sie nicht heiraten wollte, würde sie das Kind trotzdem bekommen. Es würde Gerede geben, und sie müsste wohl für immer bei ihren Eltern bleiben und in der Gardinenfabrik schuften, aber das würde sie notfalls in Kauf nehmen. Sie würde nicht zu einer Engelmacherin gehen.

Wolfgang wich ihrem Blick aus und sah über sie hinweg nach Rittelsbeck hinüber. Als er nichts erwiderte, sagte sie: »Ich werde das Kind behalten.«

Sein Adamsapfel hüpfte auf und ab, als er schluckte. Er räusperte sich. »Nun, lange Verlobungszeiten sind sicher nicht gut«, sagte er. »Am besten lassen wir unsere ganz ausfallen und heiraten sofort.« Er lächelte sein selbstsicheres Lächeln, das

Luise immer schon an ihm gemocht hatte. Ein Gewicht fiel von ihren Schultern.

»Heißt das, du wirst mich heiraten?«, brachte sie hervor.

Er steckte seine Mütze in die Manteltasche und nahm ihr Gesicht in seine Hände. »Wenn du mich willst?«

Sie starrte in sein gut geschnittenes Gesicht und konnte es nicht fassen. Er, der Lehrerssohn und Offizier, er würde ihr gehören. Sie schloss die Augen und spürte, wie er seine Lippen auf ihre legte und sie sanft küsste.

»Ich glaube, wir werden uns gut verstehen«, murmelte er mit rauer Stimme. Er nahm ihre Hand, und sie gingen schweigend den Feldweg entlang. Luise konnte nichts sagen. Sie hörte die Vögel in den Hecken jubilieren, und in ihr jubilierte es auch. Sie würde Wolfgangs Braut werden. Sie würden eine Familie sein. Das, was sie sich vor langer Zeit auf dem Ausflug mit dem Landauer gewünscht hatte, würde doch noch wahr werden.

»Meine Mutter wird sich freuen«, hörte sie ihn sagen. »Sie erzählt immer wieder davon, wie ihr ihr in der Besatzungszeit geholfen habt.«

»Aber das war doch klar«, sagte Luise. »Sie war unsere Nachbarin und allein nach dem Tod deines Vaters.« Sie fragte sich, ob er von dem russischen Offizier wusste, den seine Mutter unter der russischen Besatzung hatte beherbergen müssen. Ob Frau Steidler ihm davon erzählt hatte? Gewiss nicht, und sie würde es auch nicht tun. Es wäre besser, Wolfgang würde das nie erfahren. Manches sollte für immer unter dem Staub der Jahre begraben bleiben.

»Das ist nicht selbstverständlich«, erwiderte Wolfgang. »Ihr habt viel riskiert dafür. Meine Mutter hat erzählt, dass der Pole, der euer Haus besetzt hielt, dich geschlagen hat, nachdem du ihr ein Brot gebracht hattest. Sie hat das vom Fenster aus beobachtet.«

»Das hat sie gesehen?« Luise zog überrascht die Luft ein. »Nun, wir wollten sie nicht im Stich lassen. Aber sicher haben ihr andere aus dem Dorf auch geholfen. Sie war unsere Lehrersfrau.«

Wolfgang drückte ihre Hand. Luise warf ihm einen raschen Seitenblick zu. Er hatte die Lippen zu einem Strich zusammengepresst und starrte stirnrunzelnd auf den Feldweg. »Du musst etwas wissen, ehe wir heiraten«, sagte er.

Sie blieben beide stehen. Luise fühlte Angst aufsteigen, als sie in sein ernstes Gesicht sah. Sie dachte, er würde ihr jetzt etwas Schlimmes gestehen. Dass er schon ein Kind hätte oder dass er sonst irgendetwas getan hätte.

»Ich werde versetzt. Mein Bataillon wird bald zur Panzerbrigade nach Allenheide verlegt. Dort bekomme ich eine Kompanie.«

Luise fühlte sich beinahe erleichtert, dass es nicht das war, was sie befürchtet hatte. »Nach Allenheide?«, fragte sie. »Wo ist das?«

»Ungefähr eine Dreiviertelstunde von hier über die Dörfer. Ziemlich großes Dorf mit großer Kaserne«, erklärte Wolfgang. »Sie bauen da gerade neue Siedlungen für die Soldatenfamilien. Wir bekämen eine schöne neue Wohnung, vielleicht sogar später ein Reihenhaus.«

»Hört sich gut an«, sagte Luise mit tonloser Stimme.

»Das ist keine weite Strecke. Du kannst deine Eltern oft besuchen.«

»Ja.« Ein Schatten fiel auf ihre Freude. Sie würde mit Wolfgang wegziehen, in ein fremdes Dorf. Weg von ihrer Familie, die ihr nach der Vertreibung noch als Einziges geblieben war. Aber war sie hier nicht sowieso immer fremd geblieben? Sie hatte ihre wahre Heimat verloren und könnte nirgendwo mehr wirklich heimisch werden, also war es gleichgültig, wo sie wohnte. Außerdem würde Rita ebenfalls bald fortgehen, und die Arbeit in der Fabrik ödete sie schon seit Langem an. Sie könnte also gut wegziehen, wenn sie nur ihre Familie regelmäßig sehen könnte.

»Es gibt dort viele Soldatenfamilien«, erklärte Wolfgang, der wohl ahnte, was in ihr vorging. »Du kannst die anderen Offiziersfrauen kennenlernen. Unser Kind kann in den Kindergarten gehen, der bald gebaut werden soll.« Er hielt inne, trat hinter sie und legte seine Hände auf ihren Bauch. Dann zog er sie an sich, schob ihre Haare beiseite und küsste ihren Hals. »Nun, Frau Steidler, wie gefällt dir das?«, murmelte er an ihrem Ohr.

Wohlige Wärme dehnte sich in ihr aus. »Sehr gut. Aber ich muss mindestens einmal im Monat meine Familie besuchen. Versprich mir das.«

»Ich will doch auch meine Mutter besuchen«, murmelte er an ihrem Ohr. Sie merkte, wie ihre Knie wieder nachgaben.

Er nahm ihre Hand und zog sie zum Waldrand, und Luise dachte noch, wie viel angenehmer es wäre, wenn sie erst ein eigenes Schlafzimmer hätten. Dann dachte sie nichts mehr.

* * *

Am folgenden Pfingstsamstag heirateten Luise und Wolfgang in der kleinen evangelischen Kirche von Rittelsbeck, die vor einigen Jahren für die Vertriebenen neu errichtet worden war. Die Glocken läuteten, als Wolfgang Luise an seinem Arm aus der Kirche geleitete, wie sie es sich einst gewünscht hatte, als sie mit ihrem Vater im Landauer das Hochzeitspaar zur Kirche gebracht hatte. Luise hieß nun tatsächlich Steidler, und das war wichtiger als eine große Feier. Sie hatte mit Wolfgang beschlossen, nur im kleinen Kreis zu feiern, zumal er auch mit keinem seiner Bundeswehrkollegen eine enge Freundschaft pflegte. Ihre Trauzeugen sowohl auf dem Standesamt als auch in der

Kirche waren Rita und Frau Steidler. Nach der Hochzeit in der Kirche versammelten sich die Reichs, Frau Steidler, Rita, Helenes Verlobter Peter und ihre Nachbarin Frau Ossack samt ihren beiden Kindern mit dem Brautpaar um zwei Tische vor der Baracke, über die sich die besten weißen Tischdecken von Luises und Wolfgangs Mutter spannten. Bei herrlichem Wetter gab es Sekt, Nudelsuppe, Schweinerollbraten mit Gemüse und Salat und anschließend eingeweckte Herzkirschen.

Luise, die ein schlichtes weißes Brautkleid trug, das Frau Ossack ihr genäht hatte, schnitt am Nachmittag gemeinsam mit Wolfgang die Hochzeitstorte an, die er aus einer Bäckerei in Kurstadt besorgt hatte. Nach dem Kaffee tranken die Männer Schnaps und die Frauen Likör, und Wolfgang ließ sich von Luises Vater die neue Bauzeichnung des Siedlungshauses zeigen, für das bereits ausgeschachtet worden war. »Hättet ihr noch ein bisschen gewartet, dann hätten wir da feiern können«, sagte er und zwinkerte seinem Schwiegersohn zu. Wolfgang lächelte und erwiderte nichts, denn alle kannten inzwischen den Grund für ihre übereilte Hochzeit.

Luise hatte ihre letzten Monatslöhne gespart, doch es reichte am Ende nur für ihr einfaches Brautkleid, die Schuhe und die Feier – den Rest musste Wolfgang bezahlen. Ihre Eltern gaben ihr etwas dazu, soweit sie konnten. Rita schenkte ihnen Briefpapier und einen Füller in der Hoffnung, sie würde ihr schreiben, was Luise nur zu gern versprach.

Von Helene und Peter, die ihre eigene Hochzeit doch noch verschoben hatten, bis die Reichs im neuen Haus wären, bekamen sie die Töpfe, die sie sich gewünscht hatten, und Peter machte Fotos mit seinem neuen Fotoapparat. Manfred saß die meiste Zeit schweigend am Tisch. Er sah etwas traurig aus. Sein Geschenk war nicht groß, denn er verdiente nur wenig, aber er hatte ihnen tatsächlich in mühevoller Arbeit einen Rübezahl geschnitzt – ein Geschenk, das Luise zu Tränen rührte.

Tränenreich war auch ihr Abschied, als Luise und Wolfgang zwei Monate später nach Allenheide zogen. Alle versprachen, sich gegenseitig zu besuchen. Wolfgang und sie hatten eine Dreizimmerwohnung in einem der nagelneuen Siedlungshäuser bekommen. Wolfgang hatte sich von seinem Ersparten einen VW gekauft, in dem sie ihre wenigen Habseligkeiten transportierten. Die restlichen Möbel würden sie sich in der Nähe von Allenheide kaufen. Luise weinte die ganze Zeit, als sie über die Landstraße fuhren. Obwohl sie die Strecke zur Wohnungsbesichtigung schon einmal gefahren waren, erschien ihr alles fremd. Fremde Orte, deren Namen sie sich nicht merken wollte, zogen an ihr vorbei. Dazwischen Felder, Pferdeweiden, Waldstücke. Hinter einer größeren Ortschaft änderte sich die Landschaft, und es begannen eintönige Kiefernwälder. Wolfgang bog in eine schmale, schlecht asphaltierte Straße und durchquerte einen erhobenen Schlagbaum. »Gut, es ist offen, wir können durchfahren«, sagte er erleichtert. Er steuerte den Wagen sicher, als hätte er nie etwas anderes getan, durch das ausgedehnte Niemandsland, das sich nun um sie herum erstreckte. Flaches Steppenland mit ausgetrockneten Gräsern, hin und wieder Krüppelkiefern und Birken. In einiger Entfernung zeichnete sich vor ihnen der dunkle Saum des Kiefernwaldes ab. Der Motor dröhnte, als der VW über die Betonpiste des Truppenübungsplatzes rauschte, und zwischendurch gab es immer wieder das regelmäßige Klack-klack, mit dem seine Räder über die kleinen Erhebungen zwischen den Betonplatten rollten. Klack-klack, klack-klack, klack-klack.

»Wein doch nicht so«, meinte Wolfgang und tätschelte ihr Knie. »Wirst sehen, es wird schon alles gut.«

Luise sah durch ihren Tränenschleier auf die öde Landschaft. Er hatte gut reden. Er war schon ein paar Wochen hier und hatte sich sicher eingelebt in seinem Kameradenkreis, sie aber würde wieder ganz neu anfangen müssen. In diesem

Niemandsland schien er sich jedenfalls auszukennen wie in seiner Manteltasche.

Ihr VW rauschte über das Kopfsteinpflaster. Sie fuhren an den Ruinen einiger Häuser vorbei. »Was ist das?«, fragte sie.

»Ein verlassenes Dorf«, erklärte Wolfgang. »Es wurde aufgegeben, als Hitler das Gebiet zum Truppenübungsplatz erklärte. Siehst du, da vorn ist die Kirche.« Er deutete auf einen grauen Kirchturm, der in den wolkenlosen Sommerhimmel ragte. Luise beugte sich vor, soweit es ihr dicker Bauch erlaubte, und starrte den Turm an, dann sank sie wieder in ihren Sitz zurück. Ein Gefühl von Traurigkeit und Verlorensein befiel sie, wie sie es schon lange nicht mehr gefühlt hatte. Sie biss sich auf die Lippen, um nicht laut aufzuschluchzen. Sie wandte sich ab und sah aus dem Fenster. Die öde Gegend um sie herum verschwamm. In der Ferne konnte sie ein paar dunkle Punkte ausmachen. Sie tippte mit dem Finger an die Scheibe. »Da hinten, was steht da?«

Wolfgang warf einen kurzen Blick hinüber. »Alte Kriegspanzer«, erklärte er. »Wir benutzen sie als Ziele bei unseren Schießübungen.« Die Straße führte sie nun näher heran, und Luise konnte mehr von den Panzern erkennen. Sie sah ihre zerschossenen, verrosteten Stahlhüllen und ihre Kanonen. Manche Panzer hatten ihre Ketten verloren. Ihre Räder schienen mit dem Gras verwachsen zu sein. Obwohl es warm war, überlief sie ein kalter Schauer, und sie wandte den Blick ab und sah auf das Kopfsteinpflaster der Straße vor ihnen. Ihre Laune besserte sich erst, als sie in dem Siedlungshaus ihre neue kleine Wohnung betraten. Einladend dehnte sich der mit hellem Linoleumboden ausgelegte Flur vor ihnen. Es gab eine Küche mit eingebauter Spülecke, das Bad, ein Wohnzimmer, ihr Schlafzimmer und das Kinderzimmer. Der Ofen konnte vom Flur aus befeuert werden. Überall standen noch Kartons unausgepackt herum. Wolfgang stapfte durch den langen Flur ins Kinderzimmer und setzte den

Karton ab, den er hochgetragen hatte. Das Zimmer war frisch tapeziert, und so roch es auch. Luise öffnete das Fenster.

»Wie gefällt dir die Tapete?«, fragte er und deutete auf die Wände. »Sieht doch gut aus, oder?«

Luise betrachtete das Muster mit den vielen Würfeln, die mit Tieren oder Pflanzen bemalt waren. »Schön«, sagte sie lächelnd. »Und erst der Balkon!« Sie trat ans Fenster und sah hinaus auf den Balkon, der vor dem Fenster lag. Unten erstreckte sich eine große Wiese, dahinter lag ein Spielplatz. Sie würde ihr Kind vom Balkon aus spielen sehen können. Wolfgang trat hinter sie und umschloss mit seinen Händen ihren Bauch. Er küsste ihren Scheitel. »Na, geht's dir jetzt besser?«

»Ja.« Sie fühlte sich weniger traurig, als sie an ihr Kind dachte.

Kapitel 7

Ein Dorf im Wartheland, Winter 1945

Als Wolfgang wieder zu sich kam, spürte er matschige kalte Erde unter sich. Panzergranaten zischten über ihn hinweg. Irgendwo hinter ihm hörte er ein gewaltiges Feuer brennen, dazwischen immer wieder das Scheppern zerfallenden Metalls. Alles nahm er nur dumpf wahr, wie durch eine Glasscheibe. Er hatte immer noch das Wummern einer gewaltigen Explosion in den Ohren, die ihn betäubt hatte. Dazu einen stechenden Schmerz im Kopf. Er versuchte, etwas zu erkennen. Um ihn herum loderte brennendes Metall. Vor ihm lag sein Fahrer regungslos im Schneematsch. Neben ihm sein Ladeschütze, der ihn mit offenen Augen anstarrte. Im selben Moment hörte er das Rattern eines MGs und sah, wie Patronen den leblosen Körper seines Ladeschützen durchsiebten und dann in den Boden fuhren. Feuchte Erde spritzte auf. Wolfgang senkte den Kopf und atmete mühsam. Es roch nach Feuer, Benzin und etwas anderem, ungleich Grauenvollerem. Brennendes Öl. Gleich, dachte er. Die nächste Salve würde ihn treffen.

Er hörte das ferne Dröhnen von Panzermotoren, dann wieder das dumpfe Krachen der Granaten. Jemand fasste seinen

Arm mit festem Griff und zog an ihm. »Kommen Sie, Herr Oberfähnrich. Wir müssen hier weg.« Dahls Stimme.

Wolfgang fühlte seine Beine nicht mehr. Sein ganzer Körper schien taub und abgestorben, als wäre er nicht mehr ein Teil von ihm. Vielleicht war er schon so gut wie tot. Dahl sollte ihn hier liegen und sterben lassen. Er wollte mit seinen Männern sterben. »Lassen Sie mich«, keuchte er.

»Nein, Herr Oberfähnrich. Kommen Sie, stehen Sie auf. Ich stütze Sie«, drängte Dahl.

Wolfgang winkte ab. Ihm fiel wieder ein, dass er zwei Panzer verloren hatte. Was war mit den übrigen? Er hob den Kopf und blinzelte durch das warme Blut, das ihm über die Stirn rann. Er sah den Bussard in einem verzweifelten Kampf gegen zwei T-34. Vom Habicht keine Spur.

Wolfgang keuchte. Ein Windstoß fachte die gewaltige Feuersbrunst hinter ihnen an und ließ die Flammen um sie herum auflodern. Der Qualm nahm ihm fast den Atem. Dahl zerrte ihn hoch, warf sich seinen Arm um die Schultern und stützte ihn. Langsam schleppten sie sich vom Kampffeld Richtung Wald. Hinter ihnen schlugen MG-Salven ein, rasselten Panzerketten. Wolfgang riss sich zusammen und lief, so gut er konnte. Dann hörten sie einen gewaltigen Krach, und das Rasseln der Panzerketten hörte auf.

Sie liefen und liefen. Wolfgang keuchte. Der Schmerz in seinem Kopf brannte, während der Kampflärm hinter ihnen allmählich verebbte. Endlich tauchte der dunkle Waldsaum vor ihnen auf. Noch ein paar Schritte, und sie wären erst mal in Sicherheit. Dahl und er tauchten erleichtert zwischen die Bäume und verschnauften schwer atmend. Schweigend sahen sie zurück zum Dorf. Der Bussard war mit einem Heckschuss liegen geblieben. Der Habicht war aufgetaucht und nahm es mit den beiden letzten Feindpanzern auf, von denen einer immer noch auf den Bussard schoss. Der Habicht traf ihn und zerfetzte den Turm des T-34.

»Wir sollten weiter, Herr Oberfähnrich«, sagte Dahl. »Der Feind wird bald hier sein.«

»Nein«, versetzte Wolfgang, der es kaum ertragen konnte, seine Einheit untergehen zu sehen. »Vielleicht schaffen es noch ein paar von uns.« Er wusste, sie würden sich ebenfalls in den Wald retten, der die einzige Deckung weit und breit bot. Hoffnungsvoll starrte er zum Kampffeld hinüber, wo die Feuer loderten. Schwarze Rauchsäulen stiegen in den grauen Morgenhimmel. Das Röhren der Panzermotoren hatte aufgehört, nur noch die Salven eines MGs ratterten in die Dämmerung. Mechanisch zählte Wolfgang die brennenden und liegen gebliebenen T-34 und kam auf fünfzehn. Wieder hatten sie sich gegen einen übermächtigen Gegner hervorragend geschlagen, doch dieses Mal waren sie selbst mit untergegangen. Wolfgang schien es, als würde ihn ein inneres Feuer verzehren. Er warf einen Blick auf seinen Richtschützen, den hochgewachsenen, besonnenen Dahl, der vielleicht zehn Jahre älter war als er. Dahl war immer schon Richtschütze gewesen, zuerst auf dem Panzer III, dann auf dem besseren Panther. Er hatte recht, sie müssten los, ehe der Tag anbrach, um noch halbwegs im Schutz der Dämmerung weiter voranzukommen. Vielleicht gelänge es ihnen so, zu ihrer Division aufzuschließen.

»Wir warten noch«, befahl Wolfgang. »Sind Sie unverletzt?«

Dahl nickte und sah ihn prüfend an. »Herr Oberfähnrich, Sie haben eine Schnittwunde am Kopf.«

Wolfgang winkte ab. Seine Wunde und der Schmerz erschienen ihm bedeutungslos. Es wäre furchtbar, seine Einheit hier tot oder schwer verletzt zurücklassen zu müssen. Aber wer es nicht zu Fuß schaffte, der wäre verloren, der könnte nur noch auf einen Gnadenschuss der Russen hoffen. Wäre er doch selbst tot. Wie würde es aussehen, wenn sie es zur deutschen

Linie schaffen würden? Der Regimentskommandeur würde ihn ansehen wie den überlebenden Kapitän eines versunkenen U-Bootes – voller Verachtung, wie man einen Feigling ansähe. Er sah noch einmal zum Kampffeld hinüber. Dort rührte sich kein Panzer mehr. Zu seinem Schrecken sah er auch den Habicht brennen.

»Gehen wir«, sagte er mit rauer Stimme. Sie machten sich auf den Weg durch den Wald in die Richtung, wo sie ihre Division vermuteten. Wenigstens hatten sie ihr einen guten Vorsprung vor ihren russischen Verfolgern gesichert. Wolfgang und Dahl hielten sich im Wald, solange es ging. Am Waldrand überlegten sie, ob sie es noch über die verschneiten Felder wagen sollten; dann bestimmte Wolfgang, dass sie es sicher noch schaffen würden, ehe der Tag anbräche. An einem Schuppen machten sie Halt und tranken Wasser aus einer Tiertränke. Sie entdeckten, dass er offen war, legten sich auf den nackten Fußboden und schliefen vor Erschöpfung ein.

Wolfgang erwachte von einem Lichtstrahl, der auf sein Gesicht fiel. Er fuhr hoch. Die Tür war aufgesprungen. Im hereinfallenden Licht stand ein Mann. Wolfgang sprang auf. Er war so geblendet, dass er zuerst nichts erkannte.

»Herr Oberfähnrich.« Der Mann machte einen Schritt auf ihn zu und grüßte ihn militärisch.

Wolfgang fiel ein ganzes Gebirge vom Herzen, als er seinen Oberfeldwebel erkannte. »Kallweit!«, rief er und sah schnell zur Tür, hoffend, dass noch jemand folgen würde. Aber Kallweit war allein.

»Melde gehorsamst: Alle Feindpanzer vernichtet, Herr Oberfähnrich. Keine Feindbewegungen mehr im Dorf.«

Wolfgang nickte. »Und von uns? Wer hat überlebt?«

»Leider keiner geschafft«, meldete Kallweit. Er war ein erfahrener Oberfeldwebel und hatte sich gut in der Gewalt.

Seine Miene war ausdruckslos, nur sein Kinn zitterte ein wenig, als er diese Meldung überbrachte.

Enttäuschung durchflutete Wolfgang, obwohl er mit dem Schlimmsten gerechnet hatte. »Danke«, sagte er und warf einen kurzen Blick auf Dahl, der inzwischen auch aufgestanden war. »Sie haben eine gute Schlacht geschlagen, Kameraden, trotz unserer Verluste«, fuhr er mit rauer Stimme fort. »Wir haben unserer Division einen satten Vorsprung verschafft. Jetzt müssen wir sie nur noch einholen. Gab es irgendwelche Feindbewegungen unterwegs?«

»Nein, Herr Oberfähnrich.«

Wolfgang nickte. »Wir werden versuchen, uns zur deutschen Hauptkampflinie durchzuschlagen. Je eher wir da sind, desto besser. Abmarsch!«

Sie wanderten weiter Richtung Westen nahe der Straße, auf der ihre Division abgerückt war. Aber sie hielten sich abseits, umgingen die Dörfer und mieden die einsamen Gehöfte. Wolfgang hoffte, dass sie die Division vielleicht noch in der Nacht erreichen könnten, wenn sie nur stramm genug marschierten. Aber als es Abend wurde und von ihrer Division noch immer keine Spur zu sehen war, machte sich Erschöpfung breit. Der Hunger quälte sie, und die Strapazen der letzten Stunden lagen ihnen wie Blei in den Gliedern. Wolfgang kämpfte gegen seine Müdigkeit an. Seine Stirnwunde brannte, er fror und in seinem Kopf bohrte ein dumpfer Schmerz. Nirgendwo gab es ein Zeichen der deutschen Truppen. Sie waren im Niemandsland, irgendwo östlich von Posen. Mechanisch liefen sie weiter, alle schweigend und jeder in seine brütenden Gedanken vertieft. Der Wintertag versank mit einem tiefroten Himmel, und eine sternenklare Nacht breitete sich aus. Die Luft war trocken und eiskalt. Wolfgang musste an zu Hause denken, an die gemütlichen Abende mit seinen Eltern am Küchentisch, als sie nach dem Essen immer noch geredet hatten. Um diese Zeit hatte er sich immer zurückgezogen und noch etwas gelesen, während sein Vater seine geliebten Jazzstücke auf dem Klavier gespielt hatte. Wie es seinen Eltern wohl ging? In ihrem letzten Brief hatte Mutter ihm geschrieben, dass sein Vater im Volkssturm wäre, bei Frankenstein. Es ginge ihm gut. Sie rechne mit seiner baldigen Rückkehr. Wolfgang seufzte in sich hinein. Ob sein Vater stolz auf ihn wäre? Er wurde aus seinen Gedanken gerissen, als ein paar schimmernde Lichter auftauchten. Vor ihnen lag ein Bauernhaus im Schnee. »Schnell, hinter den Busch«, befahl er. Die Männer verbargen sich und horchten. Stille. Kein verdächtiges Geräusch.

»Wir peilen die Lage«, bestimmte Wolfgang, als er das hoffnungsvolle Leuchten in den Augen seiner Männer sah. Sie pirschten sich näher an den Hof heran, kletterten über den Zaun und spähten durch die Fenster. Nur Frauen – eine alte, eine junge und ein Mädchen. Wolfgang lief das Wasser im Mund zusammen in der Hoffnung auf Essen und eine warme Stube. »Machen wir uns bemerkbar«, meinte er, und Dahl und Kallweit nickten. Sie klopften an die Tür. Nach einer Weile meldete sich von drinnen eine zaghafte, dünne Frauenstimme. Sie redete polnisch. Dahl konnte etwas Polnisch und übersetzte. Sie wollte wissen, wer sie waren. Dahl sagte es ihr.

Zu ihrer Überraschung öffnete sich die Tür und die junge Frau erschien. Ihr Gesicht verzerrte sich ein wenig, als sie ihre dunklen Uniformen mit den Totenköpfen darauf sah, aber dann ließ sie sie tatsächlich herein. Es stellte sich heraus, dass sie auch Deutsch konnte. Sie traten in die Wohnküche, wo die ältere Frau mit dem Mädchen auf einer Bank kauerte. Das Mädchen klammerte sich an seine Oma und starrte ängstlich auf die Pistolen in den Holstern der Soldaten.

Die junge Frau gab sich alle Mühe, bat sie, sich an den warmen Kachelofen zu setzen, kochte ihnen Tee und Rühreier, und die Alte schnitt Brot und bestrich die Scheiben mit Schmalz.

»Könnten Sie die Fenster verhängen?«, bat Wolfgang, und die alte Frau gehorchte. Nach einer Weile, als sie sich freundlich und friedlich zeigten, schien die junge Polin ihre Angst zu verlieren und wurde zutraulicher. »… wir haben Hof noch nicht lange«, erzählte sie ihnen freimütig beim Essen. »Er ist von Deutschen, die vor Russen geflohen sind. Vor ein paar Wochen.«

»Haben Sie russische Soldaten gesehen? Waren Russen hier?«, fragte Wolfgang.

Sie schüttelte den Kopf. »Nicht gesehen Russen. Kommen vielleicht bald.« Sie starrte mit großen, ängstlichen Augen in die Ferne.

Wolfgang atmete auf und aß hungrig das Rührei. Die einfache Mahlzeit und der Tee wärmten ihn und erschienen ihm wie ein fürstliches Mahl, von dem er nicht genug bekommen konnte. Die junge Polin schlug noch mehr Eier in die Pfanne, als sie sah, wie hungrig die Männer waren. »Mein Mann ist in Gefangenschaft bei Deutschen«, gab sie freimütig zu. »Wir hoffen, er bald zurück.«

Wolfgang nickte und erwiderte nichts. Ob er der Frau trauen könnte? Er wusste es nicht. Aber dann sah sie sich nach dem Essen seine Kopfwunde an und bat ihn, sie behandeln zu dürfen. Er willigte ein, ließ sich auf der Ofenbank nieder und duldete es, wie sie seine Wunde mit einer Tinktur aus einer Flasche abtupfte und mit einem sauberen Verband umwickelte. »Ist deutsche Tinktur«, erklärte sie mit einem Lächeln. »Haben im Garten gefunden, und Mutter hat erkannt an Geruch.« Sie warf einen Blick auf die alte Frau, die sich wieder auf der Bank am Tisch niedergelassen hatte und ihre Enkelin im Arm hielt.

Wolfgang roch den feinen herben Geruch der Frau und sah in ihr freundliches Gesicht. Sie war älter als er, vielleicht in Dahls Alter, und erinnerte ihn an eine Frau, die er einmal gehabt hatte. Ganz am Anfang, als er noch neu in der Truppe gewesen war und Erfahrungen hatte machen müssen. Nicht nur, was die Division betraf, sondern auch die Frauen in jenen Etablissements, die von den Soldaten aufgesucht wurden. Frauen und was man mit ihnen tun konnte – das Thema Nummer eins unter den Soldaten. Als junger, angehender Offizier hatte er natürlich nicht nachstehen wollen und war immer mitgegangen. Sehr schnell hatte er sich daran gewöhnt und es als Annehmlichkeit verbucht, auf die man einen Anspruch hatte wie auf Verpflegung. Sie entschädigte ihn ein bisschen für den harten Kriegsdienst.

Eine schläfrige Müdigkeit legte sich auf sein Gemüt. Er spürte Lust aufsteigen, die Polin zu nehmen, um dann besser schlafen zu können.

»Wollen hier schlafen?«, fragte die Frau auf einmal, als hätte sie seine Gedanken gelesen. »In Scheune auf Heuboden ist Platz.«

Wolfgang blickte in die Gesichter seiner Männer. Kallweits Miene leuchtete auf. Dahl nickte. Sie alle sehnten sich nach Schlaf.

»Also gut«, willigte er ein.

Die Polin gab ihnen sogar noch ein paar Decken. Sie führte sie über den Hof und zeigte ihnen die Scheune. Wolfgang bedankte sich bei ihr und beobachtete, wie sie durch die Dunkelheit zum Hof zurückging. Sie schlossen die Tür und schoben einen mächtigen Balken davor, den sie in der Scheune fanden. Wolfgang befahl, dass sie sich mit den Wachen abwechseln sollten, und bestimmte die Ablösung alle drei Stunden. Seine Männer stimmten widerwillig zu. Dahl ließ sich für die erste Wache einteilen, und Wolfgang ging mit Kallweit nach oben auf den Heuboden, wo sie sich zum Schlafen im Heu eingruben. Es brauchte keine fünf Minuten, bis er eingeschlafen war.

Er erwachte durch einen lauten Knall und fuhr hoch. Fahles Licht fiel durch die Ritzen und Löcher im Holz der Scheune und tauchte alles in Grau. Kallweit neben ihm brummte, er rüttelte ihn an der Schulter. Dann kroch er an den Rand der Empore und spähte hinunter. Die Tür war aufgeschoben worden. Dahl stand mit erhobenen Händen daneben und duldete mit angewidertem Gesichtsausdruck, wie ein Mann in einer bräunlichen Uniform ihn abtastete. Polnische Miliz! Wolfgang kroch zurück zu seinem Unterschlupf und suchte im Heu nach seinem Pistolengurt. Kallweit richtete sich verschlafen auf und sah ihn verwundert an. Wolfgang legte einen Finger auf seine Lippen und deutete nach unten. Nun kam Leben in den Oberfeldwebel. Er packte sich sein Holster und zog die Pistole heraus. In diesem Augenblick hörten sie schwere Schritte auf den Stufen. Ein Milizionär mit angelegtem Gewehr, gefolgt von einem weiteren. Wolfgang sah direkt in den langen Lauf.

»Nicht rühren, sonst alle tot«, zischte der Mann.

Wolfgang zögerte. Schnell zuckten die nüchternen Gedanken durch seinen Kopf. Der Mann bot ihm einen schnellen, sicheren Tod. Es war verlockend, anzunehmen und vielleicht vorher noch einen oder zwei dieser Kerle mitzunehmen. Er würde als Held sterben, der bis zuletzt gekämpft hatte, und nicht als Feigling. Aber er würde seine Männer mitnehmen. Aus den Augenwinkeln sah er, wie Kallweit seine Pistole niederlegte und die Hände hob. *Kallweit, du Verräter.*

Der Kallweit hatte eine Familie, Frau und zwei Kinder. Dahl hatte eine Frau. Die Männer wollten leben. Aber er hatte nichts, nur seine alten Eltern.

»Pistole weg!«, brüllte der polnische Milizionär. Sein Gewehrlauf zuckte.

Wollte er seine Kameraden schützen, blieb ihm nichts anderes übrig. Er öffnete die Hand und ließ seine Pistole los. Schweigend hob er die Hände. Die Milizionäre entwaffneten sie und befahlen sie vor die Scheune. Dort mussten sie sich mit erhobenen Händen mit den Gesichtern zur Scheunenwand aufstellen, während die Milizionäre sich hinter ihnen versammelten. Wolfgang hatte sie gezählt, es waren fünf. Er wartete reglos und presste seine Hände gegen das Holz, während die Strahlen der Morgensonne ihm warm in den Nacken fielen. Dies würde er also als Letztes riechen: morsches Scheunenholz und den Geruch nach Heu und Mist. Er rüstete sich für den Schuss. Er versuchte, sich das Bild seiner Mutter in Erinnerung zu rufen. Wie sie im Garten Wäsche aufgehängt hatte. Wie sie sonntags auf dem Sofa gesessen und gestrickt hatte, als sein Vater Klavier spielte. Er dachte an ihr Gesicht, das ihn immer voller Liebe und Güte angesehen hatte. Ihr sollte sein letzter Gedanke gelten. Die hässlichen polnischen Worte hinter ihm überhörte er. Sie sollten keine Macht über ihn haben. Er schloss die Augen und wartete. Doch dann stieß man ihm grob einen Gewehrlauf in den Rücken. Ein Mann schnarrte etwas in seiner rauen Sprache und drängte ihn und seine Männer auf die Ladefläche eines alten zerbeulten Lastwagens. Wolfgang gehorchte mechanisch, die Hände hoch erhoben. Er setzte sich in eine Ecke neben Kallweit und Dahl, und zwei Milizionäre setzten sich neben sie mit ihren Gewehren. Sie musterten sie mit hasserfüllten Blicken, die unverhohlen zeigten, was sie dachten: Sie hätten sie lieber erschossen.

Mit dröhnendem Motor setzte der Lastwagen sich in Bewegung und rumpelte über den Hof. Vor der Haustür stand die junge Polin mit ihrer Mutter und ihrer Tochter, neben ihr ein Milizionär, der den Arm um sie gelegt hatte. Den anderen Arm hob er und winkte ihnen fröhlich grinsend zu. Das Mädchen war ihm wie aus dem Gesicht geschnitten.

Von wegen Mann in Kriegsgefangenschaft. Sie waren verraten worden. Wolfgang verfluchte sich und seine Gutgläubigkeit. Er starrte die junge Polin voller Verachtung an, als der Wagen an ihr vorbeirumpelte, aber sie wich seinem Blick aus. In diesem Augenblick war er sich sicher, niemals einen Menschen mehr hassen zu können als diese Frau.

Kapitel 8

Allenheide, im Juni 1962

Es war ein heißer Tag, als Luise mit ihrer Tochter von der Soldatensiedlung zum Dorf hinaufging. In den hohen Bäumen auf dem Friedhof, der gleich an die Straße grenzte, zwitscherten die Vögel, und alles war ruhig bis auf die fernen Schüsse und das dumpfe Krachen des Kanonendonners, das vom Truppenübungsplatz herüberklang. Sabines kleine Hand klebte vor Schweiß. Das Mädchen riss sich von ihr los und strich über die rauen Steine der Friedhofsmauer. »Mal sehen, wie groß ich schon bin«, rief Sabine und hüpfte in langen Sätzen über den Gehweg. Ihr Rock schwang hoch, sodass die Sonne auf ihre weißen Beine fiel. Ihre hellblonden Locken flogen. Für ihre fast fünf Jahre war sie schon recht groß, und sie schien in diesen Monaten beinahe täglich zu wachsen. Jetzt spielte sie ihr Lieblingsspiel, wie immer, wenn sie ins Dorf zum Einkaufen gingen. Irgendwann hatte sie festgestellt, dass die Friedhofsmauer immer niedriger wurde, je weiter sie nach oben zur Dorfstraße kamen. Während die Mauer sie unten noch weit überragte, reichte sie ihr oben nur noch bis zur Taille, und irgendwo in der Mitte lag der Punkt, an dem sie ebenso groß wie die Mauer war.

»Hier, Mama, guck mal«, rief sie, stellte sich an die Mauer und legte die Hand auf ihren Kopf.

»Nein, nein, du kannst noch ein bisschen nach unten«, sagte Luise und zog ihre Tochter einen Schritt zurück. »Du bist wieder gewachsen. Schau mal hier.« Sie zeigte Sabine die Stelle, wo sie so groß wie die Mauer war. Sabine lachte ihr Lachen, das dem ihres Vaters so glich. Wenn sie lachte, sah sie aus wie er, sie war ganz Wolfgang in ihrem Aussehen und ihrer Art. Mit gut einem Jahr hatte sie schon vollständige Sätze sprechen können. Normalerweise wäre sie längst im Kindergarten gewesen, aber dieser war weit entfernt bei der Kaserne, den Garnisonskirchen und einer anderen Soldatensiedlung gebaut worden – zu weit weg von der Siedlung, in der sie wohnten. Wolfgang fuhr jeden Tag früh mit dem VW zur Arbeit, und Luise, die kein Auto besaß, konnte schlecht dorthin kommen. Sie hätte für den Fußweg mit Sabine mindestens eine Stunde gebraucht, denn das Dorf zog sich lang hin. Es war vom Anfang, wo die Straße – von ihrer Kreisstadt Maldenberg kommend – abknickte und ins Dorf führte, bis zu seinem Ende, wo sie schließlich in die öden Weiten des Truppenübungsplatzes mündete, viele Kilometer lang, und zum Kindergarten waren es bestimmt fünf Kilometer. Deshalb hatte sich Luise bisher immer gegen Wolfgangs Willen gesträubt, Sabine im Kindergarten anzumelden.

»Ich bin wieder größer«, rief Sabine triumphierend, während sie weiter an der Mauer entlanghüpfte. »Wieder wachsen.«

»Wieder *ge*wachsen«, verbesserte sie Luise. »Du bist *ge*wachsen.«

Doch ihre Tochter hörte nicht auf sie. Sie waren jetzt fast oben angelangt, wo sich die alte Dorfkirche zwischen den Grabsteinen erhob, und Sabine genoss es offensichtlich, dass sie jetzt über die Mauer auf den Friedhof schauen konnte. Sie hüpfte noch ein Stück, dann kletterte sie auf die Mauer und balancierte auf deren roten Steinen. Luise hielt sie fest und ließ sie am Mauerende hinunterspringen. Sie bogen in die Dorfstraße ein und gelangten ins Zentrum. Geschäfte reihten sich zu beiden Seiten der Straße bis zu jener Gabelung, wo die Straße zum Truppenübungsplatz abbog. Es gab ein Malergeschäft, einen Friseur, einen Bäcker, Fleischer und einen Lebensmittelladen, einen praktischen Arzt und einen Zahnarzt, einen kleinen Dorfplatz mit dem Rathaus und den Bürgerstuben und sogar ein kleines Kino. Am Dorfende lagen das Freibad und die Bar mit den rosa erleuchteten Zimmern, in die keine Ehefrau je einen Fuß hineinsetzte.

Sabine zog Luise zu einem winzigen Laden – dem einzigen und überteuerten Bekleidungsgeschäft im Dorf. Sehnsüchtig beäugte sie die Kleider der Kinder-Schaufensterpuppen. »Mama, schau mal der Junge, der hat eine schöne rote Hose an. Ich möchte auch so eine Hose.«

Luise seufzte. Sie hatte einmal den Fehler begangen, ihrer Tochter ein Kleid in dem Geschäft zu kaufen, und seitdem blieb Sabine immer wieder an diesem Schaufenster stehen. Luise verstand sie, aber sie musste sich ihr Geld einteilen.

»Mama, schau doch mal die Hose.« Sabine zog ungeduldig an ihrer Hand.

Luise tat ihr den Gefallen und sah ins Fenster. Die kleine Jungenpuppe sah hübsch aus mit der Kappe, dem weißen Hemd und der roten Lederhose. Seine Mutter trug ein Dirndl, der Vater einen Janker, ein kariertes Hemd und ebenfalls eine Lederhose. Luise las den Preis der Hose und schüttelte den Kopf. Die Frauen der hohen Offiziere mochten hier kaufen – jene, die ihre Mädchen mit Rüschenkleidchen ausstaffierten und sich Dirndls und Lederhosen zulegten, um sie im Urlaub zu tragen oder zu den Feiern der Trachtengruppe. Aber Luise kaufte die Kindersachen vor jeder Saison lieber in einem günstigeren Geschäft in Maldenberg ein, und daran würde sich nichts ändern, schon gar nicht, wenn sie erst zu viert wären.

»Ich habe dir doch gesagt, dass wir hier nicht mehr kaufen. Komm weiter«, sagte sie und zog ihre Tochter fort.

Doch das Mädchen sträubte sich. »Ich möchte auch so eine Hose, wie der Junge hat.«

Luise fasste die kleine Hand fester. »Das geht nicht, jetzt komm.«

»Aber warum denn nicht?«

Luise seufzte. »Das ist eine Jungenhose. Du hast so viele schöne Röcke und Kleider, du brauchst die nicht. Komm, wir gehen zu Bettermeier«, lockte Luise sie und streckte ihre Hand aus. Bettermeier, das war ihr Zauberwort und ihr eigentliches Ziel an diesem Morgen. Der Laden hatte alles, was man brauchte, auch Spielzeug. Sabine glättete ihr Gesichtchen und folgte ihr.

Sie mussten nicht lange laufen. Ein paar Häuser weiter, kurz vor dem Dorfplatz, lag der Kramladen. Seine altertümliche Tür stieß an ein Glöckchen, als sie eintraten. Der Laden war so vollgestopft, dass sie kaum Platz darin hatten. Überall türmten sich die Waren vom Boden bis zur Decke. Es roch nach altem Holz und Waschmitteln. Sie bahnten sich den Weg über die knarrenden Dielen zur wuchtigen Ladentheke, hinter der Frau Bettermeier ihnen erwartungsvoll entgegensah. »Ah, Sie kommen die Wolle abholen«, sagte sie, ging ans Ende der Ladentheke und wühlte dort in einem Regal mit zahlreichen in Papier eingeschlagenen Päckchen, auf denen Namen standen. Sie zog ein kleines Paket hervor, legte es auf den Ladentisch und wickelte es aus. Sanft strich sie mit den Fingern über die hellblauen Wollknäuele. »Eine gute Qualität. Ganz weich … fühlen Sie mal.«

Luise strich vorsichtig über das Garn. Flauschig weich. Genau richtig für zarte Babyhaut. Sie zog ihre Hand wieder zurück, als hätte sie Angst, etwas zu zerstören. Sie bemerkte den Blick der Geschäftsfrau. Vermutlich fragte die sich, wann es denn bei ihr so weit wäre. Aber man konnte ihr noch nichts ansehen, sie war erst im vierten Monat. Da konnte man einen Schwangerschaftsbauch noch gut unter weit schwingenden Sommerkleidern verstecken. »Es ist für eine Freundin«, log sie hastig.

Frau Bettermeiers freundliche kleine Augen sahen einen Augenblick überrascht und ein wenig enttäuscht aus, aber dann fing sie sich und sagte: »Nun, das wird auf jeden Fall für einen großen Strampler reichen. Wenn Sie später noch ein Mützchen und ein Jäckchen dazu haben wollen, können Sie die Wolle jederzeit nachbestellen. Dazu brauche ich nur die Partienummer. Bringen Sie das Wollschild mit, da steht die drauf.«

»Vielen Dank.« Luise beobachtete, wie Frau Bettermeier die Wolle wieder in das Papier wickelte. Das hochtoupierte Haar der Geschäftsfrau ragte wie ein Turm vor ihr auf, und sie konnte ihr Haarspray riechen. »Schauen Sie mal, das ist aus der letzten Wolle geworden.« Sie deutete auf Sabines Pullover.

Frau Bettermeier sah auf und hob ihre Brauen. »Der ist aber richtig schön.« Sie kam um die Ladentheke herum, beugte sich zu Sabine hinunter, soweit es ihr Bleistiftrock zuließ, und betrachtete den Pullover durch die dicken Brillengläser ihrer Hornbrille. »Ein wunderschönes Lochmuster. Ausgezeichnet für den Sommer. Wie hat sich die Wolle denn häkeln lassen?«

»Sehr gut«, sagte Luise. »Ich hab noch ein weiteres schönes Muster aus dem Heft, das möchte ich demnächst mal ausprobieren.«

Frau Bettermeier richtete sich wieder auf. »Also wirst du wieder eine hübsche junge Dame sein«, sagte sie zu Sabine.

Sabine sah mit großen Augen zu ihr hinauf. »Was ist eine Dame?«, fragte sie.

»Eine vornehme Frau«, erklärte Luise.

»Was ist vornehm?«

»Nun, das ist, wenn die Frau reich ist, immer nur feine Kleider trägt und sich gut benimmt.«

Sabine sagte nichts mehr und wandte sich ab, um ein paar Puppen im Regal zu betrachten – ein Zeichen, dass ihr Wissensdurst vorerst gestillt war. Frau Bettermeier lächelte. »Fragealter?«

»Und wie«, seufzte Luise. »Ich habe bisher nicht gewusst, wie wenig ich eigentlich weiß.«

»Ah, daran kann ich mich gut erinnern.« Frau Bettermeier ging wieder um die Ladentheke herum zur Kasse. »Als meine so alt waren, haben sie mir Löcher in den Bauch gefragt. Und jetzt gehen sie in Maldenberg aufs gräfliche Gymnasium.«

»Dann haben Sie also ihre Fragen gut beantwortet«, meinte Luise.

Frau Bettermeier lachte, während sie auf die Tasten ihrer wuchtigen Kasse tippte, die sich mit einem lauten Rasseln öffnete.

»Jetzt beantworten die Kinder mir meine Fragen«, sagte sie. »Ihre geht bestimmt auch mal aufs Gymnasium, so aufgeweckt, wie sie ist.« Sie deutete mit dem Kopf zu Sabine hinüber, die gerade ein kleines Spielzeugpferd hochhielt und eingehend betrachtete.

Luise lächelte und zahlte. Sie mochte die Gespräche mit Frau Bettermeier, sie heiterten sie immer auf. Die Geschäftsfrau hatte immer einen klugen Satz parat, eine winzige Lebensweisheit, die ihr über den Tag half. »Ich muss gehen, das Essen kocht sich leider nicht von allein. Auf Wiedersehen.« Sie rief nach Sabine.

»Vielen Dank«, sagte Frau Bettermeier. »Wissen Sie was? Kommen Sie doch mal in unseren Handarbeitskreis. Sie können doch so gut häkeln und stricken. Wir können noch Zuwachs gebrauchen. Sind auch jüngere Frauen dabei.« Sie zwinkerte Luise zu. »Wir treffen uns alle zwei Wochen dienstagsabends.«

»Vielen Dank, ich werd's mir überlegen«, sagte Luise. Das Glöckchen erklang, als sie die Tür öffnete, und sie spürte, wie Frau Bettermeier ihnen nachsah, als sie auf die sonnige, warme Straße trat. Es war ein wenig mehr los als eben – ein Mann radelte an ihr vorbei, ein paar Frauen gingen einkaufen, hin und wieder fuhr ein Auto. Das letzte Mal, als jemand sie gefragt hatte, ob sie in einem Kreis mitmachen wollte, war in Lindenau gewesen, als Herr Steidler sie gefragt hatte, ob sie in den Kirchenchor wollte. Im Chor hatte sie Rita getroffen, es war der Beginn ihrer Freundschaft gewesen. Doch sie hatte Frau Bettermeier angelogen. Es stimmte nicht, dass sie es sich überlegen könnte, sondern Wolfgang musste damit einverstanden sein. Schließlich müsste er so lange allein bei Sabine zu Hause bleiben. Sie hatte nicht zugeben wollen, dass sie ihn erst fragen musste.

Luise seufzte. Sie kauften noch Lebensmittel beim Edeka, dann gingen sie wieder zurück zur Siedlung. Sabine legte den Weg hinunter zur Siedlung größtenteils auf der Mauer zurück. Kaum hatte Luise sie hinaufgehoben, spürte sie ein Ziehen im Unterleib. Das *konnte* nicht sein, dachte sie. Es war viel später als sonst immer. Frau Doktor Schulte hatte doch gesagt, es sei alles in Ordnung.

Mechanisch lief sie die Straße hinunter an den neuen Siedlungshäusern vorbei – Reihen von zweigeschossigen Häusern mit zwei Eingängen, dazwischen Rasenflächen mit Wäscheleinen, Garagenzeilen, Parkplätze, niedrige Betonunterstände mit Türen für die Mülltonnen, winzige Wäldchen mit frisch gepflanzten Birken. Es gab ockerfarbene Häuser mit dunkelroten Balkonen und dunkelrote Häuser mit hellblauen Balkonen. Sie wohnten in einem dunkelroten Vierfamilienhaus in der Breslauer Straße. Alle neuen Straßen in der Siedlung trugen die Namen der ehemaligen Ostgebiete. Es gab die Schlesierstraße, die Pommernstraße, die Königsberger

Straße, die Stettiner Straße, den Eger-, Siebenbürgen- und den Masurenweg, den Glatzer Weg und so weiter.

Im Hausflur roch es nach frisch gekochtem Eintopf. Ein Kinderwagen stand unter den Briefkästen, er stammte von Familie Preikschat; sie hatten vor ein paar Monaten noch einen Jungen bekommen. Luise schaffte es nicht einmal mehr, nach der Post zu sehen. Mühevoll zwang sie sich die Treppe ins Obergeschoss hinauf, während Sabine vorlief und oben auf sie wartete. Luises Unterleib schmerzte.

»Was ist denn, Mama? Wann kommst du endlich?«, drängte Sabine ungeduldig.

Luise schloss die Tür auf, und sofort stürmte das Mädchen den Flur entlang in sein Zimmer. Luise ging ins Badezimmer und schloss ab. Sie betrachtete im Spiegel ihr bleiches Gesicht. Die Haare waren ordentlich zurückgekämmt und zu einem Pferdeschwanz gebunden, der Mund noch mit einer Spur Lippenstift bedeckt, den sie heute Morgen aufgetragen hatte. Die grauen Augen blickten ihr ängstlich entgegen.

Sie fühlte, wie ein Tropfen Blut aus ihr herausfloss. Nein, dachte sie. Nein, NEIN! Nicht schon wieder.

Sie ließ sich auf die Toilette sinken. Sie würde das Kind verlieren. Zum dritten Mal. Sie dachte an die hellblaue Wolle, die sie gerade gekauft hatte. Der Tag hatte so gut angefangen, so hoffnungsvoll. Man könnte Fehlgeburten haben und dann doch noch gesunde Kinder zur Welt bringen, hatte ihnen Frau Doktor Schulte versichert, sie sollten nur nicht den Mut verlieren. Sie hatten sich daran geklammert, vor allem Wolfgang, der sich so sehr einen Sohn wünschte.

Luise weinte. Eine Kälte, die geradewegs aus den sandigen Tiefen des Bodens hier zu kommen schien, ergriff sie und ließ sie zittern, während sie spürte, wie sich etwas in ihrem Unterleib schmerzhaft zusammenzog. Sie legte sich eine Binde vor, schloss die Tür auf und schlich zum Telefon im Flur. Ihre Finger zitterten, als sie die Wählscheibe drehte.

»Bitte geben Sie mir Hauptmann Steidler«, sagte sie zu dem jungen Gefreiten am Telefon. »Sofort!«

Kapitel 9

Es war schon später Abend, als Wolfgang wiederkam. Er war noch mal zum Dienst zurückgefahren, nachdem er Luise ins Krankenhaus und Sabine zur Nachbarin gebracht hatte. Nun saß er mit hängendem Kopf auf dem Stuhl an ihrem Bett, hatte die Ellenbogen auf die Knie gestützt und die Stirn auf die Hände gelegt und rieb sich die Schläfen. Er hatte noch nicht bemerkt, dass sie wach war, und so nutzte sie die Zeit, um ihn in Ruhe zu betrachten. Er trug seinen olivgrünen Kampfanzug und schwarze klobige Stiefel. Die silberne Erkennungsmarke baumelte um seinen Hals. Verwundert stellte Luise fest, dass seine Kopfhaut durch die dunkelblonden Haare hindurchschimmerte. Ihr war nicht aufgefallen, wie licht sein Haar schon geworden war. Aber er war ja auch schon siebenunddreißig.

Das Haar seines Vaters war voller gewesen. Sie seufzte und sah wieder weg. Warum musste sie ausgerechnet jetzt so etwas denken?

Er hatte gemerkt, dass sie wach war, und tastete nach ihrer Hand. Unverwandt blickte er sie an. Müde sah er aus. Die Linien um seinen Mund herum und auf der Stirn waren in den letzten Jahren tiefer geworden, und sein Haar hatte nun mehr Silber an den Schläfen. »Es tut mir leid«, sagte er.

Luise strich mechanisch über seine Haare und sah aus dem dunklen Fenster. Die Nachttischlampe brannte und warf ihren Schein auf das rollbare Nachtschränkchen und den Linoleumfußboden. Sie waren allein in dem winzigen Krankenzimmer. »Wie geht es Sabine?«, fragte sie.

»Gut«, murmelte er. »Sie ist doch immer gern bei Preikschats.«

»Wann kommt deine Mutter?«

»Ich hole sie gleich vom Bahnhof ab.« Er rieb sich die Augen und sah auf. In seinen hellen Augen schimmerte es rötlich, als hätte er sie überanstrengt.

Luise schluckte gegen die Trockenheit in ihrer Kehle an, nahm das Wasserglas und trank. »Ich dachte, weil es doch dieses Mal länger war, würde es … würde es endlich klappen«, sagte sie.

Wolfgang erhob sich ruckartig und begann, in dem kleinen Krankenzimmer auf- und abzulaufen. Er brauchte keine fünf Schritte von der Tür bis zum Fenster. Dort hielt er inne. »Der Arzt sagt, du wärst gesund. Ich verstehe das nicht. Hast du irgendwas Falsches gegessen? Warst du nicht vorsichtig genug? Hast du Sabine vielleicht wieder gehoben?« Er hielt inne und starrte sie an.

»Nein«, log Luise hastig. Sie wich seinem Blick aus.

Wolfgang presste seine Lippen zu einem Strich zusammen. Er kam mit langsamen Schritten an ihr Bett zurück und stemmte die Hände in die Hüften. »Doch, du hast sie gehoben. Ich seh es dir an. Du verhätschelst sie zu sehr. Jeden Tag trägst du sie mit dir herum, und unser Sohn kann nicht geboren werden. Sie kommt jetzt in den Kindergarten.«

Luises Augen füllten sich mit Tränen. Ihr Unterleib schmerzte immer noch von der Ausschabung. Aber der andere Schmerz, der unsichtbare, tat noch mehr weh. »Sabine kann nichts dafür«, sagte sie.

»Es wird Zeit, dass sie endlich in den Kindergarten kommt, weg von deinem Rockzipfel. Anstatt jeden Tag ins Dorf zu laufen, wirst du sie ab sofort in den Kindergarten bringen.«

»Aber der ist doch zu weit weg oben an der Kaserne«, protestierte Luise.

»Das ist nur eine Ausrede. Du kannst den Bus oder das Rad nehmen.«

»Für den Fahrradkindersitz ist sie zu groß«, entgegnete Luise. »Und die Busse … die fahren doch so gut wie nie.«

Wolfgang kam so nahe, dass seine Beine ihr Bett berührten. Aus der Nähe wirkte er groß und bedrohlich, wie ein verletztes Tier. »Du hast nichts anderes zu tun, als dich um ein kleines Kind zu kümmern«, sagte er mit gesenkter Stimme. »Du wirst es doch wohl schaffen, es in den Kindergarten zu bringen.«

»Das hast du nicht allein zu bestimmen. Ich bin nicht einer deiner Unteroffiziere, ich bin deine Frau«, versetzte sie.

»Ich weiß«, entgegnete er. »Ich sorge für uns. Du brauchst dir nicht mehr die Finger schmutzig zu machen wie früher auf eurem Hof oder in der Fabrik. Dafür erwarte ich Entgegenkommen. Ist das zu viel verlangt?«

Luise schüttelte den Kopf. »Du irrst dich. Du willst *immer*, dass ich mich nach dir richte.«

Doch Wolfgang überhörte ihren Einwurf. »Ich möchte, dass Sabine in den Kindergarten kommt. Das hätte schon längst passieren müssen. Ich war bisher viel zu nachsichtig.«

Luise seufzte. Sie fühlte sich auf einmal furchtbar kraftlos, viel zu schwach, um noch weiter zu streiten, obwohl sie das dumpfe Gefühl hatte, dass Wolfgang ihre Schwäche ausnutzte. In ihm – das hatte sie inzwischen feststellen müssen – lebte noch ein anderer Mann, ein kalter Mann ohne jegliches Gefühl. Manchmal trat dieser Mann unvermittelt hervor und verdrängte ihren vertrauten Wolfgang, und dann konnte sie nichts anderes tun, als abzuwarten. So wie jetzt. »Ob sie in den Kindergarten kommt oder nicht – das hat nichts mit den Fehlgeburten zu tun«, sagte sie. »Der Arzt kennt den Grund nicht. Wir müssen die Blutuntersuchung abwarten.«

Wolfgang sog scharf die Luft ein. Er trat ans Fenster, vergrub die Hände in den Taschen seines Kampfanzuges und starrte lange in die Dunkelheit hinaus. »Wir werden es weiter versuchen«, sagte er nach einer Weile. »Wenn du gesund bist, kann es noch klappen.«

Als sie nichts erwiderte, wandte er sich um und kam an ihr Bett zurück. Er drückte ihr die Hand, und dann lächelte er wieder sein vertrautes Lächeln. »Versuch zu schlafen. Es wird schon, wirst sehen. Ich komme morgen wieder.«

Sie nickte und schloss die Augen. Sie hörte noch, wie er das Zimmer durchquerte und die Tür leise hinter sich schloss.

Er hatte nicht einmal gefragt, ob sie überhaupt noch ein Kind wollte. »Auf einem Bein kann man nicht stehen«, sagte er immer. Sie wusste, Sabines Geburt war eine Enttäuschung für ihn gewesen. Er wollte mindestens noch einen Sohn, am besten eine ganze Handvoll. Auch sie hätte gern noch ein Kind, vielleicht auch noch zwei. Sie kniff die Augen zusammen und schmeckte den salzigen Geschmack ihrer Tränen. Sie musste daran denken, wie sie früher oft davon geträumt hatte, Hauptdarstellerin in einem Film zu sein. Warum verrieten die Filme nie, wie es nach dem Happy End weiterging? Nie zeigten sie die Wirklichkeiten einer Ehe. Sie logen allesamt.

Luise knipste das Licht der Nachttischlampe aus und drehte sich um. Sie dachte an Sabine, und mit diesem tröstlichen Gedanken schlief sie ein.

Als Wolfgang sie ein paar Tage später aus dem Krankenhaus abholte, hatte er Sabine bereits im evangelischen Kindergarten an der Kaserne angemeldet. Er hatte nicht einmal bis zu den Sommerferien gewartet. Sabine war nicht begeistert, dass sie in den Kindergarten musste. Verdrossen saß sie hinten im VW, als ihre Eltern sie frühmorgens dorthin brachten. »Ich will nicht in den Kindergarten«, jammerte sie und stemmte ihre Beine gegen Luises Rücksitz. »Ich will mit Dagmar und Dieter spielen.«

Luise verstand, dass ihre Tochter lieber mit den Preikschat-Kindern von nebenan spielen wollte, die sie gut kannte und die auch noch nicht im Schulalter waren. »Das heißt nicht *ich will*, sondern *ich möchte*«, verbesserte sie Luise.

»Im Kindergarten lernst du, wie man sich benimmt«, versetzte Wolfgang. »Da sind viele Kinder, mit denen du spielen kannst, und nette Frauen, die auf dich aufpassen.« Er sah in den Rückspiegel und hob die Mundwinkel zu einem kleinen Lächeln. Sabine schwieg und presste ihren Teddy an sich. Luise warf ihrem Mann einen wütenden Blick zu. Sie hatte sich darüber gewundert, dass er sich extra eine Stunde freigenommen hatte, um sie zum Kindergarten zu fahren. Wo er sich doch sonst kaum um Sabine kümmerte. Aber wahrscheinlich wollte er nur sicherstellen, dass Luise ihre Tochter auch wirklich in den Kindergarten brachte. Er fuhr die lange Dorfstraße bis zur Kaserne, dann stellte er das Auto vor den Garnisonskirchen ab. Sabine weinte und sträubte sich, auszusteigen, doch Wolfgang hob sie hinaus. »Sei jetzt still«, fuhr er sie an, als er sie auf dem Asphalt absetzte. »Ich will dir mal was sagen. Der Kindergarten ist nicht schlimm, und du wirst jetzt da hingehen.«

Sabine starrte mit weit aufgerissenen Augen zu ihm hinauf. Ihre Hand verkrampfte sich in Luises Hand.

»Ich bin Soldat und muss auch immer tapfer sein«, fuhr er fort. »Ich darf nicht weinen. Du hörst jetzt sofort auf damit! Was sollen denn die Kindergärtnerinnen und die anderen Kinder von dir denken?« Er deutete auf die mit Bastelbildern beklebten Fenster. Sabine verstummte.

Wolfgang nahm ihre Hand, doch sie sträubte sich. Da nahm er sie einfach auf den Arm und trug sie zur Tür.

»Guten Morgen, Herr Steidler«, begrüßte ihn die junge Kindergärtnerin überrascht und nickte Luise zu. Offenbar war sie es nicht gewöhnt, dass die Väter ihre Kinder herbrachten.

»Hier ist unsere Sabine«, sagte er und setzte seine Tochter auf der Türschwelle ab. »Sie ist ein bisschen bange, aber das wird sich schon geben. Meine Frau wird sie heute Mittag wieder abholen.«

»Anfangs sind alle Kinder so«, sagte die Kindergärtnerin lächelnd. »Aber hier ist sie in guten Händen. Sie werden sehen, nach ein paar Tagen hat sich Ihre Tochter eingewöhnt und wird nicht mehr wegwollen.«

»Davon bin ich überzeugt.« Wolfgang schenkte ihr sein selbstsicheres Lächeln, und das ließ die junge Frau tatsächlich erröten. Aber er sah auch beeindruckend aus in seiner Uniform.

Luise nahm Sabines Gesichtchen in beide Hände und küsste sie zum Abschied, dann wandte sie sich um und ging mit Wolfgang schweigend zurück zum Auto, während Sabines Weinen sie durch die geschlossene Tür hindurch bis zum Parkplatz verfolgte.

»Sie wird es schon schaffen«, sagte Wolfgang, als er ins Auto stieg. »Es wird Zeit für sie. Du wirst sehen, bald ist der Spuk vorbei.«

Luise nickte nur, wandte sich ab und ging die Straße zurück. Sie hörte, wie der VW mit lautem Motor das kurze Stück zur Kaserne fuhr, und musste an sich halten, nicht sofort wieder umzudrehen und ihre Tochter aus dem Kindergarten zu holen. Es war wie damals, als Sabine noch ein Baby gewesen war und Wolfgang sie nachts hatte schreien lassen wollen. Sie würde ihnen nur auf der Nase herumtanzen, hatte er gesagt, wenn Luise nachgäbe und sie daran gewöhnte, dass sie nachts zu trinken bekäme. Damals hatte sie nicht nachgegeben, sie hatte Sabine auch nachts gestillt. Aber jetzt war es vielleicht wirklich besser für die Kleine, wenn sie schon mal unter Kinder käme, bevor die Schule begann. Vielleicht hatte sie sie doch zu lange bei sich behalten, um nicht allein zu sein.

Trotzdem fühlte sich Luise, als hätte sie gleich zwei Kinder verloren, als sie ins Dorf zurückging.

* * *

Wolfgang und die Kindergärtnerin behielten recht: Sabine weinte ein paar Tage lang, danach hörte sie schlagartig auf, nachdem sie im Kindergarten Freundinnen gefunden hatte. Seitdem konnte sie nicht früh genug dorthinkommen. Luise brachte sie mit dem Bus, der morgens die Schüler nach Maldenberg fuhr, und kehrte dann mit ihrem Rad wieder zurück, das sie am Kindergarten stehen ließ. Mittags ging dasselbe Prozedere umgekehrt. Es war umständlich, und sie musste sich das Geld für die Busfahrkarten von ihrem Haushaltsgeld abzweigen, aber sie tröstete sich damit, dass sie nun vormittags mehr Zeit für Einkäufe und den Haushalt hatte.

Doch eines Mittags beobachtete sie, wie die Frau des Obersts ihren Sohn mit ihrem NSU Prinz vom Kindergarten abholte. Sehnsüchtig sah sie dem kantigen roten Wagen hinterher, wie er über die Dorfstraße davonfuhr, während sie an der Bushaltestelle auf den Schulbus wartete. Ein eigenes Auto besitzen, das wäre es. Zumindest einen Führerschein. Es wäre doch sinnvoll, wenn auch sie fahren könnte, falls Wolfgang mal nicht wollte oder konnte. Oder um allein zu ihrer Familie nach Kurstadt fahren zu können, wenn Wolfgang mal wieder keine Lust dazu hatte. Der Gedanke gefiel ihr ausgesprochen gut.

Im August fuhren sie zu Luises Eltern, um wie jedes Jahr bei der Kornernte zu helfen. Luises Vater hatte auf dem Stück Land neben dem Siedlungshaus, in das sie gezogen waren, Roggen angebaut. Er mähte es mit der Sense, während Manfred,

Wolfgang und Helenes Mann Peter es abrafften, bündelten und zu Puppen aufrichteten. Das hatten die Männer schon in den Sommern zuvor getan, sie waren eine eingespielte Arbeitsgruppe. Später würde jemand mit einer fahrbaren Dreschmaschine in die Siedlung kommen und das Getreide dreschen. Es würde sich lohnen, denn alle Häuser der neuen Siedlung waren Zweifamilienhäuser mit kleiner Landwirtschaft und Viehhaltung – gewissermaßen eine kleine Entschädigung für vertriebene Bauern –, und sie waren nicht die Einzigen, die gerade ernteten.

Es war ein heißer Tag, an dem die Sonne von einem fast wolkenlosen Himmel brannte. Luise war froh, drinnen in der kühlen kleinen Küche des Siedlungshauses mit Helene und ihrer Mutter das Essen vorzubereiten. Seit der Fehlgeburt fühlte sie sich schwach und müde. Sie hätte keine Feldarbeit verrichten können. Aber das Reden mit ihrer Mutter und ihrer Schwester tat ihr gut, während Sabine und Helenes dreijährige Tochter Ute zu ihren Füßen herumwuselten.

»Hat sie sich denn jetzt im Kindergarten eingelebt?«, fragte Luises Mutter nach einem Blick auf Sabine, die ihre kleinere Cousine gerade an die Hand genommen hatte und zur Küchenbank zog, wo die Puppen saßen.

»Sie geht gern hin, seitdem sie Freundinnen gefunden hat«, sagte Luise. »Nur für mich ist's ziemlich weit. Wir nehmen morgens immer den letzten Schulbus nach Maldenberg, der ist nicht so voll. Sabine ist dann die Erste im Kindergarten, aber sie ist sowieso eine Frühaufsteherin.«

Ihre Mutter nickte, während sie weiter die Pellkartoffeln für den Kartoffelsalat schnitt. Sie trug ihr Haar wie immer zum Knoten aufgesteckt, aber es war inzwischen mehr grau als blond. Ihre magere Hand hielt das Messer, mit dem sie die Kartoffeln geschickt und schnell in kleine Stücke schnitt.

»Wie kommst du dann wieder zurück?«, fragte Helene und nahm die Eier vom Herd.

»Mit dem Rad. Damit hole ich Sabine mittags auch wieder ab«, erklärte Luise. »Ich lasse es am Kindergarten stehen und wir fahren mit dem Schulbus zurück zur Siedlung.«

»Das ist aber umständlich«, meinte Helene, schüttete das heiße Wasser ab und goss kaltes auf die Eier.

»Tja, nicht jeder hat den Kindergarten gleich um die Ecke wie ihr«, gab Luise zurück. »Mir war es zu weit, aber Wolfgang wollte Sabine unbedingt im Kindergarten haben.«

Ihre Mutter schüttelte den Kopf, und ihre Mundwinkel zogen sich nach unten. »Wir hätten so einen Aufwand für euch gar nicht treiben können«, meinte sie. »Wann kommt sie denn in die Schule?«

»In anderthalb Jahren. Frühjahr '64. Dann haben wir es auch nicht mehr so weit, die neue Grundschule liegt gleich oben im Dorf bei unserer Siedlung.«

»Na, das ist ja nicht mehr lange hin«, brummte ihre Mutter.

»Wir werden Ute auch hier im Kindergarten anmelden«, meinte Helene. »Ist zwar ein katholischer, aber was soll's. Dann hab ich mehr Zeit für das Kleine.«

Luise hielt inne, die Gurke zu schneiden, und ließ das Messer sinken. »Das … Kleine?«, fragte sie mit tonloser Stimme.

»Ja, ich bekomme ein Kind«, erzählte Helene strahlend. »Im nächsten Frühjahr ist's so weit.«

Luise fühlte ihre Worte wie eine Faust im Magen. Sie sah, wie die Gurke auf dem Brettchen vor ihren Augen verschwamm. Sie hob den Kopf und blickte durch das Küchenfenster hinaus auf die schmale Siedlungsstraße, unfähig, ihre Schwester anzusehen. »Ich freu mich für dich«, murmelte sie mechanisch mit tonloser Stimme und ließ sich auf die Bank am Küchentisch sinken, die die Kinder gerade verlassen hatten. In der nun folgenden Stille war nur zu hören, wie die beiden kleinen Mädchen mit freudigem Geheul ins angrenzende Wohnzimmer stürmten, um dort mit den Puppen zu spielen.

Im Frühjahr, hämmerte es in Luises Kopf. Ihr Kind wäre im Winter zur Welt gekommen. Sie starrte auf das Blumenmuster der Schürze ihrer Mutter herunter, die sie sich von ihr geliehen hatte, ohne es eigentlich zu sehen. Ihre Mutter legte das Messer weg und kam zu ihr. »Was ist los?«

Luise schüttelte den Kopf. Eine Träne fiel auf das Blumenmuster. Sie fingerte in der Schürzentasche nach einem Taschentuch, fand aber keins. Helene ließ sich ihr gegenüber auf einem Stuhl nieder. Sie zog ein Taschentuch hervor und reichte es ihr.

Luise weinte still vor sich hin. Sie konnte förmlich spüren, wie ihre Mutter und Helene Blicke wechselten. »Ich hatte wieder eine Fehlgeburt«, schluchzte sie und hob den Kopf. Helene sah bestürzt aus. Ihre Mutter wischte sich die Hände an der Schürze ab und ließ sich neben ihr auf die Bank sinken. Sie legte den Arm um sie, und Luise legte den Kopf an ihre Schulter und weinte. Das letzte Mal, als ihre Mutter sie so getröstet hatte, war nach dem Tod ihrer Oma gewesen. »Wann?«, fragte sie.

»Im Juni. Es hätte im Dezember zur Welt kommen sollen.« Luise spürte, wie ihre Tränen in den kühlen glatten Stoff des Kleides ihrer Mutter sickerten.

Die Hand auf ihrer Schulter zuckte, um dann mechanisch über ihren Arm zu streichen. Aus dem Wohnzimmer drangen die Stimmen der beiden Mädchen, die ins Spiel vertieft waren. »Aber … wir wussten ja gar nicht, dass du in anderen Umständen warst«, sagte Helene.

»Nein.« Luise seufzte und richtete sich wieder auf. »Es war auch noch ganz früh gewesen, noch bevor man was erzählt. Ich wollte nicht, dass … ihr solltet euch keine Sorgen machen.«

»Warst du im Krankenhaus?«, fragte ihre Mutter.

»Ja. Frau Steidler hat so lange auf Sabine aufgepasst.«

Die Mundwinkel ihrer Mutter fielen nach unten. »Ich hätte auch kommen können«, sagte sie.

»Sicher, Mama«, erwiderte Luise und wischte sich die Augen trocken. »Aber sie ist allein und hat nur ihre Wohnung zu versorgen. Du hast hier viel mehr zu tun.«

Ihre Mutter nickte ernst und betrachtete sie. »Bist du denn gesund?«

Luise nickte. »Die Blutuntersuchung hat nichts ergeben.«

»Na dann.« Ihre Mutter seufzte erleichtert auf und legte die Hand auf Luises Arm. »Das wird schon wieder. Meine Mutter ist auch gekippt, zwischen meinem Bruder und mir. Deshalb waren wir so weit auseinander.«

»Davon hast du noch nie was erzählt«, sagte Helene.

»Warum auch? Es gab keinen Grund.«

»Und du, Mama, bist du auch gekippt?«, fragte Luise. Sie fand das Wort unpassend für das, was ihr geschehen war, und nahm sich vor, es nie wieder zu benutzen. Aber so war ihre Mutter – sie hatte ihre eigenen, manchmal recht seltsamen Ausdrücke von früher, die heute wie aus der Zeit gefallen zu sein schienen. »Nein«, sagte sie. »Zum Glück nicht.«

»Hätte ich gewusst, dass du … ich hätte noch nichts erzählt«, sagte Helene beklommen.

»Das konntest du doch nicht wissen«, sagte Luise. »Du hättest es sowieso nicht lange vor mir geheim halten können. Spätestens zu Weihnachten hätte ich's gemerkt.« Sie lächelte gequält. Ihre Schwester hatte recht. Es würde grausam sein, nach all dem einen Säugling zu sehen und auf dem Arm zu halten, ihn zu riechen und über seine zarten Fäustchen zu streichen. Wenn es ein Junge wäre, wäre Wolfgang außer sich. Aber dafür konnte Helene ja nichts.

In diesem Augenblick sprang die Küchentür auf und ihr Vater erschien. Er hatte einen roten Kopf von der Hitze, und das graue Haar klebte an seiner Stirn, aber er sah glücklich aus.

»Na, ihr Madl, habt ihr bald das Essen fertig?« Er zwinkerte ihnen zu und stapfte zum Spülstein, um sich die Hände zu waschen.

»Wie weit seid ihr denn?«, fragte Luises Mutter.

»Ich bin fertig, den Rest mäht der Peter«, meinte er und ließ sich das kalte Wasser über die Unterarme laufen. »'ne halbe Stunde noch.«

Die Frauen standen auf, um den Tisch zu decken und den Salat und die Würstchen fertig zu machen. Luise beobachtete, wie ihr Vater im Wohnzimmer verschwand. »Kommt mit, wir gehen jetzt zum Hutschala«, hörte sie ihn sagen.

»Was ist ein Hutschala, Opa?«, fragte Sabine.

»Na, das Schwein.«

»Oh ja, Opa!«, riefen die Mädchen, und er führte sie, jedes an einer Hand, hinaus. Ehe er die Küche verließ, warf er den Frauen noch mal einen Blick über die Schulter zu und grinste. Luise lächelte.

Nur zwei Tage später rief Rita an. Sie wohnte seit einiger Zeit in Münster, weil sie dort nach dem Studium ihre erste Stelle als Lehrerin angetreten hatte. »Helene hat mich angerufen. Warum hast du mir nichts erzählt?«, fragte sie mit besorgter Stimme.

»Ach Rita.« Luise ließ sich auf die kleine Bank neben dem Telefon sinken. Ja, warum hatte sie ihrer Freundin nichts von der Fehlgeburt erzählt? War es aus Scham? Hatte sie vielleicht doch Schuldgefühle? Sie fühlte sich unzulänglich, weil sie kein Kind bekommen konnte, als hätte sie als Frau versagt. Aber würde Rita das verstehen, wo sie doch selbst keinen Mann und keine Kinder hatte? »Ich konnte nicht darüber reden. Es war alles so … frisch.«

Eine Weile herrschte Stille am anderen Ende der Leitung. »Aber du weißt schon, dass du mit mir über alles reden kannst, nicht?«

»Sicher weiß ich das. Danke dir.« Wieder herrschte Schweigen. Luise dachte, wie schön es wäre, ihre Freundin mal wieder sehen zu können, nicht immer nur zu Weihnachten und zu ihren Geburtstagen, sondern auch mal für länger, um Zeit für ein Gespräch zu haben, denn das hatte sie bitter nötig. »Kannst du mich besuchen kommen?«, fragte sie. »Bald?«

»Nächstes Wochenende? Da hab ich nur bis Freitag Unterricht.«

»Gut. Ich rede mit Wolfgang und melde mich wieder.«

Luise fühlte sich schon erleichtert, nachdem sie eingehängt hatte. Wolfgang hatte nichts dagegen, Besuch zu bekommen. Sie holten Rita am nächsten Wochenende am Bahnhof in Maldenberg ab, und nach langer Zeit verbrachten sie und Luise wieder einige Tage miteinander. Sie bummelten durchs Dorf, gingen mit Sabine ins Freibad. Und als Sabine abends mit einem kleinen Eis in der Hand vor ihnen herlief, erzählte Luise Rita ihren Kummer. Dass sie sich fragte, wie sie es würde ertragen können, Helene schwanger zu sehen. Wie sehr sich Wolfgang einen Sohn wünschte. Dass er ihr die Schuld an der Fehlgeburt gegeben und Sabine eigenmächtig im Kindergarten angemeldet hätte.

Rita hörte zu und tröstete sie, so gut es ging. »Gib dir keine Schuld daran«, meinte sie. »Du hast die Fehlgeburt nicht verursacht. Der Arzt meinte doch, du wärst gesund und könntest noch Kinder haben.«

»Aber es war schon zum dritten Mal.«

»Dann sollte Wolfgang dir keine Vorwürfe machen, dadurch wird's bestimmt nicht besser.«

»Das sagst du so leicht.«

Sie blieben stehen. Ritas schwarze Haare glänzten in der Spätnachmittagssonne. Ihr Gesicht war tiefbraun. »Und du?«, fragte sie. »Möchtest du noch Kinder nach alldem?«

Luise nickte. Langsam gingen sie weiter. »Ich wünsche dir viel Glück«, sagte Rita. »Du weißt, ich bin immer für dich da. Ruf mich an, wenn du Hilfe brauchst.«

»Danke«, sagte Luise. Sie fühlte sich schon besser.

In den folgenden Wochen war Wolfgang rücksichtsvoller als sonst, und Luise beschloss, seine gute Stimmung zu nutzen. An einem warmen Abend, nachdem sie Sabine ins Bett gebracht hatte und sie gemeinsam auf dem Balkon saßen, erzählte sie ihm von Frau Bettermeiers Einladung, in den Handarbeitskreis zu kommen.

»Ich hätte große Lust dazu«, sagte sie. »Wenn ältere Frauen dabei sind, kann ich bestimmt noch was lernen. Es ist nur alle vierzehn Tage dienstagsabends. Ich würde Sabine auch vorher ins Bett bringen.«

Wolfgang sah zum Spielplatz hinüber, der neben dem gegenüberliegenden Vierfamilienhaus lag, und blies langsam den Rauch seiner Zigarette aus. Er hatte vor Kurzem wieder angefangen, nachdem er jahrelang nicht geraucht hatte. Luise mochte es nicht und hatte ihn gebeten, auf dem Balkon zu rauchen, wenn es ginge, aber er hielt sich oft nicht daran.

»Meinetwegen«, sagte er endlich. Er streckte seine Hand aus, fuhr ihr unter das Kleid und strich über ihre Nylonstrümpfe. »Vielleicht hast du ja auch endlich mal wieder zu was anderem Lust«, sagte er leise.

Sie schob seine Hand fort. »Noch nicht.«

Er machte ein unwilliges Geräusch, blies heftig den Rauch aus und drückte seine Zigarette im Aschenbecher auf dem Tischchen aus. »Der Arzt sagt, du wärst vollkommen gesund. Es besteht kein Grund, warum wir nicht …«

»Nein. Es ist zu früh.«

»Zu früh, zu früh! Sabine wird im Herbst fünf Jahre. Wie lange willst du denn noch warten?«

»Bitte sei leise«, mahnte ihn Luise. Doch ihre Nachbarn waren nicht auf den Balkonen. Aus Preikschats offener Wohnzimmertür erklang die Filmmusik eines Krimis, der gerade im Fernsehen lief. Unter ihnen weinte das Neugeborene ihrer Nachbarn, nur nebenan in den Reihenhäusern saßen sie noch auf den Terrassen und unterhielten sich.

Luise seufzte. Sie hasste es, zu etwas gedrängt zu werden. »Ich habe ein Kind verloren«, zischte sie. »Es war das dritte Mal. Ich brauche noch Zeit.«

Wolfgang brummte etwas in sich hinein und schüttelte den Kopf. Er beugte sich nach vorn, stützte die Ellenbogen auf die Knie und starrte über die Brüstung, dann stand er auf und ging ins Wohnzimmer.

Luise folgte ihm. Sie schloss die Balkontür.

»Ich möchte meinen Führerschein machen«, sagte sie, noch ehe er den Fernseher anstellen konnte.

Er hob verwundert die Brauen. »Den Führerschein? Warum denn das? Ich kann doch fahren.«

Luise hatte mit diesem Einwand gerechnet. »Na ja, es könnte doch mal ein Notfall sein, wenn du nicht da bist und jemand ins Krankenhaus muss.«

»Dann findet sich bestimmt einer, der euch fahren kann.«

»Ich könnte Sabine zum Kindergarten bringen und müsste nicht immer mit dem Bus fahren«, sagte sie.

Wolfgang funkelte sie belustigt an. »Aha, darum geht es dir eigentlich. Du willst Sabine mit dem Auto in den Kindergarten bringen, weil dir die Busfahrten zu umständlich sind. Aber selbst wenn du einen Führerschein hättest – mit welchem Auto willst du sie denn bringen?«

»Mit dem VW.«

»Mit dem VW? Kommt gar nicht infrage. Den brauche ich.«

»Aha, und warum? Du könntest mit dem Rad zur Kaserne fahren.«

»*Ich*? Mit dem Rad?« Er stieß heftig die Luft aus. »Was hast du nur für Vorstellungen! Was meinst du, was meine Männer sagen würden, wenn ich mit dem Rad käme? Hauptmann Steidler muss mit dem Rad kommen, damit seine Frau das Töchterlein zum Kindergarten kutschieren kann, ha, ha. Hier lässt er uns strammstehen, aber zu Hause steht er stramm vor seiner Frau, sollen sie das von mir sagen?«

Luise starrte Wolfgang an. Er trug immer noch seine Uniformhose, darüber nur ein Unterhemd – ein Anblick, den sie normalerweise reizvoll gefunden hätte. Aber jetzt spürte sie nur Wut, die sich in ihr zusammenballte. »Wenn du sie nicht eigenmächtig im Kindergarten angemeldet hättest, hätte ich das Problem mit dem Bringen gar nicht.«

Wolfgang nahm die Hände aus den Taschen und stemmte sie in die Hüften. »Das Problem? Du kannst immer noch nicht einsehen, dass es besser ist, wenn Sabine in den Kindergarten geht. Wenn es nach dir gegangen wäre, würde sie noch an deinem Rockzipfel hängen. Weil du es dir bequem machen willst.«

»Nein, das ist nicht wahr«, versetzte Luise. »Es geht darum, dass du einfach die Dinge bestimmst. Du meinst, nur weil du das Geld verdienst, kannst du alles bestimmen.«

Wolfgang schluckte, sein Gesicht wurde weiß. Für Luise war das ein Zeichen, dass sie ihn getroffen hatte, denn er wurde immer blass und ruhig, wenn er wütend wurde. Wortlos kam er auf sie zu.

»Du hast recht, ich verdiene unser Geld. Ich arbeite hart dafür von morgens bis abends und manchmal noch an den Wochenenden mit Bereitschaftsdiensten. Dafür kann ich doch wohl bestimmen, was mit meinem Geld passiert.«

»Was hast du denn damit vor?«, schnappte Luise. »Ich weiß ja noch nicht mal, wie viel es ist, das hältst du ja vor mir geheim. Mir gibst du kaum etwas ab, ich muss für alles betteln.«

Er starrte sie mit düsterer Miene an, dann hob er die Mundwinkel zu einem kalten Lächeln. »Richtig, du erhältst zurzeit den Mindestsatz. Wir können über mehr reden, wenn du gewillt bist, deinen Pflichten als Ehefrau wieder nachzukommen.« Er schaltete den Fernseher ein und ließ sich in den Sessel sinken. Das graue Licht des Geräts leuchtete in ihr dämmriges Wohnzimmer.

Luise holte tief Luft und ballte die Fäuste. In ihrem Kopf rauschte die Wut. Sie wusste, dass sie es wieder mit dem anderen Wolfgang zu tun hatte, mit dem kalten, der keine Gefühle zeigte und zum Sarkasmus neigte. Aber so gemein war er noch nie zu ihr gewesen.

»Ich dachte immer, die Ehe wäre eine Partnerschaft«, schnaubte sie, lief an ihm vorbei hinaus und ins Schlafzimmer.

Dort war es friedlich und still, nachdem sie den ganzen Tag die fernen Schüsse und das dumpfe Krachen der Panzergranaten vom Truppenübungsplatz gehört hatten. Durch das geöffnete Fenster drang kühle, frische Abendluft herein und der Gesang einer Amsel, die auf einem der benachbarten Hausdächer saß und ihr Lied flötete. Luise sah aus dem Fenster auf die bewaldeten Berge. Es waren Ausläufer des Mittelgebirges – weiter, dunkler Kiefern- und Buchenwald, der sanfte Hügelketten bedeckte. Sie reichten zwar längst nicht an das Gebirge ihrer Heimat heran, aber ihr Anblick beruhigte sie immer.

Sie bereute schon, Wolfgang von ihrem Wunsch, den Führerschein zu machen, erzählt zu haben. Sie hätte einen günstigeren Moment abpassen müssen. Günstiger Moment. Wann war sie zu diesem verhuschten Wesen geworden, das immer günstige Momente abpassen musste, wenn es etwas erreichen wollte? Warum diese ständige Diplomatie, dieses Herumdrucksen, dieses Bitten und Hoffen?

Es lag am Geld. Wenn sie genügend eigenes Geld besäße, könnte sie einfach ihren Führerschein machen, und sie bräuchte Wolfgang nicht mehr zu fragen. Aber er wollte nicht, dass sie arbeiten ging. Er vertrat den Standpunkt, dass die Frau eines Offiziers nicht zu arbeiten bräuchte.

Eigentlich, dachte sie, hatte er sich noch nie darum gekümmert, was sie wollte. Sie hatte sich immer nur angepasst. Vermutlich dachte er, sie müsse froh sein, dass er sie überhaupt geheiratet hatte, und das war sie anfangs auch gewesen – froh, stolz und dankbar. Sie hatte geglaubt, es wäre alles in Ordnung, sie könnte auch mit wenig Geld auskommen. Die Mäntel, Schuhe und Kleider, für die sie vor ihrer Hochzeit ihr Geld ausgegeben hatte – war es nicht nur überflüssiger Tand? Sie hatte gut aussehen wollen, nicht wie Lumpenpack, als das man sie einst beschimpft hatte. Aber seitdem sie verheiratet war, bedeutete ihr das alles weniger. Nur manchmal hätte sie gern ein neues Kleid, doch sie wollte Wolfgang nicht mehr um Geld bitten müssen.

Luise knüllte das Taschentuch in ihrer Hand. Sie ging zu ihrer Frisierkommode und betrachtete sich im Spiegel. Er war dreiteilig, mit zwei klappbaren Flügeln an den Seiten. Man konnte ihn zuklappen oder sich auch von den Seiten sehen, je nachdem. Automatisch prüfte sie, ob ihre hochtoupierten Haare am Hinterkopf über dem Pferdeschwanz noch richtig saßen. Alles saß perfekt, sie sah adrett und gepflegt aus. Niemand würde ihr ansehen, wie es wirklich in ihr aussah, oder gar ahnen, dass sie manchmal so tieftraurig war.

Auf einmal musste sie an Marian denken, an sein Gesicht im Schein der Petroleumlampen, als sie auf dem Sommerfest in der Kommandantur miteinander getanzt hatten. Sie hörte das Lied aus dem alten Grammophon. Sie spürte wieder seinen

Körper nah an ihrem, hörte seine Stimme an ihrem Ohr, leise und eindringlich. »Klavier ist mein Leben«, hatte er gesagt. »Ich werde immer Klavier spielen, und du wirst dazu singen.« Danach hatte er sie geküsst.

Die Erinnerung war so klar, als wäre er wirklich anwesend. So hatte er sich ihre gemeinsame Zukunft vorgestellt, und auch sie hatte darauf gehofft. Wer hätte ahnen können, dass alles so anders kommen würde? Wenn sie doch nur noch einmal wieder seine Stimme hören könnte! Sie wünschte es sich mit einer solchen Heftigkeit, dass sie erschrak. Wie es ihm wohl ging? Was tat er hinter dem Eisernen Vorhang? Ob er glücklich war? Sicher war er inzwischen verheiratet und hatte eine Familie wie sie. Sie hoffte, dass es ihm gut ging. Bestimmt, beruhigte sie sich, hätte sie gespürt, wenn ihm etwas passiert wäre, davon war sie überzeugt. Schließlich war der warme Platz in ihrem Herzen noch da.

Sie lächelte ihrem Spiegelbild zu, straffte sich und hob das Kinn. Aber dann überwältigte sie die Traurigkeit erneut, und sie verschränkte die Arme auf der Kommode und ließ den Kopf darauf sinken.

Kapitel 10

»Oh, Frau Steidler, Sie kommen aus dem Osten? Das wusste ich ja gar nicht.« Frau Bettermeier schaute Luise interessiert durch ihre dicken Brillengläser an.

»Ich habe es Ihnen auch noch nicht erzählt, Frau Bettermeier«, erwiderte Luise lächelnd. »Mein Mann und ich kommen aus Schlesien, aus Lindenau, das ist ein kleines Dorf im Riesengebirge. Wir waren sogar Nachbarn.«

»Ach, tatsächlich? Dann kennen Sie sich ja schon lange«, meinte Frau Bettermeier. »Wie lange sind Sie denn verheiratet?«

»Fünf Jahre.«

»Fünf Jahre? Mein Mann und ich sind schon zwanzig Jahre verheiratet. Wir haben noch im Krieg geheiratet, als er auf Heimaturlaub war. Zum Glück war er nur zwei Jahre in Gefangenschaft.« Sie zog an ihrer Wolle, mit der sie ihrem Mann einen Winterpullover strickte. Eine Weile war nur das Geklapper ihrer Stricknadeln zu hören und das Rauschen des Herbstwindes, der um die Hausecken pfiff. Sie saßen in Frau Bettermeiers kleinem vollgestopften Lagerraum zwischen Reihen von Weckgläsern und monströsen Einkochkesseln, einem Regal voller Werkzeug und einem mit Fahrradersatzteilen. Aus der offenen Tür, die zum Laden führte, kroch der Geruch nach Holz und Waschmitteln herein.

»Mein Mann war ja Gott sei Dank nicht tauglich«, meinte Frau Fischer, die Frau des ehemaligen Pastors. »Er kann noch weniger sehen als Sie, Frau Bettermeier.«

Frau Bettermeier lächelte dünn. »Wie gefällt es denn Ihrem Mann im Ruhestand?«, fragte sie.

»Ausgezeichnet.« Frau Fischer, die sicher schon auf die sechzig zuging, strahlte. »Jetzt hat er endlich Zeit für seine Theaterleidenschaft. Er will mich immerzu ins Landestheater mitnehmen, aber ich habe ehrlich gesagt keine Lust dazu.« Sie sah verständnisheischend in ihre kleine Runde. Heute waren sie nur zu viert.

Luise nickte ihr aufmunternd zu, aber im Grunde langweilte sie sich. Warum war sie nur hierhin gekommen? Die meisten Frauen waren älter als sie, und ihre Gesprächsthemen kreisten ständig um Haushalt und ihre erwachsenen Kinder. Immerhin verstanden Frau Bettermeier und Frau Fischer eine Menge vom Häkeln und Stricken, und so hatte Luise in den Monaten, die sie hier war, einen Winterpullover nach dem anderen für Sabine gestrickt und wagte sich sogar schon an die komplizierteren Muster heran. Aber im Sommer würde sie mit ihrer Nachbarin lieber ins Freibad gehen, so viel stand fest.

»Auf der anderen Seite des Truppenübungsplatzes gibt es ein Aufnahmelager für Flüchtlinge und Vertriebene«, sagte Uschi unvermittelt. »Da sind noch viele aus der DDR, die kurz vor der Mauerschließung rübergekommen sind. Ich weiß das von meinem Mann, der arbeitet da bei der Caritas.«

Frau Bettermeier ließ ihr Strickzeug sinken. »Das ist doch dort, wo das Russenlager war, nicht?«

»Genau. Die haben das Gelände zum Aufnahmelager umfunktioniert«, bestätigte Uschi und sah Luise an, als erwartete sie, dass diese als Betroffene etwas dazu sagte. Uschi hieß eigentlich Ursula Tiefenbach und war die einzige Frau in Luises Alter. Sie hatte Luise gleich am ersten Abend das Du angeboten, und Luise mochte sie sehr. Doch jetzt wich sie ihrem Blick aus und zog an ihrer Wolle. Sie wollte nichts von der Vertreibung erzählen und von den harten Jahren danach, nichts von ihrem Leben in der Baracke. Sie war froh, diese Zeit hinter sich gelassen zu haben.

»Das Russenlager?«, sagte sie stattdessen und sah fragend in die Runde.

Niemand antwortete ihr, alle blickten auf ihre Handarbeiten hinunter. Das Klappern der Stricknadeln vermischte sich mit dem Pfeifen des Windes zu einem merkwürdigen Konzert.

»Wir nennen es noch so. Im Krieg war es ein Lager für russische Soldaten, Kriegsgefangene«, erklärte Uschi. »Davon ist nichts mehr geblieben, nur der alte Lagerfriedhof mit den Massengräbern.« Sie sah kurz von ihrer Häkelarbeit auf und warf einen Blick in die Runde, und als niemand etwas sagte, beugte sie sich wieder über ihre Arbeit. Sie war drahtig und klein und stieß ihre Häkelnadel mit atemberaubender Geschwindigkeit in die Maschen ihres Pullovers.

»Die machen doch jetzt eine Kriegsgräberstätte aus dem Friedhof, nicht?«, fragte Frau Bettermeier.

»Genau«, bestätigte Uschi.

Luise sah auf ihre Stricknadeln hinunter und sagte nichts. Sie musste auf einmal an Borislaw denken, an sein bleiches Gesicht zu Hause in der Scheune. Wie er sie gegen den Erntewagen gepresst hatte. Sie hatte all die Jahre nicht mehr an ihn gedacht, aber nun stand sein Gesicht auf einmal so klar vor ihr, als wäre der Zusammenstoß mit ihm gestern gewesen. Ob er auch in ein Kriegsgefangenenlager gekommen war? Was war aus ihm geworden? Sie spürte plötzlich einen Kloß im Hals und schluckte ihn mit Mühe herunter. Sicher hatten die Russen ihn befreit, nachdem sie in Schlesien einmarschiert waren. Außerdem hatte er es ja selbst verschuldet, dass der Papa ihn weggebracht hatte. Wenn er sich besser benommen und den Papa und sie nicht angegriffen hätte, hätten sie ihn gewiss behalten. Sie hatten ihre Gefangenen immer gut behandelt.

»Ich finde es gut, dass sie jetzt überall die Kriegsgräberstätten machen«, sagte Frau Fischer mit leiser Stimme. »Wissen Sie, mein Mann interessiert sich ja sehr dafür, er war sogar schon mal da.«

»Ach ja? Na, dafür hat er jetzt im Ruhestand auch genügend Zeit«, meinte Frau Bettermann und beugte sich vor. »Nun sagen Sie mal, Frau Steidler – das ist ja allerliebst, was Sie da stricken. Halten Sie das mal hoch, damit wir's alle sehen können.«

Luise gehorchte und hob ihre Handarbeit hoch – einen kleinen dunkelroten Winterpullover mit einem Schneemann darauf.

»Wie süß«, rief Frau Bettermeier. »So was müsste ich im Laden haben, das würde weggehen wie geschnitten Brot. Könnten Sie nicht noch mehr davon stricken?«

Alle starrten Luise an. »Das wäre eine gute Idee«, ermunterte sie Frau Fischer, als sie nichts sagte. »Sie könnten auch das Muster mit den Bären wieder nehmen, das fand ich sehr schön.«

»Und im Sommer machst du deine tollen Häkelpullover«, ergänzte Uschi.

»Ja, und vielleicht Babystrampler?«, fragte Frau Bettermeier und sah sie erwartungsvoll an.

Luise merkte, wie ihr die Tränen in die Augen schossen. »Ich muss es mir überlegen«, sagte sie und sah hastig wieder auf ihr Strickzeug hinunter.

Aber die anderen waren jetzt erst richtig in Fahrt. »Ich würde Ihnen die Wolle zum Einkaufspreis überlassen, außerdem gäb's zehn Prozent Rabatt bei größeren Bestellungen«, bot Frau Bettermeier an. »Die Sachen würde ich hier im Laden verkaufen. Über den Preis werden wir uns bestimmt einig.«

Luise strickte mechanisch weiter. Die Stricknadeln verschwammen vor ihren Augen. Babystrampler. Die könnte bald nur Helene gebrauchen, aber sie nicht. Sie atmete tief und kämpfte gegen ihre Traurigkeit an. Ihr wurde klar, dass es ein gutes Angebot war. Sie war mittlerweile ziemlich schnell im Stricken geworden. Sabine konnte ihre Pullover unmöglich alle auftragen. Als sie merkte, dass alle sie immer noch ansahen, hob sie den Kopf.

»Was möchten Sie dafür, Frau Bettermeier?«, fragte sie.

Die Geschäftsfrau lächelte. »Einen kleinen Anteil Ihres Erlöses, aber darüber können wir noch reden. Außerdem bekäme die Hubert'sche endlich mal Konkurrenz.«

Alle lachten. Frau Hubert besaß das teure Bekleidungsgeschäft nebenan und war nicht gerade Frau Bettermeiers Freundin.

Luise schluckte ihre Traurigkeit hinunter. »Danke für das Angebot. Ich muss noch eine Nacht darüber schlafen und sag Ihnen morgen Bescheid.«

Frau Bettermeier nickte, und alle sahen zufrieden aus. Frau Fischer hob die Daumen und lächelte ihr aufmunternd zu.

Als sie aus dem Laden kam, erwartete Wolfgang sie schon am Wagen. Er lehnte am Auto und rauchte. Er war in zivil, trug seinen Wintermantel und seinen dunkelblauen Lieblings-Rollkragenpullover. Als Luise herauskam, warf er die Zigarette weg und nahm sie in die Arme. »Na, wollen wir den Stricklieseln mal was vorführen?« Er legte die Hände auf ihr Hinterteil und begann, sie zu küssen.

»Lass das.« Luise machte sich los. Er schmeckte nach Rauch und nach dem Bier, das er gerade getrunken hatte. Hoffentlich war es nur eins gewesen. Sie wollte nicht, dass er sie abholte und dafür Sabine zu Hause allein ließ. Sie hatte ihm oft gesagt, dass sie den Weg auch allein schaffe, aber er bestand darauf, sie abzuholen. Man könne nicht wissen, welches Gesocks sich hier in der Dunkelheit herumtreiben würde, sagte er, immerhin sei auch die britische Kaserne nicht allzu weit weg.

Er ließ sie einsteigen und setzte sich hinter das Steuer, nur um im Auto das fortzuführen, was er draußen begonnen hatte. »Wie war dein Treffen mit dem Häkelklub?«, fragte er zwischen zwei Küssen. »Ich hoffe, du bist jetzt ausgeruht genug für das, was wir gleich machen werden.« Er küsste ihren Hals, strich über ihre Nylonstrümpfe und schob ihren Rock höher.

Luise fühlte ihr Herz schneller klopfen, als die Erregung sie erfasste. Er wusste inzwischen genau, welche Stellen er küssen und berühren musste, um zu bekommen, was er wollte. »Nicht hier«, murmelte sie. »Lass uns nach Hause fahren.«

Widerstrebend ließ er von ihr ab, startete den Wagen und fuhr los. Er konnte es kaum erwarten, in ihre Wohnung zu kommen. Das Ofenfeuer verbreitete noch wohltuende Wärme im Flur und im Wohnzimmer, obwohl es schon fast heruntergebrannt war. Luise ging ins Kinderzimmer, um nach Sabine zu sehen, während Wolfgang Holz nachlegte. Die Kleine schlief friedlich in ihrem Bettchen. Sie strich ihr vorsichtig eine Locke aus der Stirn, als Wolfgang erschien, ihre Hand nahm und sie hinauszog. »Lass sie schlafen. Ich bin froh, dass sie schläft.«

»Hat sie denn noch lange geweint?«, fragte Luise. Im Gegensatz zu sonst war Sabine nicht eingeschlafen, bevor sie zum Handarbeitskreis gegangen war, und Wolfgang hatte sich um sie kümmern müssen.

»Nein, nicht mehr lange«, sagte Wolfgang. »Sie kann auch mal ohne ihre Mama.« Er zog Luise ins Wohnzimmer, und sie sah überrascht, dass er den Esstisch für sie beide gedeckt hatte. »Es ist nur ganz einfach und leider schon kalt geworden«, sagte er und deutete auf eine Platte mit Kartoffelpuffern. »Sabine hat sie jedenfalls gemocht.«

»Reibeplätzchen!«, rief Luise und sah ungläubig auf die Platte. »Die hast *du* gemacht?«

»Nicht allein«, erwiderte Wolfgang lächelnd, während er eine Flasche Bier öffnete. »Ich hatte die tatkräftige Hilfe unserer

Tochter, die danach so müde war, dass sie endlich eingeschlafen ist.«

»Seit wann kannst du kochen?«, meinte Luise, die ihren Mann bisher noch nie in der Nähe des Herdes gesehen hatte.

»Kann ich auch nicht. Bis auf die Reibeplätzchen. Meine Mutter meinte in Kurstadt, mir das Kochen beibringen zu müssen, falls ich Junggeselle bleibe. Möchtest du?« Er hielt eine Bierflasche hoch und sah sie fragend an.

Sie nickte und beobachtete staunend, wie er die Flasche öffnete und sie ihr gab. Sie ging zu ihm, nahm sich ein Reibeplätzchen und schob es sich in den Mund. »Schmeckt gut«, meinte sie kauend. »Kannst du ruhig öfter machen.«

»Meinetwegen.« Er hielt ihr seine Flasche hin, und sie stießen an und tranken.

»Und die Küche?«, fragte Luise. »Ist sie jetzt ein Schlachtfeld?«

Wolfgang setzte die Flasche auf dem Tisch ab und stellte sich vor sie hin. »Aber ganz und gar nicht«, meinte er und tippte sich kurz an die Stirn. »Melde gehorsamst, alles abgespült und aufgeräumt, Frau General.« Er lächelte sein unwiderstehliches Lächeln, und sie lachte und ließ sich von ihm in die Arme nehmen. Er nahm ihr Gesicht in seine Hände und küsste sie. Dann begann er das, was er einmal *eine strategische Eroberung* genannt hatte, und Luise schloss die Augen und ließ sich erobern.

Später ging er zum Rauchen hinaus auf den Balkon. Luise zog sich ihren Wintermantel über und folgte ihm. Sie hakte sich bei ihm unter und kuschelte sich an ihn. Über ihnen wölbte sich der nächtliche Herbsthimmel mit zahllosen Sternen. Darunter lagen die Siedlungshäuser, zwischen denen Laternen glommen. Der Wind wehte einen Hauch Kieferndurft aus den nahe gelegenen Wäldern zu ihnen herüber. Wolfgang legte den Arm um sie, zog sie nah an sich und gab ihr einen Kuss auf die Haare.

»Wir werden bald noch einen Sohn haben, du wirst sehen«, meinte er und zog an seiner Zigarette.

»Vielleicht«, sagte sie ausweichend. Sie mochte nicht daran denken, es war eigentlich noch zu früh, es wieder zu versuchen. Sie konnte den Gedanken nicht ertragen, wieder ein Kind zu verlieren.

»Die Frauen im Handarbeitskreis haben erzählt, dass hier in der Nähe ein Lager für russische Kriegsgefangene war«, sagte sie, um das Thema zu wechseln. »Aus dem ehemaligen Lagerfriedhof soll jetzt eine Kriegsgräberstätte werden. Wusstest du das?«

»Nein.« Wolfgang ließ sie los, um seine Zigarette im Aschenbecher auszudrücken.

»Ich hab mir versucht vorzustellen, wie es den Russen hier wohl ergangen ist.« Sie nahm seinen Arm und drückte sich wieder an ihn. »Wie war es eigentlich in deiner Gefangenschaft? Du hast mir noch nie davon erzählt. Möchtest du das nicht mal?«

Er ließ sie los und sah sie unverwandt an.

»Ich weiß, dass du manchmal unruhig schläfst. Du sagst Namen im Schlaf, die ich noch nie gehört habe«, sagte Luise. Vielleicht würde er ihr jetzt endlich mal Einblick gewähren in jene Bereiche von ihm, die sie immer noch nicht kannte.

Er zog seine Zigarettenpackung aus der Hosentasche und zündete sich eine neue Zigarette an. »Wir hatten eine Panzerschlacht«, sagte er, ohne Luise anzusehen. Er brach ab, und sein Blick verlor sich in der Nacht. Schweigend rauchte er weiter. Dann sagte er: »Es ist besser, du weißt nichts von meiner Gefangenschaft. Glaub mir, du willst den Dreck nicht hören.«

»Ich dachte nur … es würde dir helfen.«

»Helfen?« Er lachte. »Warum? Geh ins Bett, Luise.« Er gab ihr einen sanften Klaps aufs Hinterteil, und sie ging wieder ins Wohnzimmer zurück. Sie wusste, dass es keinen Sinn hatte, weiterzubohren. Wolfgang änderte seine Meinungen nicht. Ihr war auch alle Lust dazu vergangen. Mochte er allein bleiben mit seinen Erinnerungen. Sie sah ihn durch die Balkontür an der Brüstung stehen, aufrecht, kleine, weiße Rauchkreise in die Luft blasend. Sie seufzte und ging ins Schlafzimmer.

Kapitel 11

Kriegsgefangenenlager in der Sowjetunion, 1947

Es war sein drittes Lager. Nach einem ersten Sammellager und einem idyllisch gelegenen Waldlager war er hierhin gekommen. In ein Industriegebiet, das hier noch entstehen sollte. Kein Baum weit und breit, dafür ein Wald von Betonpfeilern, die Träger für sehr große Dachkonstruktionen sein sollten. Ihre Unterkünfte lagen in einer großen Fabrikhalle zu ebener Erde. Es war ein lang gestreckter Bau mit einem flachen Betondach, über hundert Meter lang, mit einem Raum für die Männer auf der einen und den Büros der Lagerleitung auf der anderen Seite. Die breite Lagerstraße diente als Appellplatz für die täglichen Zählappelle und für die Ansprachen der Lagerleitung.

Zum ersten Mal war Wolfgang gemeinsam mit den Mannschaften untergebracht, und die Offiziere bis zum Hauptmann einschließlich waren zur Arbeit verpflichtet worden. Das bedeutete, jeden Morgen eine dünne Suppe und ein Stück Brot, dann Ausrücken mit den Arbeitsbrigaden und Schwerstarbeit auf den verschiedensten Baustellen, dann wieder eine Suppe und ein Stück Brot. Danach war Wolfgang zu nichts anderem mehr in der Lage, als auf seine Pritsche zu sinken und gegen die Pritsche über ihm zu starren. Wahrscheinlich hätte er das nicht lange durchgehalten, wenn er nicht eines Tages zur Arbeit im neu entstehenden Traktorenwerk eingeteilt worden wäre. Er musste helfen, Eisenkonstruktionen für die Dächer auf die Betonpfeiler zu setzen.

Er konnte später nicht mehr sagen, wie lange er das gemacht hatte. Gefühlt waren es Wochen, es könnten aber auch nur Tage gewesen sein. Irgendwann schrieb ihn die Lagerärztin bei einer der Reihenuntersuchungen *O.K.*, was im Gefangenenjargon so viel wie *ohne Kommando* hieß und bedeutete, dass er nicht arbeiten musste. Er kam ins Lazarett und erhielt bessere Verpflegung. Als er nach einigen Wochen entlassen wurde, kam er in eine Arbeitsbrigade, die Aufräumarbeiten in den Hallen zu leisten hatte. Diese Arbeiten begannen am späten Abend und dauerten bis in die Nacht, um den Betrieb am Tage nicht zu stören, und der Leiter des Arbeitsbataillons war ein deutscher Major, der sich freiwillig zum Arbeitseinsatz gemeldet hatte und ihnen ihre Freiheiten ließ. Er ordnete regelmäßige Pausen an, während derer sie Feuer machen durften, um sich in der eisigen Kälte zu wärmen. Wolfgang und noch ein paar andere Offiziere versammelten sich dort, und so lernte er Hauptmann Joachim Kösing kennen. Er war kaum drei Jahre älter, Ostpreuße, Flieger einer Me 109 und als Einziger von ihnen Ritterkreuzträger. Zuletzt war er Anführer eines Jagdgeschwaders an der Ostfront gewesen und dort in russische Gefangenschaft geraten. Er hätte kurz vor Kriegsende die Gelegenheit gehabt, auszufliegen, erzählte er, hätte dies aber abgelehnt. Zahlreiche Luftsiege und eine mindestens dreistellige Zahl an Abschüssen gingen auf sein Konto, aber er prahlte nicht damit.

Diese Bescheidenheit war es, die Wolfgang für ihn einnahm. Bei ihren nächtlichen Feuern, als sie über sich und ihre alten Einheiten sprachen, lauschte er ihm begierig, sobald er das Wort ergriff. Joachim Kösing hatte eine Handvoll junger Offiziere um sich geschart, die aus allen Gegenden des

Deutschen Reiches stammten. Sie beklagten sich darüber, dass die Stabsoffiziere im Gegensatz zu ihnen nicht arbeiten mussten und dass ihr Arbeitseinsatz gegen die Richtlinien der Genfer Konventionen verstoßen würde.

Wolfgang fühlte sich zum ersten Mal in seiner Gefangenschaft zugehörig. Wie wichtig es war, irgendwo dazuzugehören, begriff er nun: Durch die anderen erfuhr er alles über das Lager, über Arbeitskommandos und wie man sich zusätzliche Essensrationen verschaffen konnte. Kösing hatte es geschafft, von irgendwoher Machorka zu schnorren, starken russischen Tabak, und er hatte sogar eine Zeitung ergaunert, aus der sie sich dünne Zigaretten drehten. Während sie rauchten, sprachen sie über Politik. Sie verachteten die Aktivisten vom *Neuen Deutschland* und vom Bund der Offiziere des Generals von Seydlitz, die seit einiger Zeit im Lager damit begonnen hatten, Männer für die sowjetische Politik und für den Kommunismus zu gewinnen.

Noch mehr aber waren ihnen die politischen Versammlungen zuwider, zu denen sie neuerdings an freien Tagen abkommandiert wurden und in denen die Sowjets oder die von ihnen Beauftragten flammende Reden hielten. Ein ehemaliger deutscher Major tat sich dabei besonders hervor, sprach vom Ungeist der Nationalsozialisten, der das deutsche Volk in einen unmenschlichen Völkermord und sie in das Elend der Gefangenschaft gestürzt hätte. »Der Krieg ist der Vater aller Dinge!«, hatte er in seiner Rede gerufen. »Die einen macht er zu Freien, die anderen aber zu Sklaven. Durch Hitlers Schuld gehören wir nun zu den anderen. Wenn wir nicht mehr Sklaven bleiben wollen, sollten wir uns dahin orientieren, wo uns die Freiheit geboten wird: nach Osten. Das Licht kommt aus dem Osten. Diesem Satz hat Stalin einen Sinn gegeben, indem er sagte: Die Hitler kommen und gehen, das deutsche Volk aber bleibt bestehen.«

»Verräter«, ereiferte sich Joachim Kösing später am Feuer. »War der nicht früher ein hohes Tier in Berlin? Und jetzt redet der so. Die Blauen haben den umgedreht, und der macht mit, um seinen Hals zu retten.«

Die Blauen, das wusste jeder inzwischen, waren die Angehörigen des NKWD, so etwas wie die russische Gestapo. Man nannte sie so nach den blauen Spiegeln an ihren Uniformjacken. Sie waren in jedem Lager, und sie hatten bei allen Entscheidungen, die die Gefangenen betrafen, das letzte Wort.

»So ein scheiß Überläufer«, schnaubte Ulrich Schultze. Er war Leutnant der Artillerie und Chef einer Batterie einer Sturmgeschützbrigade gewesen, ehe er in russische Kriegsgefangenschaft geriet. Er hatte dabei geholfen, seine Division aus einem Kessel zu befreien, wofür ihm das Eiserne Kreuz I. Klasse verliehen worden war. »Das Licht kommt aus dem Osten, aus dem Osten«, äffte er den Major nach. »Seit wann ist von Stalin je was Gutes gekommen?«

»Es gibt immer Leute, die ihr Fähnchen nach dem Wind hängen«, sagte Kösing und starrte düster ins Feuer. »Der Hund hat sich zum Sprachrohr der Blauen gemacht. Vielleicht spart ihm das ein paar Monate. Dieser miese Kerl.«

»Unsere Experten haben sie ja gleich rausgezogen«, sagte Wolfgang. »Der mit den Düsenjägern … ob der wohl jetzt in Moskau ist?«

Kösing zuckte mit den Schultern. »Die Blauen sind nicht dumm, die haben ihre Spitzel überall. Wenn der rumerzählt, dass er bei der Entwicklung von Düsenjägern dabei war, ist er selbst schuld.«

»Er konnte es nicht wissen«, verteidigte Wolfgang den Ingenieur, der vor einigen Wochen aus ihrem Lager verschwunden und seitdem nicht wieder aufgetaucht war. Jeder kannte die Gerüchte, wonach dieser offenherzig in einer kleinen Runde von Offizieren, denen er vertraut hatte, von seinen besonderen Kenntnissen erzählt hatte.

»Nein, man weiß es nie vorher«, erwiderte Kösing. »Bis es passiert. Aber uns wird es nicht passieren. Unsere Worte dürfen diesen Kreis nicht verlassen. Niemals. Schwört es!« Er blickte auffordernd in die Runde.

Alle hoben feierlich die Hände und schworen es.

»Wir müssen Vertrauen haben können, wenn wir offen reden wollen«, fuhr Kösing fort. »Deshalb schlage ich vor, dass wir uns jetzt unsere Geheimnisse verraten. Ihr wisst schon, unsere Dreckssachen, für die die Blauen uns nach Sibirien schicken könnten. Als Pfand sozusagen.«

»Das ist zu gefährlich«, warnte ein blutjunger Leutnant, der mit seinem schmalen Gesicht und seiner Brille aussah wie ein Oberprimaner. »Falls die Blauen das aus uns rauspressen, sind wir alle dran.«

»Sie werden nichts aus uns rauskriegen«, versetzte Kösing. Er beugte sich vor. »Erstens lassen wir uns nicht erwischen. Und selbst wenn, werden wir eher sterben, als was verraten.«

Ein unbehagliches Schweigen entstand. »Ich glaub, das ist keine gute Idee«, sagte Wolfgang schließlich. »Wenn ein Spitzel der Blauen unter uns wäre, könnte er uns eine Lügengeschichte auftischen und unsere Geschichten an sie verraten. Dann würden wir alle nach Sibirien gehen.«

Kösing warf den Stock ins Feuer, mit dem er gerade gespielt hatte, und wandte sich langsam zu Wolfgang um. »Herr Oberfähnrich, ausgezeichnet! Sie haben Ihren ersten Punkt erreicht. Also, Jungs, dieser Punkt geht an Steidler. Strengt euch an. Wir müssen wach bleiben und nachdenken, immer und zu jeder Zeit. Wir dürfen uns nicht ein X für ein U vormachen und nicht für dumm verkaufen lassen. Es geht darum, dass wir hier überleben. Sehen wir es doch wie Stalin: Das deutsche Volk ist nicht untergegangen, denn wir haben den Feind aufgehalten.

Wer kann einen Fluss vom Fließen abhalten? Er fließt eine Weile oder auch viele Jahre unterirdisch, aber dann kommt er wieder raus und ist noch schöner und breiter als vorher.«

Alle schwiegen und starrten ins Feuer. Einige nickten.

»Flüsse können sich verändern«, bestätigte Wolfgang. Er hatte begriffen, dass Kösing sich vorsichtig ausdrückte, und ahmte ihn nach. »Sie könnten zu einem See werden. Oder sie fließen in ein Meer, das sich überall hin erstreckt.«

»Über ganz Europa«, ergänzte Ulrich Schultze.

»So ist es.« Kösing nickte zufrieden. Er sah nacheinander in ihre Gesichter, über die die Flammen zuckten. Dann senkte er seine Stimme. »Wir haben nicht umsonst unsere Köpfe hingehalten. Hätten wir nicht so hart gekämpft, hätte uns der Feind vernichtet und den Rest Europas eingenommen.«

Alle nickten. Es war ein feierlicher Augenblick des schweigenden Einverständnisses. Wolfgang fühlte sich wieder in alte Zeiten zurückversetzt, als er mit der Kameradschaft in der Sommerfrische vor den Zelten am Lagerfeuer gesessen hatte. Es war fast zu schön, um wahr zu sein.

»Wir haben unsere Ostgebiete verloren«, fuhr Kösing fort. »Ostpreußen, Pommern, Schlesien – alles haben die Polen bekommen. Unsere Familien sind vertrieben worden. Für ein paar von uns wird es keine Rückkehr in die Heimat mehr geben, wenn wir hier rauskommen. Wir werden unsere Familien in der Fremde wiedersehen.« Er räusperte sich. »Aber das muss nicht so bleiben. Alles ist nur vorläufig, die Grenzen sind nicht für immer festgeschrieben. Wir können unsere Heimat wiederbekommen.« Er verstummte, und eine Weile war nur das Knacken und Brausen des Feuers zu hören. »Wir werden uns hier gegenseitig helfen, um in diesem verdammten Lager zu überleben. Und wenn wir wieder draußen sind, tun wir alles für unser Vaterland. Damit es wieder groß wird. Ein Meer. Seid ihr dabei?«

»Klar, verdammt noch mal«, rief Schultze mit leuchtenden Augen.

»Ich auch«, sagte Hermann Brendel, der andere Schlesier in ihrer Runde. Wolfgang und der Oberprimaner fielen mit ein. Kösing streckte seine Hand aus. Schultze schlug ein. Brendel, Wolfgang und der Oberprimaner legten ihre Hände darauf. So verharrten sie eine feierliche Weile, bis Kösing ihren Händeturm symbolisch mit seiner anderen Hand durchschlug.

»Kameraden, ich glaub, das wird eine gute Sache«, sagte er zufrieden.

»Gegen die scheiß Antifaschisten«, brummte Schultze.

»Für die Heimat«, sagte Brendel.

Wolfgang sah in die tanzenden Flammen und dachte an sein Elternhaus zurück, an Lindenau. Er hatte erst vor Kurzem erfahren, dass Schlesien nun polnisch besetzt war, und mochte nicht begreifen, dass er es nicht wiedersehen würde. »Die Brigade des Meeres«, entfuhr es ihm. »Das könnte unser Name sein.«

»Die Brigade des Meeres«, wiederholte Kösing langsam und sah ihn aus halb geschlossenen Augen an. »Bist wohl ein Romantiker, was? Aber der Name gefällt mir. Was meint ihr, Jungs?«

»Find ich gut, Steidler«, sagte Schultze grinsend.

Wolfgang lächelte dünn und sah mit glühendem Gesicht ins Feuer, als der Major kam und sie zur Arbeit antrieb.

Von da an war nichts mehr wie vorher. Ihre täglichen langen Zählappelle, das wenige Essen, die unvermeidlichen Läuse, die nächtliche Arbeit und der Schlafmangel – Wolfgang konnte alles nun besser ertragen. Die Brigade des Meeres und die Idee, die dahinterstand, gaben ihm Kraft. Auf eine seltsame Art genoss er sogar den Nervenkitzel, der mit ihren Heimlichkeiten verbunden war – die unauffälligen Blicke und kleinen Zeichen, die sie sich angewöhnt hatten und mit denen sie sich verständigten, ihre *zufälligen* Treffs im Waschraum an der Pinkelrinne oder draußen beim Rauchen. Er hatte sich das Rauchen schon vor längerer Zeit angewöhnt; irgendwann, nachdem er von seinen ersten Kampfeinsätzen zurückgekommen war und festgestellt hatte, wie sehr ihn die Zigaretten beruhigten. Aber im Lager war es natürlich schwierig, an Zigaretten zu kommen, und er musste das Rauchen wohl oder übel einschränken. Als er eines Nachmittags vor die Tür der Fabrikhalle trat, war er froh, dass Kösing schon draußen stand und ihm eine Zigarette anbot. Eine Weile rauchten sie schweigend und beobachteten, wie die Sonne langsam hinter den Betonpfeilern versank. Von der nahen Straße war hin und wieder das Geräusch eines vorbeifahrenden Autos zu hören.

»Denkst du oft an deine Familie?«, wagte Wolfgang nach einiger Zeit zu fragen. Es war eine sehr persönliche Frage, bei der er nicht wusste, wie Kösing reagieren würde, aber er wollte ihn unbedingt näher kennenlernen, denn er mochte und bewunderte ihn.

Kösing stieß eine Rauchwolke in den Himmel. »Ja, oft«, gestand er knapp. »Sie sind jetzt in Schleswig-Holstein. Mutter geht's gut, und auch meiner Schwester und ihren Kleinen. Sie haben's geschafft, in den Westen zu kommen. Aber mein Vater nicht.«

»Mein Vater ist auch tot«, sagte er. »Schon vorletztes Jahr ist er gestorben. Volkssturm.«

»Ah.« Kösing nickte und rauchte.

Wolfgang musste schlucken, ehe er weitersprach, so sehr würgte es ihm in der Kehle. Er hatte erst vor einigen Wochen die Karte über das Rote Kreuz von seiner Mutter erhalten. »Meine Mutter ist jetzt in Westfalen. Kleine Stadt, den Namen hab ich noch nie gehört. Schultze kennt sie.«

Kösing nickte wieder. »Ich seh schon, alles Heimatlose. Nur Schultze kann wieder zurück in seine Stadt. Wir anderen müssen sehen, wo wir bleiben.«

Wolfgang verstand ihn nur zu gut. Er fühlte auf einmal das Bedürfnis, wie ein kleiner Junge zu heulen. Aber das konnte er in Kösings Anwesenheit unmöglich tun. Er warf ihm einen unauffälligen Seitenblick zu. Kösing war groß und schlank, mit einem beinahe jungenhaften Gesicht – kaum jemand würde in ihm den heldenhaften Flieger vermuten, der er war. Wolfgang rauchte schweigend und schluckte den Kloß in seinem Hals hinunter. »Was glaubst du, wie lange halten sie uns hier noch fest?«, fragte er mit rauer Stimme.

Kösing zuckte mit den Schultern. »Ich hab mal einen der russischen Soldaten gefragt, einen der netteren, im letzten Lager. Er meinte, noch zwei oder drei Jahre.«

Wolfgang presste die Hand gegen die sonnengewärmte Betonwand, an der er lehnte. »So lange können die uns doch unmöglich festhalten. Das ist gegen die Genfer Konvention.«

»Da scheren die sich doch einen feuchten Kehricht drum«, erwiderte Kösing, warf seine Zigarette auf den Boden und trat sie aus. Dann stutzte er. Wolfgang, der seinem Blick gefolgt war, sah den Oberprimaner in einiger Entfernung aus dem Haupteingang der Halle kommen und an den wachhabenden Soldaten vorbeigehen. Dann entdeckte er sie, winkte und kam auf sie zu.

Kösing runzelte die Stirn. »Was machte der denn da? Der war doch wohl nicht bei den Blauen?«

Wolfgang hob die Schultern. Er konnte sich nicht vorstellen, dass der Oberprimaner sie verraten würde. Aber es war schon ungewöhnlich, dass jemand von den Gefangenen den Haupteingang benutzte, der normalerweise nur den Russen vorbehalten war. Eigentlich wusste er vom Oberprimaner kaum etwas, nur dass er Karl hieß, aus Hamburg stammte und als blutjunger Leutnant bei der Marine zu den wenigen Überlebenden eines U-Boot-Unglücks in der Ostsee gehörte. Nun blieb er vor ihnen stehen und vergrub die Hände in seinen Hosentaschen.

»Wo kommst du denn jetzt her?«, fragte Kösing.

»Ich bin zu den Blauen gerufen worden«, erwiderte Karl. »Sie wollten was über einen aus meiner alten Einheit wissen, einen Fregattenkapitän.«

Kösing starrte ihn an. »Ach ja? Konntest du ihnen helfen?«, fragte er spöttisch. Der Spott in seiner Stimme verriet Wolfgang, dass er ihm nicht glaubte.

Karl schüttelte den Kopf. Er sah auf Wolfgangs Zigarette, aber Kösing bot ihm keine an. »Ich wusste so gut wie nichts von dem. Das haben sie irgendwann gemerkt, zu… zumindest ihr Anführer, ein Oberleutnant Su… Su… ich hab seinen Namen vergessen. Ein Jude.«

Kösing winkte ab. »Sonst haben die nichts gefragt?«

»Nein, zum Glück nicht.«

»Die wissen nichts von uns?« Kösing baute sich vor Karl auf und sah eindringlich auf ihn herunter.

»Nein, nichts. Ehrlich.« Karl sah zu Kösing auf. Vor dem großen Fliegerhauptmann sah er aus wie ein schmächtiger Junge.

»Na, da haben wir ja wohl Glück gehabt«, sagte Kösing.

Gemeinsam gingen sie wieder hinein.

Kapitel 12

Allenheide, im Sommer 1965

»Ich habe meine Freunde eingeladen, und sie können alle«, sagte Wolfgang strahlend, als er nach Feierabend in die Küche kam. »Nun lernst du sie endlich mal kennen.« Er küsste Luise flüchtig zur Begrüßung und fuhr Sabine, die am Küchentisch saß, mit der Hand durch das blonde Haar.

»Deine Freunde?« Luise sah überrascht von den Schulbüchern und heften auf, die ausgebreitet vor ihr lagen.

»Ich hab dir doch mal von den Männern erzählt, mit denen ich während der Gefangenschaft zusammen war. Jetzt kannst du sie kennenlernen. Sie kommen morgen Abend.«

»Oh.« Luise legte den Bleistift hin. »Das kommt aber überraschend. Ich dachte, wir … kannst du mir so was nicht früher sagen? Dann hätte ich mehr Zeit für die Vorbereitungen gehabt.«

»Ach, sie sind doch nur einen Abend hier. Sie kommen morgen im Laufe des Tages, belegen ihre Hotelzimmer, sehen sich Maldenberg an und sind abends zum Essen bei uns. Du hast noch genug Zeit für die Vorbereitungen. Hier …« Er zog sein Portemonnaie hervor, nahm einen Zwanziger heraus und legte ihn auf den Küchentisch. »Für den Einkauf.«

Luise starrte auf den grünen Schein. Sie hasste es, wenn er ihr das Geld für besondere Anlässe einfach so dahinknallte, und noch dazu in Anwesenheit des Kindes. Aber sie protestierte nicht, sondern nahm den Schein und ließ ihn in ihre Schürzentasche gleiten. Es war schwierig genug, mit ihren Strick- und Häkelpullovern heimlich etwas Geld dazuzuverdienen. Zum Glück war Wolfgang etwas großzügiger geworden, seitdem sie wieder schwanger war. Im letzten Jahr noch wäre das anders gewesen, da hatte er nach dem überraschenden Tod seiner Mutter eine schwierige Zeit durchgemacht. Nun ging es langsam wieder aufwärts. Der Besuch würde ihm sicher guttun.

»Wir kriegen Besuch«, krähte Sabine und klatschte in die Hände. »Wie viele kommen denn? Kenne ich die?«

»Nein, deine Mama und du, ihr kennt sie noch nicht.«

»Bringen die auch ihre Frauen mit?«, wollte Sabine wissen.

»Frag nicht so viel«, versetzte Wolfgang. »Du siehst doch, dass ich mit der Mama spreche.«

Sabine verstummte und sah auf ihre Schularbeiten hinunter. Luise runzelte die Stirn. »Ich hätte auch gern gewusst, wie viele Gäste kommen«, sagte sie mit kalter Stimme.

»Rechne mal mit sechs«, meinte Wolfgang und deutete auf seine Tochter. »Warum macht sie überhaupt noch Schularbeiten? Müsste sie nicht längst fertig sein?«

»Nach der Schule ging es nicht, da ist sie erst mal rausgegangen«, sagte Luise. »Jetzt hat es besser mit dem Rechnen geklappt. Sie ist doch schon fertig.«

Wolfgang warf einen missbilligenden Blick auf die Schulsachen. »Du lässt ihr zu viel durchgehen. Sie sollte sich angewöhnen, die Hausaufgaben gleich nach der Schule zu erledigen.«

»Du hast leicht reden. Sitz du mal neben einem quengelnden Kind, das sich nicht konzentrieren kann.«

»Ich würde sie schon dazu bringen«, entgegnete er. »Du hast sie zu sehr verwöhnt, und jetzt tanzt sie dir auf der Nase herum.«

Luise erhob sich langsam. Sie konnte ihre häufigen Reibereien nicht mehr ertragen, schon gar nicht, wenn sie sie vor Sabine austrugen. Mittlerweile hatte sie gelernt, ihm weniger Angriffsfläche zu bieten. Aber sie hatte keine Lust mehr, ihm dauernd auszuweichen. »Sie ist ein Mensch und keine Maschine«, fauchte sie. »Ich kann's verstehen, wenn sie zuerst rauswill, weil das Wetter schön ist.«

Ein kurzer überraschter Ausdruck flog über Wolfgangs Miene, als hätte er nicht mit der entschiedenen Erwiderung gerechnet. Dann trat ein boshaftes Grinsen in sein Gesicht. »Du kannst das sicher gut verstehen. Du hast doch früher auch nie gelernt.«

Luise schluckte. Nur mit Mühe gelang es ihr, die Wutwelle zu bändigen, die in ihr aufbrandete. Sie straffte sich und stemmte die Hände in die Hüften. »Sabine ist nicht wie ich, sie ist viel besser in der Schule. Sie lernt gut und bringt nur gute Arbeiten nach Hause. Es wäre schön, wenn du das endlich mal bemerken würdest.«

Wolfgang hob abwehrend die Hände. »Ist ja schon gut, schon gut, Luise. In deinem Zustand solltest du dich nicht so aufregen. Ich geh jetzt lieber.«

»Geh nur, dann musst du nicht zugeben, dass ich recht habe!«, rief Luise ihm hinterher und knallte die Tür zu. Seufzend ließ sie sich wieder auf den Stuhl sinken und starrte vor sich hin. Sie fühlte sich auf einmal müde und traurig. Warum war es nur so anstrengend mit Wolfgang? Wie oft musste sie sich verstellen, aufpassen, dass sie nichts Falsches sagte, Dinge vor ihm verheimlichen, um keinen Streit zu bekommen. Ihre Eltern hatten sich nie so gestritten. Warum sie? Manchmal schien ihr, als trennten sie Berge. Der kalte Wolfgang war ihr fremd, und auch der andere war oft unzufrieden. Sie hatten nur wenige gute gemeinsame Augenblicke, und in der letzten Zeit waren diese noch weniger geworden. Aber sie waren ja nun mal verheiratet, und jetzt war sie wieder schwanger.

Sie starrte auf Sabines offenes Rechenbuch. Die Buchstaben der ersten einfachen Textaufgaben, die sie mit ihrer Tochter geübt hatte, verschwammen vor ihren Augen. Wolfgang hatte immer feste Vorstellungen davon, wie etwas zu sein hatte. Wann und wie Kinder zu lernen hatten. Er hatte nicht begriffen, dass sie Sabine dann lernen ließ, wann diese es am besten konnte. Dass sie immer das Beste aus ihrem Kind herausholen wollte, weil sie eben nicht wollte, dass es Sabine genauso erging wie ihr. Das Mädchen sollte die Chance haben, einmal einen guten Beruf zu ergreifen. Es sollte auf eigenen Beinen stehen können.

Luise hörte ein Geräusch neben sich und fühlte, wie sich eine weiche kleine Hand auf ihre legte. Sie sah auf. Sabine war neben sie getreten und betrachtete sie ernst mit ihren hellen Augen. »Nicht weinen, Mama. Der Papa meint es nicht so.«

Überrascht begegnete Luise dem ernsten Blick ihrer Tochter. Sabine war immer noch groß für ihr Alter, blond, mit braun gebrannter Haut. Die kindlichen Locken waren herausgewachsen, und das Haar fiel ihr wellig auf die Schultern. Sie trug ein kariertes Trägerkleid, darunter einen der Häkelpullover. Luise musste lächeln. Sie strich über Sabines Handrücken. »Du hast recht«, sagte sie und erhob sich. »Komm, wir räumen ab, damit der Papa essen kann.«

Sabine gehorchte. Später fragte sie, ob sie morgen Abend auch aufbleiben dürfe, und Luise erlaubte es ihr.

Am nächsten Tag machte sich Luise früh an die Arbeit: Sie kaufte ein, putzte Wohnzimmer und Bad, während Wolfgang die Getränke besorgte. Sie brauchte den ganzen Nachmittag, um das kalte Buffet vorzubereiten. Es ging ihr nicht leicht von der Hand, denn ihr fehlte die Übung, da sie nur selten Besuch bekamen. Zu allem Übel fiel Sabine als Hilfe aus, denn sie bekam am Mittag erhöhte Temperatur. Luise schickte sie ins Bett, und ihre Temperatur stieg weiter, aber Wolfgang wollte den Gästen auf keinen Fall absagen. Es wäre sicher nur eine dieser vielen Kinderkrankheiten, meinte er. Luise sorgte sich, aber sie war auch neugierig auf seine Freunde. Sie fragte sich, warum Wolfgang bisher nur so wenig über sie erzählt und sie sie noch nie kennengelernt hatte. Was hatte er nur alles während des Krieges und seiner Gefangenschaft erleben müssen, das ihn manchmal so unruhig schlafen ließ? Würde sie gleich mehr erfahren?

Es ging schon auf acht Uhr zu, als ein bulliger Ford auf dem unwegsamen Gelände vor ihrem Haus parkte. Luise hatte sich gerade frisiert und ihr gutes Kleid angezogen, als sie den Wagen hörte. Sie lief zum Küchenfenster, schob die Gardine einen Spalt beiseite und sah hinaus. Ein großer, schlanker Mann war ausgestiegen und blickte sich neugierig um. Er hatte seine Hände in die Hüften gestemmt. Sein Hemd war schlicht weiß, und er trug eine weinrote Hose nach der neuesten Mode und schwarze Lederschuhe. Er hatte die leicht vornübergebeugte Haltung von Leuten, die beruflich viel sitzen mussten. Sein graues Haar war streng zurückgekämmt. Als Luise ihn noch musterte, sah er plötzlich zu ihr hinauf, und sie sah überrascht in sein jungenhaftes Gesicht. Verschmitzt grinste er. Luise ließ die Scheibengardine zurückfallen.

Doch die Neugier ließ sie bald wieder hinausschauen. Zwei Männer waren aus dem Auto gestiegen – der eine kräftig und untersetzt, der andere schlank und hellblond. Was Luise aber am meisten berührte, war die Frau. Sie erkannte Christel Moor, kaum dass sie aus dem Ford gestiegen war. Wie damals trug Christel noch ihre Pagenkopffrisur, aber nun in Hellblond, und ein eng anliegendes Kleid mit einem schmalen Gürtel. Sie hatte also immer noch ihre Vorliebe für Kleider mit Gürteln. Luise kam es so vor, als würde sich ein Gewicht auf ihre Brust legen, das sie nur schwer atmen ließ. Sie beobachtete, wie Christel sich bei dem großen Mann einhakte, um dann in kleinen zackigen Schritten zur Tür zu marschieren.

Schon klingelte es. Wolfgang drückte auf. Luise wollte ihm noch zuschleudern, warum in alles in der Welt er ihr nicht gesagt hatte, dass Christel auch käme, als der Mann auch schon vor ihrer Tür auftauchte. Die Männer lachten und umarmten sich lange, klopften sich auf die Schultern. Dann machte Wolfgang Luise mit seinem hochgewachsenen Freund bekannt. »Joachim Kösing«, sagte er. »Wir haben uns in den tiefsten Steppen Russlands kennengelernt.«

Kösing reichte Luise seine große Hand. »Nenn mich ruhig Joachim.« Er zwinkerte ihr zu. »Das ist meine Frau – ihr kennt euch ja schon lange, wie ich gehört habe.«

»Luise, ich freue mich so.« Christel kam herein, streckte die Arme aus und umarmte sie kurz.

Luise berührte einen Moment ihr hellblondes Haar, und eine Wolke aus Haarspray und Chanel Nr. 5 nahm ihr fast den Atem. »Was für eine Überraschung«, murmelte sie.

»Hat dein Mann dir denn nichts erzählt?«, fragte Christel später, als sie im Wohnzimmer um den niedrigen Tisch herumsaßen.

Luise schüttelte den Kopf, und Christel sah Wolfgang mit gespielter Entrüstung an. »Wie kannst du denn nur so was tun?«

Wolfgang grinste Christel an, als wäre er noch der Kameradschaftsführer in Lindenau, der bei einem Streich erwischt worden war. Luise fühlte Wut aufsteigen. Mit Mühe schluckte sie sie hinunter. »Mein Mann hat mir kaum etwas von seiner dunklen Vergangenheit erzählt«, scherzte sie mühsam. »Ich weiß zum Beispiel nicht, wie unsere Männer sich kennengelernt haben.«

»Glaub mir, das willst du auch nicht wissen«, sagte Kösing. »Dein Mann hat dich nur geschont, indem er dir Einzelheiten erspart hat.«

Seine beiden Freunde nickten. Der Hellblonde hieß Hermann Brendel und kam auch aus Schlesien; er war Luise nicht nur deshalb sofort sympathisch. Der Untersetzte hieß Ulrich Schultze und wohnte in Köln. »Tröste dich, ich weiß es auch nicht«, meinte Christel. »Die Männer halten dicht. Aber es ist doch wunderbar, dass die schreckliche Kriegsgefangenschaft auch gute Folgen haben kann.«

Wolfgang verteilte die vollen Sektgläser und nickte. »Du sagst es. Also lasst uns auf unser Wiedersehen anstoßen.«

»Auf unser Wiedersehen!« Alle hoben die Gläser und prosteten sich zu.

»Auf die Brigade«, sagte Kösing.

Luise nippte an ihrem Sekt. »Die Brigade?«

»Die Arbeitsbrigade, in der wir uns kennengelernt haben«, erklärte Kösing. Er saß lässig zurückgelehnt auf ihrem Sofa. Seine Beine waren so lang, dass seine Knie den niedrigen Tisch überragten. »Sie ist zu unserem Namen geworden, und der hält uns bis heute zusammen. Dein Mann war es, dem es damals eingefallen ist, nicht, Wolfgang?«

Wolfgang nickte und ließ sich neben Luise auf einem Esstisch-Stuhl nieder.

»Nach der Gefangenschaft waren wir alle für ein paar Jahre in unserem Münchener Amt«, fuhr Kösing fort. »Bis Schultze und dein Mann es vorzogen, zur Bundeswehr zu wechseln. Jetzt sind nur noch Brendel und ich da, aber inzwischen in der Bonner Außenstelle.«

Luise nickte. Wolfgang hatte ihr kaum etwas über seine Münchener Jahre erzählt, nur dass er dort Christel wiedergetroffen hatte und nichts über seine Arbeit für die Regierung verraten dürfe. Also hatte sie nicht mehr weiter gefragt und wagte es auch jetzt nicht. »Ich hoffe, ihr musstet nicht zu lange fahren«, sagte sie.

»Na ja, von Bonn ist's nicht mehr so weit zu euch«, meinte Kösing. »Deshalb dachten wir, besuchen wir euch endlich mal. Aber zurück nach Maldenberg ins Hotel fährt uns meine Frau.« Er grinste und tätschelte Christel das Knie. Sie legte ihre Hand auf seine und lächelte. Ihre teuren goldenen Eheringe funkelten im matten Wohnzimmerlicht. Luise kämpfte gegen eine neue Welle aus Verachtung und Wut an, die in ihrem Magen rumorte. Während sie selbst mühsam auf den Führerschein sparte, fuhr Christel bereits das große Auto ihres Mannes. Er verdiente wohl gut. Offenbar gab es Menschen, denen das Leben alles auf einem goldenen Tablett servierte. Obwohl sie es nicht verdienten.

»Aber ihr zwei wart schon in einer Mädelschaft zusammen«, meinte Kösing auf einmal. »Ihr stammt doch beide aus Lindenau.«

Luise rang sich ein Lächeln ab. »Ich hab in der Bäckerei ihres Vaters geholfen«, sagte sie. »Wie geht es deinem Vater, Christel?«

»Oh, sehr gut«, sagte Christel lächelnd. »Der hat auf seine alten Tage noch mal geheiratet. Die beiden sind ganz vernarrt ineinander. Ständig sind sie irgendwo unterwegs, Städte besichtigen. Zuletzt waren sie in Salzburg. Wart ihr da schon mal?«

»Nein«, sagte Wolfgang. »Aber nächstes Jahr fahren wir vielleicht nach Österreich.«

»Ihr müsst uns unbedingt mal besuchen kommen«, meinte Kösing. »Wir sehen uns viel zu selten.« Und er sagte noch mehr, das an Luise vorbeirauschte, als die Erinnerung wiederkam.

Sie war allein in der Bäckerei, denn Christel und ihr Vater, Bürgermeister Moor, waren ins Dorf gegangen. Sie hatte sich in Moors Büro geschlichen. Lange betrachtete sie dort die alten Bilder in den verstaubten Rahmen, die hinter dem Schrank lehnten – zwei Ölbilder, die einen alten Bauernhof und eine Stadtansicht von Breslau zeigten. Dann kam eine weitere Erinnerung. Sie starrte auf eine Kennkarte des Deutschen Reiches mit dem Foto eines jungen Mannes darauf. Die gewaltigen Buchstaben des Stempels *EVAKUIERT* sprangen ihr entgegen. Hans Baumann, der nette junge Bäckereigehilfe, evakuiert 1942. Mittlerweile wusste sie, wohin man ihn wohl gebracht hatte. Was es mit den *Arbeitslagern* für die Juden wirklich auf sich gehabt hatte. Sie hatten es im Fernsehen gezeigt.

Luise spürte Übelkeit aufsteigen. Sie erhob sich. »Entschuldigt mich bitte«, murmelte sie und ging ins Bad. Aus dem Spiegel starrte ihr eine bleiche, schöne Frau mit großen Augen entgegen. So ernst sah sie aus, dass sie für den Bruchteil einer Sekunde glaubte, ihre Mutter sähe ihr entgegen. Dabei sah sie ihr gar nicht ähnlich.

Sie beugte sich über die Toilette und wartete darauf, dass sie sich übergeben müsste. Aber es kam nichts. Sie schloss den Deckel wieder und setzte sich darauf.

Hans Baumann war nicht mal neunzehn Jahre alt gewesen, als er »evakuiert« worden war. Und der, der ihn verraten hatte, lebte immer noch und genoss seinen Lebensabend. Wie Moor wohl das Geld vom Verkauf seiner Bilder hinübergerettet hatte? Sie dachte daran, wie ihr Vater seine Sparbücher und Urkunden gerettet hatte. So musste es auch Moor getan haben.

Luise stand auf und zog sich den Lippenstift nach. Sie musste den Abend irgendwie überstehen. Sie atmete tief durch und ging wieder hinaus. Auf dem Flur begegnete ihr Sabine, die sich – neugierig auf die Gäste – zum Wohnzimmer geschlichen hatte. Sie nahm sie mit ins Wohnzimmer und stellte sie allen vor.

»Ach, sie ist ganz der Papa!«, rief Christel und wollte Sabine einen Kuss geben, aber Luise hielt ihre Tochter zurück. »Lieber nicht, sie brütet irgendwas aus.«

»Hat sie schon die Masern gehabt?«, fragte Christel.

»Nein.«

»Dann werden die das sein. Bei uns in der Schule gingen die auch um, und meine beiden hatten sie.« Sie erhob sich und folgte Luise ungefragt ins Kinderzimmer, wo Sabine wieder ins Bett krabbelte.

»Du hast zwei Kinder?«, fragte Luise, während sie Sabine die Stirn fühlte. Die Temperatur war noch etwas gestiegen.

»Ja, einen Jungen und ein Mädchen, zehn und acht. Der Junge kommt nächstes Jahr aufs Gymnasium.«

Das Gymnasium, natürlich. Christel hatte bestimmt nur Superkinder, und sie würde sich jetzt ihre Geschichten anhören müssen. Tatsächlich, Christels Litanei über ihre Kinder hielt an, bis Luise ihrer Tochter zu trinken gegeben hatte und sie dann gemeinsam in die Küche zum Buffet gingen. Hier hatten sich die Männer bereits bedient und waren wieder ins Wohnzimmer zurückgegangen. Aber sie blieben in der Küche. Nachdem Christel das Buffet gelobt hatte, aß sie in Schinken eingewickelten Spargel, mit Mayonnaise gekrönte Eierhälften, Salate und Käsehäppchen. Luise gewöhnte sich nach einer Weile etwas an ihre Gegenwart und konnte sogar ein wenig vom Kartoffelsalat essen. Sie wunderte sich darüber, wie viel Christel redete und wie ausgesprochen freundlich sie war. Als sie sie zuletzt gesehen hatte, hatten sie sich heftig gestritten.

»Wir sind ja nach der Vertreibung nach Bayern gekommen, in die Nähe von München«, erzählte Christel. »In ein winziges Kuhkaff. Da hab ich's irgendwann nicht mehr ausgehalten und bin mit einer Freundin nach München gezogen, sobald wir durften. Wir hatten ein Zimmer. Eines Abends haben wir dann Wolfgang und Joachim im Kino getroffen. Der Joachim hat sich sofort für mich interessiert und Wolfgang für meine Freundin.« Sie lächelte versonnen vor sich hin. »Wie klein doch die Welt ist.«

»Ich dachte immer, Wolfgang wäre *dein* Schwarm«, entfuhr es Luise. Christel, die am steinernen Waschbecken lehnte, ließ ihr Schinkenröllchen sinken.

»Ach was, das war doch nur eine Jugendschwärmerei. Hat er wirklich nichts von mir erzählt, all die Jahre nicht?«

»Er hat erwähnt, dass ihr euch in München wiedergetroffen habt.«

»Na ja, wenn das so ist.« Christel schob sich das Schinkenröllchen in den Mund. Luise warf ihr einen scharfen Blick zu. Täuschte sie sich oder hatte Christels Stimme gerade unsicher geklungen? Aber nein, Christel war nie unsicher. Sie musste sich getäuscht haben. Die dicke Luft in der Küche, in der es nach Essen roch, raubte ihr die Konzentration und schlug ihr auf den Magen.

»Wolfgang ist manchmal verschlossen wie ein Stein«, sagte sie. »Selbst von seiner Ex-Verlobten hat er kaum was erzählt.«

»Von der Biggi? Ach, das war schade, als das auseinanderging. Wir waren so eine tolle Gruppe all die Jahre, mit Brendel und Schultze, als der noch da war. Aber irgendwie habe ich immer gewusst, dass der Wolfgang und die Biggi nicht zusammenbleiben. Man hat ja manchmal so ein Gefühl.« Sie sah Luise an, aber sie schien durch sie hindurchzusehen. Auf einmal lächelte sie. »Ich fand es ja … interessant, dass ihr geheiratet habt.«

»Ja, das hättest du nicht gedacht, nicht wahr?« Luise lächelte eisig. »Aber wie du schon sagst, die Welt ist klein. Er kam zu seiner Mutter, und wir trafen uns dort.«

Christel stellte ihren Teller in den Spülstein. »Luise …« Sie brach ab und sah prüfend auf einen Fingernagel, als müsste sie erst überlegen, was sie sagen sollte. Dann hob sie den Kopf. »Ich weiß, dass wir früher nicht die besten Freundinnen waren. Aber jetzt sind unsere Männer Freunde, und wir sollten es auch sein. Bitte lass uns vergessen, was früher war. Lass uns einen Strich darunter machen und neu anfangen.«

Neu anfangen? Luise presste die Lippen fest zusammen. Sie hatte nicht im Mindesten Lust, mit ihr etwas neu anzufangen. Aber sie musste den heutigen Abend mit ihr überstehen. »Ich … hast du Erika eigentlich mal wiedergesehen?«, entfuhr es ihr.

Christel klammerte sich an den Spülstein. Eine kleine steile Falte, die Luise an früher erinnerte, erschien auf ihrer Stirn. »Nein«, sagte sie. »Ich sehe schon, du wirfst mir immer noch vor, was mein Vater getan hat. Aber ich kann nichts dafür.«

»Du irrst dich, ich werfe dir nicht vor, dass dein Vater den Ortsgruppenleiter und Erikas Vater an die Russen verraten hat. Der Teschner war ein Schwein, und auch Erikas Vater war kein guter Mensch, das wissen wir beide. Aber es war immerhin ihr Vater.«

»Also trägst du es mir doch nach«, erwiderte Christel. »Du nimmst mich in Sippenhaft für etwas, das er begangen hat.«

Luise fühlte Wut aufsteigen. Sie wollte Christel entgegenschleudern, dass sie die Kennkarte von Hans Baumann in der Schreibtischschublade ihres Vaters gesehen hatte und wüsste, was mit ihm geschehen war, aber sie beherrschte sich. »Hast du Erika eigentlich noch mal wiedergesehen?«, fragte sie stattdessen erneut.

Christel schüttelte den Kopf. »Sie wollte nichts mehr mit mir zu tun haben, wie du dir sicher denken kannst. Du hast ihr verraten, was mein Vater getan hat. Du hast mir sogar eine Ohrfeige gegeben, erinnerst du dich noch?«

Luise holte tief Luft. Natürlich wusste sie das noch, wie könnte sie es jemals vergessen? Sie nickte. »Du … warst nie bei den Heimattreffen«, sagte sie. Natürlich, durchfuhr es sie. Christel wollte weder Erika noch ihr jemals wiederbegegnen.

Von allen aus ihrer alten Gruppe hatte sie am meisten zu verbergen. Sie war bestimmt nur so freundlich zu ihr, weil ihre Männer befreundet waren. Was für ein unglücklicher Zufall.

Und tatsächlich sagte Christel: »Weißt du, mir ist wirklich sehr daran gelegen, dass wir gut miteinander auskommen, jetzt, wo unsere Männer Freunde sind, wir sollten die alten Sachen vergessen. Als du mir die Ohrfeige gegeben hast, damals auf dem Fest, dort warst du doch mit einem Polen, einem Milizionär. Das weiß Wolfgang bestimmt nicht, oder?«

Luise starrte in Christels herzförmiges Gesicht. »Was willst du damit sagen?«, stieß sie hervor.

»Nun, ich meine, dass wir uns gegenseitig unsere kleinen Fehltritte von damals nachsehen und nicht mehr darüber sprechen sollten«, meinte Christel.

Luise schnappte nach Luft. Es juckte ihr in den Fingern, Christel wieder auf ihre glatte rosige Wange zu schlagen. Dieses miese Luder wollte es sich so einfach machen. Aber Luise hatte mittlerweile auch gelernt, innezuhalten und nachzudenken, bevor sie mit ihrer Wut lospolterte. Wolfgang wusste nichts von Marian, und er sollte es auch nicht erfahren. Er würde es als Landesverrat ansehen, dass sie sich mit einem Polen eingelassen hatte.

Sie drängte ihren Groll zurück. »Nun, vielleicht hast du recht«, sagte sie mit rauer Stimme.

Christel lächelte. »Siehst du, es geht doch«, meinte sie.

Sie gingen wieder ins Wohnzimmer zurück, wo Luise steif neben Wolfgang Platz nahm. Die Männer sprachen über Autos und ehemalige gemeinsame Kollegen, und Wolfgang erzählte von seiner Panzerbrigade. Es fielen Namen, die Luise nicht kannte, und je mehr Bier floss, desto mehr spannen sich die Männer in ihre eigene Welt ein. Luise hörte nur mit halbem Ohr zu. Wohl oder übel musste sie sich mit Christel unterhalten. Sie erzählte ihr von Inge und Erika und dann von ihrer

Familie und Rita, nachdem sich Christel höflich danach erkundigt hatte. Zwischendurch ging sie ins Kinderzimmer und sah nach Sabine. Das Mädchen fieberte und schlief unruhig. Luise fühlte ihm die Stirn, nachdem sie wieder einmal in das halbdunkle Zimmer getreten war. Sie war glühend heiß.

Luise seufzte. Vielleicht hatte sich Sabine tatsächlich die Masern eingefangen. Sie starrte eine Weile auf den hellen Streifen, den der Spalt in den halb geschlossenen Übergardinen auf den Linoleumfußboden malte. Draußen brannten die Laternen, und ein fast voller Mond leuchtete herein. Ausgerechnet jetzt kamen die Männer auf den Balkon, der vor Sabines Zimmer lag, rauchten und lachten. Luise hörte ihre gedämpften Stimmen durch das geschlossene Fenster hindurch. Sie trat näher heran.

Kösing sagte etwas, und die Männer drückten daraufhin ihre Zigaretten aus. Sie bildeten einen Kreis und legten die Hände aufeinander. Auf einen erneuten Satz von Kösing schlug einer mit seiner freien Hand den Händeturm durch. Dann nahmen die Männer Haltung an und streckten ihre Arme zum Hitlergruß aus. Ihre Hände berührten sich in der Mitte, sodass es aussah wie ein Zelt. Kösings Hand überragte die der anderen um ein ganzes Stück.

Einen feierlichen Augenblick lang verharrten sie so, und keiner sagte ein Wort. Schließlich nahmen sie die Arme wie auf ein geheimes Kommando wieder herunter. Sie umarmten sich, klopften sich auf die Schultern, dann gingen sie wieder ins Wohnzimmer zurück, als wäre nichts gewesen.

Luise dachte, dass sie auch wieder zurückmusste, damit niemand bemerkte, dass sie hier war. Aber sie war unfähig, sich zu rühren. Etwas Hässliches umschlang sie und nahm ihr die Luft zum Atmen. Etwas, von dem sie glaubte, es wäre nicht mehr da, es gehörte der Vergangenheit an. Sie hatte es schon gefühlt, als sie Christel begrüßt hatte, und jetzt fühlte sie es wieder und viel stärker. Abscheu.

Aber sie sträubte sich dagegen. Sie konnte nicht glauben, was sie gesehen hatte. Sie schlich sich aus dem Kinderzimmer, ging noch einmal kurz in die Küche, um neue Flaschen aus dem Kühlschrank zu holen, und kehrte ins Wohnzimmer zurück.

Kösing saß auf ihrem Stuhl und sprach mit Wolfgang. Er brach ab und wandte sich ihr zu, als sie ins Zimmer kam. »Ah, Luise. Hast du uns Nachschub geholt? Ein Lob auf die Hausfrau!« Er hob seine Bierflasche und prostete ihr zu. Als er trank, ließ er sie nicht aus den Augen. Sie wich seinem Blick aus und verteilte die Flaschen auf dem Tisch. Sie begriff, dass er trotz seiner Beschwipstheit stocknüchtern war. Lächelnd ließ sie sich neben Christel nieder und sprach mechanisch mit ihr, während sie die Männer unauffällig beobachtete. Aber nein, dachte sie, sie waren doch ganz normal. Wahrscheinlich hatten sie den Gruß nur aus einer bierseligen Laune heraus gezeigt, aus Sentimentalität. Oder steckte vielleicht doch mehr dahinter? Den Gedanken konnte und wollte sie nicht zulassen. Hoffentlich war es nur ein einmaliger Ausrutscher gewesen, sie wollten nur noch mal alte Zeiten wieder heraufbeschwören. Sehnte sie sich nicht auch selbst manchmal nach der Vergangenheit, nach ihrem alten Lindenau zurück? Bestimmt steckte nichts Ernsthaftes dahinter.

Ihre Gäste gingen spät in der Nacht, nachdem Christel zum Aufbruch gedrängt hatte. Hermann Brendel schwärmte Luise noch beim Hinausgehen angetrunken von Strehlitz vor und lud sie dorthin ein, als würde er noch dort leben. Christel umarmte sie noch einmal zum Abschied und wiederholte die Einladung ihres Mannes, sie bald besuchen zu kommen, und Joachim Kösing drückte Luise den Arm. Er hob den Zeigefinger, als wollte er ihr noch etwas sagen, doch dann gehorchte ihm wohl die Zunge nicht mehr, und Christel schob ihn hinaus. Ein kalter Schauer überlief Luise.

Kapitel 13

Sie überlegte lange, ob sie Wolfgang erzählen sollte, was sie auf dem Balkon gesehen hatte. Aber sie hatte inzwischen auch gelernt, ihm nicht mehr alles zu erzählen. Er wusste nicht, dass sie bald ihr Geld für den ersehnten Führerschein zusammenhaben würde und wo sie es versteckte. Er wusste nicht, dass ihre selbst gemachten Kindersachen bei Frau Bettermeier im Laden hingen. Er wusste so vieles nicht. Ihre wahren Gedanken – er kannte immer weniger davon.

Warum also sollte sie ihm von ihrer heimlichen Beobachtung erzählen? Sie beschloss, es für sich zu behalten, sie in die hinterste Schublade ihres Gedächtnisses zu verbannen. Die Männer waren betrunken gewesen. Sie waren doch sonst ganz nett, selbst Christel hatte sich um Luises Freundschaft bemüht. Und sie trug ein werdendes Leben unter dem Herzen, Wolfgangs Kind.

Wolfgang hatte nach ihrem Besuch ausgesprochen gute Laune und verhielt sich rücksichtsvoll gegenüber Luise. Er half ihr beim Aufräumen und hielt einen Abend Krankenwache bei Sabine, damit sie in den Handarbeitskreis gehen konnte. Sabine bekam nach einigen Tagen einen Ausschlag, der sich vom Gesicht aus über den ganzen Körper verteilte, und der Arzt bestätigte, dass sie die Masern hatte. Als ihr Fieber und der

Ausschlag nach einer Woche wieder abgeklungen waren, verschwand Wolfgang eines samstagmorgens mit den Worten, er müsse in Maldenberg etwas besorgen. Luise solle Brote machen und sich für einen Ausflug bereithalten. Wenig später hielt ein nagelneues, rot glänzendes Auto vor ihrem Haus. Wolfgang stieg aus und winkte sie nach unten. Sabine stürmte hinaus. Sie mochte es nicht glauben, dass ihr Vater ein neues Auto gekauft hatte, und noch dazu ein so großes. Es hatte sogar vier Türen. Freudig kletterte sie auf die geräumige Rückbank, während Luise nur zögernd folgte. Sie konnte es nicht fassen. Während sie jede Mark von ihrem Haushaltsgeld umdrehen musste, leistete Wolfgang sich ein neues, teures Auto.

»Ist er nicht schön?« Wolfgang sah ihr erwartungsvoll entgegen. Beinahe zärtlich strich er über den glatten Lack. »Das neueste Modell von Audi, 72 PS, Mercedes-Motor und vier Türen, eine richtige Familienkutsche.«

»Wenn du meinst«, sagte sie schmallippig, während sie an Kösings Ford dachte. »Du hättest den Kauf mit mir besprechen müssen.«

Er drückte ihr einen Kuss auf die Lippen. »Sei doch nicht so kleinlich. Freu dich über unser schönes neues Auto. Das wird uns nächsten Sommer sicher nach Österreich bringen.«

»Nächsten Sommer? Wir werden einen Säugling haben im nächsten Sommer.«

Wolfgang machte eine wegwerfende Handbewegung. »Ach, das wird schon. Ich hab den Wagen doch extra gekauft, weil wir bald zu viert sind.« Er drückte sie an sich. »Nun steig ein. Wir machen eine Spritztour.«

»Oh ja, eine Spritztour«, jubelte Sabine. »Schöne Überraschung, Papa.«

»Ja, nicht?« Wolfgang startete den Motor. »Jetzt komm schon, Luise, worauf wartest du noch?«

Luise stellte den Korb ab und ließ sich auf dem Beifahrersitz nieder. Der Wagen hatte tatsächlich mehr Platz innen als der VW. Alles roch neu, und der Motor klang fremd.

»Wo ist der VW?«, fragte sie.

»Den habe ich in Zahlung gegeben. Ein Krösus bin ich ja nun auch nicht.«

Nein, sicher nicht. Seine Mutter hatte ihm nichts hinterlassen, ihr weniges Geld hatte gerade für ihre Beerdigung gereicht. Also musste Wolfgang doch mehr verdienen, als sie angenommen hatte. Außerdem hatte man ihm vor Kurzem die baldige Beförderung zum Major in Aussicht gestellt.

»Ich hätte ihn so gut gebrauchen können«, entfuhr es ihr.

»Wen?«

»Den VW.«

»Warum? Du hast doch gar keinen Führerschein.«

»Ich möchte aber meinen Führerschein machen.«

Wolfgang schüttelte den Kopf. »Denkst du immer noch daran? Ich halte das nicht für notwendig.«

»Christel hat auch einen Führerschein«, beharrte sie.

Er warf ihr einen raschen Seitenblick zu und seufzte. »Na, dann mach ihn doch, wenn du unbedingt willst. Wenn du ihn bezahlen kannst. Aber erst, wenn unser Kind da ist.«

Luise sah auf Wolfgangs Profil, während sie über die Landstraße fuhren, bemerkte sein selbstgefälliges Lächeln. Die silbernen Sprenkel in seinen dunkelblonden Haaren waren mehr geworden, seine Schläfen waren nun grau, aber das ließ ihn nur noch besser aussehen. Er rechnete also nicht damit, dass sie das Geld für ihren Führerschein aufbringen würde. Er irrte sich.

»Denk daran, dass du bald Major wirst«, sagte sie. »Ein Führerschein würde der Frau eines Majors gut anstehen. Außerdem auch ein höheres Haushaltsgeld.«

»Luise, darüber reden wir gleich, wenn wir im Wald sind, ja?«, meinte er mit einem kurzen Blick nach hinten, wo Sabine saß.

Sie nickte. Diesmal gab sie ihm recht, sie sollten diese Gespräche nicht vor Sabine führen.

Sie nahmen den Gesprächsfaden wieder auf, als sie auf halber Strecke nach Maldenberg den See im Wald erreicht hatten, ein beliebtes Ausflugsziel. Wegen des milden Herbstwetters waren viele Ausflügler unterwegs, und der Spielplatz am Restaurant war voll. Luise und Wolfgang setzten sich auf eine Parkbank zwischen See und Spielplatz und beobachteten ihre Tochter, wie sie nacheinander das Klettergerüst und die Rutsche ausprobierte und dann sehr schnell eine Freundin für die Wippe fand. Ihr blondes Haar flog auf und ab, während sie mit dem Mädchen auf der Wippe saß und ihm dabei alles Mögliche erzählte. Luise hatte sie besonders herausgeputzt mit einem blauen Trägerkleid, einer selbst gestrickten Jacke und einem Stirnband passend zu ihren roten Lackschuhen. Die milde Spätsommersonne schien warm auf sie herab. Ein leichter Wind rauschte in den Blättern der Weiden, darunter schwieg der See.

»Du bekommst mehr Haushaltsgeld, wenn wir zu viert sind«, sagte Wolfgang. »Natürlich auch für die Säuglingsausstattung. Ich bin doch kein Unmensch. Wir sind schon auf der Warteliste für das Reihenhaus.«

Luise seufzte. Die Wut über das neue Auto hatte sich inzwischen wieder gelegt. Sie fühlte sich auf einmal schäbig. Verlangte sie zu viel? War es zu unverschämt, mehr Haushaltsgeld zu fordern? Vielleicht sollte sie mit dem zufrieden sein, was sie hatte – eine Familie, ein Dach über dem Kopf, genug zu essen und zum Anziehen. Überdies wäre sie bald die angesehene Frau eines Majors. Sie wusste, dass das alles nicht selbstverständlich war.

Sie legte den Kopf an Wolfgangs Schulter und atmete tief die warme Luft ein. Er legte den Arm um sie. »Bald sind wir endlich eine richtige Familie«, sagte er. »Ich freue mich so auf unseren Sohn.«

Luise musste schlucken. »Und wenn's eine Tochter wird?«

Er schüttelte den Kopf. »Wir müssen nehmen, was kommt. Im Zweifel machen wir so lange weiter, bis ein Junge kommt.« Er lächelte anzüglich, und sie küssten sich. Luise lehnte sich an ihn und sah auf den See. Sie wischte ihre Bedenken beiseite. Zum ersten Mal, seit sie wieder schwanger war, kam so etwas wie Freude über das werdende Leben in ihr auf. Bisher hatte sie es aus Angst vermieden, daran zu denken, ja ihren Zustand überhaupt wahrzunehmen. Nun wagte sie eine vorsichtige Hoffnung. Vielleicht würde es ja wirklich dieses Mal klappen. Sie fühlte Wolfgangs Hand auf ihrem Bauch und legte ihre Hand auf seine. Vom Spielplatz winkte ihnen Sabine zu. Luise winkte zurück.

Als sie am Abend wieder nach Hause kamen, klingelte das Telefon. Luise hörte erst nichts, nachdem sie sich gemeldet hatte. Dann, wie aus sehr weiter Ferne, ein zittriges »Luise?«.

»Ja?«

Es war die Stimme ihrer Mutter. »Es ist etwas Schlimmes passiert. Der Papa ist tot.«

Luise umklammerte den Hörer. Sie hätte auch so am Klang der Stimme ihrer Mutter sofort gewusst, dass etwas Schlimmes passiert sein musste. Reglos hörte sie ihr zu, aber das meiste glitt an ihr vorbei. Sie verstand nur »… heute Mittag« und »ganz plötzlich zusammengebrochen« und »musste sich übergeben« und »Krankenhaus«. Dort wäre er gestorben.

»Ich hab es schon früher bei euch versucht, aber da ging keiner dran.«

»Wir haben einen Ausflug gemacht, Mama.« Luise ließ sich auf den Schemel am Telefon sinken. Sie hörte ihre Mutter schluchzen. Während sie einen schönen Nachmittag am See verbracht hatten, war ihr Vater im Krankenhaus gestorben. »Wir kommen morgen, Mama«, hörte sie sich sagen.

Als sie am nächsten Morgen über die Kopfsteinpflasterstraße des Truppenübungsgeländes rauschten, machte Luise sich Vorwürfe, dass sie in der letzten Zeit nicht häufiger zu ihren Eltern gefahren waren. In den ersten Jahren waren sie noch jedes zweite Wochenende dort gewesen, dann irgendwann nur noch einmal im Monat. Seit dem Tod von Wolfgangs Mutter nur noch einmal im Vierteljahr. Sie wäre gern häufiger gefahren, aber Wolfgang hatte meistens keine Lust. Nun war es zu spät.

Luise starrte durch die Autoscheibe auf die Ruinen des alten Dorfes. Die Häuser sahen mit jedem Mal, dass sie sie sah, verfallener aus. In ihren Mauern klafften Einschusslöcher. Auch die zerschossenen alten Panzer schienen immer mehr in sich zusammenzusinken. Luise weinte.

Als Wolfgang den Wagen in die schmale Zufahrt des Siedlungshauses steuerte, erwartete sie einen Augenblick lang, ihren Vater zu sehen, wie er ihnen wie immer entgegengekommen war, die Pfeife im Mundwinkel, die Hände in den Hosentaschen. Er hätte Sabine über die Haare gestrichen, das neue Auto begutachtet, mit Wolfgang gefachsimpelt und wäre dann mit ihnen hineingegangen. Aber nun mussten sie klingeln, und Luises Mutter öffnete. Sie trug wie immer ihre Schürze, darunter einen dunkelblauen Faltenrock und eine schwarze Bluse. Ihre Haare schimmerten grau im Sonnenlicht, ihre Haut hell.

»Mama.« Luise sank in ihre Arme. Sie fühlte die magere Gestalt ihrer Mutter, als sie sich an sie drückte.

»Nu kummt rei«, sagte ihre Mutter.

Wenig später saßen sie in der Küche um den Tisch herum – Helene und Peter, Manfred und Maria, seine junge Verlobte. Sie hatte braune Locken wie er, und Luise fand, dass sie sich fast ein wenig ähnlich sahen. Manfred aber glich vor allem dem Papa, bei jedem Besuch schien er ihm ähnlicher zu werden. Er hatte die gleiche Statur und dasselbe Lächeln wie er. Aber jetzt lächelte er nicht, sondern umarmte Luise nur schweigend.

Sabine sprach sofort mit ihrer Cousine Ute und lief mit ihr die Treppe hinauf in die kleine obere Wohnung, in der Helene mit ihrer Familie wohnte. Der zweijährige Thomas blieb auf Helenes Schoß zurück.

»Es ging alles so schnell«, berichtete Helene. »Peter und Manfred waren arbeiten. Dem Papa wurde auf einmal schlecht, er musste brechen und dann verlor er das Bewusstsein. Mama und ich haben ihn nur mit Mühe ins Bett gekriegt. Aber er ist nicht mehr wach geworden. Ich habe unseren Doktor geholt, aber der konnte ihm auch nicht mehr helfen …« Sie brach ab und knüllte ihr Taschentuch. »Im Krankenhaus ist er gar nicht mehr zu sich gekommen.«

»Wann ist er gestorben?«, fragte Luise mit leiser Stimme.

»Gestern am späten Nachmittag«, antwortete ihre Mutter. »Der Peter hat's mehrfach bei euch versucht, aber ihr wart nicht da. Vielleicht hättet ihr es noch geschafft.«

»Wir waren am See.« Luise erinnerte sich an die lärmenden Kinder, die warme Sonne. Sie knetete ihr Taschentuch, während sie mit den aufsteigenden Tränen kämpfte. Wolfgang legte ihr die Hand auf das Knie.

»Der Bestatter hat mir zugesagt, dass wir ihn heute Nachmittag sehen können«, sagte ihre Mutter. »Er macht ihn gerade fertig … er … kommt in die Leichenhalle am großen Friedhof.« Sie senkte den Kopf. Ein paar Tränen fielen auf ihren Faltenrock.

»Mama«, sagte Manfred, der neben ihr auf der Eckbank saß. »Ist ja schon gut.«

»Ich kann euch fahren«, bot Wolfgang an.

»Ich auch«, ergänzte Peter. »Wir können nacheinander fahren oder zusammen, wie wir wollen.«

Sie besprachen die Einzelheiten. Ihr Vater würde in ein paar Tagen beerdigt werden. Luise würde mit Sabine solange hierbleiben, Wolfgang würde wieder zurückfahren und zur Beerdigung wiederkommen. Rita hatte ihr Kommen für den nächsten Tag angekündigt.

Später bezog Luise Manfreds ehemaliges Zimmer, das zwischen Küche und Stube lag und in dem sie gemeinsam mit Rita und Sabine schlafen würde. Manfred wohnte inzwischen in einem Zimmer über dem umgebauten Schweinestall. Sie hatten das Schwein vor zwei Jahren verkauft und den Stall zur Waschküche umgebaut. Auch der Anbau von Roggen und Kartoffeln auf dem angrenzenden Stück Land hatte sich immer weniger gelohnt. Vor einigen Monaten hatte es geheißen, Helene und Peter hätten Interesse an dem Land und würden dort gern bauen. Peter verdiente gut, seine Eltern unterstützten ihn, und sie hatten in den letzten Jahren durch das günstige Wohnen bei den Eltern viel sparen können. Ihre Mutter hatte Luise gefragt, ob sie einverstanden sei, wenn Helene das Land bekäme, und sie hatte eingewilligt. Helene würde sie eines Tages dafür auszahlen.

Luise ließ den anderen den Vortritt, sich von Papa zu verabschieden, und erbot sich, auf die Kinder aufzupassen und später zu fahren. Es erschien ihr auch besser, erst hier von ihm Abschied zu nehmen, in seinem letzten Zuhause.

Während Wolfgang den kleinen Thomas auf dem Arm hielt und ihm den Hühnerstall zeigte, ging sie durch den Garten. Überall konnte sie die Arbeit ihres Vaters sehen. Er hatte den Hühnerstall gebaut, den Gemüsegarten angelegt, die Ständer für die Wäscheleine einbetoniert. Es gab einen Apfel- und einen Kirschbaum und eine Kletterstange für die Kinder. Luise hörte den Lärm der Mädchen, als sie sich mit den Händen an der Stange entlanghangelten. Sie musste an ihre und Helenes Schaukel zu Hause in Schlesien denken, die ihnen ihr Vater zwischen die Linden gehängt hatte. An ihre Pferdekoppel. Wie sie mit ihm dort gestanden und die Pferde beobachtet hatte. Wie sie zuletzt, in jenem schlimmen Jahr unter polnischer Besatzung, froh gewesen waren, endlich wegzukommen. Wie ihr Vater gesagt hatte, es wäre nicht für lange, sie würden sicher bald wieder zurückkehren.

Sie dachte an die Rucksäcke unter den Betten ihrer Eltern in der Baracke, die irgendwann verschwunden waren. Die Hoffnung auf Rückkehr war langsam gestorben, Stück für Stück. Ihr Vater würde nun endgültig nicht mehr zurückkehren können. Die Vertreibung, die harten Jahre danach – sie hatten mit seinem frühen Tod ihren Tribut gefordert.

Luise ging über die Wiese zu den Bäumen. Ihr Vater hatte wieder einen Walnussbaum gepflanzt, der schon ziemlich groß war. Sie strich über seinen Stamm und sah zu den Ästen hinauf, wo die Nüsse in ihren grünen Schalen reiften. Ihr Baum zu Hause war natürlich viel älter und größer gewesen. Sie hatte oft mit Marian dort gestanden. Zu Hause. Wie würde es wohl jetzt dort aussehen, zwanzig Jahre, nachdem sie ihren Hof verlassen mussten? Würde der Hof überhaupt noch stehen oder war er zur Ruine verfallen? Luise schauderte es bei diesem Gedanken. Ihr Zuhause, wie sie es kannte, gab es nicht mehr. Es würde heute anders aussehen, andere Menschen würden dort wohnen.

Sie hatten ihre Heimat in jenem Augenblick verloren, als das Fuhrwerk an dem kühlen Junimorgen 1946 vorgefahren war und sie mitgenommen hatte. Eigentlich hatten sie sie schon am Tag der deutschen Kapitulation verloren, vielleicht auch schon an jenem Tag, an dem Hitler den Krieg begonnen hatte. Sie hatten es nur noch nicht gewusst.

Luise umklammerte den Baum und legte ihre Wange an seinen Stamm. Sie atmete tief seinen würzigen Geruch ein, und fast meinte sie zu spüren, wie etwas von seiner Kraft auf sie überging. Aber die nüchternen Gedanken ließen sie nicht los. Selbst wenn die politischen Verhältnisse sich doch noch ändern würden und es der Bundesregierung gelänge, den Polen die Ostgebiete abzuhandeln, könnte ihr Vater nie mehr zurückkehren, und ihre Mutter wäre inzwischen zu alt dafür. Helene hatte hier eine neue Heimat gefunden und Manfred war erst sieben Jahre gewesen, als sie vertrieben worden waren. Für ihn war hier sein Zuhause. Nur sie, Luise, hatte noch kein wirkliches neues Zuhause gefunden. Ihre Wohnung in Allenheide war nur vorübergehend, ein Provisorium, bis Wolfgang vielleicht eines Tages wieder versetzt werden würde. Auch ein gemietetes Reihenhaus würde daran nichts ändern. Sie war immer noch heimatlos.

»Mama, guck mal!« Sabine riss sie aus ihren Gedanken.

Luise wandte sich um. Die Mädchen hingen kopfüber nebeneinander an der Stange. Utes lange dunkle Zöpfe baumelten nach unten und reichten fast bis auf den Boden. Sie hatte das Reich'sche rundliche Gesicht und das Haar von Helene geerbt. Daneben hing Sabine – groß und hell wie reifes Korn. Sie ließ ihre Arme herunterfallen und schwang ein wenig hin und her.

»Passt auf«, ermahnte Luise sie und ging zu Wolfgang. »Kannst du die Mädchen im Auge behalten? Ich muss mich ein wenig hinlegen.«

»Sicher, geh nur rein, ich mach das schon.« Er nahm Thomas' Händchen und deutete auf ein Huhn. »Schau mal, da geht es die Leiter hinauf in den Stall.«

»…tall«, echote Thomas.

Luise ging durch den Flur in die Küche. Sie setzte Kaffeewasser auf, füllte das Pulver in den Filter. Dann hielt sie inne. Sie musste sich nicht beeilen, so rasch würden die anderen nicht wiederkommen. Auf einmal verspürte sie das Bedürfnis, sich ein wenig umzusehen. Sie ging ins Wohnzimmer. Der Geruch nach erkaltetem Pfeifenrauch hing noch in der Luft. Sonnenstrahlen fielen durch das Fenster auf das Sofa, das unter dem Fenster stand, und auf zwei mit grünem Stoff bezogene Sessel mit glatt polierten Holzarmlehnen. Die Decke ihres Vaters lag sorgfältig gefaltet auf seinem Sessel. Im wuchtigen Glasaschenbecher auf dem Tisch waren noch dunkle Aschespuren zu sehen. Der niedrige Wohnzimmerschrank war aus demselben schwarzen Holz wie der kleine Tisch vor dem Sofa. Ihre Eltern hatten kein einziges Möbelstück aus der Baracke mitgenommen, sie hatten sich nach und nach neue Möbel gekauft.

Luise ging zum Schrank und öffnete die Tür mit dem Schlüssel, der im Schloss steckte. Knarrend öffnete sie sich. Mutters gutes Porzellan stand auf den mit Papier ausgelegten Böden. Luise öffnete eine weitere Tür. Der Geruch nach Holz und Tabak strömte ihr entgegen. Es gab ihr einen Stich, als sie die Pfeife ihres Vaters erblickte. Sie lag auf einem weiteren Aschenbecher, daneben lag die Ledertasche mit seinen Pfeifenutensilien. Etwas Silbernes blitzte aus dem offenen Reißverschluss der Tasche hervor. Luise nahm sie und klappte sie auf. Neben Papas Ersatzpfeife, dem Stopfer und den Reinigungsbürsten klemmte eine flache alte Zigarettendose hinter einem Gummiband.

Papas alte Zigarettendose. Was machte sie hier zwischen seinen Pfeifensachen?, fragte Luise sich im ersten Augenblick verwirrt, ehe ihr einfiel, dass ihr Vater sie Marian geschenkt hatte, kurz nachdem er vom Volkssturm zurückgekehrt war. Weil Marian so gut für ihren Hof gesorgt hatte, zusammen mit Mama und Oma, und weil er das Fohlen zur Welt gebracht hatte. Marian!

Es war *seine* Zigarettendose. Sie hatten die Briefe, die sie sich heimlich geschrieben hatten, dort hineingelegt und in der

Feldmauer versteckt. Luise strich vorsichtig mit einem Finger über das abgegriffene Blech. Sie nahm die Dose heraus, legte die Pfeifentasche zurück in den Schrank, schloss die Tür. Dann ließ sie sich auf die Armlehne des Sessels sinken. Wie war die Dose zu ihrem Vater zurückgekommen? Er musste sie aus der Feldmauer genommen haben. Er hatte ihr geheimes Versteck entdeckt und die Dose mit Marians letztem Brief an sich genommen. Marian hatte ihr also doch geschrieben.

Luise öffnete den Deckel. Ein paar Zigaretten lagen in der Dose, sorgfältig aufgereiht. Sie nahm sie heraus, als könnte sie jetzt noch, nach den vielen Jahren, Marians Brief darunter entdecken. Aber dort war natürlich nichts. Ihr Vater hatte den Brief weggeworfen und die Dose behalten. Er musste sie irgendwo versteckt und erst benutzt haben, nachdem Luise ausgezogen war.

Luise klappte sie wieder zu und hielt sie fest. Ein seltsames Gemisch aus Trauer, Wut und Reue überfiel sie. Warum hatte Papa das getan? Sie versuchte, sich ihre letzte Zeit in Schlesien in Erinnerung zu rufen. Jeden Tag war sie aufs Feld gegangen, um nachzusehen, ob Marian geschrieben hatte. Auch ihr Vater war jeden Tag zu den Feldern hinaufgegangen. Sie hatte geglaubt, er wolle sich verabschieden. Aber in Wahrheit hatte er nur auf Marians letzten Brief gewartet, mit dem er wohl gerechnet hatte, und ihn dann weggenommen. Er war einfach nur vor ihr am Versteck gewesen. Verdammt, wo war der Brief? Ob er ihn wirklich weggeworfen hatte?

Vielleicht bewahrte er ihn doch noch irgendwo auf.

Sie öffnete die Dose erneut, tastete sie noch einmal sorgfältig ab. Sanft strich sie über das Blech, das innen noch besser erhalten war als außen, roch den Zigarettengeruch. Sie öffnete die Schranktür, nahm Papas Pfeifentasche wieder heraus, sah im Seitenfach nach, aber es war leer. Sie betastete den glänzenden Pfeifenkopf, strich über die Bürsten. Auf einmal entdeckte sie eine kleine Öffnung im Futter am Reißverschluss, gerade breit genug für zwei Finger. Sie langte hinein und ertastete ein Papier, bekam es aber nicht zu fassen. Sie musste erst die Nähschere ihrer Mutter zu Hilfe nehmen, um es langsam zwischen Futter und Seitentasche durch die Öffnung herauszubefördern.

Ein gräuliches, geknicktes Papier fiel auf den Tisch. Luise starrte es an und konnte nicht glauben, was sie sah. Marians Brief, nach zwanzig Jahren! Ihr Vater hatte es offenbar nicht übers Herz gebracht, ihn wegzuwerfen. Vielleicht hatte er ihn sogar wie eine Trophäe behalten, dachte sie grimmig. Sie schluckte und holte tief Luft. Vorsichtig nahm sie das Blatt und strich darüber. Es fühlte sich weich und pelzig an. Sie kannte das Papier, es war aus dem Block, auf dessen Papier Marian ihr immer geschrieben hatte. Vorsichtig faltete sie es auseinander.

> *Lindenau, im Mai 1946*
> *Liebe Luise,*
> *seit unserem Gespräch nach meiner Rückkehr bin ich sehr traurig. Mir ist klar, dass ich Fehler machte, mich nicht eher bei Dir zu melden. Es tut mir leid. Ich kann Dich nur noch um Verzeihung bitten.*
>
> *Ich weiß, die Polen haben Euch schlecht behandelt. Aber meine Familie ist gut. Bitte bleib hier.*
>
> *Ich liebe Dich.*
> *Marian*

Darunter hatte er seine polnische Adresse in Hirschberg geschrieben.

Ich liebe Dich.

Die Worte sprangen Luise an, drangen durch ihre Augen in ihr Herz und brachten es zum Klopfen. Auch jetzt noch.

Sie erinnerte sich an die Monate, als sie auf Marians Nachricht gewartet hatte, nachdem er weggegangen war, um seine Familie zu suchen. Damals hätte sie alles gegeben, ein Lebenszeichen von ihm zu bekommen.

Sie las den Brief wieder und wieder, dann ließ sie das Blatt sinken. Vorsichtig strich sie über das alte Papier. Marian hatte ihr doch geschrieben, er hatte sein Versprechen gehalten. Sie hatte sich nicht geirrt. Wie hatte er sich um das richtige Deutsch bemüht. Wie gut er es konnte. Das war auch ihr Verdienst, denn sie hatte es ihm beigebracht. Sie musste lächeln.

Was war wohl aus ihm geworden? Ob er inzwischen auch eine Familie hatte wie sie? Sicher hatte er das, vielleicht viele Kinder. Er führte ein anderes Leben hinter dem Eisernen Vorhang, das sie nicht kannte. Wäre sie geblieben, wenn sie den Brief bekommen hätte?

Sie seufzte auf, und die Wut auf ihren Vater schnürte ihr für einen Augenblick die Kehle zu. Warum hatte er das nur getan? Wie hatte er sich anmaßen können, in ihr Leben einzugreifen und über sie zu bestimmen? Sie nahm den Brief, drückte ihn fest an ihr Herz. Lange hielt sie ihn so, während sie auf die winzigen Staubflusen starrte, die im Sonnenschein tanzten. Sie verschwammen vor ihren Augen.

Vorsichtig faltete sie den Brief wieder zusammen und legte die Pfeifentasche in den Schrank zurück. Die Zigaretten legte sie auf den Aschenbecher daneben, dann schloss sie die Tür. Sie nahm die alte Dose und hielt sie fest, bis sich das Blech in ihrer Hand wärmer anfühlte. Wenn sie auch nichts von ihrem Vater erben wollte, diese Dose gehörte ihr.

Sie ging in die Küche, säuberte sie Dose sorgfältig mit einem Tuch. Sie entfernte auch noch den letzten Tabakkrümel und legte Marians Brief wieder hinein. Dann ließ sie die Dose in ihre Handtasche gleiten.

An diesem Tag schaffte sie es nicht mehr, sich von ihrem Vater zu verabschieden, zu sehr kämpfte sie mit ihrer Wut auf ihn. Stattdessen tröstete sie die anderen, vor allem ihre Mutter, die am Boden zerstört von der Leichenhalle auf dem Friedhof wieder zurückkam. Luise versuchte, sie abzulenken, indem sie sich von ihr abends noch ein Strickmuster zeigen ließ. Es gefiel ihrer Mutter, dass sie nun so viel strickte und häkelte. Ihre Blicke wanderten oft zu Sabine und betrachteten sie mit Stolz. Abends setzte sich Sabine neben sie auf das Sofa und kuschelte sich an sie, und Luise stellte mit Erstaunen fest, dass ihre Tochter nicht nur Wolfgang wie aus dem Gesicht geschnitten war. Sie hatte auch Ähnlichkeit mit ihrer Mutter.

Kapitel 14

Am nächsten Morgen kam Rita aus Dortmund, wo sie inzwischen als Lehrerin arbeitete, und nahm Luise zum Friedhof mit. Sie fuhr einen grauen VW, ein älteres Modell, in dem Luise sich sofort heimisch fühlte. Sie war froh, nach längerer Zeit mal wieder ungestört mit Rita sprechen zu können. »Wolfgang hat sich vor ein paar Tagen ein neues Auto gekauft. Kein Wort hat er vorher darüber verloren«, sagte sie, als sie über den Hauptweg des Friedhofs zum Grab ihrer Oma gingen. »Es sollte eine Überraschung sein.«

»Macht er so was öfter?«, fragte Rita.

»Was, Überraschungen? Nein. Er will einfach nur gern alles bestimmen.«

»Also hat er sich nicht geändert?«

»Nein, warum auch?« Luise hatte Rita manchmal ihr Herz ausgeschüttet, seit sie mit Wolfgang verheiratet war. Als Rita noch in Münster wohnte, hatten sie sich häufiger getroffen, aber jetzt sahen sie sich wegen der größeren Entfernung leider nur noch selten. »Ich glaube, er ändert sich nie«, seufzte Luise. »Er befiehlt einfach gern. Er ist der Hauptmann. Ich muss funktionieren wie einer seiner Soldaten.« Sie lachte bitter auf.

»Aber du bist doch gar nicht der Mensch, der sich bestimmen lässt.«

»Wer tut das schon gern?« Luise dachte an ihre vielen Heimlichkeiten, daran, wie oft sie sich durchlavierte, um Streit mit Wolfgang zu vermeiden. Dass er ihr kaum Haushaltsgeld gab und sie sich heimlich mit Handarbeiten etwas dazuverdiente, wollte sie Rita nicht erzählen.

»Wenn er sich nicht ändert, musst du dich ändern«, sagte Rita.

»Wie meinst du das?«

»Ich meine, er sieht nicht ein, warum er sich ändern sollte. Aus seiner Sicht ist er perfekt. Wenn du dich aber änderst – oder irgendetwas anders machst als bisher, ist er gezwungen, darauf zu reagieren.«

Luise runzelte die Stirn. Rita hatte gut reden, sie hatte ja keinen Mann, nicht mal einen Verlobten. Sie trug immer noch ihre flachen Schuhe und ihren Faltenrock, darüber einen dunklen Mantel – alles zwar teurer jetzt und von guter Qualität, aber nach wie vor unmodern. Immerhin hatte sie offenbar einen guten Friseur, denn sie trug einen klassischen Pagenkopf, der gut zu ihrem schmalen Gesicht passte.

»Was soll ich denn ändern?«, fragte Luise.

»Das, was du ändern willst. Verlang nicht von ihm, sich zu ändern, ändere dich. Versuch, der Mensch zu werden, der du werden willst.«

Der Mensch, der sie werden wollte. Was meinte Rita nur damit? Sie war der Mensch, der sie werden wollte. Sie hatte immer schon heiraten und Mutter sein wollen, und genau das war sie jetzt. Nur manchmal gönnte sie sich neuerdings den Traum, eines Tages vielleicht einen Handarbeitsladen eröffnen zu können, Geschäftsfrau zu werden wie Frau Bettermeier. Aber das war illusorisch. »Ich möchte nichts anderes sein als das, was ich bin«, sagte sie. »Wir werden auch bald zu viert sein.«

»Zu viert? Heißt das, du …? Aber man sieht ja noch gar nichts.« Rita blieb stehen und musterte Luise.

»Kann man auch nicht, ich bin erst im dritten Monat.«

»Wie schön, Luise, das freut mich.« Rita drückte ihr den Arm.

»Wolfgang wünscht sich so sehr einen Sohn. Ich hoffe, es bleibt mir erhalten.«

Rita nickte. »Ich bete für dich«, sagte sie. »Du hättest noch ein Kind verdient.«

»Danke, Rita.« Wenigstens ein Mensch, der für sie betete, wo sie es doch selbst nicht tat.

Sie waren jetzt am Grab ihrer Oma angelangt und hielten inne. Luise versuchte, nicht zu der Grube hinzusehen, die man daneben für ihren Vater ausgehoben hatte. Sie verharrten eine Weile schweigend und sahen auf den Grabstein. *Klara Gottwald* hatte man in den dunklen Granit graviert.

**10.3.1880 †22.9.1955.*

»Ist es nicht merkwürdig, dass sie genau zehn Jahre und einen Tag vor Papa gestorben ist?«, fragte Luise.

Rita nickte. »Es tut mir leid für Alfred, dass er so früh gehen musste. So überraschend. Es war für uns alle ein Schock.«

Luise starrte auf die Astern auf Omas Grab, die langsam vor ihren feuchten Augen verschwammen. »Er … kann nicht mehr in die Heimat zurück«, stieß sie hervor.

Rita legte wortlos den Arm um ihre Schultern, drückte sie an sich. Sie schwiegen lange, dann fragte sie: »Meinst du, er wollte immer noch zurück?«

Luise holte ein Taschentuch aus ihrer Jackentasche und tupfte sich die Augen trocken. Sie hatte seit Jahren nicht mehr mit ihrem Vater darüber gesprochen. »Ich weiß nicht«, sagte sie ehrlich.

»Ich denke auch noch oft an die Heimat«, gestand Rita. »Es ist nicht dasselbe wie hier.«

»Nein, hier ist nicht die Heimat.«

»Ich wollte für meinen Vater immer einen richtigen Stein aufstellen. Dein Vater wollte mir zeigen, wo er begraben liegt. Jetzt ist es zu spät.« Nun brach Rita in Tränen aus, und Luise war es, die sie trösten musste. »Es waren noch mehr Männer aus unserem Dorf beim Hitlermarsch, die wissen sicher, wo dein Vater begraben liegt. Eines Tages kommen wir wieder zurück«, versprach ihr Luise ohne besseres Wissen. »Nicht heute, nicht morgen, aber eines Tages bestimmt. Versprichst du mir, dass du dann mitkommst?«

»Wir können nicht mehr zurückkehren«, entgegnete Rita. »Schlesien gehört zu Polen, und das wird auch so bleiben.«

»Ich weiß aber, dass wir wieder zurückkehren werden«, beharrte Luise. »Ich fühle es hier.« Sie deutete auf ihre Brust.

Rita trocknete sich die Tränen. Sie schüttelte den Kopf. »Du solltest dir keine falschen Hoffnungen machen. Es höhlt dich innerlich aus, weißt du? Du solltest damit abschließen, Luise.«

»Das hab ich doch, schon lange. Ich bin verheiratet.«

»Du sprichst jetzt von Marian, oder?«

Luise nickte. Ihr Kinn zitterte leicht, und sie ergriff ihre Handtasche, in der die alte Zigarettendose lag. Sollte sie Rita erzählen, dass sie Marians letzten Brief bei den Sachen ihres Vaters gefunden hatte? Sollte sie ihr verraten, wie sehr sie das aufgewühlt hatte, immer noch, nach all den Jahren? In der Nacht hatte sie sogar von Marian geträumt. Er hatte in einem fremden Zimmer Klavier gespielt. Seine Frau war dort gewesen, und sie, Luise, hatte wie ein Wolkengebilde über ihm gehangen. Sie wusste, dass er noch lebte und manchmal an sie dachte wie sie an ihn.

Aber sie konnte nichts mehr ändern, es war zu spät. Auch ein Gespräch mit Rita würde keine Abhilfe schaffen. Es würde nur ein schlechtes Licht auf ihren Vater werfen, und das wollte Luise nicht.

»Ich … ich hab schon lange mit Marian abgeschlossen«, log sie. Sie wich Ritas Blick aus, ging zum Grabstein, holte die Harke hervor und begann, das Grab ihrer Oma zu harken. Als sie sich bückte, um die abgefallenen Blüten aufzusammeln, hielt Rita sie davon ab und übernahm das. »Gut«, sagte sie. »Aber ich habe von einer Rückkehr in die Heimat gesprochen. Wenn es ginge – würdest du *wirklich* wieder in Lindenau leben wollen? Auch heute noch?«

Luise ließ die Harke sinken und sah ihre Freundin nachdenklich an. »Wenn es wieder zu Deutschland käme, schon«, sagte sie leichthin. »Ich weiß aber nicht, ob Wolfgang mitkäme. Er glaubt schon lange nicht mehr an eine Rückkehr. Er hat mit der Heimat abgeschlossen.«

»Ist auch besser so.«

»Aber du sagst doch selbst, dass du wieder zurückwillst, den Stein für deinen Vater aufstellen.«

»Ja, sicher«, meinte Rita. »Aber ich glaube, nicht für immer. Es ist einfach zu viel Zeit vergangen. Ich würde nur gern den Stein aufstellen, am besten auf Mutters Grab, und dort beten … Weißt du noch, meine kleine Gedenkstätte oben am Hainberg? Man konnte von da aus die Sonnenuntergänge sehen.«

»Ich weiß.« Luise musste schlucken. Sie legte die Harke wieder an ihren Platz hinter dem Grabstein zurück. Nur zu gut konnte sie sich noch an den Blick von ihren Feldern auf das Gebirgspanorama erinnern. »Mein Opa Friedrich Gottwald liegt auch auf dem Dorffriedhof. Und Papas Eltern, alle Reichs. Was die Polen wohl mit unserem Friedhof gemacht haben?«

Rita warf die vertrockneten Blüten unter die Hecke, klopfte sich den Staub von den Händen und steckte sie in die Manteltaschen. »Ich glaube nicht, dass sie unsere Gräber pflegen«, sagte sie.

»Nein, bestimmt nicht«, pflichtete Luise ihr bei. »Aber wir können es eines Tages wieder.«

»Wenn du meinst, dass der Eiserne Vorhang eines Tages fällt …«, begann Rita, »… dann käme ich mit.«

Luise nickte und hakte sich bei ihr unter. Gemeinsam schritten sie den Hauptweg zur Leichenhalle entlang. Sie wusste, dass ihr der schwerste Gang nun bevorstand. Je näher sie der Halle kamen, desto mehr sank ihr der Mut. Auf dem sonnigen Platz vor dem Eingang drückte Rita ihr die Hand. »Nimm dir so viel Zeit, wie du brauchst, und wenn es der ganze Nachmittag ist. Ich warte hier auf dich.«

Luise nickte. Dann wandte sie sich um und stieg langsam die Stufen zur Halle hinauf.

Mit einem leisen Geräusch fiel die Tür hinter ihr ins Schloss. Sie stand auf den Fliesen der Halle. Es war still und roch nach Kerzenwachs. Durch ein paar kleine, rundbogige Fenster fiel Sonnenlicht herein. Über ihr wölbte sich die weiß getünchte Decke.

Man hatte ihren Vater in einem offenen Sarg in der Mitte des Raumes aufgebahrt. Ein Band aus Efeu, weißen Rosen und Lilien umgab ihn. Schon von Weitem sah Luise sein weißes Gesicht auf dem Kissen, die Augen geschlossen, die Haare sorgfältig gekämmt. Er trug seinen schwarzen Sonntagsanzug, darunter ein weißes Hemd mit einer gemusterten Seidenkrawatte. Sie trat näher.

Einen kleinen, gnädigen Augenblick lang unterlag sie der Täuschung, er würde nur schlafen und gleich wie immer die Augen öffnen, um sie lächelnd zu begrüßen. »Na, Madl, da seid ihr ja endlich.«

Verzweiflung überfiel sie, als ihr klar wurde, dass er das nicht mehr tun konnte. Sie würde nie mehr in seine offenen Augen sehen, nie mehr seine Stimme hören können. Sie dachte an den Tag im Sommer, als sie ihn zuletzt gesehen hatte. Sie sah ihn noch lächeln und ihnen hinterherwinken, bis ihr VW hinten an der Gabelung verschwunden war. Hätte sie gewusst, dass es ihr letzter Augenblick mit ihm gewesen war! Man hätte immer vorher wissen müssen, wann man die letzten Worte mit einem Menschen sprach.

Luise streckte die Hand aus und berührte die Stirn ihres Vaters. Sie erschrak vor der Kälte seiner Haut und zog die Hand schnell wieder zurück. Eine Weile brauchte sie, um ihren Schrecken zu verdauen, dann öffnete sie ihre Handtasche, zog ein Papierbündel hervor und wickelte es aus. Es waren ein paar wilde Roggenähren, die sie auf seinem Land am Rande des Kartoffelfeldes gesammelt hatte. Sie wuchsen immer noch dort, obwohl er ja kein Korn mehr angebaut hatte.

Sie legte die Ähren in seine Hand, schob sie unter seinen steifen Zeigefinger. »So ist es gut«, murmelte sie. Sie strich ihrem Vater noch einmal über die Stirn, und diesmal zuckte sie nicht vor der Kälte zurück.

* * *

Ein paar Tage später wurde Luises Vater auf dem Friedhof von Kurstadt neben ihrer Oma beerdigt. Es gab eine schlichte Trauerfeier und später einen Beerdigungskaffee in der Friedhofsgaststätte für die Nachbarn und Freunde. Da Papas Schwester schon vor Jahren gestorben war, lebte nun außer ihnen keiner mehr von den Reichs.

Nach seiner Beerdigung verabschiedete sich Luise von ihrer Familie, und sie versprach ihrer Mutter, bald wiederzukommen. Rita versprach, Luise bald in Allenheide zu besuchen, ehe sie wieder mit ihrem grauen VW Richtung Dortmund fuhr.

Luise saß kaum neben Wolfgang auf dem Beifahrersitz, als sie ein feines Ziehen im Unterleib verspürte. Als der Audi über das Kopfsteinpflaster des Truppenübungsgeländes fuhr, wurde es noch schlimmer. Zu Hause im Badezimmer sah sie dann das Blut. Wie betäubt kleidete sie sich um, legte sich eine

Binde vor, wusch sich die Sachen kalt aus. Dann begann sie, im Schlafzimmer ihre Sachen für das Krankenhaus zu packen. Es hätte sie beinahe gewundert, wenn es nicht passiert wäre nach alldem.

»Was ist los?«, fragte Wolfgang, der ihr ins Schlafzimmer gefolgt war. »Was machst du da?« Er deutete auf die Reisetasche und ihre Sachen auf dem Bett.

Luise wich seinem Blick aus und packte weiter. Dann wurde ihr klar, dass sie ihn nicht einfach so stehen lassen konnte. Sie hielt inne und sah ihn an. »Du kannst mich gleich ins Krankenhaus bringen.«

Er stand lange da, die Hände in den Taschen seiner Hose vergraben, die obersten Knöpfe seines schwarzen Hemdes aufgeknöpft, reglos und schweigend, und Luise dachte in diesem Moment, wie schön er aussah mit seinen Fältchen an der Stirn und seinen silbernen Schläfen, wie die Frauen ihn angesehen hatten auf dem Beerdigungskaffee. Er tat ihr leid. Sie fühlte das völlig unpassende Verlangen, sich an ihn zu pressen und ihm die Kleider vom Leib zu reißen.

Er ließ sich aufs Bett sinken, starrte wortlos vor sich hin. Sie trat neben ihn, legte die Hand auf seine Schulter. »Es tut mir leid«, sagte sie. »Der Schock und die Trauer – das war wohl alles zu viel für mich.«

Er stützte seine Ellenbogen auf die Knie, schlug sich die Hände vors Gesicht. Seine Schultern zuckten. Luise trat hinter ihn, strich ihm über das Hemd. Er hatte sich so sehr einen Sohn gewünscht. Sein Körper erzitterte, als er aufseufzte. Dann schüttelte er ihre Hände ab und sprang auf. »Das *kann* doch nicht mit rechten Dingen zugehen! Was hast du gemacht?« Er starrte sie mit zornesrotem Gesicht an.

Luise wich vor ihm zurück. »Was meinst du? Meinst du, ich hätte es extra …?« Ihre Worte blieben in der Luft hängen.

Eine steile Falte stand zwischen seinen Brauen. Er funkelte sie an. »So was passiert doch keiner normalen Frau. Du *willst* es nicht, oder?« Er packte ihren Arm. Sein Blick bohrte sich in ihren. »Gib's zu!«

Sie bekam Angst. »Ich hab nichts getan, gar nichts«, beteuerte sie. »Es passiert einfach so.« Ihre Lippen zitterten.

Er hielt sie immer noch fest. Langsam wandelte sich die Wut in seinem Blick in Verachtung. »Du bist doch keine normale Frau«, schnaubte er, ließ sie los und stapfte aus dem Schlafzimmer. Laut fiel die Tür hinter ihm ins Schloss. Luises Herz pochte wie verrückt. Sie merkte, wie ein Schwall Flüssigkeit aus ihrem Körper floss und in die Vorlage sickerte. Einen Augenblick stand sie reglos da, allein mit ihrer Angst. Sie lief hinaus auf den Flur, gerade noch rechtzeitig, um zu sehen, wie die Wohnungstür zugeschmettert wurde. Sie konnte Wolfgangs hastige Schritte auf der Treppe hören, und wenig später nahm sie wahr, wie unten der Audi angelassen wurde und fortfuhr.

Fassungslos starrte sie gegen das weiße Türblatt, als würde es sich jeden Augenblick öffnen und Wolfgang wieder hereinkommen. Es konnte doch nicht sein, dass er sie jetzt allein ließ! Sie sah zur Garderobe hinüber. Sein Mantel fehlte. Sie ging in die Küche, dort fehlte sein Portemonnaie. Luise merkte, wie ihr die Knie weich wurden. Sie sah, wie sich die Umrisse des Küchentischs in gezackten Lichtkreisen auflösten. Sie rang nach Luft, wollte noch den Stuhl zu sich heranziehen, aber da war es schon zu spät. Ihr wurde schwarz vor Augen.

Sie wusste nicht mehr, wie viel Zeit vergangen war, als sie wieder zu sich kam. Sie spürte einen stechenden Schmerz im Kopf und hörte ihre Nachbarin Frau Preikschat, ohne sie zu sehen. Auch ihre Worte verstand sie nicht. »Wolfgang«, murmelte sie, und »Sabine.«

Ihr wurde ein Kissen unter den Kopf geschoben.

»Frau Steidler, Frau Steidler!« Jemand klopfte gegen ihre Wangen. Die Stimme verlor sich wieder im Nichts, und Luise hörte nur »… Mann?«.

Sie schüttelte den Kopf. Die Stimme sagte wieder etwas, doch sie verstand immer noch nichts. Um sie herum verteilte sich heller Nebel. Dann spürte sie, wie eine kleine warme Hand ihre drückte, und die Gewissheit, dass ihre Tochter hier war, drang in ihr Bewusstsein und tröstete sie.

»Mama!«

Fest drückte sie Sabines Hand.

Später wurde sie aufgehoben und getragen. Sie spürte die Anwesenheit weiterer Menschen. Dann hörte sie eine Tür zukrachen und das laute Dröhnen eines Motors. Sie fühlte, dass sie auf etwas Weichem lag, dass sie rutschte und bebte, als das Auto mit ihr über die Straße fuhr, und sie glaubte, alles Blut würde aus ihrem Körper hinausschwemmen. Das monotone Klack-klack, mit dem der Wagen über die Panzerstraße fuhr, erinnerte sie an das monotone Rattern der Räder des Viehwaggons, und sie sah sich wieder im stickigen Waggon auf dem Boden sitzen. Mehrere Kinder weinten unentwegt, ihre Haare stanken nach dem Läusemittel, mit dem sie in Kohlfurt desinfiziert worden waren, ihre Verpflegung war aufgebraucht und ihr Magen knurrte vor Hunger. Hin und wieder gab Mama ihr etwas Wasser aus ihrer Flasche. Sie war erfüllt von Angst. Angst davor, der Zug könnte nach einem Stopp plötzlich wieder weiterfahren, obwohl noch jemand von ihrer Familie draußen war. Angst davor, sie würde jemanden verlieren.

Nun war diese Angst wieder da und füllte sie mit einer Kälte aus, die sie zittern ließ. Was war geschehen? Wo war Wolfgang? Sie murmelte seinen Namen. Eine Frauenstimme antwortete ihr, aber sie verstand sie nicht. Die gezackten Lichtpunkte kamen wieder, die Vorboten der Ohnmacht. Der Tod würde sie holen.

Luise atmete tief, um sich auf das vorzubereiten, was nun kommen würde. Verwundert dachte sie, dass sie nicht geglaubt hatte, ihrem Vater so schnell nachzufolgen. Dann dachte sie in ihrem letzten bewussten Gedanken an Marians Zigarettendose und dass sie keine Zeit mehr gehabt hatte, sie zu verstecken. Sie lag immer noch in ihrer Handtasche, wo Wolfgang sie nach ihrem Tod zweifellos finden würde, und das bedauerte sie wirklich.

Kapitel 15

Kriegsgefangenenlager in der Sowjetunion, 1947

Am nächsten Abend fehlte Karl beim Arbeitseinsatz. Auch der Major wusste nicht, wo er war. Stattdessen gab es einen neuen Mann in ihrem Kommando – einen älteren Unteroffizier. Ihr Gespräch in der Pause am Feuer blieb also belanglos, erst nachdem sie spät in der Nacht von der Arbeit zurückgekehrt waren, konnten sie im Waschraum ungestört miteinander reden.

»Wir müssen damit rechnen, dass die Blauen Karl haben«, prophezeite Kösing ernst.

»Wenn die den im Keller verhören … das hält der nicht lange durch«, meinte Brendel. »Der wird uns alle ans Messer liefern.«

Ein ungemütliches Schweigen entstand. Wolfgang musste an ihr Gespräch vom gestrigen Abend denken, und ein kalter Schauer überlief ihn. »Ich glaube, die müssen den nicht verhören«, meinte er. »Der hat uns schon verraten. Wir haben gesehen, wie der gestern aus dem Haupteingang kam.«

Eine Weile herrschte überraschtes Schweigen. Schultze sog scharf die Luft ein. »Verfluchtes Schwein«, schnaubte er.

»Der war doch schon immer komisch«, flüsterte Brendel.

»So still«, ergänzte Wolfgang.

»Er hat sich immer sehr zurückgehalten«, bemerkte Kösing. »Und pennen tut der auch nicht bei uns.« Er runzelte die Stirn und starrte in die stinkende, metallene Pinkelrinne.

»Verdammt, warum haben wir den nicht eher durchschaut?«, fluchte Brendel.

»Wir müssen mit dem Schlimmsten rechnen«, meinte Kösing. »Wenn der Kerl uns verraten hat, werden die uns verhaften und verhören.«

»Wir sagen denen nichts«, versicherte Schultze.

»Ein paar Brocken werden die haben wollen. Wir müssen uns einig sein, was wir denen sagen.«

Wolfgang dachte nach, was ihm ziemlich schwerfiel, denn es war beinahe unmöglich, den Gestank des Urins Hunderter Gefangener zu ignorieren. »Nichts von der Brigade des Meeres«, sagte er. »Auf keinen Fall. Wir sagen denen, dass wir den Verlust unserer Heimat beklagt hätten und es traurig fänden, nicht mehr zurückkehren zu können. Dass wir nicht wüssten, was wir von der antifaschistischen Umerziehung halten sollten. Mehr nicht.«

»Genau. So machen wir es. Lügen sollten immer möglichst nah an der Wahrheit sein. Wir sagen nichts von der Brigade.«

»Wir verraten nichts.«

Sie legten ihre Hände aufeinander und versicherten sich das noch einmal feierlich. Dann gingen sie in den Schlafsaal zurück und legten sich auf ihre Pritschen.

Wolfgang fror. Er wickelte sich in die Decke, aber er konnte nicht verhindern, dass er zitterte. Er stellte sich schlafend, während der Morgen langsam heraufdämmerte und sein fahles Licht auf die Pritschen warf. War er zu leichtsinnig gewesen? Hatte er sich in seinem Wunsch, dazuzugehören, einer gefährlichen Gruppe angeschlossen und musste dies nun mit Sibirien bezahlen? Nicht nur der Düsenjäger-Ingenieur, auch ein paar andere Offiziere waren inzwischen verschwunden, und niemand wusste, warum und wohin.

Fünfundzwanzig Jahre Arbeitslager in Sibirien, das überlebte niemand. Aber nein, dachte er, es war kein Fehler, sich zu einer Gruppe zusammenzuschließen. Sie beruhte auf den richtigen Gedanken. Deutschland hatte zwar kapituliert, aber es war nicht verloren. War es nicht genau das, wofür sie zuletzt noch so hart gekämpft hatten? Seine Einheit war nicht umsonst in Flammen aufgegangen. Er war es ihr schuldig – allen Kameraden, die gefallen waren –, dass er weiterkämpfte für ihr Vaterland. Dass er nicht aufgab, sich nicht geschlagen gab, sich nicht von den Tiraden der Sieger beirren ließ wie die meisten Männer, sondern weiterkämpfte. Er hatte Kameraden gefunden, die ebenso dachten wie er. Sie waren Tropfen in dem Fluss, der nun unterirdisch floss und einst ins Meer fließen würde. Sollte der Oberprimaner sie verraten haben – er selbst würde nichts zugeben, niemals. Und wenn er in Sibirien sterben müsste, dann sollte es eben so sein.

Mit diesem Gedanken schlief Wolfgang endlich ein.

Am nächsten Tag rechnete er damit, dass die Blauen jeden Augenblick kommen und sie verhaften würden. Aber nichts geschah. Der Zählappell verlief wie gewohnt, und am Abend rückten sie mit ihrem Aufräumkommando aus. Der Unteroffizier war immer noch bei ihnen. Von Karl keine Spur.

Ihr Gespräch am Lagerfeuer war dementsprechend wortkarg, und ihre Angst war deutlich zu spüren. Im Waschraum ermutigten sie sich gegenseitig und versicherten sich ihrer Treue.

Wolfgangs Nerven aber waren zum Zerreißen gespannt. Wahrscheinlich hatte Karl sie verraten und war von den Blauen abgeholt worden. Die Blauen würden sie noch eine Weile zappeln lassen, ehe sie sie verhörten. Wahrscheinlich gehörte das zu ihrer Strategie.

Er wickelte sich frierend in die Decke und starrte hinüber zu Karls Bett ein paar Reihen weiter. Es lag unangetastet. Karl war nicht einmal mehr im Bett gewesen, bevor er abgeholt worden war. Niemand hatte ihn bisher vermisst.

Am nächsten Vormittag, als mit der Herbstsonne die letzten Tautropfen am Stacheldrahtzaun verdunstet waren, wurde Karls Leiche in einem Gebüsch an der Fabrikhalle gefunden. Der russische Aufseher eines Arbeitskommandos fand ihn. Als man an seiner Leiche keine Spuren von Gewalteinwirkung fand, ging man von dem üblichen natürlichen Tod durch Erschöpfung aus. Die Sowjets machten kein großes Aufheben und ließen den Toten von seinen Mitgefangenen auf dem Lagerfriedhof begraben. Es durfte sogar eine kleine Zeremonie abgehalten werden. Die, die Karl kannten und abkömmlich waren, gingen zu seinem Begräbnis. Ein Pfarrer aus ihrer Christengruppe sprach ein paar Worte und ein Gebet.

»… Der Herr ist mein Licht und mein Heil; vor wem sollte ich mich fürchten?«, sagte er, als sie vor dem frisch aufgeschaufelten Grabhügel standen. »Der Herr ist meines Lebens Kraft; vor wem sollte mir grauen?« Seine Worte verhallten in der warmen Spätsommerluft, die nach den Kiefern des angrenzenden Waldes duftete. Der Friedhof war ein kleines, verlassenes Areal an einer Lagerecke, gleich an einem der Wachtürme gelegen.

So lag also Karl schon in der kalten Erde. Heldenhaft gekämpft, mühsam gerettet und dann doch gestorben. Viel zu früh. Begraben in der Fremde, im Land des Feindes. Niemals würde seine Mutter das Grab ihres Sohnes besuchen können. Mit Mühe schob Wolfgang seine düsteren Gedanken fort. Man durfte sich hier nicht lange solchen Gedanken hingeben, das hatte er schnell begriffen. Die Traurigkeit konnte einen auffressen. Er hatte es bei einigen Kameraden gesehen: Sie waren zuerst nur still geworden, hatten sich abgesondert und mit niemandem mehr gesprochen, und dann waren die Zeichen des Sich-selbst-Aufgebens immer deutlicher geworden. Schweigend, graugesichtig und ungewaschen hatten sie am Tisch gesessen, und später hatten sie auf ihren Pritschen gelegen und nur vor sich hingestarrt. Immer wieder hatte es solche Männer gegeben. Viele waren während ihrer Arbeitseinsätze auf einmal zusammengebrochen, einige hatten erst den Umweg über die Krankenstation gemacht, aber alle waren irgendwann auf dem Friedhof verscharrt worden.

»Meine Seele ist still bei Gott, der mir hilft. Denn er ist mein Fels, meine Hilfe, mein Schutz, dass ich nicht fallen werde«, sagte der Pfarrer.

Wolfgang sah auf seine Kameraden von der Brigade, die die Hände gefaltet hatten und auf den Boden blickten. Ob sie ebenso wenig an die Worte des Pfarrers glauben konnten wie er? Gott hatte Karl nicht errettet. Er war gefallen wie so viele seiner Kameraden. Tröstliche Worte waren es, die die Lebenden glauben machen sollten, dass es eine höhere helfende Macht gab. Zum Glück war er nüchtern genug, um nicht darauf reinzufallen. Er war auch stark genug. Man musste hier nur irgendwie überleben, das war alles.

»... aber sei nur still bei Gott, meine Seele«, fuhr der Pfarrer fort. »Denn er ist meine Hoffnung. Er ist mein Fels, meine Hilfe und mein Schutz, dass ich nicht fallen werde. Amen.«

»Amen«, echoten die Männer, dann sprachen sie gemeinsam das Vaterunser. Mechanisch murmelte Wolfgang die Worte mit, die er vor vielen Jahren im Konfirmandenunterricht bei Pfarrer Vogt auswendig gelernt hatte, und starrte auf die frisch aufgehäufte Erde von Karls Grab. In diesem Augenblick wurde ihm bewusst, dass er unbedingt leben wollte. Das, was Karl passiert war, durfte ihm nicht geschehen, auf keinen Fall. Er hatte schon so viel überlebt, nun wollte, nein, musste er auch weiter überleben. Für seine Mutter, die auf seine Rückkehr wartete. Für die Brigade und ihren Kampf.

Doch niemand von seinen Kameraden konnte sich einen Reim auf Karls Tod machen. Wenn die Blauen ihn getötet hätten, meinte Kösing bei ihrer nächsten Besprechung im Waschraum nach ihrem Arbeitseinsatz, hätten sie ihn sicher nicht anschließend ins Gebüsch an der Fabrikhalle gelegt. Sie hätten es nicht nötig, einen Leichnam heimlich verschwinden zu lassen. Die anderen stimmten zu.

»Vielleicht ist er nachts noch mal rausgegangen und dabei auf jemanden gestoßen, der ihn umgebracht hat«, meinte Schultze. »Vielleicht ist er mit jemandem aneinandergeraten.«

»Mit einem von uns? Glaub ich nicht«, erwiderte Kösing.

»Vielleicht mit einem der Wächter«, meinte Wolfgang. »Der wollte keinen Ärger haben und hat die Tat vertuscht.«

»Kann sein«, meinte Kösing.

»Aber man hat doch nichts an ihm gesehen«, wandte Brendel ein. »Keine Spuren von irgendwas. So ein Mord hätte doch irgendwelche Spuren hinterlassen.«

»Nicht immer. Vielleicht hat er nur das Falsche geraucht«, meinte Kösing.

»Vielleicht wars nur ein Versehen, ein Unglück. Der hat sich nachts im Gebüsch versteckt, um heimlich zu rauchen. Jeder weiß, das liegt weit ab, da kommt keiner von den Russen hin. Und dann war da eben das Falsche im Tabak drin.«

Kösing starrte ihn eine Weile nachdenklich an, dann nickte er. »Möglich ist es.«

Das war dann auch letztlich die Version, an der sie schließlich festhielten, trotz der offenen Fragen. Ihnen war klar, dass sie Karls Tod nicht aufklären konnten, und die Sowjets würden es auch nicht tun. Aber es ging auch keiner von ihnen hin und sah nach, ob vielleicht ein Zigarettenstummel im Gebüsch lag. Sie wussten, dass Karls Tod ein Glücksfall für sie war, denn so konnte er sie nicht mehr verraten. So fragten sie nicht mehr danach, und irgendwann, schien es, vergaßen sie ihn. Was aber blieb, war ein unbestimmtes, unangenehmes Gefühl, das Wolfgang verspürte, wenn er an Karl zurückdachte. Eine leise, mahnende Stimme, die sich manchmal bemerkbar machte und ihm zuraunte, dass er etwas nicht gesehen hatte. Energisch brachte er sie zum Verstummen, als würde er Erde auf sie häufen. Wie die Erde auf Karls Grab.

Kapitel 16

Maldenberg, im Oktober 1965

Luise wusste nicht, wie viel Zeit vergangen war, als sie wieder erwachte. Zuerst kam ihr in den Sinn, dass sie noch lebte. Sie fühlte ihre Finger auf der Decke. Sie konnte ihre Zehen bewegen. Sie spürte ihren trockenen Mund und den Schmerz im Unterleib. Der Geruch nach Krankenhaus erfüllte das Zimmer. Das Sonnenlicht schien warm auf ihr Gesicht.

Sie öffnete die Augen. Helligkeit drang durch das große Fenster herein und schmerzte in ihren Augen. Schnell wandte sie sich ab.

Man hatte sie in dasselbe Zimmer gelegt wie beim letzten Mal, zum Glück weitab von den Wöchnerinnen. Wieder spürte sie den harten Kunststoffschlauch in ihrem Arm, doch dieses Mal hatte sie auch den Kopf verbunden und dicke Vorlagen zwischen den Beinen. Der Besucherstuhl war leer.

Als sie sich gerade fragte, wann Wolfgang käme, fiel ihr wieder ein, was geschehen war. Ein heftiger Schmerz durchzuckte sie vom Kopf bis zu den Füßen. Er hatte sie allein gelassen, als sie ihn am nötigsten gebraucht hatte, und ihr die Schuld an der erneuten Fehlgeburt gegeben. Es tat so weh, dass ihr die Tränen in die Augen schossen.

In diesem Augenblick öffnete sich die Tür zu ihrem Krankenzimmer. Luise, die trotz allem hoffte, es wäre Wolfgang, schloss einen Moment enttäuscht die Augen, als sie Doktor Rauschenberg und die Schwester erblickte. Sie öffnete sie wieder, als er an ihrem Bett stand.

»Ah, Sie sind wach, Frau Steidler«, sagte er. »Darf ich Sie kurz untersuchen?«

Sie konnte gerade noch nicken, da schlug er auch schon ihre Decke zurück, tastete kurz ihren Bauch ab und warf einen Blick auf den Verband. »Sie braucht einen neuen Verband«, befahl er der Schwester, und die nickte und notierte etwas auf ihr Klemmbrett.

»Ich hatte schon gehofft, Sie hier nicht mehr wiederzusehen. Sie haben Glück gehabt, es ist nur eine Gehirnerschütterung. Was das Kind betrifft – wir mussten leider eine Ausschabung machen. Es tut mir leid.« Er legte die Decke wieder auf sie und maß sie mit einem bedauernden Blick. Luise kannte Doktor Rauschenberg, er hatte sie auch schon bei ihrer letzten Fehlgeburt behandelt. Er war ein Mann, der nicht viele Worte machte. Sie musste sich zusammennehmen, um das zu sagen, was sie sagen wollte. »Kann ich … kann ich denn noch Kinder bekommen?«

Der Arzt musterte sie mit seinen kleinen Augen, die hinter den dicken Brillengläsern lagen. »Nun, wir haben Ihnen nicht die Gebärmutter entfernt«, sagte er. »Ich sehe keinen Grund, warum Sie kein Kind austragen können. Ihr Blutbild ist in Ordnung. Sie sind jung und gesund, und der augenscheinliche Befund spricht auch nicht dagegen. Aber Sie haben dieses Mal viel Blut verloren, und es ist eine plötzliche Ohnmacht aufgetreten. Wir werden deshalb noch ein EKG machen, dann sehen wir weiter. Nun erholen Sie sich erst mal wieder.« Er lächelte ihr zu und wandte sich zum Gehen. Doch Luise hielt ihn zurück.

»Herr Doktor!«

»Ja?« Er wandte sich um und kam wieder zu ihr zurück.

»Bitte, noch einen Moment. Mein Vater ist vor ein paar Tagen plötzlich gestorben. Kann es sein, dass es deshalb passiert ist?«

Doktor Rauschenberg musterte sie eine Weile nachdenklich. »Das ist gut möglich«, sagte er. »Aber wissen Sie, bei einer normalen Schwangerschaft hätte das nicht passieren dürfen. Das wievielte Mal war das jetzt?«

»Das vierte Mal.«

»Die vierte Fehlgeburt …« Er nahm seine Brille ab, zog ein Taschentuch hervor, hauchte die Gläser an und putzte sie. Seine Augen sahen ohne Brille auf einmal viel größer aus.

Luise dachte an die Vorwürfe, die Wolfgang ihr gemacht hatte. »Sie meinen also, es liegt nicht unbedingt an mir, dass ich so viele Fehlgeburten habe?«, fragte sie.

»Es kann auch eine Anomalie beim Embryo sein. Dadurch stirbt der Fötus ab und es kommt zur Fehlgeburt.«

»Das heißt, ich könnte nicht schuld sein?«

Doktor Rauschenberg setzte seine Brille wieder auf. Er sah verblüfft aus. »Schuld? Wer redet von Schuld? Sie haben sich doch sicher vorgesehen, oder? Haben Sie geraucht oder Alkohol getrunken?«

»Nein.« Luise strich über ihre Decke. »Ich meine nur … mein Mann denkt … wir … wir haben uns gestritten, als die Blutungen kamen. Er ist dann gegangen, und ich … bin ohnmächtig geworden.«

Nun war es heraus. Das, was sie eigentlich nicht hatte verraten wollen. Aber Doktor Rauschenberg stand ja unter ärztlicher Schweigepflicht.

»Bitte sagen Sie meinem Mann nichts davon«, setzte sie hastig hinzu. Der Arzt musterte sie unverwandt. Er wandte sich an die Schwester. »Lassen Sie uns bitte einen Augenblick allein?«

Sie nickte und eilte aus dem Zimmer. Doktor Rauschenberg trat ans Fenster, verschränkte die Arme auf dem Rücken und sah eine Weile hinaus. »Sie haben doch schon ein Kind, nicht?«

»Eine Tochter.«

»Wie alt?«

»Acht.«

»Und sind Sie zufrieden mit ihr, ist es ein gutes Kind?«

Luise fragte sich, worauf er hinauswollte. »Sie ist ein wunderbares Mädchen. Ich kann stolz auf sie sein.«

Er nickte. »Ihr Mann will noch ein Kind?«

»Ja. Er will unbedingt noch einen Sohn. Er meint, auf einem Bein kann man nicht stehen.«

Er wandte sich vom Fenster ab und sah Luise an. »Und *Sie?* Was wollen Sie?«

»Ich? Ich möchte auch noch ein Kind, aber …« Sie hatte sich das schon lange nicht mehr gefragt, ob sie wirklich noch ein Kind wollte. »Ich weiß es nicht«, murmelte sie. »Sabine ist fast schon zu alt für ein Geschwisterchen. Ich weiß nicht, ob ich es noch will nach alldem.«

Doktor Rauschenberg nickte. »Sehen Sie. Wenn es am Körper nicht liegt, so liegt es meistens irgendwo an der Psyche. Man kann nichts erzwingen. Wir haben kein Recht auf die Dinge, wissen Sie? Wir haben kein Recht darauf, dass sie so geschehen, wie wir wollen.«

Luise nickte. Sie ahnte, was er ihr damit sagen wollte, und wusste gleichzeitig, dass er es nicht näher erklären würde. Sie öffnete den Mund, aber da schnitt er ihr schon das Wort ab. »Denken Sie darüber nach, Frau Steidler«, sagte er.

»Mache ich. Danke, Herr Doktor.«

Er verabschiedete sich und ging hinaus. Luise sank in ihre Kissen zurück. Sie wollte noch über seine Worte nachdenken, aber da fielen ihr auch schon die Augen zu. Erschöpft schlief sie wieder ein.

Luise hatte geschlafen und gerade ein wenig zu Abend gegessen, als Sabine und Wolfgang zu ihr kamen. Sabine strahlte, als sie Luise wach sah, rannte zu ihr und fiel ihr in die Arme. »Mama! Du bist ja wieder wach.«

»Sei vorsichtig, Sabine, die Mama ist krank«, warnte sie Wolfgang.

»Ach, lass sie nur.« Luise nahm ihre Tochter in die Arme und strich ihr über das seidige Haar.

»Hast du Kopfweh?«, fragte Sabine.

»Nur noch ein bisschen. Der Arzt sagt, es ist nichts Schlimmes. Es geht bald wieder weg.«

»Gut. Und das … andere?« Sabine sah vage auf die Stelle, wo sich Luises Bauch unter der Decke befand.

»Das wird auch wieder heilen«, sagte Luise leise.

Sabine setzte sich auf und sah auf ihre Hände hinunter, die voller Tintenflecke waren. Sie hatte sie offenbar noch nicht gewaschen. Hastig versuchte sie, sie vor Luises Blick zu verstecken. »Ich mach jetzt immer bei Frau Preikschat Schularbeiten«, sagte sie. »Und Mittag essen tu ich da auch, mit Dagmar und Dieter zusammen. Abends geh ich zu Papa.«

Luise sah jetzt erst zu ihrem Mann hinüber. Wolfgang stand am Fußende ihres Bettes und musterte sie still. Sein Gesicht sah blass aus unter der Schirmmütze. Die Abzeichen seiner Uniform wurden fast ganz von einem großen verpackten Blumenstrauß verdeckt. Als sie nichts sagte, meinte er: »Ich geh mal eine Vase holen«, und verschwand aus dem Zimmer.

»Magst du das, was sie kocht?«, fragte Luise. »Wirst du satt?«

»Na ja, meistens schon. Aber heute hat sie Milchreis mit Zucker und Zimt gekocht, den mochte ich nicht.« Sabine verzog ihr Gesicht.

Luise musste lächeln. Sie tastete nach der Hand ihrer Tochter. »Du hast mich gefunden, nicht wahr?«

Sabine nickte und wich ihrem Blick aus. »Der Papa war ja nicht da. Ich hab Frau Preikschat geholt, und die hat noch die anderen Nachbarn geholt, außer Neumanns, die waren nicht da. Die haben dich alle runtergetragen in Preikschats Auto, und Herr Preikschat hat dich zum Krankenhaus gefahren. Frau Preikschat hat auf mich aufgepasst.«

Luise hob die Hand und strich Sabine über die Wange. »Danke, das hast du sehr gut gemacht. Zum Glück waren Preikschats da.«

»Wenn nicht, hätte ich's bei den anderen Nachbarn versucht.«

»Sicher, du kluge Maus.« Luise ließ ihre Hand sinken.

Sabine hob ihr Gesicht und warf einen kurzen Blick auf Luises Verband. »Kommst du denn bald wieder nach Hause, Mama?«, fragte sie.

»Bestimmt. Ich bemühe mich, schnell wieder gesund zu werden«, sagte Luise. »Im Moment ist alles ein bisschen schwer für uns. Der Opa ist gestorben, und du … du … bekommst erst mal kein Geschwisterchen. Aber schwere Zeiten gehen vorbei und dann kommen bessere, weißt du? Du musst jetzt tapfer sein.«

Sabine nickte. Sie sah wieder auf ihre Hände hinunter.

»Üb ein bisschen für die Rechenarbeit, ja?«

»Mach ich«, versprach Sabine. »Ich such mir jetzt immer selber die Sachen raus. Guck mal, wie findest du das?« Sie hüpfte vom Bett, baute sich vor Luise auf und deutete auf ihren weißen Häkelpullover, zu dem sie einen karierten Faltenrock und einen gelben Stirnreif trug.

»Das ist dein Sonntagspullover«, sagte Luise. Sie hatte es gerade schon bemerkt, Sabine aber nicht tadeln wollen. Offenbar nutzte ihre Tochter ihre Abwesenheit aus, um ihre

Sonntagssachen endlich mal in die Schule auszuführen. Sie musste sich ein Lächeln verkneifen. »Sucht dir der Papa denn nicht die Sachen raus?«

»Nein, der Papa *kann* das doch gar nicht.« Sabine verschränkte entrüstet die Arme. »Deswegen kommt auch morgen die Frau Kösing zu uns, um auf mich aufzupassen nach der Schule, weil der Papa das nicht allein kann. Da schickt ihm sein Freund seine eigene Frau.«

»Ach, hat er dir das so erklärt?« Luise spürte, wie das Blut aus ihren Lippen wich.

»Ja. Die soll wie eine richtige Haushälterin sein. Die übernachtet aber im Heidekrug.«

»Aha. Na dann …« Luise schluckte. Sie musste sich sehr zusammennehmen, um nicht vor dem Kind laut herauszubrüllen. Christel in ihrem Haushalt. Sie stellte sich vor, wie sie ihre Schubladen durchwühlte. Wie sie ihren Küchenschrank öffnete und missbilligend ihre Kochtöpfe betrachtete. Wie sie ihr Strickzeug begutachtete. Wie sie ungestört mit Wolfgang sprach.

Sie krallte ihre Hand in die Decke. Ihr Kopf schmerzte auf einmal wieder. »Dann sei artig, ja?«, mahnte sie ihre Tochter.

Sabine nickte.

In diesem Augenblick öffnete sich die Tür, und Wolfgang kam wieder herein. Er trug eine Vase mit einem gewaltigen Strauß aus rosa und roten Rosen, Schleierkraut und Grün, die er auf Luises fahrbaren Nachttisch stellte. Der Strauß verströmte einen süßlichen Duft.

»Sabine, geh schon mal raus und warte da auf mich, ja? Mama und ich müssen noch etwas besprechen«, sagte Wolfgang.

Sabine nickte, verabschiedete sich artig von Luise und verließ das Zimmer.

Luise wäre am liebsten mit ihr gegangen. Wolfgang nahm seine Schirmmütze ab. Er ließ sich auf ihrem Bett nieder und ergriff ihre Hand. Seine Hand war so groß, dass sie ihre fast ganz umschloss. Dann hob er die andere Hand und strich sanft mit dem Zeigefinger über ihre Wange. Sie konnte sehen, wie er schluckte.

»Es tut mir so leid«, murmelte er. »Hätte ich gewusst, dass du ohnmächtig wirst … ich hätte dich nicht allein lassen dürfen. Verzeih mir bitte.« Seine hellen Augen schienen zu brennen.

Luise sah auf seine Hände hinunter. Sie waren feingliedrig und gleichzeitig kräftig, so schön wie Marians Hände. Sie hatte immer nur Männer mit schönen Händen gehabt. »Ich hätte tot sein können«, stieß sie hervor. »Wenn Sabine und die Nachbarn nicht gewesen wären, wäre ich das vielleicht.«

Wolfgang schluckte wieder. »Ich habe einen Fehler gemacht. Einen schweren Fehler«, sagte er. »Ich war so wütend … ich konnte einfach nicht fassen, dass du … schon wieder …«

»Du hast mir die Schuld gegeben«, fauchte sie. »Ich bin aber nicht schuld.«

Er strich mit dem Daumen über ihren Handrücken, dann legte er einen Finger auf ihren Mund. Seine Finger glitten an ihren Hals. »Ist ja schon gut, schon gut. Ich habe mit Doktor Rauschenberg gesprochen. Du trägst keine Schuld, Schatz.«

Trotz der Erschöpfung, der Kopfschmerzen und ihrer furchtbaren Traurigkeit fühlte sie Wärme aufsteigen. Endlich sah er ein, dass sie keine Schuld hatte. Er gab seinen Fehler zu und bat um Verzeihung. Litt er nicht auch genauso wie sie unter den vielen Verlusten, ja vielleicht noch mehr, weil er sich so sehr einen Sohn wünschte? Die Traurigkeit in seinen Augen zeigte ihr das deutlich. Die Wärme in ihr entfachte neue Leidenschaft, sie begehrte ihn immer noch, trotz allem. Er drückte sanft seine Lippen auf ihre. Ihr Herz begann, schneller zu schlagen. Obwohl sie ihr Kind gerade verloren hatte, gab es das Verlangen noch, ihre körperliche Sehnsucht.

Sie beendete den Kuss und schob ihn sanft fort. Einen Augenblick sah Wolfgang enttäuscht aus, aber dann fing er sich wieder.

»Ich will nicht, dass Christel zu uns kommt«, sagte sie so bestimmt wie möglich.

Er hörte auf, über ihren Handrücken zu streichen. »Hat Sabine dir davon erzählt? Christel wollte sich nicht davon abhalten lassen, mir zu helfen. Als sie hörten, was passiert ist, wollte Kösing sofort, dass sie zu uns kommt. Er meinte, seine Kinder könnten ruhig mal bei seiner Schwiegermutter bleiben, die wären alt genug.«

»Warum hast du ihnen das überhaupt erzählt? Ich will die Christel nicht, sie ist ein schlechter Mensch.«

Nun sah Wolfgang überrascht aus. »Aber du kennst sie doch schon so lange. Sie war wirklich sehr besorgt um dich und hat mir tausendmal versichert, dass sie uns gern helfen würde. Sie meinte sogar, sie hätte etwas wiedergutzumachen von früher.«

»Oh ja, das hat sie wirklich«, grollte Luise. »Ich hab jahrelang bei den Moors in der Bäckerei geschuftet, ohne einen Pfennig dafür zu sehen.«

»Ach Luise, das sind doch alles alte Hüte. Meinst du nicht, man sollte endlich aufhören damit?«

»Ich hab dir doch erzählt, was der Moor gemacht hat. Der hat nicht nur den Baumann auf dem Gewissen, sondern auch sein Geld mit Kriegsgut gemacht.«

»Das wissen wir nicht«, versetzte Wolfgang. »Du kannst das nicht einfach so behaupten.«

»Ich hab dir doch von den Gemälden und den antiken Pferdekämmen und von den Bildern erzählt, die ich in seinem Büro gefunden habe. Später, als die Russen einmarschiert waren, war alles auf einmal weg. Er hatte angeblich auch keinen einzigen Sack Mehl mehr, dabei hat er's im Schuppen versteckt.

Er wollte uns nur keins geben, dieser miese Kerl.« Luise krallte ihre Hände in die Decke.

Wolfgang nahm sie wieder in die Arme. »Ruhig, Schatz, beruhige dich.« Er strich mit der Hand über ihren Rücken. »Du bist immer noch so aufgewühlt von allem. Du solltest jetzt nicht an all das denken. Du musst doch wieder gesund werden.«

Sie machte sich von ihm los. »Ich möchte, dass du mich ernst nimmst. Moor ist ein Schwein, und du weißt das. Ich versteh nicht, wie du seine Tochter in unser Haus lassen kannst.«

Wolfgang wich ein wenig vor ihr zurück. »Kösing ist mein Freund«, entgegnete er. »Christel kann nichts dafür, was ihr Vater getan hat. Sie bemüht sich sehr um dich, und ich wäre froh, wenn du der Frau meines besten Freundes etwas mehr Entgegenkommen zeigen würdest.«

In Luises Kopf tobte ein dumpfer Schmerz, aber das war ihr gleichgültig. »So, sie kann nichts dafür? Sie war genauso wie ihr Vater, das kann ich dir sagen. Du weißt ja nicht, wie sie sich manchmal deinem Vater gegenüber aufgespielt hat, in unseren Gruppenstunden. Wenn er es mit dem Hitlergruß mal wieder nicht so genau nahm, hat sie sich hinterher darüber aufgeregt. Ich hab immer gedacht, dass die ihn eines Tages bei Teschner verrät. Und wehe, er hat sich mal bei einem der Nazi-Lieder verspielt. Dann verlangte sie, dass er es richtig wiederholt.«

Zufrieden sah sie, wie Wolfgang blass wurde und seine Lippen aufeinanderpresste. Als er nichts erwiderte, fuhr sie fort: »Weißt du, was sie gesagt hat, als ich damals nach Hans Baumann fragte? Sie wüsste es nicht, und es war ihr auch vollkommen gleichgültig. Solche Menschen ändern sich nie.«

Wolfgang starrte sie an. Eine steile Falte hatte sich zwischen seinen Brauen gebildet. »Hans Baumann war ein Jude«, sagte er leise. »Wir wussten doch alle, was mit den Juden geschah.«

»Nein, wussten wir nicht. Ich hab gedacht, sie kommen in Arbeitslager, aber doch nicht, dass sie … dass man sie …

vernichtet. In Polen haben deutsche Soldaten massenweise Juden erschossen, Männer, Frauen und sogar … Kinder.« Luises Stimme hörte sich heiser an. Sie nahm ihren Becher und trank ein paar Schlucke Tee.

Wolfgang nahm seine Schirmmütze und fuhr mit dem Finger die Naht entlang. Dann hob er den Kopf. »Im Krieg passieren nun mal schreckliche Dinge. Du solltest wirklich versuchen, dir nicht mehr den Kopf über diese ganzen Sachen zu zerbrechen, das schadet dir nur«, sagte er.

»Diese ganzen *Sachen?* Du nennst es *Sachen?* Was da passiert ist, ist so … so …« Luise suchte nach dem passenden Wort, aber ihr fiel keins ein. Sie war noch zu erschöpft.

Wolfgang ließ seine Mütze auf die Bettdecke fallen und nahm ihre Hände. »Luise, bitte. Mach dir doch nicht solche Gedanken. Du redest dir da irgendeinen Schuldkomplex ein, aber wir haben keine Schuld. Du solltest damit endlich abschließen.«

»Keine Schuld, sagst du? In diesen Lagern ist Furchtbares passiert, und wir haben es geschehen lassen.«

»Luise, was soll das? Was hätten wir denn tun können? Hör auf, dir die Schuld zu geben. Ist dir nicht klar, dass Schuldkomplexe von unseren Gegnern ausgenutzt werden können, um uns kleinzuhalten? Was meinst du, warum die Amis uns diese ganzen Filme zeigen?«

»Weil sie uns zeigen wollen, was dort wirklich geschah.«

»Nein. Sie wollen uns kleinhalten, damit Deutschland bloß nie wieder sein altes Selbstbewusstsein und seine Größe erreicht.«

»Ich finde, es hat nichts mit fehlendem Selbstbewusstsein und fehlender Größe zu tun, wenn man seine Schuld erkennt und seine Fehler zugibt«, erwiderte Luise. »Eher im Gegenteil. Aber ihr wollt das wohl nicht. Ihr seid immer noch wie früher, du und deine Freunde.«

Wolfgang ließ ihre Hände los. Seine Lippen bildeten einen Strich. Er erhob sich und setzte seine Mütze wieder auf. »Ich glaube, es hat keinen Sinn mehr, wenn wir hier noch weiter diskutieren«, sagte er mit rauer Stimme. »Ruh dich aus. Wir kommen morgen wieder.«

Luise nickte und schloss die Augen. Sie hörte seine energischen Schritte auf dem Linoleumfußboden und fühlte sich beinahe erleichtert, als sich die Tür hinter ihm schloss. In ihrem Kopf bohrte ein dumpfer Schmerz, und sie fühlte sich merkwürdig wund in ihrem Inneren, aber sie war zu erschöpft, um wütend zu sein. Von ihrem Fenster aus konnte sie den Sonnenuntergang sehen. Die untergehende Sonne wurde von einer dicken Wolke mit goldenem Rand verdeckt. Frische Luft strömte durch das halb offene Fenster herein. Vom Parkplatz her hörte sie Türenschlagen und das Geräusch fahrender Autos. Die Besuchszeit war vorbei. Nun würde eine weitere stille Nacht im Krankenhaus folgen.

Luise starrte in den Himmel und lauschte auf das ferne Geschirrklappern im Flur. Plötzlich stand die Gewissheit vor ihr wie ein Überraschungsgast, der geschlossene Türen und Wände überwinden konnte. Sie erhob sich mühevoll, blieb ein Weilchen auf dem Bettrand sitzen und schlüpfte in ihre Pantoffeln. Dann schlich sie zur Tür, zog sich ihren Bademantel an und verließ ihr Krankenzimmer. Langsam wie eine alte Frau schlurfte sie über den Flur. Es roch nach Bohnerwachs, Medikamenten und Hagebuttentee. Eine Schwesternhelferin rollte einen vollgepackten Geschirrwagen klappernd an ihr vorbei.

»Wo finde ich Doktor Rauschenberg?«, fragte Luise sie.

Die Schwesternhelferin wandte sich um und deutete zum Ende des Flurs. Sie warf einen prüfenden Blick auf Luise. »Aber es ist eigentlich keine Sprechzeit.«

»Ich weiß. Ist auch nur ganz kurz.«

Die Helferin nickte und schob ihren Wagen weiter. Luise hielt sich an dem Handlauf an der Wand fest. Ihr Unterleib schmerzte etwas, und sie merkte, wie ein feiner Tropfen Blut aus ihrem Körper floss und in ihre Vorlage sickerte. Sie biss die Zähne zusammen. Endlich erreichte sie das Büro des Arztes und pochte an seine Tür.

»Herein!«

Luise öffnete die Tür und blickte in Doktor Rauschenbergs erstauntes Gesicht hinter den dicken Brillengläsern. Sie trat vor seinen wuchtigen Schreibtisch. »Herr Doktor, können Sie mir die Pille verschreiben?«

Doktor Rauschenberg lehnte sich zurück, sodass sich die Lehne seines Ledersessels geräuschvoll knautschte. Er hob seine Brauen. »Das können wir bestimmt mit Ihrer Frauenärztin in die Wege leiten, Frau Steidler.« Er nickte ihr zu und beugte sich dann wieder über seine Unterlagen. Sie lächelte zufrieden, wandte sich um und verließ sein Büro.

Kapitel 17

Allenheide, im August 1972

Es war ein brütend heißer Tag gewesen. So heiß, dass ihre Fußsohlen gebrannt hatten, als sie vom Schwimmbecken über die glühend heißen Steinfliesen zur großen Liegewiese gegangen waren. Jedenfalls hatte es sich so angefühlt. Den ganzen Tag war Luise mit Uschi Tiefenbach im Freibad gewesen, und sie hatten sich gesonnt und waren schwimmen gegangen.

Luise hatte vorgekocht und gönnte sich einen freien Tag, und Uschi arbeitete nur noch stundenweise als Sprechstundenhilfe, nachdem der Dorfzahnarzt gewechselt hatte. Später, nachdem sie mit dem Schulbus aus Maldenberg zurückgekommen waren, kamen ihre Kinder auch ins Freibad, doch sie legten sich nicht zu ihnen, sondern zu einer Gruppe Jugendlicher hinten auf die große Wiese und beachteten ihre Mütter nicht.

Nun saßen Luise und Uschi braun gebrannt zwischen der blassen Frau Bettermeier und der zierlichen Frau Fischer im Garten hinter Frau Bettermeiers Geschäft. Ein paar Lampions leuchteten an einer Schnur, die sich von einem winzigen Schuppen bis zur Terrasse spannte und über ihrem Tisch hing. Luise konnte noch jede Reihe erkennen, die sie häkelte, aber sie hatte mittlerweile so viel Erfahrung, dass sie auch blind hätte arbeiten können.

»Die haben uns vollkommen ignoriert«, beklagte sich Uschi über ihre Kinder, während sie ihre Stricknadeln in atemberaubender Geschwindigkeit gegeneinanderschlug. »Nur deine ist mal zwischendurch angekommen, Luise.«

»Aber nur, weil sie was wollte«, bemerkte Luise.

»Als würden sie sich für uns schämen. Auf einmal sind wir Mütter nur noch lästig.«

Anna Fischer beugte sich nach vorn. »Die sind jetzt im Rüpelalter. Ihr müsst auf die aufpassen, besonders auf eure Mädchen. Lasst die bloß nicht zu früh in die Kreisstadt fahren, dass sie nicht in schlechte Gesellschaft kommen.«

Luise fragte sich, warum ausgerechnet die Pfarrersfrau ihnen Ratschläge erteilte, wo sie doch selbst keine Kinder hatte.

»Meine Sabine darf ihre Freunde mit nach Hause bringen«, erwiderte sie. »So hab ich ein Auge auf die. Und nach Maldenberg ist sie schon mit elf gefahren. Ich konnte ihr doch schlecht befehlen, morgens mit dem Bus zum Gymnasium zu fahren, und es ihr nachmittags nicht mehr erlauben.«

»Bei meinen war das ganz genauso«, bestätigte Frau Bettermeier. »Sie fuhren nachmittags nach Maldenberg und trafen sich da mit ihren Schulfreunden. Man muss ihnen nur klare Regeln setzen. Samstagabends mussten meine um zehn zu Hause sein, und sie durften nie allein fahren.« Sie seufzte und streckte ihre vom langen Stehen im Laden geschwollenen Beine aus. »Kinder werden erwachsen, das ist der Lauf der Dinge. Ich finde es richtig, wie du es machst, Luise. Man kann sie nicht zu Hause anbinden, man muss Vertrauen zu ihnen haben. Heute sind meine schon verheiratet und haben selbst kleine Kinder.«

»Wie alt sind denn eigentlich deine Enkel, Hanne?«, erkundigte sich Luise. Seitdem Frau Bettermeier ihnen vor einigen

Jahren das Du angeboten hatte, war Hannelore Bettermeier *Hanne* für sie geworden.

»Die Kleine ist vier und der Junge zwei.«

»Ach wie schön!«, rief Anne Fischer. »Kinder sind ein Segen Gottes.«

Niemand erwiderte etwas. Luise spürte, wie die allmählich herabsinkende Kühle ihre dünne Caprihose durchdrang, und sie fröstelte, obwohl Hanne Polster auf ihre mit Plastikschnüren bespannten Gartenstühle gelegt hatte. Sie fühlte wieder den alten Schmerz. An einem schwachen Abend hatte sie den anderen von ihren Fehlgeburten erzählt, und seitdem mieden die Frauen weitgehend die Themen Schwangerschaft und Geburt. Aber Anne Fischer war manchmal unbedacht. Als sie das lange Schweigen bemerkte, sagte sie schnell: »Mein Mann hat übrigens wieder Theaterkarten, für morgen schon. Ich habe gar keine Lust. Hat jemand Zeit und möchte für mich einspringen?« Sie sah erwartungsvoll in die Runde.

Hanne schüttelte den Kopf, und Uschi sagte, sie könne nicht. Aber Luise dachte, dass es für sie eine schöne Abwechslung wäre, und Wolfgang hätte sicher nichts dagegen. Sie war schon einige Male mit Pfarrer Fischer im Theater gewesen. »Was spielen sie denn?«, fragte sie.

»Ach, das weiß ich gar nicht, Liebes«, sagte Anna. »Ich hab meinem Mann ehrlich gesagt nicht mehr zugehört, was der alles so erzählt hat. Es muss auf jeden Fall sehr gut sein.«

»In Ordnung, dann lasse ich mich überraschen«, meinte Luise.

»Wie schön«, rief Anna. »Dann muss mein Mann wenigstens nicht allein fahren. Um sieben holt er dich ab.«

* * *

Luise genoss den Fußweg nach Hause. Ein dunkelblauer Himmel mit funkelnden Sternen wölbte sich über ihr, als sie langsam die stille Straße am Friedhof entlang zur Siedlung hinunterging. Sie musste daran denken, wie Sabine früher auf der Friedhofsmauer balanciert war und ihre Größe gemessen hatte. Nun fuhr sie schon seit Jahren zum Gymnasium in die Kreisstadt und hatte nur noch Augen für Jungs. Wie doch die Zeit verging.

Wolfgang holte sie schon lange nicht mehr von den Handarbeitsabenden ab. Sie hätte auch selbst fahren können, denn inzwischen besaß sie ihren Führerschein, für den sie so lange gespart hatte. Aber es war Sommer, und Luise liebte es, in Ruhe allein zu schlendern und sich ihren Erinnerungen hinzugeben. Sie hatte mittlerweile auch hier schöne Zeiten erlebt, an die sie sich später sicher gern zurückerinnern würde. Es schien ihr Schicksal zu sein, dass sich ihre Erinnerungen auf mehrere Orte verteilten. Ein paar Erinnerungen hier, ein paar Erinnerungen dort. Wo auch immer – es war nicht dasselbe wie zu Hause. Ihr wahres Zuhause gab es nur einmal, und seitdem sie es hatte verlassen müssen, trieb sie wie ein heimatloser Strohhalm über das Land.

Sie bog in ihre kleine Straße ein. Vor einigen Jahren war Wolfgang zum Major befördert worden, und danach waren sie in ein Reihenhaus in derselben Straße gezogen. Als Luise es betrat, sah sie schon von Weitem das Fernsehbild durch die gläserne Wohnzimmertür leuchten. Rechts ging die Treppe ins Obergeschoss hoch, links ging es in die Küche. Es hatte drei Kinderzimmer, von denen Luise eins als Gäste- und Handarbeitszimmer und Wolfgang eins als Arbeitszimmer nutzte. So konnten sie sich wenigstens aus dem Weg gehen. Die Hausaufteilung erinnerte sie an Steidlers kleines Altenteilhaus in Lindenau, und sie fragte sich, ob Wolfgang das Haus deshalb unbedingt hatte mieten wollen. Aber wahrscheinlich war es für ihn nur ein Statussymbol. Wie das immer neueste Audi-Modell vor ihrer Tür.

Luise zog sich die Sandalen aus und schlüpfte in ihre Hausschuhe. Sie trank ein wenig Milch in der Küche und ging dann ins Wohnzimmer. Wolfgang wandte kaum den Blick vom Fernseher, als sie hereinkam und ihr Handarbeitszeug auf den Esstisch legte.

»Bist du morgen Abend hier?«, fragte sie. »Ich geh ins Theater. Pfarrer Fischer hat wieder Karten für morgen.«

»Hm«, machte Wolfgang, ohne vom Fernseher wegzusehen.

Luise stellte sich schräg davor, ohne ihm die Sicht zu versperren. »Hast du gehört, was ich gesagt habe?«

»Ja, verdammt.« Er streifte sie mit einem ärgerlichen Blick. »Sei still, ich will das hören.«

Sie ging hinaus und schloss die Wohnzimmertür hinter sich. Oben hörte sie Musik aus der geschlossenen Kinderzimmertür. Sie klopfte und ging hinein. Die Klänge von Uriah Heep drangen aus einem flachen Kassettenrekorder, der auf dem Nachttisch stand. Sabine lag bäuchlings auf dem Bett und las die BRAVO. Wenigstens sie hob den Kopf, als Luise eintrat. »Mama, du hast dich verbrannt«, sagte sie erschrocken. »Dein Gesicht ist ganz rot.«

Luise winkte ab. »Ach, das macht nichts. Das wird morgen schon braun.« Das war schon früher so gewesen, als sie noch mit ihrem Vater auf den Feldern gearbeitet hatte. Ihr Gesicht war immer zuerst rot und dann braun geworden. Am nächsten Tag würde es genau jene dunkle Färbung haben, die im Moment so begehrt war. »Machst du bitte die Musik leiser? Es ist Schlafenszeit.«

Sabine wandte sich widerwillig zum Nachtschränkchen um und drehte an einem Rädchen des Kassettenrekorders. Sie hatte erst vor Kurzem ein neues Jugendzimmer bekommen – weiß beschichtete Möbel mit roten Fronten. Über ihrem Bett hingen Poster ihrer Lieblingsbands an der Wand.

»Ich fahr morgen Abend mit Pfarrer Fischer ins Theater«, erzählte Luise.

»Wow. Was wird denn gespielt?«

»Keine Ahnung. Frau Fischer wusste es nicht. Ich lass mich überraschen.«

Sabine ließ sich wieder in ihre Ursprungsposition zurückfallen. Sie trug einen kurzen bunten Rock, der knapp unter ihrem Po endete und den Großteil ihrer braunen Beine freigab. Darüber hatte sie einen der begehrten Strickpullover mit V-Ausschnitt von Luise an, die Hanne Bettermeier im Moment verkaufte wie geschnitten Brot. Luise hatte Mühe, so viel zu stricken, wie nachgefragt wurde, denn sie konnte nur tagsüber arbeiten, wenn Wolfgang im Dienst war. Er wusste immer noch nichts vom heimlichen Verkauf ihrer Handarbeiten.

»Kann ich nicht auch mal mit?«, fragte Sabine.

Luise hob überrascht die Brauen. Sie hätte nicht erwartet, dass ihre Tochter sich für Theaterstücke interessierte. »Aber sicher, gern«, meinte sie. »Rita kommt uns doch bald besuchen, dann können wir zu dritt gehen.«

»Ach, toll! Mama, kannst du mal gucken, was ich hier hab? Das juckt so.« Sie kratzte sich am Rücken.

»Du musst schon ins Licht kommen, sonst kann ich's nicht sehen«, meinte Luise. Sabine setzte sich mit dem Rücken vor ihre Nachttischlampe und zog ihren Pulli ein wenig hoch. Luise betrachtete die nackte glatte Haut ihrer Tochter. Sabine war schlank und braun und mit ihren fünfzehn Jahren schon so groß wie sie. Im Aussehen kam sie ganz nach Wolfgang, auch ihre Haare waren in den letzten Jahren etwas nachgedunkelt. Sie trug sie lang, wie es jetzt Mode war und ihr sehr gut stand. Nur ihre weiblichen Formen waren noch nicht ganz so, wie sie es gern hätte, das wusste Luise, doch sie trug mit stoischem Trotz schon einen BH, obwohl sie noch keinen brauchte. Deutlich zeichnete sich die helle Stelle ab, wo ihr Bikinioberteil gesessen hatte.

»Da ist nur ein kleines Muttermal«, sagte Luise. »Genau da, wo der Verschluss war. Nichts Schlimmes, aber nicht kratzen.«

»Gut.« Sabine zog ihren Pulli wieder herunter. »Darf ich am Samstag mit Heike und Iris ins Jugendzentrum?«

»Wenn der Papa es erlaubt … aber er wird euch bestimmt nicht fahren.«

»Wir kommen spätestens mit dem letzten Bus zurück, versprochen.« Sabine sah Luise flehentlich an.

»Meinetwegen. Aber frag den Papa.«

»Mach ich. Danke, Mama.« Sabine strahlte.

»Gute Nacht. Schlaf jetzt, du musst morgen früh raus.«

»Gute Nacht, Mama.«

Luise lächelte, als sie die Tür schloss und in ihr Schlafzimmer ging. Rüpelalter hin oder her, sie war zufrieden mit ihrer Tochter und zutiefst dankbar, dass sie sie hatte. Mochte sie sie auch im Freibad ignorieren – wenn sie allein waren, vertrauten sie sich wie Freunde.

Am nächsten Abend bereitete sie sich sorgfältig auf das Theater vor. Sie drehte ihre langen Haare auf und bürstete sie danach aus. Sie trug sie immer noch lang, in der Mitte gescheitelt, mit einem lockeren Pony. Zufrieden stellte sie fest, dass ihr Gesicht tatsächlich die gewünschte braune Farbe bekommen hatte, so brauchte sie sich kaum zu schminken. Sie zog ihr festliches Kleid an, das sie immer zu ihren Theaterabenden trug – ein schwarzes, knielanges Samtkleid mit leicht gepufften Ärmeln, die mit weißem Satin abgesetzt waren. Sie hatte es sich vor längerer Zeit von ihrem Handarbeitsgeld gekauft und Wolfgang gesagt, es wäre vom Taschengeld.

Pfarrer Fischer klingelte um Punkt neunzehn Uhr bei ihnen. »Frau Steidler, Sie sehen fantastisch aus. Alle Männer werden mich beneiden«, sagte er und warf ihr anerkennende Blicke zu, als sie in seinen alten Mercedes stiegen.

»Ich bin froh, dass ich Sie begleiten darf, Herr Fischer«, gab sie zurück. »Was wird denn überhaupt gespielt?«

»Hat Ihnen meine Frau das nicht gesagt? Kein Schauspiel, ein Konzert erwartet uns.«

»Oh, ich bin aber gar nicht für die Oper angezogen«, meinte sie.

»Aber Frau Steidler, machen Sie sich keine Sorgen. Sie können tragen, was Sie wollen, Sie sehen immer hervorragend aus«, schmeichelte er. Dann begann er, von seinem Lieblingsthema zu reden, während sie über die Landstraße nach Maldenberg fuhren – seinen Arbeitskreis, in dem er sich seit vielen Jahren engagierte. Sie wollten am Friedenstag ihre alljährliche Gedenkveranstaltung auf dem russischen Ehrenfriedhof veranstalten und Blumen auf die Gräber legen. »Ehrenfriedhof ist ja eigentlich nicht das richtige Wort«, ereiferte er sich. »Massengräber wäre richtiger. Das war ein riesiges Sammellager für russische Kriegsgefangene, und die meisten sind umgekommen. Man hat die wer weiß wohin geschickt, ins Ruhrgebiet und so weiter, und da mussten die schuften. Wer weiß, wie viele da durchgeschleust wurden und wie viele da verhungert sind. Die haben doch nichts zu essen gekriegt. Eine Schande, was man mit denen gemacht hat.« Er legte eine kleine Pause ein, um Luft zu holen. »Ehrenfriedhof, ha! Aber es ist ja gut, dass sie überhaupt was gemacht haben, dass die Erinnerung wachgehalten wird. So was darf nie vergessen werden, wissen Sie, das haben wir beschlossen, und deshalb wollen wir da Blumen niederlegen. Nie wieder Krieg!«

Luise hörte seinen Appell mit Schaudern, wie immer, wenn er davon redete. Sie wusste, dass er recht hatte. »Mein Mann war in russischer Kriegsgefangenschaft«, sagte sie. »Vier Jahre. Aber er spricht nicht darüber.«

»Das war bestimmt furchtbar, ich habe Berichte von deutschen Soldaten gehört. Diese Männer haben viel durchgemacht. Aber die Russen hier, das waren auch ganz arme Menschen, die wurden noch schlimmer behandelt als Tiere …« Und so ereiferte er sich weiter, bis sie Maldenberg erreicht hatten. »Kommen Sie doch zu unserer Gedenkveranstaltung mit«, schlug er vor. »Ich werde meiner Frau unsere Zettel für den Handarbeitskreis mitgeben.«

»Danke, Herr Fischer. Ich bin mir aber nicht sicher, ob ich mitgehen kann. Mein Mann ist Major.«

Der alte Mann lächelte. »Ich weiß doch, Frau Steidler. Ist ja auch nur ein Angebot. Überlegen Sie es sich.«

Er parkte den Mercedes in der Nähe des Landestheaters, und sie legten den Rest des Weges zu Fuß zurück. Es war noch warm und hell. Einige Menschen saßen in den Biergärten am Schlosspark und genossen den lauen Sommerabend. Hinter der Mauer ragte der Turm des gräflichen Schlosses auf. Luise musste an den Abend denken, an dem sie vor drei Jahren mit Wolfgang eine Wahlkampfveranstaltung auf dem Schlossplatz besucht hatte. Willy Brandt hatte auf einer Bühne gesprochen. Sie waren zu spät gekommen und hatten nur noch einen Stehplatz ganz hinten ergattert, weitab von der Bühne, und Wolfgang hatte es nicht gefallen, was Brandt gesagt hatte. Also waren sie schnell wieder nach Hause gefahren. Mittlerweile war Brandt Kanzler, und Wolfgang hasste ihn aus tiefstem Herzen. Er hatte sich bissig beschwert, ob Brandt denn nichts Besseres zu tun hätte als sofort, nachdem er Kanzler geworden war, zu den Polen zu fahren und dort vor dem Mahnmal für den Aufstand im Warschauer Ghetto auf die Knie zu fallen. Wie konnte der nur so etwas tun, das war doch viel zu übertrieben. Dann hätte er auch noch mit den polnischen Kommunisten den Warschauer

Vertrag abgeschlossen, in dem Deutschland den Verlust der ehemaligen deutschen Ostgebiete akzeptierte. »Damit hat er die Oder-Neiße-Grenze anerkannt, dieser Volksverräter!«, schimpfte Wolfgang. »Adenauer hätte das nie getan.«

Und er hatte noch weitere Schimpfworte für den Kanzler gefunden, an die Luise sich nicht mehr erinnerte. Sie wollte nicht mehr daran denken, als sie mit Herrn Fischer das Landestheater erreichte und durch die Säulen des wuchtigen klassizistischen Baus zum Eingang schritt. Herr Fischer hatte Karten für das Parkett, und sie hatten einen guten Platz vorn, von wo aus sie die Bühne gut sehen konnten. Das Theater war einst als gräfliches Hoftheater erbaut worden und besaß immer noch seine fürstliche Pracht. Luise bewunderte wie immer, wenn sie hier war, die wundervolle Decke des Saals mit der riesigen Kuppel, in deren Mitte eine Lampe brannte. Im ersten Rang hinter ihr lag die Fürstenloge, überwölbt von einem klassizistischen Dach, unter dem das gräfliche Wappen prangte. Daneben schwangen sich die Ränge und die Galerie an den Saalmauern entlang bis nach vorn zur Bühne. Aufgemalte Girlanden zierten ihre Geländer.

Langsam füllte sich der Saal. Während Herr Fischer im Programm blätterte, begutachtete Luise die Kleider der anderen Frauen. Die meisten trugen lange Abendkleider, mit viel Lila in dieser Saison, wie sie feststellte, und manche trugen Blusen und lange Röcke, was ihr nicht gefiel. Auch die Hochsteckfrisuren mochte sie nicht, sie fand sie zu künstlich. Sie fühlte sich nicht passend angezogen, aber damit musste sie nun leben. Vielleicht sollte sie es wie Herr Fischer machen, der seinen alten Anzug jedes Mal mit Stolz zur Schau trug.

»Sehen Sie, ein polnisches Kammerorchester aus Wrocław«, sagte er und hielt ihr das Programm hin. »Na, da bin ich aber mal gespannt.« Er lehnte sich zurück und beobachtete lächelnd, wie sie das Faltblatt ergriff und las.

Frédéric Chopin stand dort und dann die Nummer des Klavierkonzerts – ihr hastiger Blick übersprang die nächsten Worte und blieb an der nächsten Zeile hängen – *Klavier: Marian Nowak.*

Sie starrte sekundenlang auf die Buchstaben und konnte es nicht fassen. Sie las die Zeile wieder und wieder, bis die Worte langsam in ihren Verstand sickerten. Könnte es tatsächlich sein, dass dieser Pianist Marian war? Oder war es nur eine zufällige Namensgleichheit? Es konnte doch nicht wahr sein, dass sie Marian nach fünfundzwanzig Jahren gleich wiedersehen und seine Musik hören würde. Ihr Herz schlug rascher. Sie gab Herrn Fischer das Programm, lehnte sich zurück in den roten Samtsessel und starrte nach vorn zur Bühne, wo die Stühle und Notenständer der Streicher seitlich hinter dem großen, glänzenden Flügel standen. Sie wagte es nicht, sich noch einmal umzusehen, aus Angst, sie würde den Auftritt des Pianisten verpassen. Mittlerweile war das Publikum vollzählig, und als sich die Leuchten herabdimmten, wurde es still im Saal. Die Streicher erschienen und nahmen auf ihren Stühlen Platz.

»Jetzt geht es gleich los«, flüsterte Herr Fischer. Luise rührte sich immer noch nicht. Sie umklammerte die Armlehnen, als müsste sie sich festhalten, um nicht hinausgeschleudert zu werden. Der Theaterdirektor erschien, begrüßte das Kammerorchester und betonte, welche Ehre es sei und wie sehr er sich darüber freue, die polnischen Gäste hier begrüßen zu dürfen. Er nannte den Namen des Dirigenten, den Luise sofort wieder vergaß, und dann den Namen des Pianisten. »Ich wünsche Ihnen einen zauberhaften Abend mit dem Kammerorchester aus Wrocław«, schloss er und verließ die Bühne. Es wurde sehr still im Saal, während sich die Streicher ein wenig einstimmten. Luise konnte ihre Ungeduld kaum noch ertragen. Endlich, nach einer kleinen Ewigkeit, wie ihr schien, betraten der Dirigent und der Pianist die Bühne. Es war Marian. Luise saß steif in ihrem Sitz und beobachtete, wie er dem grauhaarigen Dirigenten folgte, zwei Geigern kurz die Hand gab und sich unter großem Applaus vor dem Publikum verneigte. Dann nahm er auf der Bank vor dem Flügel Platz. Der Dirigent ordnete seine Notenblätter, hob die Arme mit dem Taktstock, und die Geiger begannen zu spielen. Marian saß aufrecht vor seinem Flügel, die Hände auf seine schwarze Anzughose gelegt. Er war immer noch schlank wie früher, und seine schwarzen Haare wellten sich immer noch vorn an der Stirn. Nur trug er sie jetzt etwas kürzer, und ein paar silberne Haare schimmerten dazwischen. Luise starrte ihn an. Sie hätte später unmöglich sagen können, was ihr in diesen Augenblicken alles durch den Kopf ging. Er war also Pianist geworden. Natürlich war er das, er *musste* es werden, so, wie er zu Hause auf dem Klavier ihres Vaters gespielt hatte. Ob er inzwischen in Breslau wohnte, wo das Kammerorchester herkam?

Nachdem die Geiger eine Weile auf den sanften Wellen der Musik dahingeglitten waren, begleitet von den Kontrabässen, sich aufgeschwungen hatten und dahingeprescht waren wie galoppierende Pferde und sich dann wieder beruhigt hatten, legte Marian die Hände auf die Tasten und begann sein Spiel. Es hatte etwas Vogelhaftes, als er mit weit ausholenden Armbewegungen über die Tasten glitt, hinauf und hinunter, während seine Finger der Tastatur wunderbare Melodien entlockten. Er neigte sich vor und zurück, schien ganz mit dem Klavier und der Musik zu verschmelzen. Bei den langsamen, hohen Tönen stiegen Luise Tränen in die Augen, und sie folgte dem Auf- und Abbranden der Melodie, die zur Startrampe für die Bilder wurde, die sie nun überfluteten.

Sie sah den Ortsbauernführer an jenem sonnigen Herbstsonntag 1943 mit einem neuen Kriegsgefangenen vor ihrem Tor warten, sie sah den schmächtigen jungen Mann hinter ihrem Haus Mist auf den Wagen schaufeln. Sie sah ihn auf dem Feld vor sich, Marian, stolz lächelnd über seine ersten Brocken Deutsch, als er mit ihr sprach. Sie sah ihn neben ihrem kleinen Bruder, den er gerade aus dem Kalkloch gehoben hatte. Sie sah ihn an der Stallwand lehnen und aufgeregt auf Dorle schauen, die gerade ihr Fohlen zur Welt brachte. Sie sah ihn wieder neben sich in Moors Garten kauern und die russischen Soldaten beobachten, die alle deutschen Männer zusammengetrieben hatten. Er war *ihr* Marian gewesen, der Mann, der jetzt den Flügel streichelte und ihm so unglaubliche Töne entlockte. Sie hatte sogar zu seinem Spiel gesungen.

Sie fühlte, wie die Tränen ihr über die Wangen liefen. Sie tupfte sie mit dem Taschentuch ab. Das Orchester hörte auf einmal auf zu spielen, und der Dirigent fuhr sich mit einem Tuch über die schweißnasse Stirn. »Sie sind fantastisch«, raunte Herr Fischer ihr ins Ohr, und sie konnte nur nicken. Er stutzte, als er ihr Taschentuch sah, dann sah er rasch wieder fort.

Nach einer kleinen Pause begannen die Streicher langsam wieder zu spielen, und Marian wartete aufrecht vor seinem Flügel und wiegte sich ein wenig zur Musik, während er zu den Geigern hinüberblickte. Dann begann er eine sanfte, ruhige Melodie zu spielen, eine, die sie an ihre Nachmittage in der Scheune erinnerte, und ihr war, als spielte er ihre Geschichte, die Geschichte ihrer Liebe und seines, ja, auch ihres Lebens, vielleicht spielte er die Geschichten aller hier im Raum versammelten Menschen. Er spielte die Geschichte des Lebens und der Liebe in Räumen, die nicht beschrieben werden konnten. Luise war sich sicher, jeder hier im Saal begriff sie – die uralte Melodie, die die Herzen berührte.

Vielleicht konnte er solche Melodien erst spielen, weil er sie gekannt hatte, weil sie sich geliebt hatten, weil das alles geschehen war. Dieser Gedanke tröstete sie, bis die Musik wieder verebbte.

Herr Fischer beugte sich zu ihr und deutete auf ein Wort im Programmheft. *Romanze,* stand dort, und Luise nickte nur. Sie hatte gewusst, worum es ging, sie hatte es bis ins Mark gefühlt. Das Wort schien sie zu verhöhnen, als sie sich fragte, was für ein Zufall es war, dass sie hier saß und Marian zuhörte, während er ihr nichts ahnend ein romantisches Stück vorspielte.

Aber ja, das Leben ging weiter, sie hörte es im folgenden Stück – flott und energisch, wie das Leben sein konnte, wirbelte es sie weiter und weiter und zwang sie, sich mit ihm auseinanderzusetzen, das Leben zu meistern, während das Herz – das arme Herz! – noch litt. Das Wasser hüpfte über die Steine und spie sie schließlich am Ufer aus, als Marians Finger über die Tasten flogen und seine Klaviermusik sich mit den Melodien der Streicher zu einem letzten Abschluss vereinigte und das Stück endete. Applaus brandete auf. Marian erhob sich lächelnd, gab dem Dirigenten und einem Geiger die Hand, dann trat er vor das Publikum und verbeugte sich. Er richtete sich wieder auf und ließ einen kurzen Blick über die Zuschauer gleiten, aber er sah Luise nicht. Wenig später verließ er, gefolgt vom Dirigenten, die Bühne. Luise sah ihm hinterher, wie er durch eine Tür hinter der Bühne verschwand.

Im Saal wurde es wieder hell, und es gongte zur Pause. »Kommen Sie, wir gehen ein wenig frische Luft schnappen«, schlug Herr Fischer vor, und Luise folgte ihm mechanisch hinaus in die große Halle, wo Herr Fischer an der Bar Sekt bestellte. Die Leute um sie herum sprachen und lachten. Herr Fischer erzählte etwas, das Luise nicht hörte. Sie setzte ihr Sektglas ab, kaum dass sie ein paar Schlucke getrunken hatte.

»Entschuldigen Sie mich bitte. Falls ich nicht rechtzeitig wieder da sein sollte, gehen Sie schon mal ohne mich hinein.«

»Ist Ihnen nicht gut?«, erkundigte sich der alte Mann besorgt.

»Doch, doch. Ich muss nur … ich komme gleich wieder«, sagte sie. Sie ließ ihn stehen und bahnte sich ihren Weg durch die Menge zurück in den Saal. Einige Leute saßen noch dort und unterhielten sich. Sie ging an den Saalordnern vorbei, während sie vorgab, zu ihrem Platz zurückkehren zu wollen, aber dann ging sie weiter und stieg die schmale Treppe zur Bühne hinauf. Sie lief zur Tür, durch die Marian und der Dirigent die Bühne verlassen hatten. Die war zum Glück offen.

»He, da dürfen Sie nicht rein!«, rief der Saalordner unten im Parkett. Sie hörte, wie er ihr folgte, doch da fiel die Tür schon hinter ihr ins Schloss. Im Raum hinter der Bühne standen ein paar Musiker und unterhielten sich. Ein bulliger Mann verstellte ihr den Weg. Er sagte etwas auf Polnisch, das sie nicht verstand. Sie wich vor ihm zurück. »Ich möchte Marian Nowak sprechen«, sagte sie.

Der Bulle schüttelte den Kopf. »Nicht Marian Nowak, nein«, sagte er. Er fasste ihren Arm und drängte sie hinaus, doch Luise sträubte sich. »Marian!«, rief sie. »Hier ist Luise! Luise Reich!«

Dass sie ihren Mädchennamen benutzte, war ihr gleichgültig. Er kannte sie nur unter diesem Namen.

Die Musiker sahen zu ihr herüber. Der Bulle sagte wieder etwas auf Polnisch, verstärkte seinen Griff und schob sie zur Tür.

»Marian!«, brüllte Luise. Der Ruf hallte durch den ganzen Raum. Die Musiker verstummten. Einige schüttelten den Kopf und sagten etwas zu ihren Nachbarn, einer lachte leise. Der Griff des Bullen wurde stahlhart. Er drängte sie zum Ausgang, schob sie hinaus und knallte die Tür hinter ihr zu. Luise stand eine Weile reglos auf der Bühne, fassungslos über das, was gerade geschehen war. Die Menschen waren verstummt und musterten sie neugierig. Da kam der Saalordner vom Parkett, ein älterer Mann, die Treppe hoch und nahm sie am Arm. »Kommen Sie, ich bringe Sie zurück zu Ihrem Platz«, sagte er. »Wo sitzen Sie denn? Wissen Sie, Sie *müssen* wieder auf Ihren Platz zurück, sonst verständigt man noch die Polizei, und das wollen Sie doch nicht, oder?«, drängte er sanft, als Luise nicht reagierte. Sie schüttelte den Kopf.

»Zeigen Sie mir Ihre Karte, dann bringe ich Sie hin.«

»Ich hab die Karte nicht, die hat mein Begleiter.«

»Na gut, dann können Sie mir doch sicher sagen, wo Sie sitzen.« Der Mann redete auf sie ein, als wäre sie eine Verrückte, während er sie langsam von der Bühne die Treppe hinunterführte. Offenbar tat er das nicht zum ersten Mal. »Wissen Sie, wir sollen nicht mit den Polen zusammenkommen, da achten die sehr genau drauf. Das Ensemble wird gut abgeschirmt.«

»Ach so.« Luise hielt inne, ihr schwirrte der Kopf. Sie fing die neugierigen Blicke der Menschen auf, und ihr wurde allmählich bewusst, was sie getan hatte. Aber es war ihr gleichgültig. Sie wollte nicht wieder zurück. Sie würde hier auf Marian warten, bis er wieder auf die Bühne käme. Doch der Mann führte sie mit sanftem Druck fort. »Sie können hier nicht bleiben, es geht bald weiter. Wie ist denn Ihr Name?«

Luise schüttelte den Kopf. Sie würde ihm doch nicht ihren Namen verraten. Hastig überflog sie die Gesichter der Leute, ob sie jemanden kannte. Die Frau von Major Steidler macht einen Aufstand im Landestheater, was für eine Blamage. Was würde Herr Fischer denken? Was ihr Handarbeitskreis? Sie hatte keine Wahl, sie musste nachgeben. Widerwillig ließ sie sich von der Bühne fortführen, weiter den Gang entlang. Da hörte sie jemanden hinter sich ihren Namen rufen. »Luise?«

Sie wandte sich um.

Die Tür zur Bühne war offen, und Marian stand im Türspalt. Er hatte die Hände in den Taschen seines schwarzen Anzugs vergraben und starrte zu ihr herüber. Es war derselbe Blick, mit dem er sie zu Hause angesehen hatte, durch die angelehnte Tür, als sie in der Stube ihrer Mutter eine Bluse anprobiert hatte – aufmerksam und interessiert, aber doch nüchtern. Langsam kam er ihr ein Stück auf der Bühne entgegen. Luise riss sich los und rannte die Treppe zur Bühne hinauf. In diesem Augenblick applaudierten ein paar Scherzbolde im Publikum. Marian deutete mit dem Kopf zur offenen Tür. »Gehen wir rein«, meinte er, und sie folgte ihm. Die Musiker standen immer noch in dem Raum hinter der Bühne und musterten sie neugierig. Der bullige Wächter baute sich in Sichtweite auf und ließ sie nicht aus den Augen.

»Tut mir leid, dass ich so ein Spektakel veranstaltet habe«, sagte Luise. Ihr Mund war staubtrocken, sie spürte, wie sie zitterte. Sie konnte Marian nur ansehen, und auch er starrte sie an. Ihr schien es, als würden sie sich minutenlang anstarren. Er sah aus wie immer, nur älter. Seine Gestalt hatte etwas Stattlicheres, Männliches dazugewonnen. Seine braunen Augen unter den geraden schwarzen Brauen lagen dunkel in seinem hellen, sorgfältig rasierten Gesicht.

»Du spielst wunderbar, Marian«, brachte sie schließlich hervor. »Ich freue mich. Was für ein Zufall, dass wir uns hier wiedersehen.« Ihre Stimme hörte sich heiser an.

Er räusperte sich. »Ich hatte nicht gedacht … wir uns wiedertreffen.«

Seine Stimme. Sie hatte immer noch ihren sanften Klang, den sie so mochte. Luise musste über sein rollendes R lächeln.

»Mein Deutsch ist … ein wenig … wie sagt man?«

»Eingerostet.«

»Eingerostet, ja.« Sie lachten beide leise. Ein paar kleine Fältchen, die früher noch nicht da gewesen waren, traten in seine Augenwinkel. »Wohnst du hier?«, fragte er.

»Ja, in Allenheide, eine halbe Stunde von hier. Ein Bekannter hatte die Theaterkarten. Ich wusste nicht, was heute Abend gegeben wird. Ich habe mit einem Schauspiel gerechnet.«

Er lächelte. »Wir große … Fahrt durch ganze Bundesrepublik. Konzerte in vielen Städten. Dies ist letzte Konzert, wir morgen zurück nach Polen.«

Sie nickte enttäuscht. »Wohnst du jetzt in Breslau?«

»In Wrocław, ja, seit vielen Jahren. Dort bin ich in Orchester.«

»Schön, Marian. Du wolltest doch schon immer Pianist werden«, sagte sie leise. »Du hast es geschafft.«

Er lächelte stolz. »Oh ja, ich … machte Traum wahr. Ich übte immerzu. Dann geschafft.«

Ein wehmütiges Gefühl ergriff sie. Sein Deutsch hatte wirklich sehr gelitten. »Das ist sehr schön«, sagte sie mit heiserer Stimme, während sie sich auf einmal wünschte, seine Hände wieder zu berühren. »Ich … hatte gedacht, wir würden uns früher wiedersehen«, sagte sie. Sie hatte es gehofft, wollte sie ihm sagen, jahrelang, aber das wagte sie nicht.

Er antwortete nicht, sondern sah sie nur mit einem undeutbaren Blick an. »Wie geht es deiner Familie?«, fragte er.

»Gut. Sie haben jetzt ein kleines Haus in Kurstadt, eine Stunde von hier. Helene ist verheiratet und hat zwei Kinder, und Manfred ist so groß.« Sie hielt ihre Hand über ihren Kopf. Sie lachten wieder. »Meine Oma ist leider tot, und mein Vater ist vor ein paar Jahren gestorben«, fügte sie traurig hinzu.

»Das tut mir leid.« Er sah ehrlich betroffen aus. Aber ja, er hatte ihren Vater immer gemocht. Er hatte mit ihm zusammen auf den Feldern gearbeitet.

»Wie geht es deiner Familie?«

»Gut. Vater auch tot, aber Mutter lebt noch, auch Brüder und kleine Schwester. Ich habe eine Frau, Luise.«

Luise nickte. Sie hatte nichts anderes erwartet, alles andere hätte sie eher verwundert. »Und Kinder auch, nicht?«, fragte sie leise.

Er schüttelte langsam den Kopf. »Nein, keine Kinder. Leider nicht.«

»Oh«, meinte sie nur.

»Und du?« Jetzt sah er sie wieder an wie eben, interessiert und doch nüchtern. Sie musste schlucken. »Ich … bin verheiratet und habe eine Tochter. Sie ist fünfzehn.« Sie wollte ihm nicht sagen, dass sie Wolfgang Steidler geheiratet hatte, ihren ehemaligen Nachbarn, denn er kannte Frau Steidler. Er sollte nicht wissen, dass sie jenen Mann geheiratet hatte, von dem sie ihm gesagt hatte, dass sie ihn nicht mehr liebte.

»Schwieriges Alter«, meinte er lächelnd. Dann wurde er wieder ernst. »Sieht sie … sieht sie aus wie du?«

»Nein. Sie kommt nach meinem Mann.«

Es gongte zum Pausenende. Die Streicher verließen nach und nach den Raum, um sich für ihren Auftritt vorzubereiten. Der Bulle trat ungeduldig von einem Bein aufs andere und gab Marian ein Zeichen. Marian zischte ihm etwas auf Polnisch zu, und der Mann schwieg.

Er wandte sich an Luise. »Es wird Zeit, ich muss gehen. Ich sehr froh, dich wiedersehen.« Enttäuschung lag in seinem Blick. Er hob die Hand, und für den Bruchteil einer Sekunde sah es so aus, als wollte er ihre Wange berühren, aber dann überlegte er es sich wohl anders, ließ die Hand sinken und strich über seine Anzugjacke.

Luise schluckte gegen den Kloß in ihrem Hals an. »Marian«, stieß sie hervor. »Du sollst eins wissen: Ich habe deinen letzten Brief nicht bekommen. Mein Vater hat ihn damals aus dem Versteck in der Feldmauer genommen. Ich habe den Brief in seinem Nachlass gefunden.«

Er starrte sie an. »Ich weiß«, sagte er mit rauer Stimme. »Später war ich noch mal in Lindenau und habe deinen Brief gefunden. Du hast geschrieben, du hast meinen Brief nicht bekommen.«

Es gongte ein zweites Mal. Marian warf einen kurzen Blick zum Leibwächter hinüber und sah dann wieder zu ihr. Es schien, als wollte er ihr noch etwas sagen, etwas anderes, aber dann sagte er nur: »Es tut mir leid, ich muss jetzt gehen.«

Luise nickte und fragte sich, wie sie es wohl aushalten könnte, ihn zu hören, ohne je wieder mit ihm sprechen zu können. Sie räusperte sich. »Ich sitze unten im Parkett vorn in der Mitte«, sagte sie. »Vielleicht sehen wir uns ja. Alles Gute.«

»Alles Gute.«

Sie reichten sich die Hände. Marian ging mit ihr zu seinem Leibwächter und befahl ihm etwas, und dieser führte Luise daraufhin durch eine andere Tür aus dem Raum hinter der Bühne. Sie spürte noch, wie Marian ihr hinterhersah, bis die Tür sich hinter ihr schloss.

Kapitel 18

Sie musste sich sehr zusammennehmen, um dem Rest des Konzerts zu folgen, aber es erschien ihr unmöglich, es nicht zu tun. Gebannt und aufrecht saß sie im Sessel, lauschte den hinreißenden Melodien und verfolgte jede von Marians Bewegungen. Sie beobachtete, wie seine Hände über die Tasten glitten und dem Flügel scheinbar spielerisch leicht die Klänge entlockten.

In einer kurzen Spielpause sah er ins Publikum und entdeckte sie. Er nickte ihr zu und lächelte. Sie lächelte zurück.

Als das Konzert zu Ende war, verneigten sich Marian und der Dirigent unter donnerndem Applaus vor dem Publikum. Das Orchester erhob sich. Der Saal dröhnte. Die Zuschauer standen auf, klatschten und trampelten mit den Füßen auf den Boden, vereinzelt erklangen Rufe und Pfiffe. Auch Luise und Herr Fischer erhoben sich und klatschten.

»Fantastisch!«, rief Herr Fischer. »Einfach fantastisch, nicht?«

Luise nickte und sah zu Marian hinüber, der wieder vor seinem Klavier Platz genommen hatte. Der Dirigent ging zu seinem Notenständer zurück. Aber die Streicher hoben diesmal nicht ihre Geigen. Es wurde still im Saal. Marian wandte sich an das Publikum. »Als Zugabe ich möchte kleines Stück spielen. Ich habe es selbst komponiert. Es heißt *Für Luise.*«

Das Publikum, überrascht von seinen deutschen Worten, klatschte begeistert. Als es wieder still im Saal geworden war, legte Marian die Hände auf die Tasten und begann zu spielen. Luise rührte sich nicht. Jetzt, wo er selbst die kleine Melodie spielte, auf dem Konzertflügel, hörte es sich viel besser an als auf dem Klavier des Kirchenkantors in Rittelsbeck.

Ihr Lied.

Dass er es spielte, hier vor allen anderen. Die sanften Töne schienen durch sie hindurchzuschweben, als wäre sie Luft, und doch berührten sie sie tief in ihrem Innern. Sie zogen etwas hervor, das lange im Dunkeln überdauert hatte. Sie konnte die Tränen nicht mehr zurückhalten. Sie starrte auf Marian und konnte den Gedanken nicht ertragen, dass er gleich fortgehen und sie ihn danach wohl nie wiedersehen würde, weil er wieder zurückmusste, hinter den Eisernen Vorhang. War es nicht furchtbar grausam, etwas Verlockendes zu sehen und zu wissen, dass man es nicht haben konnte? Schlimmer noch – zu wissen, dass sie es hätte haben können, wenn sie sich nur anders entschieden hätte? Wie wäre ihr Leben verlaufen mit ihm an ihrer Seite?

Eine hämische Stimme in ihrem Innern schrie ihr zu, dass sie glücklich geworden wäre, aber das wollte sie nicht hören. Man konnte es nicht wissen. Mit Mühe drängte sie die Fragen zurück, die hereinfluten wollten. Sie hätte nicht hier sein dürfen. Es wäre sicher besser gewesen, sie hätte Marian nie wiedergesehen. Ein grausamer Gott war das, der sie hierhergeführt und ihr gezeigt hatte, was sie abgelehnt hatte: ein Leben an der Seite dieses Mannes. Nun verhöhnte er sie auch noch und quälte sie mit seinen Rufen »Du hast einen Fehler gemacht« und »Jetzt ist es zu spät«.

Aber nein, dachte sie. Sie hätte damals niemals bleiben können, in einer polnisch besetzten Heimat. Sie hätte ihre Familie nie aufgeben können. Sabine wäre nie geboren worden.

Vielleicht hatte dieser harte Gott sie nur hergeführt, damit sie jetzt, wo sie Marian noch einmal gesehen hatte und wusste, was aus ihm geworden war, endgültig mit ihm abschließen konnte. Vielleicht war dieser harte Gott in Wahrheit doch gnädig. Wie Rita es immer schon gesagt hatte.

Das Lied endete. Das Publikum forderte noch eine Zugabe, und Marian musste noch ein weiteres Lied spielen. Er spielte es wieder gemeinsam mit den Streichern, danach erhob er sich und verbeugte sich tief vor den Menschen, während der Applaus den Saal erfüllte. Ein stolzes Lächeln lag auf seinem Gesicht. Er sah wieder zu Luise und nickte ihr zu, und sie klatschte und lächelte zurück. Sie wusste, dass dies ihr Abschied war. Tränen rannen ihr die Wangen hinab, während es im Saal toste und brauste und die Musiker sich verabschiedeten.

Luise saß noch lange da und starrte auf die leere Bühne und den verlassenen Flügel, während sie mit der Hoffnung kämpfte, Marian würde wieder zurückkehren. Aber die Tür zur Bühne blieb verschlossen.

»Kommen Sie«, sagte Herr Fischer, als der Saal sich allmählich leerte. Er erhob sich und drängte sie sanft hinaus. Luise folgte ihm widerwillig durch den Saal in die frische Luft. Es war inzwischen dunkel geworden, und ein laues warmes Lüftchen erfüllte den Abend. Aus den Biergärten am Schlosspark drang immer noch Stimmengewirr. Luise ging schweigend neben Herrn Fischer zurück zum Auto, während die Luft ihre Tränen trocknete. Die ganze Zeit sagte sie kaum ein Wort. Herr Fischer erzählte dafür umso mehr – über Chopin und seine Musik, über das polnische Ensemble, das, wie er in der Pause gehört hätte, schon in mehreren Städten in der ganzen Bundesrepublik aufgetreten war. »Ach, Frau Steidler, ich sehe, das Konzert hat Sie berührt«, sagte er, als sie im Auto saßen. »Ich verstehe das. Konzerte und Opern haben manchmal eine tiefe Wirkung auf die Menschen. Es hat Sie wohl ein bisschen überrascht, nicht?«

Luise musste wider Willen lächeln. »Das kann man wohl sagen.«

»Aber Sie werden mich doch weiter ins Theater begleiten oder hat Sie das jetzt vergrault?«, fragte er ängstlich.

»Aber sicher, ich komme weiter mit, keine Sorge, Herr Fischer. Es hat mir sehr gut gefallen.«

Als sie spät am Abend nach Hause kam, brannte in der Küche noch Licht. Luise zog ihre dünne weiße Strickjacke aus, hängte sie auf einen Bügel und schlüpfte in ihre Pantoffeln. Es war merkwürdig, das zu tun, die Alltagsverrichtungen fühlten sich fremd an nach einem solchen Abend. Sie war immer noch ein wenig benommen und hatte keine Lust auf eine Begegnung mit ihrem Mann. Sie hatte gehofft, er würde schon schlafen. Aber da er noch wach war, konnte sie ihn schlecht ignorieren. Sie ging in die Küche.

Wolfgang saß am Küchentisch. Er hatte sich auf den Stuhl gelümmelt, die Beine weit von sich gestreckt, und starrte in sein Bierglas, das vor ihm auf dem Tisch stand.

Luise ging zum Kühlschrank, nahm die angebrochene Flasche Orangensirup heraus, füllte etwas davon in ein Glas und stellte die Flasche in den Kühlschrank zurück. Es prickelte in ihrem Nacken. Sie hatte das Gefühl, dass er sie beobachtete. Sie wunderte sich, dass er nicht wie üblich vor dem Fernseher saß. Als sie sich umwandte, setzte er sich aufrecht hin. »Hattest du einen schönen Abend?«, stieß er hervor.

Sie warf ihm einen kurzen Blick zu, wobei sie es vermied, ihn direkt anzusehen. Obwohl es unmodern war, trug er seine Haare sehr kurz und in der Mitte an den lichteren Stellen etwas länger und zurückgekämmt. Sein Haar war nun grau meliert, das einstige Blond dunkel geworden. Sein schwarzer maschinengestrickter Kragenpullover war teuer gewesen, ebenso seine Hose. Er trug nie die selbst gestrickten Sachen von Luise, sondern ließ sich zu Beginn jeder Saison von einem guten Herrenausstatter in der Kreisstadt einkleiden.

»Es gab ein Kammerkonzert«, informierte ihn Luise knapp. »Sehr schön.« Sie hielt ihr mit dem Sirup gefülltes Glas unter den Hahn und füllte es mit Wasser auf.

»Ah, dann bist du ja schön entspannt«, sagte er bissig.

Luise überlegte kurz, ob sie sich zu ihm setzen sollte, doch da er so schlecht gelaunt war, ließ sie es lieber bleiben, lehnte sich an den Herd und trank ihren Saft im Stehen. Sie spürte, wie er sie beobachtete. Er fingerte in seiner Hosentasche, zog etwas hervor und warf es auf den Tisch. »Nun ist mir so einiges klar geworden«, sagte er.

Luise starrte auf die kleine Packung, die sie gut kannte. Sie enthielt ihre Pillen, die sie seit der letzten Fehlgeburt nahm. Sie stellte ihren Becher ab und verschränkte die Arme vor der Brust. »Du durchsuchst also heimlich meine Sachen?«, gab sie zurück.

»Du schluckst heimlich die Pille«, versetzte er. »Deswegen bist du nicht mehr schwanger geworden. Nicht weil es nicht mehr geht.«

Sie wich seinem Blick aus und sah auf die Packung. Anfangs hatte sie es ihm immer sagen wollen. Aber es hatte sich nie die passende Gelegenheit dafür ergeben, und dann hatte sie den Mut verloren. Die Lüge, dass Frau Doktor Schulte meinte, sie solle noch warten mit einer neuen Schwangerschaft, war viel einfacher gewesen. Sie hatte über Scheidung nachgedacht, immer häufiger. Vor allem, weil er sie allein zurückgelassen hatte. Aber so schlecht ihre Ehe auch war, eine Scheidung war unmöglich, schon allein wegen Sabine. Sie war sich sicher, er würde niemals einwilligen, schließlich hatte er einen Ruf zu verlieren. Also hatte sie ihn hingehalten und später ihre Pillen versteckt und ihn in dem Glauben gelassen, sie könne nicht mehr schwanger werden. Sie schliefen sowieso kaum noch miteinander.

»Du hast recht«, gab sie zu. »Ich wollte keine Fehlgeburt mehr. Noch eine Fehlgeburt hätte ich nicht ertragen. Ich wollte es dir sagen, aber … du hättest es nie akzeptiert.«

Wolfgang erhob sich. Langsam, die Hände in den Taschen, kam er auf sie zu und baute sich vor ihr auf. Seine hellen Augen starrten feindselig auf sie herunter. »Ach so? Und deshalb belügst du mich?« Seine Hand schoss nach vorn und packte sie mit hartem Griff unter dem Kinn. »Lügnerin! Elende Lügnerin.« Seine Finger schlossen sich so fest in das weiche Fleisch ihres Halses, dass es wehtat.

Luise erschrak über den plötzlichen Angriff, den heftigen Schmerz. Sie starrte ihn an und sah den Hass in seinem Blick. Da ließ er sie plötzlich los.

Sie rieb sich die schmerzende Stelle und rang nach Luft. Ihr Herz raste. Sie lief zur Tür, aber kaum hatte sie die Klinke in der Hand, donnerte er: »Bleib hier!«

Sie ließ die Klinke los und wandte sich um. Sie gehorchte mechanisch.

Er steckte seine Hände in die Taschen. Eine Weile musterte er sie im hellen Licht der Küchenlampe. Seine Wangen leuchteten rot, und seine Brust unter dem Pulli hob und senkte sich rasch. »Ihr verfluchten Weiber! Man sollte euch nicht trauen«, schnaubte er.

»Ich bin deine Frau«, versetzte Luise. »Du darfst mich nicht verletzen.«

Er wies mit dem Kopf zum Tisch hinüber, wo die Pillenpackung lag. »Ich hab mir natürlich so was schon lange gedacht. Ich hätte nur eher suchen müssen.« Er lachte bitter, trat an den Tisch und gab der Packung einen Schubs, sodass sie an die Wand rutschte. Dann wandte er sich wieder um. »Ich hatte recht damit, dass du es nicht willst. Du hast es sabotiert.«

»Ich wollte auch mehr Kinder, genauso wie du«, entgegnete Luise. »Aber dann … ich konnte nicht mehr.«

»Das ist doch lächerlich«, knurrte er. »Total verweichlicht. Was mussten die Frauen nicht alles im Krieg durchmachen.«

»Wir sind nicht mehr im Krieg.«

»Doch, wir sind immer noch im Krieg, im Kalten Krieg. Er kann jederzeit zu einem heißen Krieg werden. Wir brauchen Söhne.«

Luise glaubte, nicht richtig zu hören. »Wir sind nicht mehr im Dritten Reich. Niemand will mehr Krieg. Außerdem hast du mich damals hilflos zurückgelassen. Ich wäre verblutet, wenn Sabine und die Nachbarin nicht gewesen wären. Meinst du, ich möchte so was noch mal erleben?«

»Für diesen Fehler habe ich mich entschuldigt. Ich dachte, du hättest mir verziehen. Aber du hast mich nur belogen.«

»Fehler nennst du das? Ich wäre beinahe gestorben! Ich dachte, ich könnte dir verzeihen, doch ich konnte es nicht vergessen. Ich wollte mit dir reden, aber du hättest das nicht verstanden«, wiederholte Luise. »Mein Wille, das, was ich möchte, hat dich noch nie interessiert.«

Im grellen Licht sah Wolfgang auf einmal blass aus unter seinen roten Wangen. Er presste die Lippen zu einem Strich zusammen. »So rechtfertigst du also deine Lüge? Hätte ich mir auch denken können nach dem, was du sonst noch alles hinter meinem Rücken machst. Meinst du, ich weiß nicht, dass du die Strickliesel des Dorfes bist? Aber damit ist jetzt Schluss. Die Frau von Major Steidler wird keine Häkelpullover mehr verkaufen. Ich mach mich doch nicht zum Narren.«

Luise spürte, wie sie zu zittern begann. Trotz ihrer Angst fühlte sie auf einmal eine schwere, bleierne Müdigkeit. »Was ist daran schlecht? Die Leute lieben meine Pullover.«

Er lachte ein spöttisches Lachen. »Du hast doch keine Ahnung, wie die Leute reden. Damit muss endlich Schluss sein. Du holst morgen deine verdammten Pullover aus dem Kramladen und benimmst dich wie eine richtige Offiziersfrau.«

Luise schluckte. Er schien es wirklich ernst zu meinen. »Du kannst mir das nicht verbieten«, stieß sie hervor. »Dazu hast du kein Recht!«

»Und ob ich das habe«, entgegnete er. »Deine Arbeit ist nicht mit deinen Pflichten in Ehe und Familie vereinbar.«

Luise seufzte gegen ihr Zittern an. Ihr schwirrte der Kopf vor Angst und Wut, sie suchte nach Worten. »Das ist doch verrückt, Wolfgang, und das weißt du auch. Wir leben doch nicht mehr in den Fünfzigerjahren. Was werden die Leute erst von dir denken, wenn du mich nicht mehr verkaufen lässt?«

Er fasste ihren Arm mit hartem Griff. »Das wirst du natürlich niemandem sagen. Kein einziges Wort, verstanden?« Er sah sie drohend an, sein Griff tat weh.

Luise nickte hastig. Da ließ er sie los. Sie rieb sich den schmerzenden Arm. »Wolfgang, tu das nicht! Es war nicht richtig, dir das mit der Pille zu verschweigen. Aber bitte verbiete mir nicht das Handarbeiten.«

Er ging zum Tisch, leerte sein Bierglas in einem Zug und knallte es wieder auf die Tischplatte zurück. »Du kannst meinetwegen stricken, so viel du willst, aber du verkaufst die Sachen nicht mehr. Tust du das weiter, kriegst du keinen Pfennig mehr von mir. Und es gibt keine Extras mehr für Sabine und dich.«

Luise Knie zitterten. Wolfgang war nicht mehr ihr Ehemann, sondern ein Fremder. Er wandte sich zu ihr um. »Keine Sorge, du brauchst nicht mehr schwanger zu werden. Ich will kein Kind mehr von dir.«

Nach diesen Worten stapfte er an ihr vorbei aus der Küche und schlug die Tür hinter sich zu. Durch die Glasscheibe in der Tür sah sie, wie im Flur das Licht anging und er sich an der Garderobe die Jacke anzog. Dann nahm er seinen Schlüssel vom Haken und verließ das Haus. Wenig später hörte sie das Auto wegfahren.

Er blieb die ganze Nacht weg und kam erst am frühen Morgen zurück, zog sich um und ging zum Dienst. In den folgenden Tagen gab es ein NATO-Manöver, und er blieb tagelang weg.

Luise hatte sich noch nie so verlassen gefühlt. Schweren Herzens ging sie zu Hanne und ließ sich ihre Handarbeiten zurückgeben. Sie konnte kaum das offensichtliche Bedauern der Geschäftsfrau ertragen und ihre traurigen Blicke, als sie vorgab, sich von jetzt ab mehr um ihre alte Mutter und um ihre Tochter kümmern zu müssen und deshalb weniger Zeit zum Handarbeiten zu haben. Den Fragen der Frauen im Handarbeitskreis wich sie aus oder log, sie müsse jetzt häufiger nach Kurstadt zu ihrer Mutter fahren.

Die Verkaufserlöse fehlten ihr. Sie musste sich nun wieder so einschränken wie früher, konnte sich nicht mehr hin und wieder ein neues Kleid kaufen oder neue Schuhe oder für Sabine die begehrten Wrangler-Jeans. Auf ihrem Konto, das sie vor Jahren heimlich in der Bankfiliale im Dorf eröffnet hatte, konnte sie nichts mehr ansparen. Sie war wieder vollkommen von Wolfgangs Gunst abhängig.

Trotzdem handarbeitete sie den Winter über weiter, während Wolfgang abends vor dem Fernseher saß. Im Frühjahr grub sie den Garten um, legte Gemüse- und Kräuterbeete an und säte neuen Rasen, was Wolfgang widerwillig duldete. Auf sein Geheiß lud sie ein paar Offiziersfrauen zu langweiligen Kaffeekränzchen ein, und im Sommer fuhren sie mit Kösing, Brendel und Schultze und deren Familien für drei Wochen zum Campingurlaub an den Gardasee. Nur mit äußerster Beherrschung ertrug sie Christel wie die letzten Jahre bei ihren Besuchen. Wäre Brendels Frau nicht gewesen, mit der sie sich gut verstand, und Sabines Freude daran, im See zu baden und mit den Kindern der anderen zusammen zu sein, wäre das mediterrane Flair in den Orten mit ihren historischen Stadtkernen und Straßencafés nicht gewesen – Luise hätte es furchtbar gefunden.

Die Männer grillten jeden Abend, saßen mit roten Köpfen am Feuer und redeten sich die Stimmen heiser und wetterten über die Ostpolitik von Willy Brandt. Luise wunderte sich über den Hass, mit dem sie über ihn sprachen. Sie nannten ihn eine »verdammte linke Socke« oder auch einen »Kommunistenfreund«, der sich bei den Sowjets anbiedern, mit Breschnew ins Bett gehen und sein eigenes Volk verraten würde. Sie warfen ihm vor, Verträge mit den Kommunisten geschlossen und die Oder-Neiße-Grenze anerkannt zu haben. Aber sie fühlten sich auch insgesamt von der Politik im Stich gelassen, weil der verhasste Vertrag gerade in diesem Jahr vom Deutschen Bundestag gebilligt worden war. Und wie konnte die Regierung überhaupt mit der DDR verhandeln, wo das doch gar kein eigenständiger Staat war? So oder so ähnlich redeten sie dauernd.

Manchmal unternahmen sie Ausflüge zu den Burgen in der Gegend und ließen die Frauen bei den Kindern am See zurück. Was sie dort taten, wusste Luise nicht, denn Wolfgang verlor nie ein Wort darüber. Im Gegensatz zu ihr schien er den Urlaub zu genießen. Er blühte regelrecht auf. Er verlor seine übliche Schroffheit, die er sich ihr gegenüber in den letzten Jahren angewöhnt hatte, und wurde freundlicher und zugänglicher. Manchmal schlief er sogar wieder mit ihr. Luise ließ es über sich ergehen. Die Zeiten, in denen sie gern mit ihm das Bett geteilt hatte, waren vorbei. Oft saß sie am See, sah auf das herrliche Blau und weinte.

Nachdem sie wieder nach Hause zurückgekehrt waren, wurde Wolfgang wieder abweisend wie eh und jeh, und ein ungemütlicher Herbst und Winter mit zahllosen Fernsehabenden verstrich. Im folgenden Frühjahr – Luise harkte gerade im Garten das Laub von den Beeten – klingelte das Telefon. Sie wunderte sich, wer um diese Zeit anrief. Hastig wischte sie sich die Hände ab, lief in den Flur und hob ab. Es war Rita.

»Setz dich hin, ich hab eine Überraschung für dich«, sagte sie.

Luise erschrak. Das letzte Mal, als sie überraschend angerufen worden war, war ihr Vater gestorben. »Ist etwas passiert?«

»Nein, im Gegenteil. Sitzt du?«

»Ja«, log Luise. Sie konnte sich nicht setzen, da das Telefon auf einer kleinen Kommode im Flur stand.

»Wir können wieder in die Heimat fahren! Ein Reiseunternehmen aus dem Harz bietet eine Fahrt nach Hirschberg an. Übernachtung in Pensionen in Karpacz/Krummhübel.«

Nun hätte Luise sich doch gern gesetzt. Eine Weile sagte sie nichts, rang nur nach Luft. Als sie ihre Sprache wiedergefunden hatte, fragte sie: »Wie lange?«

»Eine Woche«, meinte Rita und nannte ihr den Preis. »Kommst du mit?«

»Natürlich komme ich mit!«, rief Luise. »Endlich, wir können wieder zurück. Hab ich das nicht immer gesagt?« Sie seufzte glücklich.

»Stimmt, wir können wieder zurück. Das haben wir den neuen Ostverträgen zu verdanken.«

»Wann geht's los?«

»Anfang Juni. Dann sind zwar noch keine Ferien, aber ich kann mir auch so ein paar Tage freinehmen.«

»Schon im Juni? Meine Güte, das ist ja schon in drei Monaten.«

»Deshalb sollten wir uns jetzt schnell anmelden, damit wir noch Plätze bekommen«, sagte Rita. »Unsere Visa müssen ja auch noch beantragt werden.«

»Natürlich, klar.«

»Was meinst du – fahren deine Mutter und deine Geschwister mit?«

»Ich ruf sie gleich an und sag dir Bescheid«, versprach Luise.

Sie verabschiedeten sich. Luise legte auf und ging wieder nach draußen in den Garten. Es war ein warmer Märztag. Tief atmete sie die warme Frühlingsluft ein. Schneeglöckchen hatten sich in einer sonnenbeschienenen Ecke zu einem weißen Teppich ausgebreitet, dazwischen leuchteten gelbe Osterglocken und lila Krokusse. Die Blumen erschienen ihr auf einmal farbenfroher, der Rasen grüner, der Himmel blauer. Das Kindergeschrei vom nahe gelegenen Spielplatz klang wie Musik in ihren Ohren. Sie würde die Heimat wiedersehen. Ihren Hof. Sie sah auf die noch nicht aufgeblühten Blumen, deren grüne Spitzen aus dem Beet ragten, und tat etwas, was sie schon länger nicht mehr getan hatte: Sie lachte.

Kapitel 19

Zu ihrer Erleichterung hatte Wolfgang nichts gegen die Reise einzuwenden. Er schien sich sogar zu freuen. Vielleicht freute er sich tatsächlich für sie, vielleicht war er aber nur froh, dass sie ein paar Tage weg war. Luise wurde nicht mehr wirklich schlau aus ihm.

»Grüß die Heimat von mir«, sagte er. »Ich würde ja mitkommen, wenn ich dürfte.«

Aber er durfte nicht. Als Offizier der Bundeswehr galt er als Geheimnisträger, dem Reisen in die Ostblock-Staaten untersagt waren. Zu ihrer Verwunderung lieh er Luise seinen guten Fotoapparat, erklärte ihr ausführlich den Gebrauch und beauftragte sie, sein Elternhaus zu fotografieren, falls es noch stehen sollte. Dann zog er sein Portemonnaie aus der Hosentasche, holte einen Hundertmarkschein heraus und legte ihn auf den Küchentisch. »Kleiner Reisezuschuss«, sagte er. »Den Rest kannst du ja von deinem Konto nehmen.«

Natürlich wusste er inzwischen von ihrem Konto. Sie hatte es zuerst heimlich eröffnet, aber als sie ihren Führerschein gemacht hatte, ließ es sich nicht mehr verbergen. Sie starrte auf den Geldschein. Wolfgang hatte sich all die Jahre nicht geändert. Immer noch gab er ihr ein knapp bemessenes Haushalts- und Taschengeld und das Geld für besondere Anlässe nach

Gutdünken, als wäre es eine besondere Gunst. Auch den Rest für ihren Führerschein hatte er damals erst beigesteuert, nachdem sie ihm erzählt hatte, dass ihre Eltern ihr etwas Geld gegeben hatten. Am liebsten hätte sie den Schein vor seinen Augen zerrissen und ihm vor die Füße geworfen, aber sie brauchte das Geld so nötig. Also brachte sie ein kurzes »Danke« hervor und steckte den Schein in ihre Tasche.

Sabine half ihr beim Packen und teilte ihre Aufregung, schließlich hatte Luise ihr viel über ihre alte Heimat und die Vertreibung erzählt, aber dann richtete sie ihre Aufmerksamkeit doch wieder auf die Schule, ihre Freundinnen und den Tanzkurs in der Kreisstadt. Sie hatte es geschafft, ihrem Vater das Geld für die Tanzstunden abzutrotzen, indem sie den geforderten Zweier-Schnitt im Winterzeugnis erreicht hatte. Das war einer der wenigen Momente, in dem Luise so etwas wie Stolz in Wolfgangs Miene gesehen hatte.

Luise, die ihm nur noch hin und wieder Vorhaltungen machte, er solle seiner Tochter mehr Beachtung schenken und sie für ihre guten Schulleistungen loben, fragte sich manchmal, was er getan hätte, wenn Sabine nicht so folgsam wäre und nicht so gute Leistungen in der Schule erbringen würde. Vermutlich würde sie ihn von seiner hartherzigsten Seite kennenlernen. Aber so, wie sie war, gab sie ihm kaum Anlass zur Kritik, und er konnte sie weitgehend ignorieren.

Luise fand das nicht richtig, er sollte sie loben, fand sie, aber dazu ließ er sich nicht bewegen. Dafür lobte sie Sabine umso mehr. Sie wusste aus Erfahrung, wie es war, von einem Elternteil nicht genügend Anerkennung zu bekommen. Sie selbst hatte es ihrer Mutter nie recht machen können, das sollte ihr mit Sabine nicht passieren. Luise konnte sich sicher sein, dass ihre kluge Tochter gut auf sich allein aufpassen konnte, wenn sie verreiste.

Trotzdem traf sie Vorkehrungen, sorgte für genügend Vorräte und wies Sabine an, was sie für sich und ihren Vater kochen sollte.

»Mach den Herd immer aus«, mahnte sie sie.

Sabine verdrehte die Augen. »Mama, das sagst du jetzt zum dritten Mal! Wir kommen schon klar, mach dir keine Sorgen. Schalte einfach mal ab und mach dir ein paar schöne Tage.«

Luise seufzte. Wenn das so einfach wäre! Sabine hatte ja keine Ahnung, wie sehr sie der Reise entgegenfieberte. Aber sie hatte auch Angst. Wenn ihr Hof nun verfallen wäre? Vielleicht hatte Janusz ihn aufgegeben, es hätte sich kein Käufer mehr gefunden und er wäre nicht mehr da. Das würde ihre Mutter nicht ertragen, aber auch sie nicht. Vielleicht stünden ihnen nun traurige Tage bevor.

Am Abreisetag kam Rita aus Dortmund zu ihnen, und sie aßen mit Sabine zusammen Mittag. »Meine Güte, du bist ja noch dünner geworden«, meinte Rita nach einem Blick auf Luises Figur. »Noch mehr abnehmen solltest du aber nicht.«

»Größe achtunddreißig«, meinte Luise lächelnd und zog am Bündchen ihrer Schlaghose, um ihrer Freundin zu zeigen, wie viel Platz sie darin noch hatte. »Musste das meiste enger machen.« Sie hatte viele Kleidungsstücke geändert, da sie beinahe ihr ganzes restliches Geld für die Reisekosten aufgebraucht hatte und sich deshalb keine neue Garderobe leisten konnte.

»Was ist denn nur los?«, fragte Rita besorgt.

»Nichts, ich hatte einfach weniger Hunger«, log Luise schnell und schnitt allen noch eine Scheibe vom Braten ab, als wollte sie beweisen, dass sie jetzt wieder mehr aß.

»Mama hat gegessen wie ein Spatz«, verriet Sabine.

»Das ist aber nicht gut. Pass auf deine Mama auf, damit sie wieder mehr isst, ja?«, sagte Rita.

Sabine versprach es, und Luise wechselte das Thema. Es war ihr lange nicht aufgefallen, dass sie über Monate hinweg immer dünner geworden war. Es musste irgendwann nach dem großen Streit mit Wolfgang angefangen haben, als er ihr verboten hatte, ihre Handarbeiten zu verkaufen. Sie konnte Rita nicht erklären, wie sehr die Angst in ihr nagte, die Furcht vor ihrem fremden Mann und vor dem, was er tun könnte. Sie konnte sich ihre Gefühle kaum selbst gegenüber eingestehen, geschweige denn jemand anderem. Sie wagte es kaum, das anzusehen, was immer mehr zum Vorschein kam: die dunkle Wolkenwand, die schon lange über ihrer Ehe hing und die sich irgendwann – da war sie sich sicher – in einem Gewitter abregnen würde.

»Möchtet ihr noch Klöße?«, fragte sie, und Rita nickte und hielt ihr ihren Teller hin. Sie sah gesund aus, war um die Hüften etwas dicker geworden und trug eine Bluse über ihrer sommerlichen Stoffhose und bequeme Schuhe. In ihrem schwarzen Pagenkopf schimmerten einzelne graue Haare. Ihre Haut war braun, als wäre sie nach dem Unterricht oft in der Sonne. Luise freute sich auf die gemeinsamen Tage, die sie nach langer Zeit wieder mit ihr verbringen würde.

Sie winkte Sabine zum Abschied, nachdem sie die Reisetaschen in Ritas Auto verladen hatten und losfuhren. Sabine winkte zurück, bis sie an der Straßenecke verschwunden waren. Sie würde nicht lange allein sein, denn Wolfgang würde früh vom Dienst zurückkommen.

Rita und Luise fuhren bis Hannover, wo sie sich einen sicheren Parkplatz suchten und zum Hauptbahnhof gingen. Dort warteten schon Luises Mutter und Helene, die von Peter gebracht worden waren. Luise hatte die beiden seit Weihnachten nicht mehr gesehen, und entsprechend groß war die Wiedersehensfreude. Sie bekamen im Bus vier Plätze nebeneinander, die sie oft wechselten. Während der Fahrt zeigten sie sich Fotos und schwelgten in Erinnerungen und in gemeinsamer

Vorfreude. Die meisten im Bus stammten aus Lindenau und den Nachbardörfern, aber Luise kannte nur wenige oder sie waren so alt, dass sie sie nicht mehr erkannte. Ihre Mutter aber kannte die meisten. Sie blühte regelrecht auf, ging durch den Bus und sprach mit so vielen, dass sie spätabends ermattet einschlief. Beinahe hätte sie die Kontrolle an der Grenze zur DDR verschlafen, sie wurde erst wieder richtig wach, als ein Grenzer der Volksarmee ihr mit der Taschenlampe ins Gesicht leuchtete. Nachts durchquerten sie auf der Transitstrecke die DDR.

Nachdem sie ein paar Stunden geschlafen hatte, erwachte Luise frühmorgens von den ersten Sonnenstrahlen, die durch das große Busfenster hereinfielen. Sie richtete sich auf und sah aus dem Fenster. Schon tauchte die Landeskrone, das Wahrzeichen von Görlitz, vor ihnen auf. Der Busfahrer kündigte den Aufenthalt an der Grenzstation zu Polen an. Aufgeregtes Gemurmel entstand im Bus.

An der Grenze mussten sie Vordrucke ausfüllen und ihre Devisen angeben, die sie nach Polen einführen wollten, und die polnischen Grenzer führten eine scharfe Passkontrolle durch. Erst danach konnten sie aussteigen und ihren Bedürfnissen nachgehen. Sie tranken Kaffee vom Vortag aus den Thermoskannen und verzehrten die mitgebrachten Butterbrote. Luises Mutter blinzelte blass und übernächtigt in die Sonne, aber ihre Augen leuchteten. Sie zog ihren hellen Popelinemantel in der morgendlichen Kälte enger. Luise hätte gern ihre Hände genommen und sie warm gerieben, aber das wagte sie nicht. Immer noch war da der Abstand zwischen ihnen, der mit den Jahren nicht kleiner geworden war.

Nachdem alle Formalitäten erledigt waren, stieg ein älterer Mann zu ihnen in den Bus und stellte sich als ihr polnischer Reiseleiter vor. Er nannte ihnen seinen vollständigen Namen, aber »Nennt mich ruhig Jozéf, das ist einfacher«, meinte er augenzwinkernd. Von nun an würde er sie begleiten, und wenn etwas wäre, was auch immer, sollten sie sich an ihn wenden. Dann machte er noch ein paar Scherze und nahm sich ihres Geldes an, um es in polnische Złotys umzutauschen. Luise mochte ihn, denn seine Aussprache erinnerte sie an Marian – wenn er auch besser Deutsch sprach. Wo er es gelernt hatte, verriet er allerdings nicht.

Luise lehnte sich zurück und betrachtete die Landschaft. Sie konnte immer noch nicht glauben, dass sie wirklich wieder auf dem Weg in die Heimat war. Es war auch ein heißer Tag im Juni gewesen, als sie von dort fortgemusst hatten, zusammengedrängt hatten sie im Viehwaggon auf dem Boden gesessen. Nun schaukelte sie der Bus sanft wieder zurück.

Bald zeichneten sich die Berge des Riesengebirges in der Ferne ab. Im Bus erhob sich Stimmengewirr; alle wollten die Schneekoppe zuerst sehen. Rita und Luise starrten aus dem Fenster.

»Da ist sie!«, rief einer der Männer. Über den Baumkronen erhoben sich blassblau die altbekannten Gebirgszüge – der Reifträger, links daneben der kahle Gipfel der Schneekoppe als höchste Erhebung des Riesengebirges. Sie sahen die beiden hellen Punkte der Schneegruben, die so genannt wurden, weil in ihnen manchmal bis in den August hinein noch Schnee lag. Alle redeten aufgeregt durcheinander. Jozéf erklärte ihnen die Gebirgszüge, als wären sie Touristen, und nannte ihnen Einzelheiten zur Schneekoppe, die auf Polnisch Śnieżka hieß. »Morgen wir machen Tagesausflug hinauf. Hoffen wir, dass Wetter gut bleibt, dann haben wir wunderschöne Fernsicht«, sagte er. »Aber jetzt gleich bringt Sie der Bus erst mal in Ihre Pensionen in Karpacz, dann Sie haben Zeit zum Auspacken, aber nicht schlafen, denn um elf Uhr wir treffen uns vor Pension *Agnieszka* zur Abfahrt in Heimatdörfer. Also elf Uhr, Treffpunkt Pension *Agnieszka*, zur Abfahrt in die Heimatdörfer.«

Er wiederholte das noch zweimal, bis er sicher war, dass alle es verstanden hatten. Aber natürlich hatten das alle verstanden. Karpacz, das früher Krummhübel hieß, war ein alter Fremdenverkehrsort, der am Fuße der Schneekoppe lag. Die Reichs und Rita waren in der Pension *Agnieszka* untergebracht, die mitten im Ort lag. Es war ein schlichtes Haus mit langen Balkonen, das wohl aus polnischer Zeit stammte. Luise und Rita konnten von ihrem Zimmer aus die Schneekoppe sehen. Luises Mutter und Helene belegten das Zimmer gleich nebenan. Nachdem sie sich frisch gemacht hatte, trat Luise zu Helene auf den Balkon. Ihre Schwester lehnte an der Brüstung und bewunderte das Gebirgspanorama.

»Ist es nicht schön?«, meinte Luise.

»Herrlich«, bestätigte Helene.

Eine Weile genossen sie schweigend den Ausblick. Helene deutete auf die Koppe, die oberhalb der Baumgrenze grau und kahl in den Himmel ragte. »Morgen geht's rauf. Wahrscheinlich lernen wir die Heimat noch mal von einer ganz anderen Seite kennen.«

»Möglich. Wir hatten doch nur die Schulausflüge zum Kynast.«

»Wir haben einen Wandertag in den Wald gemacht«, sagte Helene. »Danach gab's 'ne Limo in der Bergschänke.«

»Aber da war ja schon Krieg.«

Beide nickten und sahen nachdenklich auf die Terrasse und die große Wiese vor dem Haus herunter. »Weißt du noch, als wir mal mit Mama und Papa den Ausflug zur Dachsbaude gemacht haben?«, fragte Luise. »Du warst noch klein, und Manfred konnte gerade laufen.«

»Stimmt.« Helenes Gesicht hellte sich auf bei der Erinnerung. »Das muss noch ganz am Anfang des Krieges gewesen sein. Die Dachse haben vielleicht gestunken.« Sie verdrehte die Augen. Sie trug jetzt eine Kurzhaarfrisur und hatte sich helle Strähnen in ihre braunen Haare machen lassen. Mit ihrem Twinset aus Sommerpulli und Strickjacke und ihrer aufgekrempelten Jeans sah sie sportlich aus.

»Vor dem Krieg war ich ja mal mit Papa bei Tante Martha in Görlitz«, erzählte Luise. »Meine erste Zugfahrt.«

»Warum hat Tante Martha uns später eigentlich nicht mehr besucht?«

Luise zuckte mit den Schultern. »Keine Ahnung. Papa sagte immer, die wollte im Krieg nicht mehr verreisen, das wäre ihr zu gefährlich. Aber ich glaube, die haben sich gestritten. Ich hab ihre lauten Stimmen aus der Stube gehört, als ich da war. Es ging ums Erbe. Sie war wütend, dass Papa den Hof bekommen hat. Wir müssen die Mama mal danach fragen.«

Helene seufzte. »Immer geht es nur ums Geld«, sagte sie. »Aber wo wir gerade darüber sprechen: Wir sind leider noch nicht so weit, dass wir dich auszahlen können. Die Kredite für unser Haus laufen ja noch alle. In zwei Jahren, wenn wir den größten Kredit abbezahlt haben, können wir mit deiner Auszahlung beginnen. Wäre dir das recht?«

»Aber ja«, sagte Luise leichthin. »Ich hab doch gesagt, das hat keine Eile.« Als ihre Mutter Helene das Land neben dem Siedlungshaus überschrieben hatte, hatte sie zur Bedingung gemacht, dass Helene ihre Geschwister auszahlen sollte. Wie, das hatte sie den Geschwistern selbst überlassen. Luise hatte sich großzügig damit einverstanden erklärt, dass Helene zuerst Manfred auszahlte, der das Geld nötiger brauchte für sich und seine junge Frau, und sich mit zukünftigen Ratenzahlungen abgefunden. Sie wollte eigentlich kein Geld von ihren Geschwistern nehmen, obwohl sie es bitter nötig hatte. Inzwischen hatte sie ihre Großzügigkeit manches Mal bereut, aber sie war dabei geblieben. Ihre Geschwister glaubten wahrscheinlich, sie hätte als Frau eines Majors genügend Geld. Sie sollten nicht wissen, wie es wirklich um sie stand.

»Danke«, sagte Helene. Sie sah erleichtert aus. Ihr Blick überflog Luise kurz. »Du bist dünn geworden, Schwesterherz«, meinte sie. »Hast du eine Diät gemacht oder einfach so abgenommen?«

»Ich hab mich viel bewegt und weniger gegessen«, log Luise rasch. »Viel Arbeit im Garten, weißt du?«

Helene nickte, sie schien ihr zu glauben. »Deine Lederjacke ist schick. Wo hast du sie her?«

»Aus Maldenberg.«

Helene sah ein wenig neidisch aus, wie Luise feststellte. Aber ja, sollte sie ruhig. Sie hatte alles, was Luise nicht hatte: einen Mann, der sie liebte, zwei Kinder, ein eigenes Haus und außerdem die sichere Stellung als Bürogehilfin im Betrieb ihres Mannes. Wahrscheinlich beneidete Helene sie wiederum für das, was sie hatte: einen Mann, der etwas darstellte, eine wohlgeratene Tochter und ihr attraktives Äußeres, immer noch. Mit ihren langen Haaren, ihrer lässigen Lederjacke, der Schlaghose und den Sportschuhen sah sie immer noch gut aus, wie ihr die Blicke der Männer im Bus verraten hatten, und sie hatte sich in ihrer Aufmerksamkeit gesonnt. Es stimmte, sie hatte ein geschicktes Händchen bei der Auswahl ihrer Kleidung, und sie hatte ihre besten Sachen geändert und mitgenommen. Sie wollte allen zeigen, dass es ihr gut ging, dass sie es geschafft hatte. Niemand sollte ahnen, dass sie für ihre Lederjacke beinahe ihr letztes Geld ausgegeben hatte. Niemand sollte wissen, wie es ihr wirklich ging.

Während Rita ihre Sachen schon ausgepackt und ordentlich in den alten Schrank geräumt hatte, kämmte Luise sich sorgfältig, band sich ein Haarband um, putzte sich die Zähne und zog sich die Lippen nach. Wiederholt prüfte sie, ob sie auch alles dabeihatte: Schminktäschchen, Fotoapparat, genügend Złotys und Taschentücher. Sie hatten Glück, in der *Agnieszka* zu wohnen, von wo aus der Bus startete. Sie sammelten sich vor der Pension in der Sonne und warteten aufgeregt auf die Abfahrt.

Der Bus fuhr erst über Hermannsdorf und Königsdorf und ließ sie in Lindenau im Oberdorf an der Bergschänke aussteigen. *Gaj Lipowy* stand in Polnisch auf dem Ortsschild. Jozéf wiederholte noch einmal die Abfahrtszeit und wünschte ihnen einen schönen Tag. Die Bergschänke sah immer noch aus wie früher, nur über ihrem Eingang hing jetzt ein Schild mit polnischer Aufschrift, und der Staub und Ruß der Jahre hatte sich in ihre Mauern gefressen. Auf der Terrasse standen verschieden gemusterte Sonnenschirme und ein paar billige Gartenmöbel. Vor dem Waldrand ragte der alte Gutshof der Grafen von Schaffgotsch auf, wo einst die Russen ihre Kommandantur gehabt hatten.

Luises Mutter beschattete die Augen mit der Hand, als sie hinaufsah. »Was ist denn da jetzt nur drin?«

»Sieht aus wie ein großer Bauernhof«, meinte Helene.

Sie zuckten mit den Schultern und gingen weiter die Straße hinunter ins Dorf. Die anderen gingen voraus, und bald verliefen sich alle in dem lang gestreckten Dorf. Sie ließen sich Zeit, als könnten sie es nicht kaum noch erwarten, ihren Hof wiederzusehen. Luises Mutter blieb oft stehen, betrachtete die Häuser und begutachtete die Vorgärten, wo die Pfingstrosen blühten. Manchmal fehlte ein Haus, und sie sahen nur noch von Unkraut überwuchertes Land oder Grundmauerreste. Dann nannte ihre Mutter die Namen der Familien, die dort früher gewohnt hatten, als wollte sie sie wieder heraufbeschwören, und berichtete, was sie von der Familie noch alles wusste. Luise zwang sich, geduldig hinter ihrer Mutter herzulaufen. Sie hatte Angst vor dem, was sie erwartete.

Baumerts kleines altes Haus war verfallen, nur eine Mauer stand noch. Sträucher und Bäume überwucherten das Grundstück.

Luises Mutter schüttelte den Kopf. Dann wandten sie sich zu ihrem Hof um. Ihre beiden alten Linden waren noch da. Dahinter erhoben sich ein paar graue Gebäude, umgeben von Wiesen. Ihr Hof, er stand noch. Er war kleiner, als Luise ihn in Erinnerung hatte. Der Zaun an der Straße fehlte, und eine ausgefahrene Auffahrt führte zu den Gebäuden hinauf. Ihre Mutter schlug sich die Hand vor den Mund, sie hatte Tränen in den Augen. Sie stand eine Weile reglos da und sagte nichts. Da kam ein alter Mann aus dem Haus neben Baumerts Ruine. Sein Krückstock machte bei jedem Schritt ein *Klack*, als er ihnen entgegenkam.

»Dzień dobry«, begrüßten ihn Rita, Luise und Helene.

Der Alte nickte ihnen zu. Er musterte sie eine Weile, und als er nichts sagte, glaubte Luise schon, er würde sie verscheuchen. Er hob seinen Stock, deutete damit auf ihren alten Hof und sagte etwas auf Polnisch.

»Wir verstehen Sie leider nicht«, antwortete Rita. »Wir sind deutsch.«

Der Alte hob seine buschigen Brauen. *»Ah, Niemki, tak, tak.«*

Luises Mutter zog ein paar alte Fotos von ihrem Hof aus der Manteltasche und zeigte sie ihm. Sie deutete auf den Bauernhof und dann auf sich. »Es war mal unser Hof«, sagte sie.

»Ah *tak*«, sagte er. »Kommen mit, ich erklären Frau.« Er ging über die Straße und dann die Auffahrt hinauf, und sie folgten ihm. Ein merkwürdiges Gefühl erfasste Luise, als sie ihren Hof nach so langer Zeit wieder betraten. Alles war kleiner, als sie es in Erinnerung hatte. Tiefe Rillen hatten sich in die Auffahrt gefressen, wo Regenwasser das Feld heruntergekommen war. Der Löschteich lag hinter hohem Gras verborgen, das sein Ufer überwucherte. Ihre Schaukel zwischen den Linden war nicht mehr da. Scheune und Schuppen lagen klein und grau in den Wiesen, das Wohnhaus schimmerte gelblich, mit weiß umrandeten Fenstern unter dem grauen Schindeldach. Es roch nach Kühen. Zwischen den alten Feldsteinen, die ihr Vater einst vor der Tür verlegt hatte, wucherte Unkraut. Luise zog ihre Lederjacke enger, ihr war auf einmal kalt.

Der alte Mann klopfte mit seinem Stock gegen die Tür. Wenig später öffnete ihnen eine Frau, die kaum älter war als Luise. Sie trug eine geblümte Schürze, unter der ihr Rock hervorblitzte. Sie sah überrascht aus, als der Alte ihr erklärte, wer sie waren, und musterte sie eingehend.

Luises Mutter zeigte ihr die alten Fotos. »Das hier war mal unser Hof«, erklärte sie und tippte auf das helle Haus. »Dürfen wir uns vielleicht noch einmal ein wenig umsehen und hoch aufs Feld gehen?«

Der Alte übersetzte ihre Worte in Polnisch. Das Gesicht der Frau hellte sich auf. Sie sagte etwas auf Polnisch, öffnete die Tür weiter und trat beiseite. Der Alte ging ins Haus, wandte sich zu ihnen um. »Kommen rein!«

Überrascht und zögernd folgten sie ihm und der Frau in ihr Haus. Der Geruch nach den Kühen verstärkte sich, es roch nach Milch und einer frisch gekochten Mahlzeit. Aber es war auch fast Mittagszeit. Die Frau ließ sie durch den vorderen Flur in ihre ehemalige gute Stube gehen, die offenbar jetzt als Wohn- und Essraum diente. Sie bot ihnen einen Platz am Tisch an und verschwand in der Küche. Es dauerte nicht lange, und drei Kinder tauchten auf und spähten neugierig durch den offenen Türspalt – zwei Jungen und ein Mädchen, etwa im Alter zwischen zwölf und sechs Jahren. Sie starrten die Fremden an und tuschelten. Als der Alte sich zu ihnen umwandte, lachten sie und rannten weg. Luise konnte hören, wie sie durch den hinteren Flur und die Hintertür nach draußen stürmten, und ihr Geschrei tönte zu ihnen herein.

Sie blickte sich um. Der Raum wirkte kleiner, die Decke niedriger. An den Wänden hingen groß gemusterte Tapeten in gedeckten Farben. Unter den beiden kleinen Fenstern an der Kopfseite, wo sie in der Besatzungszeit geschlafen hatten, stand ein zerschlissenes Fünfzigerjahre-Sofa mit einer gestrickten Decke, gegenüber auf einer Kommode stand ein altes Fernsehgerät.

Die Frau kam mit einem Tablett Wassergläsern wieder und verteilte diese auf dem Tisch. Ein kleines Mädchen, etwa vier Jahre alt, folgte ihr und kletterte auf ihren Schoß, nachdem sie sich gesetzt hatte. Es steckte den Daumen in den Mund, lehnte sich zurück und betrachtete die Gäste aus halb geschlossenen Augen.

»Oh, sie ist niedlich«, sagte Luises Mutter und deutete auf die Kleine. »Wie heißt sie denn?«

Die Frau verstand sie auch ohne, dass der alte Mann übersetzen musste. »Joanna«, sagte sie und hielt vier Finger in die Höhe.

»Ich heiße auch Johanna!«, rief Luises Mutter. Sie zeigte auf sich. »Johanna.«

Die Frau nickte und deutete auf ihre Gläser. Der Alte hob sein Wasserglas. *»Twoje zdrowie!«,* sagte er. »Prost!«

Alle tranken. Dann trat auf einmal Stille ein. Nur noch der Kinderlärm von draußen war zu hören. Fast meinte Luise, das Ticken ihrer alten Pendeluhr wieder hören zu können.

»Entschuldigen Sie, dass wir hier so reinplatzen. Dürfen wir uns denn wohl gleich ein wenig umsehen?«, wiederholte ihre Mutter ihre Bitte.

Der Alte übersetzte, und die Frau nickte.

»Vielen Dank.« Luises Mutter strahlte. Sie zeigte der Frau noch einmal die Fotos vom früheren Hof, und die Frau betrachtete sie interessiert und höflich.

Sie blieben nicht lange. Sie beeilten sich mit dem Austrinken, bedankten sich noch einmal und gingen dann wieder hinaus. Während sie ihre kleine Tochter an der Hand hielt, führte die Frau sie ein wenig herum. Es war wie früher, nur dreißig Jahre älter. Im Stall stand eine Handvoll Kühe. Es gab keine Pferde mehr. Der Schuppen sah alt und verfallen aus und roch merkwürdig, vom Landauer keine Spur. In der Scheune fehlte ihre Dreschmaschine, das Holz der Tenne, die Empore, die hölzernen Abtrennungen der Bansen – alles Holz fehlte. Stattdessen stand ein alter kleiner Traktor auf dem nackten Fußboden. Luises Mutter wurde immer bleicher und stiller, sah mit großen traurigen Augen umher und sagte kaum etwas.

»Hier in Gebirge Winter sehr hart und Brennholz knapp«, erklärte der Alte.

Erleichtert traten sie nach draußen in die Sonne. Die Pferdetränke am Haus war verschwunden, ebenso das Fallrohr der Dachrinne. Der gelbliche Anstrich am Wohnhaus hatte weiße und dunkle Flecken und fehlte hinter dem Haus völlig. Dort war das Mauerwerk im Untergeschoss schmutzig grau, im Obergeschoss etwas heller. Aber wenigstens den alten Walnussbaum gab es noch, wie Luise mit einem wehmütigen Gefühl feststellte. »Darf ich mal kurz hinter die Scheune?«, fragte sie. Ihr war das Versprechen eingefallen, das sie Wolfgang gegeben hatte.

Der Alte übersetzte, und die Frau nickte. Zum Glück ließen sie sie allein gehen. Die Sträucher hinter der Scheune wucherten höher und dichter, und sie konnte nicht mehr an ihren alten Aussichtsposten gelangen. Aber sie schaffte es weiter unterhalb, dem alten Steidler'schen Grundstück näher zu kommen. Sie zwang sich durch die Sträucher hindurch und erschrak. Das

Gesträuch hatte den alten Zaun überwuchert und unter sich begraben. Anstelle von Wolfgangs Elternhaus dehnte sich eine Brachlandschaft, die von Brombeersträuchern und Efeu überwuchert war. Ein paar letzte Mauerreste des alten Hauses ragten daraus empor.

Luise erinnerte sich an den Garten der Steidlers, an die verwitterte Bank, an die Wäsche, die vor dem Haus an der Leine gehangen hatte. Wie oft war sie hierhin gelaufen, um zu sehen, ob Wolfgang vom Reichsarbeitsdienst wieder zurückgekehrt war. Manchmal hatte sie Herrn Steidler spätabends Jazz auf dem Klavier spielen gehört. Sie war immer noch überzeugt davon, dass er nur deswegen mit seiner Familie hierhergezogen war, um in Ruhe seine geliebte verbotene Musik spielen zu können.

Er hatte ein Herz gehabt. Aber Wolfgang hatte keines oder keines mehr. Vielleicht war es im Krieg geblieben, denn er konnte niemanden lieben außer sich selbst. Selbst um seine Mutter, die ihn doch so verwöhnt hatte, hatte er sich später nur noch wenig gekümmert. Einmal hatten sie sie abgeholt, als Sabine klein gewesen war, und bei Luises Krankenhausaufenthalten hatte sie auf Sabine aufgepasst.

Luise überlegte, ob sie die Brachlandschaft wirklich fotografieren sollte. Aber dann dachte sie, dass Wolfgang es so wollte, und so würde sie ihm seinen Wunsch erfüllen. Er würde die Wahrheit schon vertragen.

Sie machte ein paar Aufnahmen und kehrte zu den anderen zurück, die vor der Scheune auf sie warteten. Luises Mutter sah blass aus, ihre Haut schimmerte fast durchsichtig im Sonnenlicht. »Wie sieht's drüben bei Steidlers aus?«, fragte sie schmallippig.

»Das Haus ist weg«, antwortete Luise knapp.

Ihre Mutter schlug sich die Hand vor den Mund.

Luise wandte sich an den alten Mann. »Kennen Sie Janusz und Augustyn?«, fragte sie ihn, um abzulenken. »Sie haben unseren Hof damals übernommen. Wohnen die noch hier im Dorf?«

Der Alte rieb sich das Kinn. »Janusz … nein … aber ein Augustyn wohnt hier noch.«

Er deutete in Richtung Niederdorf. »Augustyn wohnen weiter unten. Ich glaube, Nummer fünfzig.«

»Danke.«

Luise hatte das Gefühl, dass es nun Zeit wurde, sich zu verabschieden. »Wenn es in Ordnung ist, gehen wir jetzt hinauf zu den Feldern«, sagte sie und deutete hinauf. Die Frau nickte, sie hatte sie wieder ohne Übersetzung verstanden. Sie und der Alte begleiteten sie über den Hof zum Weg, der zu den Feldern hinaufführte. Dort verabschiedeten sie sich herzlich und bedankten sich noch einmal. Luises Mutter zog eine Packung Plätzchen aus ihrer Tasche und schenkte sie der Frau. »Für die Kinder.«

Die Frau lächelte und bedankte sich, dann ging sie mit dem Alten zurück zum Hof und ließ sie allein die Felder hinaufgehen.

Luise seufzte erleichtert, als sie ein Stück weiter oben waren. »Das nächste Mal müssen wir unbedingt mehr Gastgeschenke mitbringen«, sagte sie.

»Sie sind ja so arm«, meinte Rita. »Wo war ihr Mann denn nur? Ob sie überhaupt einen hat oder ist sie ganz allein mit den Kindern?«

»Na, irgendwer muss ihr die Kinder doch gemacht haben«, gab Luises Mutter zurück. Sie hielt inne und wandte sich wieder zum Hof um.

»Polnische Wirtschaft«, brummte Helene. »Die haben doch nichts getan, alles verfällt.«

Luise holte den Fotoapparat aus ihrer Tasche und machte noch ein paar Aufnahmen vom Hof. »Wenigstens hat sie uns reingelassen«, sagte sie. »Das hätte sie nicht zu machen brauchen.«

»Stimmt«, sagte Rita.

Luises Mutter zog ein Taschentuch hervor und tupfte sich die Augen trocken. »Wenn das der Papa gesehen hätte«, sagte sie seufzend und schnäuzte sich die Nase. Helene ging zu ihr und nahm sie in den Arm. »Komm, Mama, ist ja schon gut. Jetzt gehen wir auf die Felder und schauen, ob die ordentlich bestellt sind.«

Sie nahm ihre Mutter am Arm und führte sie weiter den Weg hinauf, als wäre diese ein kleines Kind. Langsam folgten Luise und Rita den beiden und gelangten an ihr altes Roggenfeld am Querweg nach Fichtenfeld, wo nun Gerste wuchs. An der Feldmauer hielten sie inne und sahen eine Weile schweigend ins Tal hinunter. Der Wind raschelte leise in den Halmen. Die Kornblumen leuchteten blau aus der Gerste heraus, und am Feldrand blühten Kamillen. Lila schimmerten wilde Gräser in der Sonne. Am Horizont zeichneten sich bläulich die Berge des Riesengebirges ab.

»Was für eine schöne Fernsicht«, rief Rita.

»Ein herrlicher Tag«, stimmte Luise zu. »Wir haben Glück. Bei Regen hätte der Hof noch trostloser ausgesehen.«

Ihre Mutter begutachtete kritisch das Feld. »Was haben die für einen breiten Randstreifen«, bemängelte sie. »Und so viele Steine, richtige Brocken.«

»Der Papa hat die immer rausgemacht«, ergänzte Helene. »Ich weiß noch, wie ich die immer aufsammeln musste.«

»Ach komm, du hast doch nur die Mäuse gefangen«, versetzte Luise. »Und dann die armen Erntehelferinnen zu Tode erschreckt. Du hättest mal hören sollen, wie die geschrien haben, Rita.«

»Ach, wirklich?« Rita hob in gespieltem Erstaunen ihre Brauen.

»Was hast du denn noch so alles angestellt, Helene?«, wollte sie wissen und hakte sich bei ihr unter. Während Helene sich zierte und Rita sie weiter aufzog, ließ Luise sich ein wenig zurückfallen. »Geht schon mal, ich komm gleich nach!«, rief sie. »Ich mache noch ein paar Fotos.«

Sie nahm den Fotoapparat aus der Tasche und suchte sich ein schönes Gebirgsmotiv, während sie die Steine der Mauer an ihren Beinen fühlte, als sie sich dagegenlehnte. Sie ließ den Apparat sinken und trat einen Schritt zurück. Sie sah Marian wieder an der Mauer lehnen, in seiner Milizuniform, die Beine lässig übereinandergeschlagen. Er streckte die Arme nach ihr aus.

Sie verstaute die Kamera in ihrer Tasche und suchte nach der Stelle, wo der lose Stein war. Hier irgendwo musste er sein, der kleine Hohlraum, in dem sie einst Opas alte Pistole vor den Russen versteckt hatten. Später hatten Marian und sie ihn benutzt, um ihre Briefe auszutauschen. Der rote Stein, ein heimlicher Hinweis auf das Versteck, war natürlich längst verschwunden. Luise fuhr mit der Hand an der Mauer entlang. Auf einmal stieß sie gegen einen Vorsprung, wo ein Stein ein wenig mehr aus dem Mauerwerk ragte als die anderen, unsichtbar für jemanden, der nichts von dem Versteck wusste. Luise dachte, dass der Stein verräterisch weit nach vorn gerutscht war und das Versteck für alle sichtbar werden ließ, so oft, wie Marian und sie es damals benutzt hatten. Sicher war es verrückt von ihr, nachzusehen, ob er ihr noch etwas hinterlassen hatte. Vollkommen verrückt, eine irrwitzige Hoffnung auf das Unwahrscheinliche, das Wunder. Aber sie konnte nicht einfach wieder gehen, ohne nachzusehen. Vorsichtig zog sie den Stein heraus und legte ihn auf die Mauer. In der dunklen Öffnung lag tatsächlich etwas.

Sie hielt den Atem an, als sie das kleine, in Stoff gewickelte und verschnürte Päckchen erblickte. Hastig nahm sie es heraus und zog die Schleife auf. Ein Herrentaschentuch löste sich und fiel ihr in die Hände. Sie hielt es sich an die Nase und atmete tief ein. Pfefferminz.

Luise betrachtete die kleine Dose in ihrer Hand. Sie kannte sie, es war die alte Hustenpastillendose ihrer Mutter, in der sie Marian ihren letzten Brief hinterlassen hatte. Sie sah fast neu aus. Luise riss den Deckel ab. Pfefferminzgeruch strömte ihr entgegen. Ein Zettel lag in der Dose. Sie faltete ihn auseinander und las.

Wrocław, im April 1973
Liebe Luise,
nun ist es ein halbes Jahr her, dass wir uns in Theater wiedersahen.

Ich traurig, dass wir nicht mehr Zeit hatten. Aber zum Glück Besuche sind bald möglich, und ich weiß, Du kommst wieder her.

Wenn Du willst, wir noch einmal mehr Zeit verbringen und uns treffen, ruf mich an.

Marian Nowak

Darunter hatte er eine Telefonnummer geschrieben und in Klammern *bis siebzehn Uhr* hinzugesetzt. Wahrscheinlich war es eine Büronummer. Seine Frau sollte natürlich nichts wissen. Luise sah auf ihre Armbanduhr. Früher Nachmittag. Sie könnte es noch schaffen. Aber dann fiel ihr ein, dass heute Sonntag war und er vermutlich nicht im Büro wäre. Sie würde noch einen Tag warten müssen. Würde er überhaupt noch dieselbe Nummer haben? Immerhin war es über ein Jahr her, dass er den Brief geschrieben hatte. Vielleicht hatte er es sich wieder anders überlegt und wollte sie nicht mehr treffen. Wiederum – er hatte über ein halbes Jahr gewartet nach ihrem letzten Wiedersehen, ehe er die Dose in die Feldmauer gelegt hatte. Das sah nach reiflicher Überlegung aus, nicht nach einer spontanen Tat. Außerdem hatte er die kleine Hustenpastillendose all die Jahre aufbewahrt. Vielleicht hatte er die Dose immer mit sich herumgetragen.

Luise musste lächeln bei der Vorstellung, wie er sie aus seiner Jackentasche nahm und jemandem ein Pfefferminzbonbon anbot. Oder wie er vor dem Klavierspiel schnell noch ein Bonbon herausnahm.

»Luise!«, rief ihre Mutter von Weitem. »Wir wollen weiter! Kommst du?«

»Ja«, rief Luise. Sie faltete den Zettel und legte ihn zurück in die Dose, verschloss sie und wickelte sie wieder sorgfältig in Marians Taschentuch ein. Sie hielt es sich an die Nase, schloss die Augen und roch. Es kribbelte ihr in der Nase, als die Aufregung sie erfasste. Morgen, dachte sie, würde sie ihn anrufen. Sie steckte die Pastillendose in ihre Handtasche. Dann nahm sie den Stein, schob ihn wieder in die Öffnung zurück und lief zu den anderen.

Kapitel 20

Der restliche Tag wurde zu einem Wechselbad aus Wiedersehensfreude und -kummer, Wehmut und Sehnsucht für Luise und die anderen. Sie schwankten zwischen der Freude, endlich wieder hier zu sein, und dem Kummer über den traurigen Zustand der meisten Häuser. Sie waren froh und dankbar für das, was sie noch vorfanden, und gleichzeitig traurig. In ihre vollkommenen Bilder der Erinnerungen schob sich die neue Wirklichkeit.

Luise ging mit Rita den Hainberg hinauf, wo diese früher das kleine Denkmal für ihren Vater errichtet hatte, um seinen Tod zu betrauern.

Doch der Wald hatte sich weiter ausgedehnt, neue Sträucher wucherten, und das Denkmal lag irgendwo im Dickicht. Sie konnten nur noch ahnen, wo es in etwa gewesen war. In der Nähe führten sie wieder ihr feierliches kleines Ritual aus, wie sie es früher immer getan hatten. Sie beteten gemeinsam und gedachten der Toten, und das tröstete Rita. Dann gingen sie wieder ins Dorf hinunter, wo Helene und ihre Mutter am Pfarrhaus auf sie warteten. Aus Ritas ehemaligem Elternhaus war ein Mietshaus geworden. Die Haustür stand weit offen, Kinder spielten im Vorgarten. Ein Mann saß auf einem Plastikstuhl und starrte sie düster an.

Rita trat an den alten Zaun und sah in den Flur des Hauses, aber sie wagte sich nicht näher heran. Luise war bei ihr, während ihre Mutter und Helene in einigem Abstand warteten. »Willst du reingehen?«, flüsterte sie, doch Rita schüttelte den Kopf. Da erhob sich der Mann, stemmte die Hände in die Hüften und rief ihnen etwas zu. Er machte eine Handbewegung, als wollte er Fliegen verscheuchen. Rita wandte sich um und stapfte mit energischen Schritten den Weg zur Kirche hinauf. Luise folgte ihr. Sie traf sie hinter der Kirche an, wo sie in eins der großen Fenster spähte, die man hier, im Gegensatz zur Vorderseite, nicht mit Brettern vernagelt hatte. Nach einer Weile wandte Rita sich seufzend ab. Luise nahm ihren Platz ein, drückte die Stirn an die Scheibe und sah ins Innere ihrer alten Kirche. Sie wurde jetzt offenbar als Lagerraum benutzt. Futtermittelsäcke und Strohballen stapelten sich entlang der Wände. In einer Ecke lag ein großer Heuhaufen. Das alte, wertvolle Interieur fehlte – die Orgel, die Kronleuchter, jeglicher Schmuck – und den Dielenfußboden hatte man ebenfalls herausgerissen. Wahrscheinlich war er verfeuert worden wie das Innere der Reich'schen Scheune.

Luise wandte sich enttäuscht ab. Sie sah Rita den Weg zum Sportplatz hinaufeilen und lief ihr hinterher. »Warte!«

Rita blieb stehen. Zum ersten Mal nach langer Zeit sah Luise Tränen in ihren Augen. Sie konnte sich nicht erinnern, wann sie ihre Freundin das letzte Mal hatte weinen gesehen – vermutlich nach dem Tod ihres Vaters. Luise legte den Arm um sie und lauschte schweigend auf Ritas leises Schluchzen. Sie beobachtete, wie ihre Mutter und Helene in die Kirchenfenster spähten. Ihre Mutter sagte etwas zu Helene, und sie konnte sich ihre Worte gut vorstellen.

Rita wischte sich die Tränen ab und knüllte ihr Taschentuch zusammen. »Wir sind von *ihrer* Gunst abhängig«, stieß sie hervor. »Sie können machen, was sie wollen. Sie können es weiternutzen oder verfallen und vergammeln lassen.« Sie sprach die letzten Worte so wütend aus, dass Luise sich wunderte. So hatte sie Rita noch nie gesehen.

»Die brauchen unsere Kirche nicht, sie sind doch alle katholisch«, sagte Luise. »Sie gehen bestimmt in die alte katholische Kirche im Niederdorf.«

»Wie kann man ein Gotteshaus nur so verkommen lassen?«, rief Rita.

»Es bedeutet ihnen nichts.«

Rita stieß einen wütenden Seufzer aus. Dann sagte sie: »Wahrscheinlich hast du recht, es bedeutet ihnen nichts. Im Gegenteil – weil es uns etwas bedeutet hat, haben sie es zerstört. Sie hassen uns.« Es klang deprimiert.

»Sicher hassen sie uns immer noch. Wir hatten Glück, dass die Frau uns auf unseren Hof gelassen hat. Sie hätte auch sein können wie der Mann am Pfarrhaus.«

Rita nickte. Sie sah jetzt nur noch traurig aus. Luise verstand sie. Sie hatte ihre Eltern hier zurücklassen müssen. Ihren Vater hatte man irgendwo im Wald verscharrt, nachdem er beim Hitlermarsch, zu dem die russischen Soldaten die Lindenauer Männer gezwungen hatten, überraschend gestorben war. Ihre Mutter lag auf dem Dorffriedhof. Sie konnte ihr altes Elternhaus nicht mehr betreten. »Vielleicht kannst du irgendwann wieder hinein. Wir kommen doch bestimmt wieder, nicht?«

»Ganz bestimmt«, sagte Rita mit Nachdruck. Sie trocknete sich die Tränen ab. Normalerweise wäre Luise auch trauriger gewesen, aber sie freute sich so sehr über Marians Nachricht, dass alles andere in den Hintergrund trat. Hoffentlich wäre er nicht im Urlaub oder auf Tournee. Hoffentlich wäre er am Telefon.

Ungeduldig lief sie mit den anderen an ihrer ehemaligen Schule vorbei, die nun ein offizielles Amtsgebäude war und sonntags geschlossen hatte, und dann zum alten Dorffriedhof. Er befand sich in einem traurigen Zustand. Der uralte

Eisenzaun, der ihn umgab, war umgefallen und von Sträuchern überwuchert. Die meisten Grabsteine fehlten. Das Laub eines hochgewachsenen Baums lag auf den Gräbern. Der Grabstein von Luises und Helenes Großeltern war verschwunden, ebenso der des Großvaters Gottwald und von Ritas Mutter. Nur die Grabeinfassungen existierten noch. Sie bemühten sich, die Gräber vom Laub und Unkraut zu befreien, soweit sie es ohne Hacke und Harke konnten. Eine Polin beobachtete sie aus dem Fenster eines Nachbarhauses. Zufrieden betrachteten sie danach ihr Werk. Sie wussten, dass der nächste Sturm es wieder vernichten würde, aber sie fühlten sich etwas besser.

»Schade, dass sie keinen Grabstein mehr haben«, sagte Luises Mutter, während sie zu dem neuen Friedhof hinübersah, den die Polen hinter dem alten angelegt hatten, dann wiederholte sie den Satz, den sie an diesem Tag schon oft gesagt hatte: »Wenn das der Papa wüsste!«

Nachdem sie den Friedhof verlassen hatten, tat sie etwas Seltsames. Sie zog ein Band aus ihrer Manteltasche – eine bunte, aus vielen Wollfäden gedrehte Kordel, schlang sie um Pfosten und Törchen des Friedhofs. Das Ganze verschloss sie mit einem Knoten. Luise beobachtete sie. Sie hakte sie unter und ging mit ihr zur Dorfstraße zurück. »Vielleicht erlauben es die Polen eines Tages, dass sie wieder Grabsteine bekommen«, meinte sie hoffnungsvoll.

Ihre Mutter zuckte mit den Achseln und seufzte. Sie lehnte sich gegen eine Mauer. »Vielleicht ist es aber auch besser, wenn all das mal ein Ende hat. Es muss ein Ende haben.« Ihre Stimme klang traurig, und sie sah müde aus. Luise und Helene stellten sich neben sie, jede auf eine Seite. Niemand sagte etwas.

Rita blickte auf ihre Uhr. »Schon Viertel nach vier. Ich glaube, den Rest des Dorfes schaffen wir heute nicht mehr.« Sie sah zum Niederdorf hinunter.

»Vielleicht können wir an einem anderen Tag noch mal herkommen«, meinte Luise. »Wir sagen einfach, wir hätten nicht alles geschafft.«

»Ja, so machen wir's«, sagte Helene. »Komm, Mama.«

Langsam gingen sie zurück ins Oberdorf zur Bergschänke. Dort hatten sich die meisten der Mitreisenden schon versammelt. Sie saßen auf der Terrasse in der Sonne und tranken Kaffee und Saft. Die Terrasse war erfüllt von ihren aufgeregten Stimmen, als sie sich erzählten, was sie im Dorf erlebt hatten. Sie setzten sich zu ihnen und erfuhren, wie es den anderen ergangen war. Die meisten Höfe standen noch, und viele hatten von den jetzigen Besitzern die Erlaubnis erhalten, sich umzusehen, oder waren sogar eingeladen worden. Manche aber waren abgewiesen worden oder hatten vor den Grundmauern ihrer ehemaligen Häuser gestanden. Das waren diejenigen, die nun schweigend dazwischensaßen und von den anderen getröstet wurden.

Der Wirt, ein freundlicher Pole, der sich offenbar sehr über seine zahlenden Gäste freute, brachte ihnen, was seine Küche hergab – selbst gemachte Obstsäfte und aus Korn gebrannten Kaffee, der gut schmeckte. Luise ging auf die Toilette. Sie wusste, dass es hier immer schon ein Telefon gegeben hatte. Tatsächlich hing das Gerät immer noch dort, wo es immer schon gehangen hatte – in einem kleinen Winkel hinter der Theke. Sie fragte den Wirt mit Zeichensprache, ob sie telefonieren dürfte. Er erlaubte es ihr.

Mit zitternden Fingern holte sie die Pastillendose aus ihrer Handtasche, faltete den Zettel auseinander. Sie sah auf die Uhr. Kurz vor siebzehn Uhr.

Aber es war Sonntag, Marian würde nicht im Büro sein oder wo diese Nummer auch immer hinführte. Trotzdem wollte sie es versuchen. Sie wählte und hörte das Freizeichen. Bei jedem neuen Zeichen klopfte ihr Herz rascher. Während sie sich vorstellte, wo Marian jetzt wohl wäre, sah sie durch das Fenster nach draußen auf die Terrasse, wo die anderen in der Sonne saßen und aufgeregt durcheinanderredeten. Zum Glück konnte niemand sie sehen.

Auf einmal klickte es in der Leitung. »Nowak?«

Eine Männerstimme. Sie klang fragend, leicht gereizt, als wäre er ungehalten über die Störung.

Luise räusperte sich. »Marian? Hier ist Luise. Ich … habe deinen Brief gelesen.«

Sekundenlang hörte sie nichts. Dann sagte er nur »Ah«.

»Du hattest recht, wir sind wiedergekommen«, fuhr sie fort. »Wir sind noch in Lindenau, und …« Sie musste schlucken. »Ich möchte dich auch wiedersehen, Marian.«

»Warte.« Sie hörte Schritte, und ein Geräusch ertönte, als ginge jemand über einen knarzenden Dielenboden, und dann ein Geräusch, als wenn eine Tür geschlossen wurde. Es raschelte im Hörer.

»Entschuldige«, sagte Marian. »Nun ich bin da. Du hast in Feldmauer gesehen.«

»Genau. Das war eine schöne Überraschung. Wir haben unseren Hof wiedergesehen, wir waren den ganzen Tag im Dorf. Ach, es ist so …« Ihr fiel das passende Wort nicht ein. »Gleich kommt unser Bus und bringt uns wieder zurück zu unseren Pensionen.«

»Wo habt ihr Zimmer?«

»In Karpacz.« Sie nannte ihm den Namen ihrer Pension.

»Wie lange seid ihr noch da?«

»Bis Freitag.«

»Oh.«

»Wir …« Sie brach ab. Ihr Mund war auf einmal ganz trocken. Ihr wurde klar, wie schwierig ein Treffen werden könnte. Vielleicht könnte Marian so kurzfristig gar nicht weg. Vielleicht müsste er zu einer Tournee oder er hatte andere dringende

Verpflichtungen. »Ich weiß, es ist schwierig«, sagte sie. »Und … sehr überraschend. Wir dürfen nicht ohne unseren Reiseleiter irgendwohin, aber ich könnte … also, ich würde dich gern … ich würde mich wirklich freuen.«

Marian schwieg eine Weile. Sie bildete sich ein, ihn atmen zu hören, während sie selbst die Luft anhielt. »Übermorgen«, sagte er schließlich. »In Jelenia Góra. Kennst du die Häuser mit den Laubengängen am Rathausplatz?«

»Ja, sicher.«

»Dort, um elf Uhr.«

»Dienstag, elf Uhr. Ich werde da sein.«

»Schön, bis dann.«

Sie hörte das Klicken in der Leitung, als er auflegte. Sie hängte den Hörer wieder in die Gabel und starrte hinaus auf die Terrasse. Ein älterer Mann saß neben ihrer Mutter und redete pausenlos auf sie ein. Helene sprach mit einer Frau, die ein paar Klassen über ihr gewesen war. Rita unterhielt sich mit einer anderen jüngeren Frau, die Luise nicht kannte. Sie lächelte. Sie würde Marian wiedersehen. Er nahm sogar die weite Fahrt von Breslau hierher auf sich, um sie wiederzutreffen. Sie konnte es nicht fassen.

Ihre Finger zitterten immer noch, als sie seinen Zettel wieder in die Dose legte und diese in ihrer Handtasche verstaute. Sie bezahlte den Wirt und ging mit weichen Knien zurück zur Terrasse.

Später beim Abendessen in der Pension, als sie Salat, Kartoffeln und Gehacktesbällchen in dem großen Essraum aßen, hörte sie den Gesprächen kaum zu. Am Rande bekam sie mit, dass ihre Mutter und Helene sich über das zu warme Bier beklagten. Sie würde Marian wiedersehen.

Das anschließende Treffen mit den anderen auf dem Flur vor ihren Zimmern bekam sie kaum mit. Alle redeten aufgeregt und spülten die aufwühlenden Erlebnisse des Tages mit polnischem Bier hinunter. Luise lernte Ingrid kennen, mit der Rita sich auf der Terrasse der Bergschänke unterhalten hatte. Ingrid stammte aus dem Niederdorf und war bei der Vertreibung erst sechs Jahre alt gewesen. Sie wollte alles über das Dorfleben von früher erfahren, und Rita und Luise taten ihr den Gefallen und erzählten ihr, was sie wussten. Ihr Gesprächsstoff reichte auch noch für den nächsten Tag, als sie ihren Ausflug zur Schneekoppe unternahmen, die *ale Gake*, wie sie auf Schlesisch hieß. Der Bus brachte sie zur Liftstation im Ort, von wo aus sie mit dem alten Sessellift hinauf zur Station am Hang schwebten. Am Schlesierhaus legten sie eine kurze Rast ein, dann stiegen sie einen steilen Weg zur Schneekoppe hinauf, wo sie eine herrliche Fernsicht bis weit ins Land hinein hatten. Jozéf versammelte alle um sich herum und erzählte ihnen etwas über die Landschaft und die Gebäude auf dem Gipfel der Schneekoppe. Die Grenze zwischen Polen und der Tschechoslowakei würde genau über den Gipfel verlaufen, erklärte er. Auf tschechoslowakischer Seite gäbe es eine Poststelle, auf polnischer Seite die St.-Laurentius-Kapelle und die neu erbaute Wetterstation. Er deutete auf ein futuristisches Gebäude, das aussah, als wäre ein Ufo auf dem Berg gelandet.

Nach seinem Vortrag verstreuten sie sich in alle Richtungen. Luise fühlte sich seltsam verloren auf dem kalten, windigen Gipfel, aber glücklich. Hier oben verlor alles ein Stück weit seine Bedeutung. In der Ferne verschmolzen die Berge mit dem Himmel. Grenzen verschwammen. Sie war eben noch in Polen und einen Schritt weiter in der Tschechoslowakei. Sie streckte die Arme aus und lachte.

Das Gipfelgefühl begleitete sie noch den ganzen Tag – auf dem steinigen Weg über die schwarze Koppe, bei der Rast in der Emmaquellenbaude (heute *Schronisko Jelenka*, wie ihnen Jozéf erklärte) und schließlich beim Abstieg über einen felsigen

Weg. Es machte ihr nichts aus, dass Ingrid immer bei ihnen war und sich mit Rita unterhielt, auch nicht, dass die Mehlsuppe, die sie abends bekamen, fade schmeckte und klumpig war. Ihre Aufregung wuchs, je näher der folgende Tag rückte.

Am nächsten Morgen, als sie früh für die Ausflugsfahrt ins Riesengebirge geweckt wurden, schützte sie Fieber und Übelkeit vor und blieb im Bett.

»Kein Wunder, dass einem schlecht wird bei dem Essen«, meinte Luises Mutter und betrachtete sie sorgenvoll. »Ruh dich aus, damit du schnell wieder gesund wirst.«

»Ja, Mama.«

»Gerade heute«, rief Helene. »Schade, dass du nicht mitkannst.«

»Macht bitte Fotos«, sagte Luise leise.

»Wir bringen dir was vom Frühstück mit, falls du später doch wieder Hunger bekommen solltest«, versprach Rita.

Luise hätte sie küssen können. Als die anderen nach dem Frühstück fortgefahren waren, zog sie sich rasch an, frisierte sich sorgfältig und zog sich die Lippen nach. Sie entschied sich, ihre Haare offen zu lassen, und band sich ihr Stirnband um. Sie wollte wieder aussehen wie die junge Luise, die sie einst gewesen war, und doch wusste sie, dass sie die Jahre nicht wegfrisieren oder -schminken konnte. Die wenigen feinen Linien in ihrem Gesicht gehörten zu ihrem Leben, ebenso die Schwangerschaftsstreifen, die sie nach Sabines Geburt bekommen hatte.

Sie stahl sich aus der Pension und lief zur Bushaltestelle, doch da sie den Plan nicht lesen konnte, musste sie eine Frau um Hilfe bitten. Zum Glück brauchte sie nicht lange zu warten, und der Bus schaukelte sie durch einige Dörfer, die sie nicht kannte, nach Jelenia Góra. Die Sonne schien, wie sie damals geschienen hatte, als sie und alle anderen Deutschen vom Bahnhof in Hirschberg bis zu ihrem ersten Sammellager gegangen waren. Es war ein heißer Tag gewesen, und Luise hatte geschwitzt in den vielen Sachen, die sie übereinander tragen musste. Sie hatte an Marian gedacht und sich gefragt, ob er kommen und sie noch ein letztes Mal sehen wollte. Aber er war nicht gekommen.

Luise stieg an einer Haltestelle in der Innenstadt aus und schlenderte, da sie noch etwas Zeit hatte, durch die Straßen zum Rathausplatz. Es war merkwürdig, allein hier zu sein nach all den Jahren. Manche Häuser verfielen, bei vielen hatte man die Fenster mit Brettern zugenagelt, bei allen fehlte die neue Farbe. Wenigstens hatte man den Platz gepflastert; sie kannte ihn von früher nur mit festgestampfter Erde, als sie ihren Vater manchmal zu seinen Besorgungen nach Hirschberg begleitet hatte.

Langsam ging sie an den alten Häusern mit ihren Laubengängen entlang. Am Laubengang eines Hauses blieb sie stehen und sah auf die Tür, die im Halbdunkel unter den Lauben lag. Hier war ihre alte Kutscherstube gewesen. Hinter dem Haus hatten sie das Pferdefuhrwerk abgestellt, die Pferde getränkt, ihnen Futtersäcke umgehängt und waren in die Stadt gegangen. Vor ihrer Rückfahrt nach Lindenau hatten sie sich immer in der Kutscherstube ein paar Würstchen genehmigt, ihr Vater hatte ein Bier getrunken und ihr eine Limonade spendiert. Luise konnte sich noch gut an den großen Wirt erinnern, er war ihr immer riesig vorgekommen mit seinen großen Händen und langen Beinen, von denen er immer eins nachzog.

Sie wandte sich ab, um über den Platz zum Rathaus zu gehen, als sie Marian sah. Er stand ein paar Meter hinter ihr, die Hände in die Taschen seiner braunen Lederjacke gesteckt, die beiden Beine wie festgewurzelt auf dem Boden. Die Sonne fiel auf sein schwarzes Haar und ließ die silbernen Haare darin aufblitzen. Seine dunklen Brauen waren zusammengezogen. Er betrachtete sie still und ernst. Luise erschrak. Aber dann beruhigte sie sich wieder, denn sie kannte diesen Blick von früher. Es war sein Beobachterblick.

Sie fragte sich, wie lange er hier schon gestanden und sie angesehen hatte. Langsam ging sie auf ihn zu. »Ich dachte schon, wir sehen uns nicht, weil der Rathausplatz so groß ist.«

Er kam ein paar Schritte näher. Sein heller Pullover hatte ein Emblem mit einem polnischen Schriftzug, der halb von der Jacke verdeckt wurde. »Guten Tag, Luise.« Förmlich reichte er ihr die Hand.

Sie war warm, sein Händedruck kräftig.

Luise musste schlucken. »Hast du … ich meine … musstest du lange fahren?«

Er schüttelte den Kopf. »Nicht lange, zwei Stunden.«

»Ich …«, begann sie und suchte nach den passenden Worten. Auf einmal erschien es ihr völlig verrückt, was sie taten. Sich einfach hier zu treffen, obwohl sie beide verheiratet waren. Als wäre inzwischen keine Zeit vergangen. Als würden sie nicht in zwei verschiedenen Welten leben. Vielleicht waren sie sich inzwischen so fremd, dass die Erinnerungen ihre einzigen Gemeinsamkeiten waren. Sie wandte sich um und deutete auf den Laubengang. »Ich habe gerade unsere alte Kutscherstube wiedergesehen«, fuhr sie fort. »Hinter der Tür war mal eine kleine Wirtsstube für die Kutscher, da hab ich immer 'ne Limo gekriegt, wenn ich mit Papa in Hirschberg war.« Wie immer, wenn sie aufgeregt war, redete sie zu viel.

Marian folgte ihr die Stufen hinauf in den Laubengang. »Ich kenne neue Kutscherstube, ein Stück weiter vorn«, sagte er und deutete zum Ende des Gangs. »Wollen wir?«

»Gern.«

Luise hörte auf das Geräusch, das ihre Schritte auf dem Boden machten. Es fühlte sich seltsam an, nach all der Zeit wieder neben Marian zu gehen. Sie suchte hastig nach Worten, um ihre Aufregung zu überspielen. »Dein Deutsch«, meinte sie. »Es ist wieder besser geworden. Hast du geübt?«

»Ich habe wieder angefangen, lesen deutsche Bücher. Sprache rostet sonst ein. Ist besser für Tournee in Bundesrepublik.«

»Macht ihr wieder eine Konzertreise nach Deutschland?«

»Übernächstes Jahr. Jedes Jahr geht nicht. Wir sind unterwegs in vielen Ländern. Tschechoslowakei, Ungarn, Rumänien, Bulgarien, DDR. Jedes Jahr anderes Land.«

»Dann kommst du also viel herum, kannst weit reisen.«

»Ich reise gern. Kann viel sehen. Meistens leider nur Hotels, aber manchmal wir haben Zeit und können mehr sehen.«

Er hielt vor einer Tür inne, die neben einem großen Fenster lag, und hielt sie für Luise auf.

Sie betraten einen dämmrigen Raum mit einer wuchtigen Theke und einigen Tischen und Stühlen. Marian wechselte mit dem Mann hinter der Theke ein paar Worte, dann führte er Luise an einen der hinteren Tische. »Ich habe uns zwei Kaffee bestellt. Du magst doch Kaffee?«

»Klar.« Sie ließen sich auf den kahlen Holzstühlen nieder. »Was heißt noch mal *danke* auf Polnisch?«

»Dziękuję«, sagte Marian.

»Dziękuję«, wiederholte Luise.

Er lächelte, wobei winzige Fältchen an seinen hellbraunen Augen erschienen. Seine dunklen Haare und Brauen bildeten einen scharfen Kontrast zu seiner hellen Haut. Er schien etwas dünner geworden zu sein, seit sie ihn das letzte Mal sah. »Willst du Polnisch lernen, Luise?«

Sie musste schlucken. Täuschte sie sich oder lag ein Hauch Spott in seiner Stimme?

»Vielleicht«, sagte sie geheimnisvoll. Es klang trotzig.

Er zwinkerte ihr zu, dann wurde er ernst. »Du wolltest damals nicht polnisch werden«, sagte er mit rauer Stimme. Es klang nüchtern, nicht vorwurfsvoll. Er lehnte sich zurück und beobachtete sie aufmerksam. Aus dem Hinterzimmer hörten sie den Wirt pfeifen, während er ihre Kaffees zubereitete.

»Ich … wie ich im Theater schon sagte … hatte gedacht, dass wir früher wieder zurückkommen würden«, sagte Luise.

»Du hast geglaubt, Schlesien wird wieder deutsch«, sagte Marian. Wieder hörte sie eine Spur Spott heraus. Wollte er so seiner Enttäuschung nach all den Jahren Luft machen? Hatte er ihr etwa nur deshalb geschrieben und war hergekommen, um ihr Vorwürfe zu machen?

Sie schluckte. »So ist es. Wir haben damals alle gehofft, wieder in unsere Heimat zurückzukönnen. Niemand hat geglaubt, dass es so lange dauern würde.«

»Und dann auch nur als Besucher«, ergänzte er lächelnd.

Luise runzelte die Stirn. »Freut dich das? Machst du dich über mich lustig?«

Er wurde sofort ernst. »Ich mache mich nicht über dich lustig. Aber – du hättest bleiben können. Es ist schön hier.«

Luise unterdrückte ihren Impuls, aufzustehen und hinauszulaufen, als der Wirt kam und ihnen den Kaffee brachte. Er stellte das Tablett ab, verteilte dampfende Becher auf dem Tisch und sagte noch etwas zu Marian, bevor er verschwand. Luise sah alles, ohne es wirklich wahrzunehmen. Sie nahm den Löffel und rührte mechanisch im Kaffee. Natürlich machte er sich über sie lustig. Er war hier, um sie zu verhöhnen und ihr Vorwürfe zu machen. Das war wohl seine Rache nach all den Jahren, weil sie damals fortgegangen war. Wie naiv war sie doch gewesen zu glauben, er könnte noch etwas für sie empfinden! Sie hatte sich geirrt! Mit seinem Brief in der Feldmauer hatte er sie in eine Falle gelockt, und sie war hineingetappt. Aber wenn sie schon mal hier war, konnte sie auch ihrem Herzen Luft machen und ihm sagen, wie es ihr ergangen war in der Zeit nach der Vertreibung. »Wenn ich geblieben wäre, damals … meine Familie aufgegeben hätte … alles … ich hätte dich irgendwann gehasst. Ich hatte nur die Wahl, dich zu hassen oder dich zu vermissen.« Sie starrte in ihren Kaffee und stellte sich vor, wie sie ein paar Schlucke trinken und dann hinauslaufen würde.

»Eine schlechte Wahl«, erwiderte Marian ernst.

Sie sah auf. Er hatte die Arme vor der Brust verschränkt und musterte sie mit leicht zusammengezogenen Brauen. Das helle Braun seiner Augen, die im Sonnenlicht warm schimmerten, sah in dem dämmrigen Raum dunkler aus.

»Ich verstehe, dass du wütend bist, weil ich damals gegangen bin«, sagte sie. »Aber du sollst wissen, dass es nicht schön für mich war. Es war … furchtbar.«

Sie hörte ihre leisen Worte im Café verklingen und wunderte sich über sich selbst. Hatte sie nicht gehen wollen? Warum war sie noch hier?

Als er nichts erwiderte, hob sie den Blick, gerade rechtzeitig, um die Bestürzung in seiner Miene zu sehen, bevor diese sich wieder glättete und einen ernsthaften Ausdruck annahm. Er beugte sich vor. »Ich bin nicht mehr wütend«, sagte er. »Dein Vater nahm meinen Brief aus Feldmauer. Ich habe nur eine Frage, die habe ich mir oft gestellt: Wärst du geblieben, wenn du Brief bekommen hättest?«

Sie schluckte. Angst erfüllte sie. Wenn dies ein letztes, klärendes Gespräch sein sollte, in dem sie seine alten Fragen beantwortete, dann würde sie ehrlich sein. Sie hatte sich zur Wahrheit entschlossen, und er sollte sie erfahren. Sie hob den Kopf und sah ihm direkt in die Augen. »Als ich deinen Brief bei meinem Vater wiederfand, habe ich mich das auch gefragt«, sagte sie. »Ich kann es nicht sagen. Wahrscheinlich nicht.«

Etwas an seinen Lidern zuckte, es war ein kurzes Flackern, ehe er sie niederschlug, den Becher ergriff und trank.

»Aber als ich dich im Theater wiedersah, habe ich mich wirklich gefreut«, fuhr sie fort. »Deine Musik – und das Lied, das du für mich gespielt hast …« Sie lächelte wehmütig bei der

Erinnerung an den Abend. »Aber jetzt … ich glaube, es ist besser, wenn ich gehe.«

Sie erhob sich hastig, nahm ihre Handtasche und ergriff ihre Jacke. »Leb wohl, Marian«, stieß sie hervor.

Seine Hand schnellte nach vorn und fasste ihren Arm. »Warum willst du gehen? Bleib doch hier!«

Sie hielt inne. Etwas Verletzliches lag in seiner Miene, er sah überrascht aus und auch ein wenig müde. »Bitte, nicht weglaufen, ich wollte nicht Streit. Es tut mir leid. Ich glaube, es war … ein falsches Verstehen … wie heißt auf Deutsch?«

»Missverständnis«, murmelte Luise. »Es war ein Missverständnis.«

Sie ließ sich wieder auf den kahlen Stuhl zurücksinken. Ihre Enttäuschung verpuffte. Zitternd atmete sie auf.

Er atmete hörbar aus. »Hast du Laufschuhe an?«, fragte er. »Eigentlich ich wollte Wanderung mit dir machen. Wir früher viel gelaufen im Gebirge, als wir hier wohnten. Ich kenne gute Wege. Wir besser gehen, schöner als hier in Stadt.«

Sie musste lächeln. »Gut«, sagte sie. »Ich habe passende Schuhe an.« Er zahlte, und sie verließen das Café und gingen durch die Straßen der Innenstadt zu seinem Auto.

Kapitel 21

Er besaß einen alten weißen Lada, mit dem sie wieder nach Karpacz zurückfuhren. Im ehemaligen Brückenberg, das nun ein Ortsteil von Karpacz war, parkte er das Auto an der Kirche Wang. Die Stabholzkirche war schon vor dem Krieg eine Sehenswürdigkeit gewesen. Jahrhundertelang hatte sie in Norwegen gestanden, bis ein preußischer König sie vor ihrem Abriss im 19. Jahrhundert gekauft, abmontiert und an dieser Stelle im Riesengebirge wieder hatte aufbauen lassen.

»Möchtest du rein?«, fragte Marian und deutete auf ein kunstvoll geschnitztes Portal. »Ist evangelische Kirche.« Er zwinkerte ihr wieder zu, und wieder ärgerte sie sich über seine Witzelei. War er jetzt zu einem Spötter geworden?

»Ich gehe auch in katholische Kirchen«, versetzte sie schnippisch. »Aber jetzt möchte ich nicht hinein.« Viel lieber wollte sie die Aussicht auf die herrliche Landschaft genießen. Sie trat an die Mauer, die das Kirchenareal begrenzte, und sah in die Berge. Marian trat neben sie. Er trug jetzt eine Sonnenbrille und einen Rucksack. Der Wind fuhr ihm durch das Haar und stellte es auf. »Soll ich Foto von dir machen, hier vor Panorama?«, fragte er.

»Ich bin offiziell krank«, meinte Luise. »Das würde Fragen aufwerfen.«

»Muss doch niemand sehen.«

Luise überlegte kurz. »Du hast recht«, meinte sie dann und holte Wolfgangs Kamera aus der Handtasche. Sie brauchte Marian nicht einmal etwas zu erklären, denn er kannte sich mit Fotoapparaten aus, wie sich herausstellte. »Ich habe russische Kamera zu Hause«, sagte er stolz. »Lächeln!«

Sie lächelte. Er machte mehrere Fotos von ihr. »Und jetzt Profil. Dreh dich um und schau in die Berge«, befahl er.

Sie gehorchte, winkelte ein Bein an, verschränkte die Arme vor der Brust und sah schweigend in die Landschaft. Der Wind umwehte sie und spielte mit ihrem Haar, sodass sie das dauernde Klicken und Spannen des Fotoapparates bald nicht mehr wahrnahm. Sie bekam nicht mit, als es auf einmal aufhörte. Erst irgendwann, als es schon länger still geworden war, wandte sie sich um.

Marian hatte die Kamera sinken lassen und sah sie an. Da er seine Sonnenbrille trug, konnte sie seinen Blick nicht deuten.

»Ist etwas?«

Er schüttelte den Kopf. »Nein. Nur – genug Fotos.« Er streifte die Hülle wieder über den Fotoapparat. Keine Spur von Spott lag in seiner Stimme. In diesem Augenblick kam eine ältere Frau auf sie zu und sagte etwas auf Polnisch zu Marian. Während sie auf ihn einredete, deutete sie erst auf ihn, dann auf Luise. Offenbar wollte sie sie zusammen fotografieren. Marian sah fragend zu Luise hinüber. »Darf sie Foto von uns machen?«

Luise zögerte. Sie musste an Wolfgang denken. Wäre ein Foto nicht zu gefährlich? Doch dann gab sie dem verlockenden Angebot nach. Ein Foto wäre eine schöne Erinnerung an den heutigen Tag. Sie willigte ein.

Die Polin redete ununterbrochen auf sie ein, als Marian sich zu Luise auf die Mauer setzte. Sie rief ihnen etwas zu, woraufhin Marian den Arm um Luise legte. Luise spürte für einen

Moment seine Wange an ihrer und die raue Haut seines Kinns, obwohl er sorgfältig rasiert war. Die Polin jauchzte.

Marians Hand lag auf Luises Schulter, doch als die Polin fertig war, ließ er sie los, stand auf und ließ sich von der Frau den Fotoapparat wiedergeben. Höflich bedankte er sich bei ihr.

»Dziękuję«, sagte Luise.

Die Frau runzelte die Stirn, nickte ihr schweigend zu und ging dann ihrer Wege.

»Was hat sie denn?«, fragte Luise verwundert.

»Sie hat deinen deutschen Akzent gehört. Besser du sagst nichts, lass mich reden. Wir bekommen sonst Probleme, wenn die wissen, du bist Deutsche.«

Luise nickte enttäuscht. Sie hatte beinahe vergessen, dass sie eine Fremde war, die sich ohne Begleitung ihres Reiseleiters hier eigentlich nicht aufhalten durfte. Aber sie beschloss, sich nicht mehr zu ärgern. Sie wollte die kostbare Zeit mit Marian nicht mehr vergeuden, indem sie sich aufregte. »Ab jetzt bist du mein Gebirgsführer«, sagte sie und blinzelte ihm gegen die Sonne zu. »Wo gehen wir denn hin?«

Er grinste unternehmungslustig und warf einen Blick auf seine Armbanduhr. »Weg zur *Sniezka* wohl zu lang«, sagte er. »Wir gehen *Schronisko Strzecha Akademicka.*«

»Schronisko? Ah, eine Baude«, meinte Luise, die sich an das erinnerte, was Jozéf ihnen gestern über die Emmaquellenbaude erzählt hatte.

Marian nickte. Sie gingen am Friedhof mit seinen alten, grasüberwucherten Gräbern vorbei zum Wanderweg.

»Die Nacht schweigt
der Glaube dankt
das Grab trennt uns
auf ewig nicht«

stand auf einem der Grabsteine.

»Hier sind die Gräber wenigstens noch erhalten«, meinte Luise. Während sie in den Wald hineinwanderten, erzählte sie Marian von ihrem Besuch in Lindenau zwei Tage zuvor. »… unser alter Dorffriedhof ist verfallen«, schloss sie. »Wir haben schon gedacht, wir könnten vielleicht einmal neue Grabsteine setzen. Was meinst du?«

Marian zuckte mit den Schultern. »Ich weiß nicht. Ihr müsst vorsichtig sein. Viele Polen hassen Deutsche immer noch.«

»Ich weiß«, sagte sie seufzend. »Wir haben ja auch furchtbare Dinge getan.«

Marian schwieg. Eine Weile hörten sie nur Vogelgezwitscher, das Plätschern eines Baches neben ihnen und ihre Schritte auf dem Weg. Er räusperte sich. »Ich war … noch ein paar Mal in Lindenau. Dort sind weniger Leute als früher, viele Höfe verfallen, und Leute sind arm. Es ist traurig, nicht mehr so wie früher.«

»Nein, es ist nicht mehr so.« Luise seufzte, aber sie war froh, weil er sie verstand. Auch er kannte ja das alte Lindenau und wusste, wie es früher gewesen war. »Du hast alles wieder aufgeholt, was du damals an Unterricht verpasst hast«, sagte sie. »Die Jahre auf unserem Hof, das müssen doch verlorene Jahre für dich gewesen sein, nicht?«

Er schüttelte den Kopf. »Nein, keine verlorenen Jahre.«

»Aber du warst in Gefangenschaft. Du konntest nicht weiter Musik studieren, wie du es wolltest, du warst Soldat und dann jahrelang in der Fremde und konntest danach nicht mehr nach Hause zurück.«

»Meine Familie wurde aus Galizien vertrieben. Sie kamen hierhin in Fremde. Aber jetzt hier Heimat geworden.«

»Wie lange habt ihr hier gelebt, Marian?«

»Zehn Jahre. Meine Mutter und mein Bruder leben noch hier, in kleine Dorf.« Er wandte sich um und deutete vage in eine Richtung. »Meine Schwester hat Mann in anderer Stadt geheiratet, wohnt jetzt da. Ich wohne mit meiner Frau schon viele Jahre in Wrocław … Breslau. Ich war dort auf Konservatorium, später kam ich zum Orchester. Nur zu Weihnachten und zu Geburtstagen kommt ganze Familie zusammen.«

»Bei uns ist es auch so«, sagte Luise und erzählte ihm von ihrer Familie. »Mein Mann ist Soldat … Major. Wir wohnen in einem Dorf mit riesiger Kaserne. Er konnte nicht mitkommen, er darf nicht in den Ostblock.«

»Ah.« Marian schwieg eine Weile, in der nur ihre raschen Atemzüge zu hören waren, weil der Weg jetzt steiler bergan führte. »Meine Frau ist Musikerin wie ich. Sie spielt auch Klavier«, meinte er.

Es gab Luise einen Stich, von seiner Frau zu hören. »Ist sie in deinem Orchester?«, fragte sie.

»Nein, sie leitet Kirchenchor.«

Sie erreichten den Waldrand, wo ein anderer Weg auf ihren stieß, und hielten inne. Ihnen bot sich wieder ein schöner Ausblick ins Gebirge. Luise beschattete ihre Augen mit der Hand. Über ihnen wölbte sich ein beinahe wolkenloser Himmel, und es war warm, doch in den Steilhängen lag noch Schnee.

»Herrlich«, sagte sie.

Marian nickte. Er zog seine Wasserflasche aus dem Rucksack. »Möchtest du?«

Luise nickte, sie hatte großen Durst. Auf eine Wanderung war sie nicht vorbereitet gewesen. Sie trank und gab ihm die Flasche zurück. »Singst du noch, Luise?«, fragte er auf einmal.

»Nein.«

Er sah erschrocken aus. »Warum nicht? Du hast so schöne Stimme.«

Luise wich seinem Blick aus und sah auf die Bäume neben ihnen am Waldrand. Wie sollte sie ihm nur erklären, dass ihr jegliche Lust am Musizieren vergangen war? Seitdem sie neben

Leopold in Rittelsbeck am Klavier gesessen hatte, hatte sie gewusst, dass es nie wieder so sein würde wie mit ihm. »Es hat sich nicht ergeben«, sagte sie. »Im Westen … wir hatten keinen leichten Anfang. Vielleicht hatte ich einfach keinen Grund mehr zu singen.« Sie lachte kurz. Marian betrachtete sie wortlos. Seine Miene war glatt, kein einziges Fältchen hatte sich an seiner Stirn gebildet. Er kam näher, hob die Hand und strich mit dem Finger sanft über ihre Wange. »Was ist passiert, Luise? Du hast so traurige Augen.«

Seine Berührung durchfuhr sie wie ein Schlag, als würde ein Blitz aus drohend dunklen Gewitterwolken, die sich über ihr geballt hatten, herausfahren und sie zersplittern. Sie zersprang in unzählige Teile. Sie trat so nahe an ihn heran, dass sie seinen Atem spüren konnte. Sie roch das Leder seiner Jacke und widerstand nur mit Mühe dem übermächtigen Verlangen, ihren Kopf an seine Schulter zu lehnen wie früher, als er noch auf ihrem Hof gewesen war. Sie streckte die Hände aus, fasste seine Sonnenbrille an den Bügeln und schob sie ihm hoch auf den Kopf.

Er sah erstaunt aus. Das Sonnenlicht fing sich in seinen Augen und ließ sie aufleuchten. Seine Brauen zogen sich zusammen beim Blick gegen die Sonne, aber sein Mund verzog sich zu einem Lächeln. Keine Spur von Spott lag darin, es war ein kleines, zaghaftes, überraschtes Lächeln.

Luise legte ihren Mund darauf, und wieder durchfuhr es sie wie eben, als sie die Wärme seiner Lippen spürte. Er legte die Arme um sie, zog sie an sich heran und öffnete sich ihrem Kuss. Der Wind umwehte sie, doch Luise fror nicht, sie fühlte sich warm und geborgen an seinem Körper. Er küsste sie so, wie er sie früher schon geküsst hatte – zärtlich und mit wachsender Leidenschaft, und sie erwiderte seinen Kuss.

»Komm«, sagte er nach einer Weile. »Hier zu kalt. Wir gehen weiter zur Lichtung, dort Rasthaus.«

Er nahm ihre Hand, und sie folgte ihm bereitwillig den Weg entlang, der nun sanft bergauf führte. Zwischendurch hielten sie immer wieder an und küssten sich. Bald tauchte eine sonnenbeschienene Lichtung vor ihnen auf, wo die Ruinen einer alten Baude standen. Sie sei vor einigen Jahren abgebrannt, erklärte ihr Marian. »Aber auch Rasthütte weg.« Enttäuscht sah er auf einen leeren Platz, wo nur noch eine Bank stand. Luise tröstete ihn mit einem langen Kuss. Er trat hinter sie und schlang die Arme um sie, und sie genossen den Blick auf die Schneekoppe vor dem klarblauen Himmel und auf eine seltsame Felsformation, die aussah, als hätte ein urzeitlicher Riese drei Steintürme errichtet. Dann setzten sie sich auf eine Bank und aßen die Brote, die Marian mitgebracht hatte. Er deutete auf eine weitere Baude, die in einiger Entfernung vor ihnen lag. »Dort ich wollte eigentlich hin«, sagte er nach einem Blick auf seine Uhr. »Aber ich fürchte, wir müssen zurück. Ich versprochen, besuche meine Mutter.«

Luise ließ ihr Brot sinken. Sie ahnte, dass dies der offizielle Grund für seine Reise war, den er gegenüber seiner Frau angegeben hatte. »Übernachtest du auch bei deiner Mutter?«, fragte sie.

Er zerknüllte das Butterbrotpapier und warf es in den Mülleimer neben der Bank. »Nein, ich schlafe in Hotel«, sagte er. »Meine Mutter ist alt, ich will ihr keine Arbeit machen.« Er beugte sich nach vorn und legte die Hände auf Luises Beine. »Können wir uns morgen sehen?«

»Ich …« Sie fühlte ihr Herz aufgeregt pochen. Morgen würde ihre Reisegruppe die Kirche Wang besichtigen und danach eine Wanderung durchs Gebirge unternehmen. Sie würde sich noch gut einen weiteren Tag krank stellen können. »Ja, das geht, ich kann noch weiter krank sein. Wie lange bist du denn noch hier?«

Marian hob die Brauen. »Bis Freitag«, sagte er.

Luise lächelte. Er würde also so lange bleiben wie sie.
»Also morgen wieder um elf?« Er sah sie erwartungsvoll an.
Luise nickte.
»Ich hol dich in Karpacz ab. Busstop im Ort.«
Sie nickte wieder. Sie hatte es nicht zu hoffen gewagt.

Kapitel 22

Als ihre Reisegruppe von dem Ausflug zurückkehrte, lag Luise schon wieder im Bett ihres Pensionszimmers, trug ihren Schlafanzug und tat, als ginge es ihr immer noch schlecht. Ihre Mutter brachte ihr später einen Becher Suppe vom Abendbrot mit, den sie sich von der Wirtin hatte einpacken lassen.

»Das ist Gemüsesuppe, falls du essen kannst«, sagte sie »Die schmeckt gut.«

»… und ganz ohne Klumpen«, ergänzte Helene.

Luise nickte matt. Ihre Mutter trat an ihr Bett und fühlte ihr die Stirn, als wäre sie noch zehn. »Fieber hast du aber nicht«, stellte sie fest.

»Meinst du, du kannst morgen mit zur Wanderung?«, fragte Helene.

»Ich glaub nicht«, log Luise und schüttelte traurig den Kopf. »Ich fühl mich noch so schlapp.« Sie musste sich ein Lächeln verkneifen, als sie daran dachte, dass sie das, was für morgen auf dem Programm stand – die Besichtigung der Kirche Wang mit einer anschließenden Wanderung ins Gebirge –, schon getan hatte.

Ihre Mutter nickte. »Dann kurier dich aus. Hoffentlich kannst du schlafen.«

Die beiden Frauen gingen hinaus, und Rita packte ihre Sachen aus, während sie Luise vom Ausflug erzählte. »Das Gerhart-Hauptmann-Haus konnten wir nur von außen sehen. Es ist schön gelegen, mit tollem Ausblick. Jozéf kennt sich übrigens gut aus, er hat uns alles Mögliche über Gerhart Hauptmann erzählt. Wusstest du, dass Hauptmann kurz vor der Vertreibung gestorben ist?«

»Nein.«

»Die Polen haben seine Beerdigung hier nicht gestattet, und seine Witwe musste Wochen später mit seinem Sarg ausreisen.« Sie schüttelte missbilligend den Kopf.

»Wo ist er denn beerdigt worden?«

»In Hiddensee. Ach, und dann muss ich dir noch was erzählen«, fuhr Rita fort. »Du hast was verpasst. Nachdem wir beim Kochelfall waren, sind wir zum Essen gefahren. Jozéf hatte für uns ein Mittagessen in einem Hotel gebucht, in Schreiberhau, da war auch eine Reisegruppe aus der DDR. Das hättest du erleben müssen. Die hatten Ordner dabei, die haben so scharf aufgepasst, dass unsere beiden Gruppen sich bloß nicht begegneten. Manche konnten aber trotzdem heimlich ein paar Worte wechseln. Ein paar von denen waren richtig fies, die haben laut rumgestänkert. Die haben gesagt, wir Westler würden das bessere Essen bekommen und sie bekämen nur den letzten Fraß. Ich möchte mal wissen, wie die auf so was kommen.« Sie legte ihre Handtasche auf den Tisch, ließ sich auf ihr Bett sinken und streckte die Beine aus. »Wie weit ist das nur mit uns gekommen! Mir tat das so leid. Wir sind doch eigentlich alle Deutsche.«

Luise nickte.

Rita stemmte ihre Hände auf die Knie und beugte sich nach vorn. »Aber trotzdem war es ein schöner Tag.« Sie lächelte. Auf ihren Wangen lagen frische rötliche Schimmer.

»Ich wäre gern dabei gewesen«, sagte Luise, der es schwerfiel, immer noch die Kranke zu spielen. Sie war froh darüber, dass es Rita nach dem deprimierenden Wiedersehen mit ihrem Elternhaus in Lindenau wieder besser ging.

»Schade, dass du nicht mitkonntest. Das musst du unbedingt auch mal sehen.«

»Hm. Wir müssen noch mal herkommen.«

»Auf jeden Fall.« Rita musterte sie. »Eigentlich … siehst du gar nicht so schlecht aus.«

Luise biss sich auf die Lippen, aber nun konnte sie ihr Lächeln nicht mehr unterdrücken. »Ich muss dir etwas erzählen.«

Rita beugte sich weiter nach vorn und stützte die Hände auf die Knie. »Ich wusste es doch, dass du mir etwas sagen willst.«

Luise erzählte ihr von ihrem Wiedersehen mit Marian im Theater, von seinem Brief in der Feldmauer und von ihrem Treffen am heutigen Tag. »Ich musste leider lügen, um ihn sehen zu können«, schloss sie. »Tut mir leid.«

»Ist schon gut«, sagte Rita. Sie schwieg lange und schüttelte den Kopf, aber dann musste sie auf einmal lächeln. »Unglaublich, dass er dir wieder geschrieben hat. Wie bist du denn auf die Idee gekommen, in der Mauer nachzusehen?«

»Ich hatte so ein Gefühl. Zuerst dachte ich, das kann doch nicht wahr sein. Aber dann … ich musste ihn doch treffen.«

»Natürlich musstest du das«, sagte Rita.

Luise horchte auf. Sie hatte mit Einwänden gerechnet, mit Bedenken, weil sie und Marian beide verheiratet waren und Rita so etwas sehr ernst nahm. Aber ihre Freundin lächelte nur, als würde sie sich mit ihr freuen.

»Ich weiß, es ist nicht richtig«, fuhr Luise fort. »Seiner Frau gegenüber und auch Wolfgang nicht. Aber … es hat sich so richtig angefühlt. Nach all den Jahren. Es ist ein Wunder.«

Rita schwieg eine Weile und sah auf ihre Hände hinunter, dann hob sie den Kopf. »Ich weiß, dass du nicht glücklich mit Wolfgang bist«, sagte sie. »Das habe ich längst bemerkt, aber ich wollte es dir nicht sagen. Ich dachte, irgendwann sagst du es mir schon von allein.«

Luise seufzte. »Es ist wahr«, gab sie zu. »Wolfgang hat ein paar Dinge getan, die er … nicht hätte tun dürfen. Er hat so viel zerstört. Aber eine Scheidung würde er nie zulassen, und Sabine ist ja noch da …«

»Was hat er getan?«, fragte Rita.

Luise schüttelte den Kopf und schwieg.

»Hat er dich geschlagen?«

»Nein.«

»Hat er dich betrogen?«

»Nein, aber er … ich *kann* es nicht sagen, bitte versteh, ich kann nicht darüber sprechen. Es ist nur – er bestimmt einfach alles, gibt mir kaum Geld, verbietet mir zu arbeiten. Ich hab nichts, kein eigenes Leben, nichts.« Sie holte tief Luft und atmete zitternd aus. Es erleichterte sie, endlich alles auszusprechen. »Ich glaube, wir hätten nie heiraten dürfen«, setzte sie hinzu. »Er ist der Falsche. Ich habe den falschen Mann geheiratet.«

Rita setzte sich aufrecht hin und strich nachdenklich über ihr Bettlaken. »Du hattest deine Gründe, ihn zu heiraten. Ihr habt geheiratet, weil Sabine unterwegs war.«

»Sicher, es war eine Muss-Ehe, doch ich habe ihn nicht nur wegen Sabine geheiratet. Ich war auch verliebt in ihn, aber dann wurde alles anders.«

»Was meinst du damit, er würde eine Scheidung nicht zulassen?«, fragte Rita.

Luise überlegte. Sie schämte sich zuzugeben, dass Wolfgang sie bei ihrem großen Streit bedroht hatte und sie seitdem Angst vor ihm hatte. »Ich traue mich nicht«, sagte sie ausweichend. »Er könnte … mich vielleicht unter Druck setzen, es nicht zu tun.«

Rita sah erschrocken aus. »Was meinst du damit? Würde er dir etwas antun?«

»Nein, nein.« Luise schüttelte hastig den Kopf. »Das nicht. Er ist Major. Er muss auf seinen Ruf achten, der geht ihm über alles.«

Aber Rita sah nicht überzeugt aus.

»Er wird mir nichts tun«, versicherte Luise erneut. »Er schlägt mich nicht, das geht auch gar nicht. Weißt du, wie dünn die Mauern in den Reihenhäusern sind? Man würde nebenan sofort alles hören.«

Rita schüttelte den Kopf. Sie war blass geworden. »Ich mache mir aber trotzdem Sorgen um dich.«

»Das musst du nicht. Eines Tages lassen wir uns sicher scheiden, wenn Sabine älter ist. Wolfgang soll irgendwann versetzt werden, vielleicht in eine größere Stadt, wo die Leute nicht so reden. Jetzt ist es noch zu früh für eine Scheidung. Wovon sollte ich auch leben? Ich darf auf keinen Fall schuldig geschieden werden. Wolfgang darf nie etwas von Marian und mir erfahren.«

»Ich sage nichts«, versprach Rita. »Von mir erfährt er gar nichts. Wenn irgendwas ist, kannst mich jederzeit anrufen, zu jeder Tages- und Nachtzeit.«

»Danke.« Luise atmete auf. Es war beruhigend zu wissen, dass es jemanden gab, mit dem sie jederzeit reden konnte. Obwohl Rita ihr im Notfall natürlich nicht würde helfen können. Aber sie fühlte sich nun besser, weil sie sich Luft gemacht hatte.

Rita drückte ihre Hand. »Genieß die Zeit«, sagte sie. »Genieß jede Stunde und jede Minute, die du mit ihm hast. Wenn du mal nicht rechtzeitig zurück sein solltest, werde ich mir schon eine Ausrede für die anderen einfallen lassen«

Luise sah sie erstaunt an. Sie hatte nicht mit so viel Verständnis und Hilfe gerechnet. »Warum tust du das?«, fragte sie.

»Ich will, dass du glücklich bist«, kam es prompt zurück.

»Aber wenn ich nun durch die Sache mit Marian noch unglücklicher werde? Du hast selbst gesagt, dass man sich bei allen Gefühlen auch Gedanken über die Folgen machen sollte. Das waren deine Worte, damals vor der Vertreibung.«

»Das stimmt, und das meine ich immer noch«, sagte Rita. »Aber man muss auch glücklich sein dürfen. Du und Marian, ihr kennt euch schon so lange. Ihr hattet eine bittere Trennung und habt auf so viel verzichtet. Ihr habt es verdient, glücklich zu sein, und wenn es nur für ein paar Tage ist.«

Luise starrte ihre Freundin an, verwundert über deren Worte. Dann sprang sie aus dem Bett und umarmte sie.

Aber Luise hätte Marian auch so getroffen, gegen alle Widerstände, gegen alle Vernunft. Er holte sie am nächsten Vormittag an der Haltestelle in Karpacz ab und küsste sie, als wären sie nie getrennt gewesen. Ohne, dass sie viel darüber reden mussten, fuhren sie zum Hotel. Es war ein mittelgroßes Hotel etwas außerhalb des Stadtzentrums von Jelenia Góra, das noch aus deutscher Zeit stammte, mit Erkern und hohen Fenstern. Marian ließ sich seinen Zimmerschlüssel geben und durchquerte mit Luise an der Hand wie selbstverständlich die Hotelhalle und ging mit ihr die Treppe hinauf ins Obergeschoss. Luise hütete sich, irgendetwas zu sagen, das sie als Deutsche offenbart hätte.

»Hier es ist wärmer als in Wald«, sagte Marian, nachdem er abgeschlossen hatte und sie über das knarzende Parkett des Zimmers schritten. Es hatte zwei große Fenster und eine hohe Decke mit Stuckverzierungen, von der ein Kronleuchter herabhing. Luise trat an eins der Fenster und sah hinaus auf die Straße. »Wir hatten noch nie ein Zimmer«, sagte sie.

Marian trat hinter sie und legte die Arme um sie. »Jetzt wir haben eins.« Er strich ihre Haare beiseite und küsste ihren Nacken. Dann bewegte er sich sacht hin und her, als wollte er tanzen. Luise folgte seinen Bewegungen, wandte sich um und glitt in seine Arme, und sie tanzten eng aneinandergeschmiegt.

»Schade, wir haben keine Musik«, raunte er an ihrem Ohr. »Kein Radio.«

»Dann hören wir eben unsere eigene Musik«, sagte Luise.

Er nahm ihre Hand, drehte ihren Arm herum und verteilte Küsse auf ihrem Unterarm. »Welches Lied hörst du gerade?«, fragte er.

»Weißt du noch, das Fest in der Kommandantur? Das Grammophon? Das Lied hieß *Sing, Nachtigall, sing*. Ich höre es immer noch.«

»Ich erinnere mich«, sagte er leise. »Aber ich höre dein Lied. *Für Luise*.« Er legte seine Wange an ihre und drehte sie langsam herum.

»Ich habe den Zettel mit der Melodie mit in den Westen genommen«, erzählte Luise. »Unser Chorleiter in Westfalen hat sie mir vorgespielt. Sie ist so schön.«

Er lächelte stolz. »Manchmal ich komponiere ein bisschen. Ich kann dir noch mehr Strophen machen, viele Lieder, wenn du willst.«

Sie lachte.

»Damals wollte ich dir Melodie sofort vorspielen. Aber es ging nicht mehr. Wer hätte gedacht, so viele Jahre vergehen«, sagte er mit rauer Stimme.

»Niemand«, erwiderte sie. »Aber jetzt sind sie vorbei.«

Er hielt inne, hob die Hand und strich ihr mit dem Finger über die Wange. »Du bist noch genau wie früher«, sagte er. Dann drückte er sie an sich und küsste sie.

Ein Schauer überlief Luise. Sie sah durch die grauen Gardinen nach draußen, und der Tag verschwamm vor ihren Augen.

Irgendwann, als das Meer sie genommen und wieder ausgespuckt hatte, lagen sie nebeneinander im Bett, einander zugedreht. Marian lag mit dem Kopf halb im Kissen, seine Haare an der Stirn waren verknautscht. Er hob die Hand und ließ seine Finger über ihren Arm gleiten, und sie bekam eine Gänsehaut. Sie mochte vor allem seine Hände, die kräftig waren und doch schlank, und seine Augen, mit denen er sie jetzt so ansah, auf diese besondere Weise. Nur er sah sie so an.

Sie nahm seine Hand und verteilte kleine, sanfte Küsse auf seiner Handfläche. Dann legte sie sich auf den Kopf. Sie schloss die Augen. Verzückt gewahrte sie, wie Marian über ihre Haare strich, mal mit den Fingern, mal mit der ganzen Hand, und fast meinte sie, seinen begehrlichen Blick durch ihre geschlossenen Lider hindurch sehen zu können. Da hielt sie es nicht mehr aus und öffnete die Augen, und es war genau wie in ihrer Vorstellung. Sie lächelte.

»Du bist schön, *Kochanie*«, sagte er. »Jetzt siehst du glücklich aus, nicht mehr traurig.«

»Ich werde nicht mehr traurig sein«, erwiderte sie. »Ich bin die glücklichste Frau der Welt.«

Seine Hand glitt von ihrem Kopf, tastete nach ihrer, und seine Finger pressten sich zwischen ihre. Er beugte sich über sie und verteilte Küsse auf ihrem Gesicht, dann wanderten seine Lippen ihren Hals hinunter. »Und ich bin glücklicher Mann«, sagte er.

* * *

An diesem Abend kehrte die Reisegruppe mit braun gebrannten Gesichtern von der Bergwanderung zurück, und alle schwärmten Luise von dem Tag im Gebirge vor. Sie zogen lange Gesichter, als sie Luise noch so krank vorfanden, und waren enttäuscht darüber, dass sie auch am nächsten Tag noch nicht wieder mitkönnte, wie sie beteuerte. Es fiel Luise schwer, zu lügen und auf ihre zweite Fahrt in die Heimatdörfer zu verzichten. Sie würde nicht mitkönnen nach Lindenau, um Abschied zu nehmen. Aber sie wollte jeden Tag, den sie mit Marian hatte, auskosten.

Er holte sie wieder in Karpacz ab und brachte sie ins Hotel wie am Vortag. Sie genossen jede Minute, aber dennoch lag über diesem Tag schon der Schatten des Abschieds. Als Luise am Nachmittag die Vorhänge wieder aufzog, blendete sie das Tageslicht.

»Ich könnte mich daran gewöhnen, den Tag mit dir zur Nacht zu machen«, sagte sie.

Marian trat hinter sie, küsste ihr Haar und schlang die Arme um sie. »Ich auch«, raunte er an ihrem Ohr. Er trug nur seine Hose. Seine Finger glitten zwischen ihre und umschlangen sie. Luise, die sich eine dünne Decke umgewickelt hatte, starrte nach draußen in den sommerlichen Tag, der vor ihren Augen verschwamm. Sie hatte das Gefühl, kein Wort sagen zu können, ohne die Beherrschung zu verlieren. »Was machen wir denn jetzt nur?«, fragte sie schließlich.

Ein Seufzer antwortete ihr. »Was sollen wir machen?«, sagte er. »Wir sind vernünftig.«

Sie schloss trotzig die Lippen. Sie wollte nicht vernünftig sein, wenn es bedeutete, sich wieder von ihm zu trennen. Sie war es leid, immer vernünftig zu sein, sie wollte etwas ganz und gar Unvernünftiges tun. Aber sie hatte noch nicht näher darüber nachgedacht, was das sein könnte. Sie starrte aus dem Fenster, ohne wirklich etwas zu sehen, und Tränen liefen ihr die

Wangen hinunter. Er drehte sie zu sich herum und wischte ihr mit dem Finger die Tränen ab. »Nicht weinen, Kochanie«, sagte er, nahm sie in die Arme und wiegte sie sanft, wie er es früher manchmal getan hatte.

Nun weinte sie erst recht. Sie schluchzte wie ein kleines Kind.

»Wir *müssen* zurück zu unseren Familien«, sagte er. »Du musst zurück nach Deutschland, und nächstes Jahr machst du Heimfahrt und wir sehen uns wieder.«

Sie seufzte und leckte sich mit der Zunge eine salzig schmeckende Träne ab. Nächstes Jahr. Ein ganzes Jahr ohne ihn. Wie sollte sie das aushalten? Sie wusste doch nicht mal, wie sie ein paar Tage ohne ihn aushalten sollte. »Bist du denn nicht … macht ihr nicht bald wieder eine Tournee zu uns?«

Er schüttelte den Kopf. Sein offensichtliches Bedauern machte es noch schlimmer. Sie lehnte sich an ihn, und er strich über ihre Haare.

Was hatten sie nur getan? Sie hatten die alte Narbe aufgerissen, und nun schmerzte die frische Wunde wie früher. »Ich kann nicht ohne dich leben«, beharrte sie.

Er nahm ihren Kopf in beide Hände. »Du kannst. Es geht nicht anders. Du kannst nicht hier in Polen leben und ich nicht in Deutschland. Glaub mir, hier ist nicht gut leben«, setzte er düster hinzu. »Du hast meine Nummer und ich habe deine. Wir machen, wie wir es besprochen haben.«

»Aber …« Sämtliche Bedenken kamen wieder hoch. Wenn ihnen zwischendurch etwas zustoßen sollte. Wenn die Grenze wieder abgeriegelt werden würde. Wenn Marian es sich in dem Jahr anders überlegen würde.

»Kein Aber, *Kochanie*«, sagte er, während er sie immer noch festhielt und eindringlich ansah. Sie schwieg enttäuscht. Undeutlich dämmerte ihr, dass sie vielleicht jetzt seine Vernunft ertragen musste, so wie er damals ihre Vernunft hatte ertragen müssen. »Wir schaffen es beide, du schaffst das schon«, versicherte er. »Ich will dich wiedersehen. Ich verspreche.«

Langsam dämmerte ihr, dass er recht hatte. Zwischen ihren beiden Ländern war die Grenze. Der Eiserne Vorhang. Sie konnten froh sein, sich überhaupt wiedergesehen zu haben. Nun konnten sie sich nur unter diesen Umständen sehen oder gar nicht. Und ihn gar nicht wiederzusehen, kam für sie nicht infrage.

Sie konnte später nicht mehr sagen, wie lange sie so dagestanden hatten. Vielleicht waren es genau jene Momente, in denen sie begann, sich in einen Vogel zu verwandeln. Einen Vogel, der die Körner aufpickte, die das Leben ihm hinwarf. Aber war sie das nicht schon immer gewesen? Nein, rief etwas in ihrem Innern. Du wirst dich damit nicht zufriedengeben, denn du bist ein Mensch. Menschen wollen immer mehr.

Sie hörte die Geräusche des Hotels und der Straße, ohne sie wahrzunehmen. Irgendwann zogen sie sich an. Luise ging über den Flur ins Bad, wusch sich und zog sich die Lippen nach. Man sah ihr an, dass sie geweint hatte, aber das war ihr gleichgültig.

Während der Rückfahrt im Auto sprachen sie nur wenig. Sie hatten alles zur Genüge besprochen, ihre Telefonnummern und Adressen ausgetauscht, Zeiträume für Luises nächste Fahrt umrissen. Sie hatte seine Faxnummer vom Büro und wusste, wann sie ihn dort am besten erreichen konnte.

Luise sah aus dem Autofenster. Über der Schneekoppe hing ein feiner Wolkenschleier. Frische warme Luft strömte durch das halb offene Fenster herein. In Karpacz hielt Marian den Lada an der Bushaltestelle an und stellte den Motor ab. Eine Weile starrten sie vor sich hin, jeder in seine eigenen Gedanken versunken.

»Fährst du heute noch zu deiner Mutter?«, fragte sie.

»Ja, gleich fahre ich weiter zu ihr. Morgen zurück nach Wrocław.«

Er wandte sich zu Luise um, nahm ihr Gesicht in seine Hände und küsste sie. Sie machte sich los. »Ich hab was für dich.« Sie öffnete ihre Handtasche, nahm die Hustenpastillendose ihrer Mutter heraus und gab sie ihm zurück. Er starrte darauf, als würde er einen lange vermissten Freund wiedersehen.

»Mach sie auf.«

Vorsichtig nahm er den Deckel ab. In einem Kreis von schneeigen Pfefferminzbonbons, die Luise am Dorfkiosk gekauft hatte, lag ein Herzstein. Marian lächelte. Er küsste den Stein, dann sie.

Luise zwang sich ebenfalls zu einem Lächeln. »Dein Taschentuch behalte ich«, sagte sie. »Unsere … Zigarettendose hab ich zu Haus.«

Marian nickte, und sie schwiegen und sahen wieder aus dem Fenster. Er tastete nach ihrer Hand. Die Fältchen traten wieder an seine Augen, als er lächelte. »Wir sehen uns wieder, *Kochanie.* Dauert nicht lange, ist nur ein Tag.«

Sie musste heftig schlucken, nahm alle Kräfte zusammen und stieg aus dem Auto.

Er warf ihr eine Kusshand zu, die sie erwiderte. Dann wandte sie sich um und lief die Dorfstraße hinunter. Sie spürte, dass er ihr noch lange nachsah. Erst als sie in die Straße zu ihrer Pension einbog, sah sie, wie er das Auto wendete und fortfuhr.

Kapitel 23

An diesem Abend wurde Luise wieder *gesund*, damit sie wenigstens noch einmal mit den anderen zu Abend essen konnte. Es gab Hackfleisch, Salat, Kartoffeln und zum Nachtisch Blaubeerkompott. Obwohl es gut schmeckte, bekam Luise kaum etwas herunter, während sie den Erzählungen der anderen zuhörte. Der Gerichtskretscham würde leer stehen und jetzt als Stall für die Weidetiere dienen, erzählte ihre Mutter. Sie hätten reinsehen können. Den alten Parkettboden hätten sie auch rausgehauen und verfeuert, ach, es wäre ein Trauerspiel. Moors Bäckerei würde von irgendwem bewohnt werden und in Weidlichs Hof wäre jetzt ein anderer Bauer, hieß es. Janusz und Augustyn würden immer noch zusammen in einem Haus wohnen, im Niederdorf. Sie hätten ihnen aber nicht aufgemacht. Dann ergingen sich ihre Mutter, Helene und Rita lange in Vermutungen darüber, ob die Brüder wirklich nicht da gewesen wären oder ob sie ihnen nur nicht hätten öffnen wollen. Luises Mutter glaubte Letzteres, Rita und Helene meinten, sie wären weg gewesen, weil kein Auto vor der Tür gestanden hätte.

»Nächstes Jahr versuchen wir es noch einmal«, meinte Rita.

Luises Mutter winkte ab. »Wer weiß, ob ich nächstes Jahr noch lebe.«

»Mama«, rief Helene entrüstet. »Sag doch nicht immer so was.«

»Ach, ist doch wahr. Es ist so traurig zu sehen, was die Polen mit unserem Dorf gemacht haben«, sagte ihre Mutter. Es schien ihr heute zu schmecken, denn sie hatte nichts auszusetzen. Sie hatte sich für den Abschiedsabend extra herausgeputzt, trug ein dunkelblaues Kleid mit einem weißen Kragen und weißen Knöpfen an der Brust, das Luise ein wenig an ihr früheres Mitternachtskleid erinnerte. Aber sie hatte Ränder unter den Augen, und ihre Haut sah blass aus.

»Wenn du noch lebst, kommst du dann wieder mit, Mama?«, fragte sie.

Ein kurzes Schweigen entstand. Ihre Mutter legte das Messer weg und nahm ihr Bierglas. »Ich weiß es nicht.« Sie schwenkte das Glas und trank ein paar Schlucke Bier.

Luise wandte sich an Helene. »Und du? Was ist mit dir?«

»Ich weiß es auch noch nicht, ehrlich gesagt. Eigentlich wollen wir ja den Dachboden ausbauen.«

Luise nickte. »Überlegt es euch noch mal«, sagte sie.

»Also der Reiseunternehmer fährt auf jeden Fall wieder«, berichtete Rita. »Wahrscheinlich wieder um dieselbe Zeit. Der Fahrer konnte das noch nicht sagen. Du musst noch mal hierhin kommen, Luise, du hast doch so wenig gesehen.« Sie warf ihr einen vielsagenden Blick zu. Luise lächelte gegen ihre Traurigkeit an.

Sie war froh, dass sich an diesem Abend wieder alle auf dem Flur versammelten. Ein paar Wodkaflaschen kreisten, und sie redeten sich die Köpfe heiß über die vergangenen Tage. Alle meinten, dass es eine schöne Reise gewesen sei, obwohl manche mit der Enttäuschung fertigwerden mussten, dass ihr einstiges Haus nicht mehr existierte. Später am Abend, als sie genügend Wodka getrunken hatten, stimmten sie das Riesengebirgslied an, und Luise sang mit. Es tat ihr gut, das Lied zu singen, ja, nach langer Zeit überhaupt wieder zu singen, und sie hörte ihre helle Stimme aus den anderen heraus. Nur bei dem Refrain *Riesengebirge, deutsches Gebirge* bewegte sie nur die Lippen. Es schien ihr nicht recht zu sein, das Lied in einer polnischen Pension zu singen, denn sie wusste, *ihr* Gebirge war inzwischen auch für Marian und seine Familie zur Heimat geworden – er kannte sich dort besser aus als sie. Sie erwartete schon heimlich, dass die Pensionswirtin gleich kommen und alle wie auf einer Klassenfahrt in ihre Zimmer schicken würde, aber nichts geschah.

Am nächsten Morgen fuhren sie früh los. Ihr Reiseleiter Jozéf verabschiedete sich von ihnen und wünschte ihnen eine gute Heimreise. Luise ließ sich in den Sitz sinken und legte ihr Gesicht an die Scheibe. Dunst hing über den Bergen und legte einen Weichzeichnerschimmer auf die hinteren Gebirgszüge. Allmählich verschwanden die Berge in ihrem Rücken, und Stille machte sich im Bus breit. Ein Gewicht lag auf Luises Brust. Es wurde schwerer mit jeder Radumdrehung, die sich der Bus weiter entfernte. Auch Rita saß schweigend mit nassen Augen neben ihr und starrte aus dem Fenster.

Erst nach dem Grenzübergang Görlitz, an dem sie lange und gründlich kontrolliert wurden, ging es etwas besser. Lange fuhr der Bus über die Transitstrecke durch die DDR, über Cottbus, den Berliner Ring und Magdeburg, und Luise dachte an Marian und fragte sich, wie sie die nächsten Monate überstehen sollte. Ohne ihn.

Ihre Mutter kam zu ihr und musterte sie mit ihrem kritischen Mutterblick: »Na, Luise, du siehst mir aber immer noch mirig aus. Werd doch mal wieder gesund.« Sie drückte ihr die Schultern. Das hatte sie lange nicht mehr getan.

Luise nickte, faltete ihren Pullover, lehnte ihren Kopf dagegen und schloss die Augen.

In Hannover warteten zu Luises Überraschung neben Helenes Familie auch Wolfgang und Sabine am Bahnhof, obwohl sie eigentlich mit Rita hatte zurückfahren sollen. Wolfgang drückte sie kurz an sich und gab ihr einen Kuss auf die Wange, dann half er dem Fahrer, ihre Reisetasche auszuladen.

»Mama!« Sabine warf sich in ihre Arme, und Luise drückte ihre Nase in das Haar ihrer Tochter und atmete den vertrauten Geruch ein. »War es schön? Steht euer Hof noch?«, wollte Sabine wissen, und Luise musste kurz das Wichtigste erzählen, ehe sie zum Auto gehen konnten. Es gab zahlreiche Umarmungen zum Abschied. Man verabredete Besuche und weitere Fahrten. Luise versprach ihrer Mutter einen baldigen Besuch, und Rita tat dasselbe mit ihr. Luise sah ihr mit einem wehmütigen Gefühl nach, als sie mit Ingrid, die sie ein Stück mitnehmen wollte, zum Auto ging.

Alles kam Luise vertraut und gleichzeitig fremd vor. Das Auto roch wie immer, und Wolfgangs winziger Lederschuh baumelte am Innenspiegel und zitterte bei jeder Erschütterung, als sie über die Autobahn nach Allenheide zurückfuhren.

»Du siehst müde aus, Schatz«, meinte Wolfgang und streifte sie mit einem kurzen Seitenblick. Luise erschrak über die Anrede; so hatte er sie schon lange nicht mehr genannt. Sicher wollte er vor Sabine den Anschein geben, zwischen ihnen wäre alles in bester Ordnung.

»Mich hat's erwischt, ich war ein paar Tage krank«, sagte sie.

»Ach, schade.«

»Muss wohl das Essen gewesen sein«, witzelte sie, aber es klang nicht wirklich fröhlich. Sie riss sich zusammen.

»Wenigstens konnte ich mit nach Lindenau und den Ausflug zur Schneekoppe mitmachen. Den Rest muss ich nächstes Jahr nachholen.«

Sie sah ihn kurz an, wie er es wohl aufnehmen würde. Seine Miene verriet nichts. Seine neue Jacke aus schwarzem Nappaleder, die er trug, verriet ihr, dass er wieder bei seinem Lieblingsausstatter gewesen war. »Also wollt ihr nächstes Jahr wieder fahren«, stellte er fest, und Luise, die mit Widerstand gerechnet hatte, bekräftigte hastig: »Rita und ich auf jeden Fall, Mama und Helene wissen es noch nicht. Es war so schön, und wir waren so eine tolle Gemeinschaft. Aber ihr könnt euch nicht vorstellen, wie heruntergekommen alles ist.« Sie erzählte von ihrem Tag in Lindenau und wie sie auf ihrem Hof gewesen waren. »Wir hatten Glück, die Frau hat uns sogar reingebeten. Manche Höfe sind nicht mehr da. Schuberts fehlt und Hübners. Baumerts auch, da ist gar nichts mehr. Und bei Seiberts haben sie alles rausgerissen, das ist jetzt ein Kuhstall.« Seibert war einst der Pächter des Gerichtskretschams gewesen.

Wolfgang gab einen unwilligen Laut von sich, seine Lippen waren zu einem Strich zusammengepresst. »Was ist bei uns?«, fragte er mit rauer Stimme.

»Es tut mir leid.«

»Was …?«

»Es ist verfallen. Nur noch Grundmauern stehen.«

Wolfgangs Lippen zuckten. Er ballte die Faust. »War ja auch ein altes Haus«, knurrte er. »Verdammte Ärsche.«

»Ich glaube, sie haben einfach nicht alle Häuser gebraucht«, meinte Luise. »Die haben gar nichts, die sind arm.«

»Wundert mich nicht. Polnische Wirtschaft und dreißig Jahre Kommunismus«, stieß er zwischen den Zähnen hervor. »Was kann man da schon erwarten. Hast du Fotos gemacht?«

»Ja.« Luise erzählte ihm von dem Zustand der Kirche, der Schule, dem Pfarrhaus und dem Friedhof. »In Moors Bäckerei wohnt noch irgendjemand. Rita hat ein paar Fotos für Christel gemacht.«

»Gut«, sagte Wolfgang und schwieg verdrossen. Er schien wütend zu sein. »Warum willst du dir das eigentlich alles noch mal antun?«, fragte er schließlich. »Reicht dir nicht, was du schon gesehen hast?«

Luise schluckte. »Ich hab doch das halbe Dorf noch nicht wiedergesehen. Außerdem ist es schön, im Gebirge zu wandern und Ausflüge zu machen.«

Wolfgang schüttelte den Kopf. »Du und deine Nostalgie. Das ist doch reiner Masochismus.«

Luise erwiderte nichts. Er sollte nur nicht auf die Idee kommen, ihr die Reise zu verbieten. Aber was auch immer er täte, sie würde auf jeden Fall fahren.

»Was ist Masochismus, Papa?«

Wolfgang lachte bitter. »Das ist, wenn man Freude daran hat, sich selbst zu quälen oder gequält zu werden. Deine Mutter quält sich gern selbst.«

»Hör doch auf«, protestierte Luise.

»Aber Mama, du fandest es doch schön da, oder nicht?«

»Ja, sehr.«

»Na siehst du, Papa, dann ist das doch kein Masochismus.«

»Nein«, bestätigte Luise, aber Wolfgang lachte nur.

Abends im Bett fürchtete Luise, dass Wolfgang mit ihr schlafen wollte, aber er drehte sich nur um und schlief sofort ein. Sie lag noch lange wach und sah auf seine Silhouette, die sich dunkel vor dem Licht abzeichnete, das durch die Vorhänge hindurchschimmerte. Er schlief still, ohne Atemgeräusch, nur an dem leichten Heben und Senken seines Oberkörpers konnte sie sehen, dass er atmete. Es hatte Nächte gegeben, in denen er im Schlaf geschrien und fremde Namen gemurmelt hatte. In den letzten Jahren war das weniger geworden. Vielleicht lag das an Kösing und den anderen, deren Treffen ihn zu beruhigen schienen.

Mit Grauen dachte Luise an den Sommerurlaub, den sie bald wieder mit ihnen am Gardasee verbringen müsste. Sie wusste nicht, was die Männer taten, wenn sie die Burgen besichtigten. Wolfgang hatte ihr nie etwas erzählt. Es gab so viel, das sie nicht von ihm wusste. Sie war das Wesen, das an seiner Oberfläche schwamm, eine Zierde, ein Spielzeug. Niemals war sie mit ihm in seine Tiefen getaucht.

Jetzt wollte sie es nicht mehr. Es hatte Tage gegeben, da war das anders gewesen, aber nun war es zu spät. Nun war er für sie nur noch der Felsbrocken, von dem sie fürchtete, zerquetscht zu werden.

Es fiel ihr schwer, sich in ihrer vertrauten Umgebung wieder einzuleben. War ihr Leben immer schon so farblos gewesen? Wie hatte sie das nur ausgehalten? Wie hatte sie sich nur damit begnügen können, Blumenzwiebeln und Gemüse im Garten zu pflanzen und mit den Nachbarinnen über die Kinder zu reden? Die Frauen des Handarbeitskreises – denen sie alles über ihre Heimatfahrt erzählen musste – erschienen ihr auf einmal langweilig, und selbst das Handarbeiten machte ihr kaum noch Freude, seitdem sie die Sachen nicht mehr verkaufen konnte. Ihr einziger Lichtblick war Sabine. Luise hörte gern die Geschichten über Schule und Freunde, die ihre Tochter mit nach Hause brachte, beredete mit ihr manches Problem und gab ihr Ratschläge. Sie freute sich, dass Sabine ihr vertraute.

Aber das reichte nicht. Wenn Sabine eines Tages ausziehen und ihre eigene Familie gründen würde, hätte sie nichts mehr außer ihrer Ehe und einen fernen Geliebten. Sie musste sich etwas Eigenes aufbauen. Etwas, das ihr Geld verschaffte, mit dem sie ihre künftigen Heimatreisen bezahlen konnte. Etwas, das ihr endlich finanzielle Unabhängigkeit von Wolfgang verschaffte. Sie hätte nicht aufgeben dürfen, als er ihr verboten hatte, ihre Sachen bei Hanne zu verkaufen. Sie hätte weitermachen müssen.

Luise ging ins Gästezimmer, in dem sie ihre Handarbeitssachen aufbewahrte, und holte den Koffer mit den fertigen Sachen hervor: einige Strickpullover für junge Mädchen, Socken, ihre beliebten Motivpullover für Kinder, Kissenbezüge, Schlüsselanhänger. Sie erinnerte sich an die Handarbeitsläden in Maldenberg.

Am nächsten Nachmittag, als Sabine eine Freundin besuchte und Wolfgang wegen einer Übung länger Dienst hatte, fuhr sie mit dem Bus nach Maldenberg. Zuerst versuchte sie es bei dem größten Geschäft, das in der Haupteinkaufsstraße lag und außer Wolle und Kurzwaren auch Bettwäsche und Tischdecken führte. Aber man wies sie ab. Im zweiten Laden holte die Verkäuferin die Inhaberin hinzu, die sich immerhin ihre Handarbeiten zeigen ließ. Aber dann schüttelte sie doch den Kopf. »Wissen Sie, die Sachen sind ja sehr hübsch, aber sie passen nicht in unser Geschäft«, sagte sie.

Luise nickte enttäuscht. »Können Sie mir sagen, wo ich's vielleicht noch versuchen kann?«

»Waren Sie schon bei Veistermann?«

»Meinen Sie den Laden in der Kleinen Gasse?«

»Genau. Von hier aus immer weiter Richtung Musikhochschule, dann rechts.«

»Stimmt, da kann ich's mal versuchen.« Luise bedankte sich bei der Inhaberin und verließ den Laden. Draußen umfing sie die Hitze des Sommertages. In dem nahe gelegenen Café am Fluss saßen die Leute auf der Terrasse unter bunten Sonnenschirmen und unterhielten sich. Geschäfte hatten ihre Markisen aufgespannt, unter denen sie Ständer mit ihren Waren aufgebaut hatten. Sehnsüchtig sah Luise zum Café hinüber. Wie schön wäre es, jetzt mit Marian dort zu sitzen, Kaffee zu trinken und dem Wasser beim Fließen zuzusehen. Später dann in einem Restaurant zu essen und in der Hotelbar noch einen Sekt zu trinken, bevor man aufs Zimmer ging. Sie fühlte sich elend bei dem Gedanken, dass sie noch ein ganzes Jahr darauf warten musste. Und selbst dann wären sie in Polen nicht unbeschwert und frei. Sie blinzelte mit brennenden Augen gegen ins Licht. Allein wollte sie keinen Kaffee trinken. Sie ging zum Springbrunnen am Schlossparktor, trank ein paar Schlucke Wasser und kühlte sich die Stirn, ehe sie durch die Altstadt zur Kleinen Gasse ging. Hoffentlich hatte sie Glück.

Die Gasse trug ihren Namen zu Recht, denn sie war die winzigste Gasse in der Altstadt. Schmale Fachwerkhäuser säumten sie an einer Seite, an der anderen lag ein altes geschlossenes Lokal, das mit seiner efeuüberwucherten Veranda wie ein verwunschenes Schloss aussah. Luise hielt vor einem der Fachwerkhäuser gegenüber inne. *Veistermann* stand über dem Eingang. Daneben wartete ein Korb mit Wollresten darauf, durchstöbert zu werden. In dem winzigen Schaufenster lagen verschiedene Garne, darüber hing ein riesiger Wollkrake mit ausgestreckten Tentakeln.

Luise straffte sich und zupfte sich den Pony zurecht, dann betrat sie den Laden. Ein elektrisches Surren ertönte. Einen Augenblick hielt sie inne, bis sich ihre Augen an das dämmrige Innere gewöhnt hatten, und sah sich erstaunt um. Weil das Haus alt war, hatte sie ein altertümliches Geschäft erwartet, aber alles sah modern aus. Helle Regale voller Wolle säumten die Wände vom Boden bis zur Decke, und mittendrin stand eine ebenso helle Verkaufstheke, hinter der eine kleine alte Frau wartete. Sie sah Luise neugierig über ihren Brillenrand entgegen. »Sie kommen bestimmt das Häkelgarn abholen«, sagte sie mit ihrer Altfrauenstimme.

»Nein, deswegen bin ich nicht hier.«

»Dann war das wohl ein Missverständnis. Entschuldigen Sie bitte«, sagte die Frau.

Luise setzte ihr freundlichstes Lächeln auf. »Gestatten Sie bitte, dass ich mich Ihnen kurz vorstelle, mein Name ist Steidler. Ich möchte Ihnen gern etwas zeigen.« Sie hob ihre Tasche auf die Ablage der Theke. Die alte Frau wich zurück. »Wir kaufen nichts«, sagte sie.

»Frau Veistermann?«

Die alte Dame nickte. »Ja?«

»Ich möchte Ihnen nichts verkaufen, Frau Veistermann. Ich möchte Ihnen nur etwas zeigen.« Sie öffnete ihre Tasche, holte ihre besten Sachen heraus und breitete sie auf der Ladentheke aus. »Ich handarbeite für mein Leben gern. Diese Sachen habe ich selbst gemacht. Können Sie sich vorstellen, sie in Ihrem Geschäft zu verkaufen?«

Die Frau strich mit ihren dürren Händen über die Wolle und betrachtete die Stücke. Sie hielt einen Kinderpullover hoch. »Entzückend! So einen habe ich letztes Jahr für meinen Enkel gemacht.« Sie befingerte einen Schlüsselanhänger.

»Süß, nicht?«, meinte Luise. »Ich hab schon viele Sachen im Bekanntenkreis verkauft, und diese Anhänger gingen ganz besonders gut. Auch die Häkelpullover sind eine Wucht für junge Mädchen.«

Frau Veistermann sah sie über ihre Brillengläser hinweg an. Sie wirkte verschwindend klein hinter der großen Theke. »Haben Sie's schon mal bei Monis Kleiderstube versucht? Ich weiß, die machen das manchmal auch.«

»Nein, habe ich nicht, ich wollte zuerst zu Ihnen.«

»Wissen Sie, wir verkaufen ja eigentlich nur Wolle, Frau …«

»Steidler.«

»Frau Steidler, wir verkaufen nur Wolle.«

Luise sah enttäuscht auf ihre Handarbeiten hinunter. Wenn sie wieder kein Glück hatte, was sollte sie dann tun? Dieser Laden war ihre letzte Chance. »Nun, vielleicht wollen Sie ja mal

Ihr Sortiment erweitern«, sagte sie. »Ich könnte auf Bestellung arbeiten, was immer Sie wollen. Versuchen Sie es doch einmal.«

Sie bemerkte Frau Veistermanns Zögern und ihren begehrlichen Blick hinter den Brillengläsern. Das gab ihr wieder Hoffnung.

»Wissen Sie, es ist ja alles so schnelllebig geworden«, klagte die alte Dame. »Die Leute gehen in die Kaufhäuser und kaufen sich die Sachen von der Stange, das ist billiger. Immer weniger handarbeiten heute noch.«

»Ja, aber Sie haben doch sicher Ihre Stammkunden. Vielleicht können Sie auch neue Kunden gewinnen, wenn Sie fertige Pullover anbieten«, erwiderte Luise. »Wer zum Handarbeiten keine Zeit hat, freut sich bestimmt über so einen Pullover.«

Frau Veistermann überlegte. »Das muss meine Tochter machen«, sagte sie schließlich. »Lassen Sie mir ein paar Sachen da?«

»Gern, Frau Veistermann.« Erfreut nahm Luise von jedem Teil ein Muster, den Rest packte sie wieder ein. »Ich freue mich, dass Ihnen die Sachen gefallen«, sagte sie. Sie redeten noch eine Weile über die Geschäfte und die Hitze, bis Luise sich verabschiedete.

»Rufen Sie in ein paar Tagen wieder an«, sagte Frau Veistermann.

»Mache ich«, versprach Luise. »Vielen Dank.«

Sie frohlockte, als sie wieder draußen unter der Markise stand. Wie gut würden ihre Sachen in dieses Geschäft passen! Sie hoffte, die Tochter der alten Dame würde das ebenso sehen.

Nun verspürte sie doch Lust, diesen kleinen Anfangserfolg zu feiern. Es war erst vier Uhr, bis zum nächsten Bus hatte sie noch Zeit. Sie lief zurück zum Café am Fluss. Ein trockener heißer Wind wehte und blähte ihr das Sommerkleid auf. Die Terrasse war zum Bersten voll. Abgehetzte Serviererinnen liefen zwischen den voll besetzten Tischen umher. Luise kaufte sich ein Eis und ließ sich auf der Mauer am Fluss nieder. Gedankenverloren betrachtete sie die Leute, die an ihr vorbeischlenderten – Paare und Familien mit Kindern an der Hand und in Kinderwagen, Rentner, ein paar Geschäftsleute. Ein junger Mann trug ein großes Musikinstrument auf dem Rücken. Eine Traube junger Mädchen schlenderte durcheinanderredend an ihr vorbei – trotz der Hitze alle in langen Jeans und T-Shirts. Dabei gab es so schöne Kleider, wie es zum Beispiel die Frau dort hinten trug – ein eng geschnittenes, ärmelloses Betty-Barclay-Kleid aus schönem Baumwollstoff, das ihr ausgezeichnet stand. Es passte zu ihren hübschen Sandalen und dem blonden Pagenkopf, auch zu ihrer braunen Haut. Luise beobachtete die Frau, wie sie vor der Modeboutique stehen blieb und das Schaufenster betrachtete, während sie ihren Mann an der Hand hielt. Er trug eine Sonnenbrille und folgte ihr geduldig, als sie sich abwandte und weiterging, und in diesem Augenblick erkannte Luise Christels herzförmiges Gesicht. Was tat Christel hier nur?, dachte sie noch, als sie auch Christels Begleiter erkannte – seinen sicheren Gang, die Silhouette seiner Figur, seine neue Sonnenbrille und den neuen Pullover –, und plötzlich wusste sie auch, warum er sich so viele Sachen zugelegt hatte in letzter Zeit. Es passierte automatisch, denn die Augen und der Verstand lieferten sofort die Bilder, aber Luise weigerte sich, sie zu realisieren. Sie saß einfach nur da, sah Wolfgang und Christel an, wie sie auf der anderen Straßenseite an ihr vorbeischlenderten, ohne sie zu sehen, und leckte ihr Eis, während die beiden weiterbummelten, als wäre es das Selbstverständlichste der Welt. So selbstverständlich wie der Sonnenuntergang, der später am Abend folgen würde, oder das Erscheinen des Eismanns in ihrer Siedlung an heißen Tagen, seine Klingel und das Jauchzen der Kinder, wenn sie ihn hörten. So sah sie Wolfgang wie selbstverständlich mit Christel den Bürgersteig entlangspazieren. Luise war beeindruckt über die Unbekümmertheit, mit der sie das taten.

Die fühlten sich ja sehr sicher, durchfuhr es sie, hier so in aller Öffentlichkeit im Sommer. Das war ihr erster Gedanke, als die Lähmung nachließ und sie wieder denken konnte. Und dann: Sie hatten sie nicht gesehen.

Sie rutschte von der Mauer, warf das Waffelhörnchen in einen Mülleimer und folgte den beiden. Langsam schlenderte das Paar weiter den Bürgersteig entlang, hielt vor den Schaufenstern inne, die Christel interessierten, hielt inne, damit Wolfgang den Arm um Christels Schultern legen und ihr einen Kuss geben konnte. Er murmelte ihr Worte ins Ohr, während ihre Hände ineinanderglitten wie Zahnräder, und sie lächelten, als hätte die Sonne selbst sie geküsst. Es war also etwas Ernstes und auch etwas Altes, das die beiden verband, etwas, auf das sie lange hatten warten müssen. Christel war schon in Lindenau eifersüchtig auf Luise gewesen, nachdem Wolfgang sie geküsst hatte. Aber die beiden hatten sich in München wiedergetroffen. Sie hatten eher die Gelegenheit gehabt, ein Paar zu werden, früher als Luise und Wolfgang. Warum hatte Christel Kösing geheiratet und nicht Wolfgang? Luise fiel wieder ein, was Christel ihr an dem Abend ihres ersten Wiedersehens verraten hatte: Kösing hätte sich sofort für sie interessiert, Wolfgang für ihre Freundin, die später seine Verlobte wurde. Vielleicht hatte Wolfgang sich angepasst, als der Gruppenführer Christel erwählte, und sich mit der Freundin begnügt. Oder er war tatsächlich eine Zeit lang in die Freundin verliebt gewesen – oder hatte es zumindest geglaubt, aber für eine Heirat hatte es dann doch nicht gereicht? Vielleicht war aber auch alles ein großes Versehen – Christels Ehe mit Kösing, ihre eigene Ehe. Oder die Zeit hatte es einfach ergeben, die gemeinsamen Urlaube am Gardasee, in denen

Wolfgang und Christel Gelegenheit hatten, sich näherzukommen. Und niemand hatte es bemerkt.

Nach einer Weile bogen die beiden in eine Seitenstraße ab, und Luise folgte ihnen unauffällig. So zärtlich und glücklich hatte sie Wolfgang noch nie erlebt. Sie beobachtete staunend, wie er Christel die Glastür des modernen Hotels aufhielt und sie vorgehen ließ, bis sie beide im dunklen Bauch der Halle verschwanden. Sie verbarg sich in einem Hauseingang. Irgendwann wagte sie sich wieder vor, spähte die gläserne Front des Hotels hinauf und fragte sich, hinter welchem der Fenster die beiden wohl ihr Zimmer hatten. Dann tauchte sie hastig atmend wieder in den Eingang zurück. Sie holte tief Luft, während die alte Wut wieder in ihr hochkochte, und schlug mit der Hand gegen die steinerne Umrandung der Haustür.

Diese Schlange, dachte sie. Dieses miese Luder. Und Wolfgang war ein elender Betrüger. Sie brauchte keine Gewissensbisse mehr wegen Marian zu haben.

* * *

Es dämmerte schon, als Wolfgang Christel nach Bonn zurückfuhr. Die Sonne war gerade in einem orgiastischen Fest der Farben untergegangen und hatte einen rosa Schimmer am Himmel hinterlassen. Warme Luft, die nach frisch gemähten Wiesen roch, drang durch einen Spalt in der Fensterscheibe ins Auto.

Christel saß neben ihm auf dem Beifahrersitz und weinte.

Er hasste es, wenn sie weinte. Weinen passte nicht zu ihr, sie war immer stark. Aber in der letzten Zeit weinte sie öfter beim Abschied, besonders nach so schönen Tagen wie diesen.

Wolfgang seufzte. Kurzerhand bog er in einen Feldweg ein und hielt an. Er legte die Hand auf ihre und setzte seine freundlichste Miene auf. »Was ist denn?«, fragte er und versuchte, die

Ungeduld in seiner Stimme zu unterdrücken. »Wenn du weiter so weinst, wird Joachim dir ansehen, dass etwas nicht stimmt.«

Sie starrte ihn mit ihren hellen Augen an, in denen Tränen schwammen. »Wie lange muss ich noch warten?«

Er lehnte sich in den Sitz zurück und starrte auf den Wald, der sich dunkel vor ihnen abzeichnete. Widerwille regte sich in ihm. Er war das alles genauso leid wie sie. »Ich arbeite doch daran«, sagte er. »Ein Jahr noch, vielleicht anderthalb. Es muss eine passende Stelle geben, du kennst das doch. Aber Schaar tut sein Bestes.«

Sie saß eine Weile wortlos neben ihm und starrte aus dem Fenster. »Ich will nicht mehr warten«, zischte sie leise.

»Liebling«, sagte er beschwichtigend. »Wir haben das doch jetzt schon so lange …«

»… nein. Das sagst du jedes Mal. Wir haben schon so lange gewartet, da kommt es auf dieses Jahr auch nicht mehr an. Aber ist's wirklich nur noch ein Jahr? Oder erfindest du nur immer wieder neue Ausreden, um mich hinzuhalten?« Ihre Stimme erstarb in einem Schluchzer.

Er seufzte, aber es klang eher wie ein Knurren. Er beugte sich zu ihr hinüber und küsste sie, aber sie ließ es nur über sich ergehen. Da ließ er sich wieder zurückfallen.

»Die Kinder sind aus dem Gröbsten raus. Wir werden nicht jünger«, mahnte sie.

»Nein«, versetzte er. Es war sowieso schon viel zu viel Zeit vergangen. Jahre, die er mit der falschen Frau verbracht hatte. Mit einem Kind, das ihn hasste.

»Du brauchst weder für mich noch für meine Kinder aufzukommen, wenn ich schuldig geschieden werden sollte«, versicherte Christel. »Wir sind durch das Erbe meines Vaters versorgt, wir haben doch sein Haus in Bonn geerbt. Das ist gut vermietet. Es reicht, selbst wenn die Kinder studieren sollten.«

»Weiß ich. Außerdem hab ich doch selbst noch die Wohnung in Maldenberg.«

Eine Stille trat ein, in der nur ihre raschen Atemzüge zu hören waren. »Ich bin bereit, diesen Weg zu gehen«, sagte Christel. »Und du?«

»Ich auch.«

Wieder Schweigen.

»Du hast doch nicht etwa Angst vor *ihm*?«, fragte sie auf einmal.

»Vor Joachim? Wie kommst du denn darauf?«, sagte er leichthin. »Er betrügt dich doch auch.«

»Ich weiß«, sagte sie gereizt. »Aber denk nicht, dass er dir deswegen nichts antun würde.«

»Das würde er nicht. Das ist eine Sache der Ehre.«

»Unterschätze ihn nicht.«

»Ich würde ihn nie unterschätzen«, meinte er. »Ich kenne ihn doch. Aber er weiß auch, dass eure Ehe kaputt ist. Wie lange will er da noch weitermachen?«

Christel zuckte mit den Schultern und brach wieder in Tränen aus. »Keine Ahnung«, schluchzte sie. »Ich weiß nur, dass wir auch ein Recht auf ein gemeinsames Leben haben nach den vielen Jahren, wir beide.«

Wolfgang nickte. Er tastete nach ihrer Hand und drückte sie fest. »Wenn es so weit ist – bald –, werde ich mit ihm reden, von Mann zu Mann.«

Sie horchte auf. »Wirklich? Das würdest du tun? Meinst du, du kannst ihn überzeugen?«

»Ich denke schon. Immerhin sind wir freie Menschen. Das Schlimmste, was passieren kann, ist eine Schlammschlacht vor Gericht, wenn er nicht einverstanden ist. Und eure Kinder …«

»Meine Kinder sind auf meiner Seite«, sagte Christel mit Nachdruck. »Außerdem gehen sie sowieso bald ihre eigenen Wege.«

»Natürlich.«

Sie schwiegen ein paar Atemzüge lang. Das Abendkonzert der Vögel drang durch das offene Autofenster herein. Christel wischte sich die Tränen mit ihrem Taschentuch ab. »Und die Brigade?«, fragte sie. »Er könnte dich rauswerfen.«

»Niemals«, erwiderte Wolfgang. »Erstens kann er das nicht, und zweitens … wie soll ich das erklären … wir kennen uns so lange, es ist *unser* Bund, der wird immer bestehen.«

»Aber ihr werdet auch älter.«

»Natürlich, das wissen wir, wir sind doch nicht dumm. Wir haben längst für die Zukunft vorgesorgt, Liebes. Wir haben das weiteste Netz, das du dir vorstellen kannst. Joachim natürlich am meisten, aber wir anderen haben auch unsere Verbindungen. Es gibt so viele Männer, die genauso denken wie wir, jüngere Männer. Wir sind jetzt die Veteranen.« Er sah zu ihr hinüber, fing ihren bewundernden Blick auf und lächelte stolz. »Wir sind die Überlebenden. Aber vor allem, und das ist das Wichtigste, sind es die Ideen, die überleben. Eines Tages wird Deutschland wieder das sein, was es einmal war.«

Er sonnte sich in Christels Blicken. Sie verstand, worum es ihm wirklich ging, sie teilte seine Ideen. Deshalb war sie auch von Kösing als würdig erachtet und eingeweiht worden – ein bisschen zumindest. Die meisten Ehefrauen von Brigademännern waren eingeweiht. Nur Luise nicht, sie war als unwürdig befunden worden – zu Recht. Viel zu lange schon war er mit einer Unwürdigen verheiratet.

»Und Luise?«, fragte Christel, als hätte sie seine Gedanken erraten.

Er winkte ab. »Sie ist das geringste Problem.«

»Weiß sie was von uns?«

»Die ist ahnungslos. Sie ist eine sentimentale Träumerin und geht völlig auf in ihrer Heimatduselei. Ich werde sie schon dahin kriegen, sich schuldig scheiden zu lassen, um den Schaden gering zu halten. Reicht, wenn ich für Sabine zahlen muss.«

Christel streckte ihr nacktes Knie vor und schob sich ihm entgegen. »Sehr gut«, sagte sie lächelnd. »Ich hab dir ja von dem Polen erzählt, mit dem sie damals auf dem Fest war. Die hatten bestimmt was miteinander.«

Er zog scharf die Luft ein. Wie konnte er das jemals vergessen! Tagelang war er wütend gewesen, nachdem Christel ihm davon erzählt hatte. Wenn er gewusst hätte, dass Luise sich mit einem Polen eingelassen hatte, hätte er sie nie geheiratet. Aber er war den Reden seiner Mutter aufgesessen, die Luise und ihre Hilfsbereitschaft über alles gelobt hatte. Er hatte geglaubt, ein anständiges Mädchen zu heiraten, mit dem er eine große Familie gründen könnte. Aber Luise war eine Verräterin und Lügnerin, sie war unfähig, Kinder zu bekommen, und hatte ihn aufs Übelste hintergangen, indem sie heimlich die Pille nahm.

»Sie wird schon dafür bezahlen«, murmelte er. Dann legte er seine Lippen auf Christels weichen Mund.

Kapitel 24

Juni 1949

Wolfgang konnte es immer noch nicht fassen, dass er im Zug saß. Und dass dieser Zug tatsächlich nach Westen fuhr. Er hatte es nicht glauben wollen, als der hochrangige russische Offizier ihnen vor vielen Wochen verkündet hatte, ihr Lager würde aufgelöst werden und sie könnten wieder nach Deutschland zurückkehren. Ihr Lager. Komplett aufgelöst.

Es war sein siebtes Lager, und er kannte die Sowjets mittlerweile gut genug. Schon oft hatte es Parolen und Gerüchte gegeben. Gerüchte, denen sie nur allzu gern geglaubt hatten, bis sie eines Besseren belehrt worden waren. Es war ein grausames Spiel mit der Hoffnung, das die Sowjets trieben, und Wolfgang hatte sich anfangs geweigert, es mitzuspielen. Bis zuletzt waren immer wieder Gefangene nachts von ihren Pritschen geholt worden, und niemand wusste, wohin sie verschwanden.

Wolfgang hoffte erst, als sich die Anzeichen mehrten, dass die Auflösung ihres Lagers kurz bevorstand – als der Umgang im Lager lockerer wurde, als die Wachtposten eines Nachmittags ihren endgültigen Feierabend verkündeten, als sie schließlich in die Sauna mussten, rasiert und neu eingekleidet wurden, mit kaum getragenen alten Uniformen aus der Wehrmacht, die die

Sowjets noch im Krieg erbeutet hatten. Als er endlich mit den Kameraden durch das Tor marschieren durfte, das er so oft für die Arbeitseinsätze auf den Baustellen durchschritten hatte, durchlief ihn die überwältigende Freude darüber, dass seine Reise tatsächlich wahr werden würde.

Als sich der Zug mit ihm und vielen anderen in Bewegung setzte, herrschte für einen Augenblick Totenstille im Waggon. Danach erst kamen wieder zögernde Gespräche auf. Später schlief Wolfgang viel, während der Zug in die Heimat stampfte, tagelang. Erst ging es nach Moskau, dann folgten Minsk und die unendlichen Weiten der Sowjetunion. Dann erfolgte eine letzte, strenge Filzung durch die russischen Soldaten, aber Wolfgang hatte nichts Persönliches mehr bei sich. Kein Soldbuch, keine Fotos, keine Briefe. Er hatte alles im Lager vernichtet, und so fanden sie auch nichts. Nichts, das ihn in irgendeiner Art hätte verdächtig machen können. Nichts, das sie dazu hätte bringen können, ihn doch wieder zurückzuschicken.

Dann kam Polen: die tiefen Wälder von Białystok, Warschau, Posen, das Wartheland. Bei jeder Umdrehung schienen die Räder ihm zuzurufen: »Freiheit! Freiheit!«

Aber was war das für eine Freiheit, wenn er in ein von den Siegermächten besetztes Land fuhr? Wie sähe das Leben dort aus? Was war aus seiner Heimat geworden, wie war es seiner Mutter ergangen? Er hatte sie jetzt über fünf Jahre nicht mehr gesehen. Ihren wenigen Briefen nach zu urteilen, ging es ihr gut. Aber wie ging es ihr wirklich in der Fremde, in der sie nun war?

Wolfgang sah aus dem Fenster, aber er sah nicht mehr die Landschaft, die vor ihm lag. Er sah die Gebirgskämme seiner Heimat wieder vor sich, in der Ferne blassblau werdend, davor einen bewaldeten Berg mit einer Burgruine. Im Tal ganz klein die Häuser von Lindenau. Er sah seinen Vater am Klavier sitzen und hörte ihn spielen. Tage des Glücks mit Menschen, die er liebte. Es war ihm damals nicht bewusst gewesen. Aber jetzt wünschte er sich diese Tage auf einmal mit solcher Heftigkeit zurück, dass er erschrak. Wenn er doch nur in die Heimat zurückkehren könnte! Was würde er dafür geben, noch einmal einen Tag, ja, auch nur eine Stunde aus jener Zeit zu erleben. Aber er konnte es nicht. Er würde in die Fremde zurückkehren müssen. Und sein Vater war tot.

Wolfgang schloss die Augen. In Frankfurt an der Oder, das in der sowjetischen Besatzungszone lag, erwachte er wieder. Endlich waren sie wieder auf deutschem Boden. Sie mussten lange warten, bis der Zug in den Bahnhof fahren konnte. Dann kamen sie ins Entlassungslager für Russland-Heimkehrer, wie man sie jetzt nannte. Sie wurden registriert, konnten sich waschen, bekamen neue Unterwäsche. Wolfgang musste sich von einigen seiner Kameraden trennen, mit denen er sich im letzten Lager angefreundet hatte. Sie fuhren weiter nach Leipzig, er stieg in den Zug nach Friedland. Er beneidete die Kameraden, die nun in ihre Heimat zurückkehren konnten und die, die schon eine eigene Familie hatten. Seine Familie war jetzt nur seine Mutter. Zu ihr würde er zurückkehren.

Im geschlossenen Transport fuhren seine Kameraden und er weiter nach Friedland; vom dortigen Grenzbahnhof aus gingen sie zu Fuß bis zur Grenze. Als sie die Ostzone verlassen hatten, empfing sie auf westdeutscher Seite die Heilsarmee mit Butterbroten und dampfendem Kakao. Busse brachten sie in das Heimkehrerlager Friedland. Wieder wurden sie registriert.

Als Wolfgang nach seiner Registrierung im Flur vor dem ärztlichen Untersuchungszimmer wartete, erschien eine Sekretärin und rief seinen Namen. »Wolfgang Steidler?«

Er musste sich bremsen, um nicht seiner Gewohnheit entsprechend sofort aufzuspringen und laut »Hier!« zu rufen. Er erhob sich von der Bank und fragte: »Ja?«

Die Sekretärin musterte ihn mit einem kühlen, abschätzenden Blick und forderte ihn auf, ihr zu folgen. Sie führte ihn in ein kahles Büro, in dem es nach abgestandenem Rauch roch. Vergilbte Vorhänge verhüllten ein Fenster mit Blick auf einen schönen Sommertag. Die Sekretärin bot ihm einen Platz auf einem Stuhl vor dem Schreibtisch an und ließ ihn allein.

Wolfgang fragte sich, was das sollte. War etwas bei seiner Registrierung schiefgelaufen? Er musste sich beherrschen, um nicht aufzuspringen und nervös hin- und herzulaufen, und konzentrierte sich stattdessen auf das einzige Bild, das im Raum hing – die Bleistiftzeichnung einer alten Stadtansicht von Göttingen.

Plötzlich öffnete sich die Tür hinter ihm. Wolfgang wandte sich um und meinte, nicht richtig zu sehen. Vor ihm stand Kösing. Hoch aufgeschossen, in einer schmucklosen Anzugjacke mit andersfarbiger Hose, die ihm offensichtlich zu weit war. Sein Gesicht war in den zwei Jahren, die er ihn nicht mehr gesehen hatte, nur eine Spur fülliger geworden und sah jungenhaft aus wie eh und jeh. Seine hellbraunen Haare trug er aus dem Gesicht gekämmt.

»Wolfgang.« Er strahlte wie ein Junge, der ein Weihnachtsgeschenk bekam.

»Joachim!« Sie umarmten sich kurz und klopften sich auf die Schultern. Wolfgang roch den Geruch nach Rauch, der Kösings Anzugjacke entströmte. Kösing hielt ihn eine Weile an den Armen fest und musterte ihn. »Mann, du bist blond. Ich hab's mir fast gedacht.« Er lachte.

»Und du braun«, bemerkte Wolfgang. »Die Zeit der Glatzen ist vorbei. Was bin ich froh, dich zu sehen! Ich dachte schon, mit der Registrierung ist was schiefgelaufen.«

Kösing schüttelte den Kopf. »Die Registrierung hat uns wieder zusammengebracht. Aufmerksame Mitarbeiter sind ein Segen, sag ich dir. Ich bin froh, dass du's geschafft hast, Junge.«

»Ich dachte schon, ich seh dich nie wieder«, meinte Wolfgang.

Kösing wurde ernst. »Das dachte ich auch, damals nach der Sache mit Karl, als sie uns auseinandergerissen haben. Ich bin in mein schlechtestes Lager gekommen. Steinbruch, allerschlimmste Schufterei. Die haben sich noch nicht mal die Mühe mit Einzelgräbern gemacht. Die haben die vielen Toten gleich in Massengräbern verscharrt.«

Er umrundete seinen Schreibtisch, ließ sich auf seinen Stuhl sinken und deutete auf den Besucherstuhl. »Setz dich.«

Wolfgang gehorchte. »Seit wann bist du wieder hier? Wo warst du denn überall?«

Kösing zog ein Päckchen Zigaretten aus seiner Jackentasche und bot Wolfgang eine an. »Ich hatte Glück und bin danach in ein besseres Lager gekommen. Als ich gemerkt habe, wie das da lief, hab ich erst mal einen auf krank gemacht. Die Ärztin war sehr … nett.« Er grinste vielsagend.

»Haben sie dich vorzeitig entlassen?«, fragte Wolfgang.

»Letztes Jahr. Es war pures Glück. Wenn ich die Frau nicht gehabt hätte … wer weiß, wo sie mich noch hingebracht hätten.« Er blies den Rauch aus und sah ihm einen Augenblick hinterher. »Aber jetzt erzähl, wie ist es dir ergangen? Haben sie dich noch oft rumgeschickt?« Er lehnte sich zurück, legte ein Bein über das andere und zupfte seine Krawatte zurecht.

Wolfgang tat einen tiefen Zug und lehnte sich gegen die harte Lehne seines Stuhls. »Da gibt's nicht viel zu erzählen. Du weißt doch, wie es war. Sieben Lager hatte ich. Zuletzt war es ganz passabel mit vielen Außenkommandos, da gab es immer was zu gammeln. Man konnte überleben.«

Kösing musterte ihn eine Weile nachdenklich mit zusammengekniffenen Augen. »Ich verstehe, du willst nicht darüber reden. Geht den meisten so. Ist auch besser, wenn man nicht darüber redet. So bleiben wir dem Volk als tapfere Soldaten in Erinnerung und nicht als klagende Jammerlappen.«

Wolfgang nickte. »Hast du was von den anderen gehört?«

Kösing starrte ihn eine Weile versonnen an. »Das waren doch tolle Zeiten, nicht?«, meinte er. »Die Brigade des Meeres … Wenn ich das nicht gehabt hätte, hätte ich das alles nicht überlebt.«

»Ich auch nicht«, sagte Wolfgang. »Ich hatte gehofft, ich würde euch noch mal wiedersehen, wenigstens einen. Hab ich aber nicht.«

»Es ist ihre Strategie, die Gefangenen regelmäßig zu verlegen«, sagte Kösing. »Damit keine Freundschaften oder Bündnisse entstehen können. Eine sichere Methode.« Er machte einen letzten Zug und drückte seine Zigarette in einem schweren Glasaschenbecher aus, dann lehnte er sich wieder zurück und faltete seine großen Hände. »Was die anderen betrifft – ich hab sie leider auch nicht mehr gesehen.«

Wolfgang drückte seine Zigarette ebenfalls aus. »Verdammt«, murmelte er. »Hoffentlich sind sie nicht …«

»… nein, sind sie nicht, ich kann dich beruhigen«, sagte Kösing. »Ich habe sie in den Lagern nicht mehr gesehen. Aber ich habe sie *hier* gesehen.«

»Sie sind wieder draußen?«

»Sind sie«, rief Kösing lachend. »Sie haben es geschafft. Beide dieses Jahr.«

»Mann, warum sagst du das nicht gleich?«, rief Wolfgang erleichtert.

»Ich wollte doch erst mal sehen, ob du dich noch darüber freust. Schließlich ist 'ne Menge Zeit vergangen.«

»'türlich freut mich das«, sagte Wolfgang. Kösing und seine Spielchen. »Mann, ich hab euch vermisst. Ich hatte neue Kumpels, aber das war nicht mehr dasselbe wie mit euch.«

»Ich verstehe«, sagte Kösing. Er erhob sich, ging zu einem Schrank und nahm eine Flasche und zwei Gläser heraus. »Schnaps?«

»Klar, nach dieser Nachricht. Erzähl, wie geht's den beiden? Was machen sie? Wo sind sie?«

Kösing stellte die Gläser auf den Schreibtisch und schenkte ihm ein. Er hob sein Glas und hielt es ihm hin. »Stoßen wir erst mal an. Auf die Freiheit.«

Wolfgang nahm sein Glas. »Auf die Freiheit.«

Sie kippten den Schnaps hinunter. Sofort schenkte Kösing neuen ein. Er lehnte sich gegen den Schreibtisch und sah auf Wolfgang hinunter. »Es geht ihnen den Umständen entsprechend. Schultze ist wieder in Essen. Brendel irgendwo in Ostwestfalen«, berichtete er. Dann senkte er seine Stimme. »Es ging ihnen genau wie dir. Auch mir ging es so.«

Wolfgang rutschte auf seinem Stuhl nach vorn. »Als du vorhin sagtest, du hättest es nicht überlebt, wenn wir nicht gewesen wären, musste ich denken, dass es für mich genauso war. Aber es war noch mehr als das. Ich glaube, dass wir recht hatten. Unsere Gedanken und die Hoffnung, euch wiederzusehen, das hat mich durch das ganze Elend gebracht. Ich dachte immer, ich geh nicht unter, ich bin nur ein Fluss, der gerade unterirdisch fließt.«

Kösing musterte ihn nachdenklich. »Genauso ist es«, bestätigte er. »Ich seh das auch immer noch so und die anderen auch. Keiner hat seine Meinung geändert. Wir stehen alle immer noch im Wort.«

Wolfgang nickte. Er hatte es nicht zu hoffen gewagt. Er war so überwältigt, dass er nichts sagen konnte. Stattdessen setzte er das Glas an seine Lippen und leerte es in einem Zug. Kösing tat es ihm nach. Die Gläser klackten leise, als sie sie wieder auf den Tisch zurückstellten. Der Schnaps brannte in Wolfgangs Kehle, und er fühlte sich schwindelig.

»Ich kriege hier viel zu sehen«, fuhr Kösing fort. »Jeden Tag gebrochene Männer. Die Russen haben ganze Arbeit geleistet. Es ist ein Jammer, das mitanzusehen. Aber mittlerweile kann ich unterscheiden. Ich erkenne ziemlich schnell, wer verloren ist und wer noch was taugen könnte. Das ist meine Aufgabe.«

»Deine … Aufgabe? Was meinst du damit?«, fragte Wolfgang.

Kösing drehte sein Schnapsglas, während er Wolfgang nicht aus den Augen ließ. »Ich kenne dich, du hast eine gute Auffassungsgabe. Du wärst bestimmt mal Stabsoffizier geworden. Aber zum Glück warst du es nicht. Die Russen haben viele von unseren Stabsoffizieren nach Sibirien geschickt. Aus fadenscheinigen Gründen. Die Blauen haben sie tagelang verhört und dann Gerichtsprozesse eingeleitet. Die meisten bekamen fünfundzwanzig Jahre Arbeitslager in Sibirien.«

Wolfgang schüttelte den Kopf. Er presste das Glas in seiner Hand.

»Man hört hier so einiges«, fuhr Kösing seufzend fort. »Auch viel, das man gar nicht hören will. Hier hat sich inzwischen vieles verändert. Das Deutschland, das du kennst, gibt es nicht mehr. Die Leute sind nur damit beschäftigt zu überleben. Nach der Währungsreform ist es ein bisschen besser geworden. Unser Land ist jetzt eine Demokratie. Wir haben ein neues Grundgesetz. Gerade hat der Wahlkampf für einen ersten Bundestag begonnen, aber nur in den drei westlichen Besatzungszonen. Die Sowjets machen nicht mit, ihre Besatzungszone bleibt außen vor.« Er vergrub seine Hände in den Taschen und sah Wolfgang düster an. »Du weißt ja, wie sie uns in den Lagern umerziehen wollten – der Antifaschismus und so, der große Stalin. Das machen die jetzt mit ihrer deutschen Besatzungszone genauso.«

»Mit der Ostzone?«

»Ja«, sagte Kösing. »Die DDR hat jetzt eine eigene Verfassung. Die Zeichen stehen gut in den drei westlichen Besatzungszonen. Aber was Stalin hat, das gibt er nicht wieder her.«

»Du meinst, dass Stalin sich die … Ostzone dauerhaft einverleiben will?«

Kösing nickte betrübt. »Es sieht danach aus.«

Wolfgang runzelte die Stirn. »Das bedeutet also, dass Stalin nicht nur … nicht nur die Ostgebiete hat, deine und meine Heimat, sondern auch noch die Ostzone«, rekapitulierte er mit rauer Stimme.

»So ist es«, sagte Kösing.

»Verdammte Scheiße.«

»Kannst du wohl sagen.«

Kösing verschränkte die Arme vor der Brust und sah eine Weile auf den Boden. Sie schwiegen lange, bis Kösing unvermittelt den Kopf hob. »Die Brigade des Meeres beruht auf einer guten Idee. Sie ist es wert, dass man weiter an sie glaubt, auch wenn alles verloren scheint. Ich bin froh, dass du, dass wir alle noch an sie glauben. So lange gibt es sie noch.«

»Ja«, sagte Wolfgang.

»Wir dürfen nämlich unsere deutschen Interessen nicht vergessen. Wir dürfen nie vergessen, dass wir ein Volk sind und es immer bleiben werden. Auf die Dauer können wir nicht dulden, dass die Grenze zwischen Ost und West mitten durch unser Land führt. Und wir dürfen unsere Heimat nicht vergessen.«

»Nein«, sagte Wolfgang.

Kösing nickte zufrieden. »Du fragtest mich gerade nach meiner Aufgabe. Du willst wissen, was ich hier mache«, fuhr er fort. »Nun, wenn ich scherzen wollte, würde ich sagen, ich habe nur auf euch gewartet, auf dich, Schultze und Brendel. Aber nein, das ist natürlich nicht meine hauptsächliche Arbeit, auch wenn ich natürlich froh bin, euch wiederzusehen. Meine Aufgabe ist es, hier zu sein, wo die Russland-Heimkehrer ankommen, und ihnen mein Ohr zu leihen. Manchmal erfährt man von ihnen wichtige Dinge, die uns weiterhelfen, verstehst du? Wir schauen sozusagen wieder hinter den Eisernen Vorhang. Du warst bis vor Kurzem dahinter. Wie wir alle.«

Wolfgang lächelte freudlos. »Ich wusste nicht, dass ich dahinter war«, sagte er.

»Natürlich nicht, wie auch? Also, in unserem Amt suchen wir immer noch Leute für unsere Arbeit. Kluge Leute, die nicht gebrochen wurden und die nicht die Seiten gewechselt haben. Leute, die auf unserer Seite stehen, auf der Seite Deutschlands. Ich glaube, du bist so ein Mensch, Wolfgang. Wärst du bereit, wieder für Deutschland zu arbeiten? Etwas für unser Land zu tun?«

Wolfgang starrte Kösing an. Er war so überrascht, dass er nichts sagen konnte. »Ich habe nichts anderes gelernt als Soldat«, sagte er zögernd. »Ich bin Offizier.«

»Genau. Und als solcher hast du bis zuletzt ehrenvoll für Deutschland gekämpft. Du könntest es wieder tun, nur auf etwas andere Weise. Die Arbeit ist nicht gefährlich und für einen Mann mit deinem Intellekt gut zu schaffen. Sie wird auch gut bezahlt.«

Wolfgang sah auf Kösings neue Schuhe herunter. Er musste an seine Mutter denken und daran, dass sie alles verloren hatten. Was immer es auch wäre, was Kösing ihm anbot, es war sicher eine gute Chance für ihn. »Was ist das für ein Amt?«, fragte er.

»Darf ich deine Frage so verstehen, dass du grundsätzlich Interesse hast?«, fragte Kösing.

»Das habe ich«, sagte Wolfgang. »Erzählst du mir mehr?«

»Klar.« Kösing strahlte. »Schön, Junge. Ich hab's mir doch gedacht. Aber fahr erst mal zu deiner Mutter und erhol dich, sag ihr aber nichts. Ich werde in ein paar Wochen jemanden schicken.«

»In Ordnung«, sagte Wolfgang.

»Weißt du was? Darauf trinken wir noch einen«, rief Kösing begeistert. Wolfgang beobachtete, wie Kösing die Flasche aufschraubte und ihnen Schnaps eingoss. Er dachte, dass er wohl jede Arbeit angenommen hätte, die Kösing ihm anbot. Er fühlte, wie sich Wärme in ihm ausbreitete, selbst in diesem kleinen kahlen Raum. Das lag nicht nur am Schnaps.

Kapitel 25

Allenheide, Mai 1975

Zum wiederholten Mal prüfte Luise ihre Sachen, die sich vor ihr auf der Tagesdecke ihres Bettes und davor stapelten: T-Shirts, Pullover und Hosen, Seidenstrumpfhosen, Strümpfe, Unterwäsche, Sandalen, Geschenke für die Polen, Kulturbeutel, Schminktäschchen, zwei neue Kleider und ihre neuen festen Schuhe fürs Gebirge, die sie erst einmal eingelaufen hatte. Wie würde das Wetter werden? Sollte sie noch eine kurze Hose mitnehmen? Wie auch immer, im Gebirgsklima musste man auf alles gefasst sein. Seit Wochen schon bereitete sie sich auf ihre zweite Heimatreise vor. In ein paar Tagen würde es endlich losgehen. Ihre Visa waren beantragt, die Sitzaufteilung im Bus geklärt. Sie würde mit Rita und Ingrid zusammensitzen, Helene und ihre Mutter würden dieses Mal nicht mitfahren.

Voller Freude erinnerte sich Luise an das Telefonat, das sie vor einer Woche mit Marian geführt hatte. Seit Monaten hatte sie wieder seine vertraute Stimme gehört, als er sie während einer Tournee überraschend angerufen hatte, an einem Vormittag, als Wolfgang im Dienst gewesen war. Seine Stimme hatte erstaunlich nah geklungen, als wäre er nebenan und nicht Tausende von Kilometern weit weg. Wie hatte sie sich gefreut, sie wieder zu hören, sein vertrautes »*Kochanie*«. Sie hatte ihm von ihrer geplanten Reise erzählen können, und sie hatten sich wieder in Hirschberg verabredet.

Nachdem sie endlich wieder miteinander gesprochen hatten, fühlte sie sich entschädigt für das Jahr ohne ihn. All die schrecklichen Monate, in denen sie nur den Mund gehalten und erduldet hatte. Sie hatte den Urlaub am Gardasee erduldet, Christels unheimliche Gegenwart, die umso schwieriger zu ertragen gewesen war, weil sie nun die Wahrheit kannte und jeden Blick, jedes Wort zwischen Wolfgang und ihr anders deutete. Einmal hatte sie die beiden heimlich beim Küssen gesehen, und manchmal schien ihr, Kösing wüsste es auch. Mehr als einmal war sie versucht gewesen, es ihm zu sagen oder es Wolfgang und Christel in ihre verlogenen Gesichter zu schmettern, und nur die Angst vor der Katastrophe und der Gedanke an Sabine hatte sie davor zurückschrecken lassen.

Nachdem sie die beiden an jenem Sommertag in Kurstadt zusammen gesehen hatte, hätte sie Wolfgang am liebsten ihre Wut ins Gesicht geschrien und die Scheidung verlangt. Aber wenn sie eins im Laufe der Jahre gelernt hatte, dann war es, ihrer Wut nicht mehr sofort nachzugeben, sondern erst abzuwarten und mit kühlerem Kopf zu überlegen, was am besten zu tun wäre. Sie musste vorsichtig sein. Bei ihrem letzten Streit hatte er sie bedrohlich hart angefasst. Was würde er tun bei der Aussicht, wegen Fremdgehens schuldig geschieden zu werden? Er würde seinen guten Ruf verlieren und vielleicht auch nicht mehr befördert werden. Und wenn dann noch herauskäme, dass auch sie fremdging? Konnte man ihr nicht ebenso viel Schuld vorwerfen? Es würde eine Menge schmutziger Wäsche vor Gericht gewaschen werden, und das wäre eine Katastrophe für sie beide und auch für Sabine.

Sie war zu dem Schluss gekommen, dass es besser wäre, abzuwarten. Nach der Heimatreise, so hoffte sie, würde sie den

Mut aufbringen und mit Wolfgang reden. Vorerst hatte sie alles getan, um sich in eine bessere Stellung zu bringen. Die Tochter von Frau Veistermann hatte glücklicherweise eingewilligt, ihre Handarbeiten auf Kommission zu verkaufen. Luise hatte zahllose Pullover hergestellt, während Wolfgang im Dienst gewesen war. Sie fuhr sogar mittlerweile einmal in der Woche zum Aushelfen in Veistermanns Geschäft. Natürlich alles heimlich.

Sie verdiente gut. Auf dem neuen Konto, das sie bei einer Bank in Maldenberg eröffnet hatte, hatte sich bereits ein ansehnlicher Betrag angesammelt, der für zwei Heimatreisen reichen würde. Aber diesmal blieb sie hart; Sabine musste ihren Vater fragen, wenn sie eine neue Wrangler haben wollte, *sie* war schließlich arm und bekam nur das karge Haushalts- und Taschengeld. Aber ihre kluge Tochter verdiente sich das Geld für ihre Kleidung durch gute Zensuren bei ihrem Vater.

Für sich selbst kaufte Luise nicht mehr als nötig, nur ein neues Kleid und die neuen Schuhe fürs Gebirge hatte sie sich gekauft und gut vor Wolfgang versteckt. Sie war fast schon zu einer Detektivin geworden. Eines Tages, während Wolfgangs Überstundentag, hatte sie sich in Maldenberg vor dem Hotel versteckt und mit seinem Fotoapparat heimlich Aufnahmen von Christel und ihm gemacht, die sie in ihrem neu gemieteten Bankschließfach aufbewahrte. Wiederholt hatte sie Wolfgangs Sachen und die Ordner mit seinen Papieren durchsucht, um mehr über ihn zu erfahren, vor allem über seine Zeit in München und über seinen Männerklub – aber leider erfolglos. Das Einzige, was sie gefunden hatte, war eine Hotelrechnung vom vorletzten Winter, die ihr bewies, dass Wolfgangs und Christels Verhältnis schon länger dauerte.

Aber in seinen Tresor, den er seit dem Beginn ihrer Ehe besaß und von Wohnung zu Wohnung mitnahm, kam sie nicht hinein. Den Schlüssel trug er immer bei sich. Sie wusste nur, dass er sein Eisernes Kreuz darin aufbewahrte, denn einmal, noch in ihrer alten Wohnung, hatte sie Wolfgang vor dem offenen Tresor stehen sehen, die Schachtel mit dem Eisernen Kreuz in der Hand. Sie hatte ihn gefragt, ob sie es einmal sehen dürfte, und er hatte ihr die Schachtel gegeben. Ehrfürchtig hatte sie das schwarze Kreuz mit dem silbernen Rand betrachtet, das auf dem fleckigen Samt lag, und das Hakenkreuz in seiner Mitte war ihr wie ein vertrautes, unheimliches Zeichen aus einer anderen Zeit vorgekommen. »Willst du mir nicht mal erzählen, was damals geschah?«, fragte sie. »Du hast es mir noch nie erzählt.«

Er räusperte sich. »Aber du weißt doch, wofür ich es bekommen habe. Es war auf unserem Rückzug. Meine Einheit und ich waren bei der Nachhut. Wir haben den Feind so lange aufgehalten, bis unsere Division sich eine neue Verteidigungslinie aufbauen konnte. Zwanzig russische Panzer haben wir abgeschossen.«

»Oh, das ist …« Luise suchte nach dem passenden Wort.

»… eine Heldentat. Aber das wolltest du wohl nicht sagen.« Er grinste freudlos.

Nein, dachte Luise, aber sie fand auch so schnell kein anderes Wort dafür. Stattdessen sagte sie: »Du würdest es heute gern tragen, nicht?«

»Natürlich. Aber wir dürfen keine Orden mit Hakenkreuzen mehr tragen.« Er nahm die Schachtel und legte sie in den Tresor zurück. Luise hatte noch einen raschen Blick auf mehrere alte Fotos werfen können und eins mit vielen Männern in Wehrmachtsuniformen erkannt, ehe er die Tresortür wieder verschlossen hatte.

Nun stand sie wieder vor seinem Tresor, den er in seinem Fach im Kleiderschrank aufbewahrte, und fragte sich, was drinnen wäre. Als sie den Tresor kurz nach ihrer Hochzeit zum ersten Mal gesehen hatte, hatten sie noch Scherze darüber gemacht, und sie hatte spaßeshalber damit gedroht, sich sofort scheiden zu lassen, wenn er Geheimnisse vor ihr hätte, aber Wolfgang hatte sie nur in die Arme genommen und »Schatz, das sind nur ein paar alte Unterlagen, die der Geheimhaltungspflicht unterliegen« gesagt. Damit war die Sache erledigt gewesen.

Nie hatte sie damit gerechnet, dass sie eines Tages überlegen würde, wie sie an seinen Tresorschlüssel kommen könnte. Wolfgang musste ihn in der Kaserne aufbewahren. Luise horchte auf, als sich unten die Haustür öffnete. Hatte Sabine vorzeitig freibekommen? Als sie die schweren Schritte auf der Treppe hörte, verstaute sie ihre neuen Schuhe und das neue Kleid hastig im Schrank. Nur Sekunden später öffnete sich die Tür zum Schlafzimmer.

»Wolfgang«, rief sie. »Du hast mir nicht Bescheid gesagt, dass du zum Essen kommst.«

Er trug seine Uniform bis auf die Mütze, die er wie immer an der Garderobe abgelegt hatte. Sein rascher Blick überflog die Kleiderstapel und den offenen Koffer auf ihrem Bett und blieb dann an ihr hängen. »Ich komme nicht wegen des Essens«, sagte er mit kalter Stimme. »Ich will dir sagen, dass du nicht weiter zu packen brauchst. Du fährst nicht nach Schlesien.«

Luise holte tief Luft. Sie strich über die Schürze, die sie über ihrem Hauskleid trug. »Du bist heute Mittag extra nach Haus gekommen, um mir das zu sagen?«

»Bestimmt nicht, um mit dir zu Mittag zu essen«, versetzte er.

Sie sah auf seine Zähne, während er sprach, und dachte, dass sie in den letzten Jahren einen hässlichen gelben Schimmer bekommen hatten, der vom Rauchen kam. Sie stemmte die Hände in die Hüften. »Wie kommst du darauf, dass ich nicht nach Schlesien fahre?«

»Weil du es nicht tun wirst«, entgegnete er. »Du hast mich angelogen. Du verkaufst deine Stricksachen in einem Geschäft in Maldenberg. Oberst Schaar hat mir gerade erzählt, wie entzückt seine Frau gewesen sei, deine Sachen dort zu finden.« Er ging zum Bett, hob einen ihrer Pullover auf und ließ ihn fallen, als wäre er giftig. »Also Geld von Helene? Ha! Hab ich sowieso nicht geglaubt, dass deine Schwester dich endlich mal auszahlt, und das alles passend vor der nächsten Reise. Hätte mir gleich denken sollen, dass das nur Lügen sind.«

Luise fühlte, wie sich ein schwarzer Vogel auf ihre Brust setzte und ihr den Atem nahm. »Du wirst mir die Reise nicht verbieten«, sagte sie mit rauer Stimme. »Ich werde nach Schlesien fahren.«

In seiner Mundpartie zuckte es. Er baute sich vor ihr auf. »Wirst du nicht. Du bleibst hier und hörst sofort auf, die Sachen zu verkaufen.«

»Nein«, fuhr sie ihn an. »Du hast mir nichts zu befehlen! Ich bin nicht dein Soldat.«

Er packte ihren Arm und drückte fest zu, und als sie aufschrie, legte er eine Hand auf ihren Mund. Sie trat ihm mit aller Kraft auf den Fuß, schlug seinen Arm weg und rannte zur Tür. Er verfolgte sie durch die obere Etage nach unten. »Luise, bleib stehen«, rief er, als sie kurz vor der Haustür war. Aber sie hörte nicht auf ihn und rannte hinaus. Auf dem kleinen gepflasterten Weg, der quer vor den Reihenhäusern verlief, hielt sie inne und wandte sich um. Sie sah, dass das Küchenfenster im Nachbarhaus gekippt war. Der Geruch nach deftigem Eintopf drang heraus. Die Nachbarin kochte also gerade und würde jedes Wort mitanhören. Wolfgang schien sich dessen bewusst zu sein. »Luise«, bat er leise. »Komm wieder rein.«

»Nur wenn du versprichst, mir nichts mehr zu tun.«

»Ich verspreche es.«

»Ich glaube dir nicht.«

Eine Weile standen sie sich schweigend gegenüber und starrten sich feindselig an. Wolfgang machte einen Schritt auf sie zu, doch sie streckte abwehrend die Hände aus. »Noch einen Schritt, und ich schreie die ganze Nachbarschaft zusammen.«

Er blickte sich um, und sie bemerkte seine Unsicherheit. Offenbar war der Augenblick nun da, der Moment, von dem sie gehofft hatte, er würde nie kommen. Mit dem sie gerechnet und den sie befürchtet hatte. Aber sie war vorbereitet. In vielen schlaflosen Stunden hatte sie sich ihren Plan zurechtgelegt. Sie holte tief Luft. »Wir werden jetzt wieder hineingehen, und du wirst mir nichts tun«, sagte sie leise. »Du wirst mich nie wieder anrühren. Ich werde in die Heimat fahren und weiter meine Sachen verkaufen. Machst du mir Schwierigkeiten, werde ich Kösing erzählen, dass du mit seiner Frau schläfst.«

Sie hielt inne, um seine Reaktion zu beobachten. Er starrte sie mit seinem unverwandten Blick an. »Wie kommst du darauf, dass Christel und ich …?«

»Es gibt Fotos«, versetzte sie. »Die kann ich jedem zeigen, auch einem Scheidungsrichter. Natürlich auch Kösing, falls er es nicht glauben sollte.«

Wolfgang schüttelte ungläubig den Kopf.

»Du glaubst es nicht? Ich sag nur: Hotel *Zur Altstadt.*«

Er erbleichte, und das verschaffte ihr ein triumphierendes Gefühl. Sie trat einen Schritt näher an ihn heran. »Gut, wir können wieder reingehen, aber falls du vorhast, dein Wort zu brechen, und mir etwas antust, wird ein Anwalt die Fotos automatisch an Kösing, Oberst Schaar und die Polizei schicken.«

Das war tatsächlich gelogen, aber sie hatte Rita die verschlossenen Umschläge gegeben und sie gebeten, das zu tun, falls ihr etwas geschehen sollte oder sie sie darum bitten würde.

Wolfgang ließ seine Hände sinken und starrte sie an. Offenbar hatten ihre harschen Worte ihn sprachlos gemacht.

»Hast du verstanden?«, fuhr sie ihn leise an.

Er nickte wortlos. Sie gingen wieder hinein. Doch im Hausflur hielt er inne, setzte sich an der Garderobe die Mütze wieder auf, überprüfte kurz im Spiegel den korrekten Sitz und verließ das Haus, ohne Luise noch einmal anzusehen. Kaum war er weg, stürmte sie in die Küche und beobachtete mit klopfendem Herzen, wie er den Wagen ausparkte und langsam über die Straße fortfuhr. Zum ersten Mal in ihrer Ehe hatte sie das Gefühl, ihn besiegt zu haben. Ihn, den Lehrerssohn, den klugen Gymnasiasten, den Offizier und Alleskönner, den Träger des Eisernen Kreuzes. Sie hatte ihn besiegt, weil sie sich sorgfältig vorbereitet hatte und weil sie unbedingt hatte gewinnen wollen. Sie starrte noch aus dem Küchenfenster, auch als er schon lange fort war, dann lehnte sie sich zitternd an den Herd. Aber nachdem das erste Triumphgefühl vergangen war, fühlte der Sieg sich auf einmal schal an, und die Angst kroch ihr wieder den Nacken herauf.

Kapitel 26

Wolfgang trank den Rest Kaffee und sah aus dem Küchenfenster. Er wartete, bis Ritas Auto mit den Frauen und ihrem Gepäck um die Ecke gebogen war, dann schüttete er den letzten kalten Schluck in den Ausguss, stellte die Tasse auf das Abtropfbrett und lief, zwei Stufen auf einmal nehmend, die Treppe hinauf.

Er hatte sich überlegt, dass er im Schlafzimmer anfangen würde. Zeit hätte er genug, denn Sabine war schon seit einigen Tagen auf einer zweiwöchigen Klassenfahrt an der Nordsee. Was für ein Glück. Er würde in Ruhe die ganze Wohnung auf den Kopf stellen können. Irgendwo – das wusste er – würde er schon etwas finden. Den Grund, warum Luise sich so verändert hatte. Er würde vielleicht sogar in die wahren Abgründe ihres natterhaften Wesens vorstoßen, in dem er sich all die Jahre so getäuscht hatte. Er war darauf vorbereitet.

Und er kannte die Verstecke. Er wusste, wo die Landser ihre Nacktbilder aufbewahrten. Er kannte sämtliche Einbrechertricks. Er kannte Dinge, von denen Luise nicht einmal ahnte, dass er sie kannte. Sie meinte vielleicht, ihn erfolgreich eingeschüchtert zu haben, aber sie irrte sich. Diese dumme Gans wusste nicht, mit wem sie es zu tun hatte. Noch nie hatte sie von einem taktischen Manöver gehört, mit dem man sich zurückzog, um später umso härter zuzuschlagen.

Er durchwühlte ihre Sachen gründlich. Suchte in ihrer Kommode, im Schrank, unter dem Bett. Er fand ihre lächerliche Erinnerungskiste, die Sabine ihr einst bemalt hatte und in der sie, wie er wusste, alte Fotos aufbewahrte. Die Kiste war sogar offen. Wahrscheinlich wollte Luise ihm damit zeigen, dass sie nichts vor ihm zu verbergen hatte – so dachten Menschen oft, wenn sie etwas verbergen wollten: Werfen wir dem Eindringling etwas hin, das er finden kann, vielleicht begnügt er sich damit, sucht nicht weiter und findet nicht das, was man wirklich verstecken will. Ein fataler Irrtum ahnungsloser Narren.

Wolfgang klappte den Deckel auf. Er hatte recht, es lagen viele Fotos darin – meist nachgemachte Bilder von alten Originalfotos. Er sah sie rasch durch. Die große Hochzeitsaufnahme von Luises Eltern lag zuoberst. Es zeigte die Hochzeitsgesellschaft vor dem Reich'schen Hof, die Herren in dunklen Anzügen, die jungen Frauen in hellen, die alten in dunklen Kleidern. Das Hochzeitspaar in der Mitte. Dann eine Aufnahme des Brautpaars allein, dann Baby- und Kinderfotos von Luise und ihren Geschwistern. Herr Reich und ein Nachbar mit ihren Pferdegespannen auf dem Feld. Luise im Kreis der anderen Konfirmanden mit Pfarrer Vogt in der Mitte. Die Mädelschaft von Lindenau, wie sie seinen Vater am Klavier umringte. Es musste auf der Bühne des Gerichtskretschams gewesen sein, nach einer ihrer Aufführungen.

Wolfgang fühlte einen Stich in der Herzgegend, als er das Foto wiedersah. Vorsichtig strich er mit dem Finger über das Gesicht seines Vaters. Etwas grollte in ihm, ein alter Schmerz, eine alte Wut. Unzählige Nächte auf verwanzten Pritschen, in denen er sich kaum als Mensch gefühlt hatte. In denen ihn nur die Erinnerung an seine Eltern und die Hoffnung auf ein Wiedersehen am Leben erhalten hatten. In denen er Rache geschworen hatte, nachdem er vom Tod seines Vaters erfahren hatte, Rache an allen Russen. Sein Leben stand im Dienst Deutschlands und würde immer dort stehen. Er hatte der Brigade ihren Namen gegeben, und sie hatte sich inzwischen über das ganze Land verbreitet. Sie war zu einer Bewegung geworden, die niemand mehr vernichten konnte. Und er, er war ihr stiller Held. Niemals würde er für seine Arbeit in ihrem Dienst einen offiziellen Orden bekommen. Da waren nur die Ehrungen bei ihren geheimen Treffen. Manchmal musste man eben Heldentaten im Geheimen vollbringen, so wie das Wasser manchmal unterirdisch floss.

Wolfgang nahm das Foto und küsste Christels herzförmiges Mädchengesicht. Er hätte sie nehmen sollen und nicht ihre Freundin. Er hatte einen Fehler gemacht, hätte um sie kämpfen müssen. Damals, als er es noch gekonnt hatte. Aber da war Kösing mit seinem unbeugsamen Willen gewesen, und er wollte Christel, und sie auch ihn. Was hätte er da noch tun können? Doch Feigheit wurde bestraft. Er war feige gewesen, nur ein einziges Mal, und das hatte er zu spüren bekommen. Das Leben an der Seite einer Unwürdigen war grauenhaft, das hatte er im Laufe der Jahre erfahren müssen. Er hatte sich in Luise getäuscht. Anfangs hatte er geglaubt, aus ihr könnte eine Würdige werden, eine gute Ehefrau und Mutter vieler Kinder. Das war gründlich danebengegangen.

Wolfgang betrachtete das nächste Foto – Luise als junge Frau vor einem See – und warf das Foto auf den Stapel zu den anderen, ebenso das Foto von Sabines erstem Schultag und die letzten Aufnahmen von dem alten Hof der Reichs. Er lächelte spöttisch bei der Vorstellung, wie sie am nächsten Tag wieder in Lindenau – wie hieß es noch gleich auf Polnisch? – herumlaufen würden, von den Polen belächelt, und sich ihren sentimentalen Erinnerungen an Zeiten hingeben würden, die nie wiederkehren würden.

Geschenke für die Polen. Das sah Luise ähnlich, sich bei denen anzubiedern, damit sie sie bloß auf ihren alten Hof ließen. Nach allem, was die ihnen angetan hatten.

Wolfgang nahm ein paar alte Ansichtskarten heraus und einen Brief, den ihre Freundin ihr in den Fünfzigerjahren aus der DDR geschrieben hatte, und warf sie auf den Stapel. Er entdeckte ein Herrentaschentuch, neben dem ein verschlossener Briefumschlag lag. Er riss ihn auf. Es war ihm egal, dass Luise es merken würde. Drinnen lag ein altes, abgegriffenes Papier. Er nahm es heraus.

Das Blatt sah aus, als wäre es einst aus einem Notizbuch gerissen worden. *Für Luise*, stand darüber. Dann folgten Noten auf aufgezeichneten Linien. Darunter stand *Marian Nowak*. Auf die Rückseite hatte Luise eine gepresste getrocknete Kornblume geklebt. Wolfgang spürte, wie sein Blutkreislauf sich beschleunigte. Er kam der Sache also näher. Er hatte die Fährte gefunden, nun musste er ihr nur noch folgen.

Aber die Kiste war leer bis auf einen kleinen, rechteckigen Gegenstand, der in einer Strickhülle steckte. Wolfgang nahm ihn heraus, wog ihn in der Hand. Er war leicht. Wolfgang schüttelte den Kopf. Meinte Luise wirklich, sie könnte ihre Geheimnisse vor ihm verbergen, indem sie sie mit einer gestrickten Hülle umgab? Dachte sie, läppische Wollmaschen wären ein sicherer Schutz vor seinem Zugriff? Er grinste über so viel Dummheit, dann holte er eine Schere aus dem Handarbeitsraum und schnitt die Hülle auf. Eine silberne Zigarettendose kam zum Vorschein, nach dem abgegriffenen Blech zu urteilen schon sehr alt. Ein Andenken an ihren Vater?

Wolfgang klappte sie auf. Wieder lag ein altes Papier darin und ein paar Negative. Für einen Moment hielt er die Luft an. Das Papier war abgegriffen und fühlte sich pelzig an, wahrscheinlich war es viele Male auseinandergefaltet und gelesen worden. Er öffnete es und las den Brief.

Wenig später ließ er ihn sinken. Dieser Marian Nowak hatte Luise im Mai 1946 noch geschrieben, dass er sie liebte. Offenbar wollte er, dass sie blieb. Wahrscheinlich war er der polnische Milizionär, von dem Christel ihm erzählt hatte. Sie hatte recht gehabt, da war mehr gewesen zwischen Luise und diesem Polen. Viel mehr. Wie merkwürdig – ein Milizionär, der Lieder schrieb.

Wolfgang trat ans Fenster und hielt die Negative ans Licht. Er erkannte die schemenhaften Umrisse einer Frau mit offenem Haar – Luise. Gleich daneben, Kopf an Kopf, ein unbekannter Mann mit Sonnenbrille. Dahinter die Berge.

Er ließ die Negative sinken. Lange starrte er auf die Ausläufer des Mittelgebirges, die sich hinter der Panzerstraße erhoben und sich schwarz gegen den bewölkten Himmel abzeichneten. Ein Tief lag über Europa, Luise würde wahrscheinlich schlechtes Wetter haben. Er ballte die Fäuste. Diese dumme Gans. Dieses dämliche Luder. Was glaubte sie, wer sie war, ihn zu betrügen und die Beweise hier zu lassen, quasi vor seinen Augen? So leichtsinnig zu sein, nachdem sie ihn derartig bedroht hatte. Für wie dumm hielt sie ihn eigentlich?

Einer der größten Fehler, die man machen konnte, war, seinen Gegner zu unterschätzen. Hier wurde er gewaltig unterschätzt, und das ärgerte ihn fast noch mehr als ihr Betrug. Sie drohte ihm damit, die Fotos von ihm und Christel zu benutzen, damit er schuldig geschieden würde. Was glaubte sie denn, was er mit den Negativen und dem Brief machen könnte?

Er ließ sich aufs Bett sinken. Hielt wieder die Negative gegen das Licht und betrachtete sie erneut. Wären sie wirklich Beweis genug für einen Ehebruch? Könnte es nicht auch ein x-beliebiger Mann sein, der sich neben sie gesetzt hatte? Einer der Reiseteilnehmer? Vielleicht wäre es noch nicht mal dieser Marian, es wäre sehr unwahrscheinlich, dass sie sich nach so langer Zeit wiedergetroffen hätten und sich immer noch liebten.

Welcher Richter würde das alles glauben? Wolfgang wollte nicht vor Gericht, um nichts in der Welt. Eine schmutzige Schlammschlacht vor Gericht, die furchtbares Gerede geben würde, musste unbedingt vermieden werden. Eine Scheidung, selbst wenn sie friedlich wäre, wäre immer schlecht, auch in einer großen Stadt. Sie wäre ein Makel auf seiner Biografie, und in der Brigade würde man sagen, Major Steidler könne seine Frau nicht im Zaum halten.

Wolfgang sprang auf und lief im Schlafzimmer hin und her. Er trat an das Bett, riss Luises Decke herunter, zog die Bettwäsche ab und riss sie entzwei. Dasselbe tat er mit dem Kopfkissenbezug. Dann nahm er die Schere, riss die Kommode auf, riss Luises Wäsche heraus und begann, sie Stück für Stück zu zerschneiden. Er zerschnitt ihre Unterwäsche, ihre Hemden, ihre BHs und ihre Strümpfe, dann öffnete er den Kleiderschrank und tat dasselbe mit ihren Blusen. In den nächsten Minuten beruhigte ihn nur das Geräusch, mit dem die Stoffe rissen. Als er im Schlafzimmer fertig war, ging er in ihr Handarbeitszimmer und tat dasselbe mit ihren gestrickten Pullovern. Er wusste nicht, wie lange er das tat. Er hörte erst auf, als er nichts mehr fand, nichts mehr, das ihr gehörte und das er noch vernichten konnte. Mit bebenden Händen hielt er inne, ließ die Schere sinken und wischte sich den Schweiß von der Stirn. Auf einmal musste er lachen. Das Lachen brach aus ihm heraus, und er lachte, bis ihm die Tränen kamen.

Irgendwann dämmerte ihm, dass das, was er getan hatte, eines Majors nicht würdig war. Aber – verdammt noch mal! – er hatte es tun müssen. Wer kämpfte an den Grenzen der Welt, wenn nicht Männer?

Wolfgang legte die Schere weg, verharrte noch lange und starrte vor sich hin, bis er sein pochendes Herz nicht mehr an der Schläfe spürte. Langsam wurde er wieder ruhig.

Dann ging er zum Telefon und rief Kösing über die Notnummer an. »Ich muss nach Polen«, sagte er.

Am anderen Ende der Leitung herrschte lange Stille. Er stellte sich vor, wie Kösing in der Außenstelle saß und aus seinem großen Bürofenster auf den Rhein blickte. Er hörte ihn lachen. »Warum nicht gleich Moskau?«, scherzte er.

»Ich *muss* dahin, sofort«, beharrte Wolfgang. »Du hast doch diesen Verbindungsmann, nicht?«

Kösing antwortete nicht. »Warum?«, fragte er nur.

Wolfgang schilderte ihm knapp, was geschehen war.

»Meine Güte, Junge. Mannomann. Weißt du, was du da von mir verlangst?«

»Ich kann's mir vorstellen.«

»Nein, kannst du nicht, nicht annähernd. Ich würde meinen Kopf für dich riskieren, meinen Arsch, alles.« Wolfgang hörte, wie Kösing aufstand und im Zimmer umherlief. Dann hörte er ein Klopfen an der Tür. »Ich ruf dich zurück«, bellte Kösing in den Hörer und legte auf.

Wolfgang wartete aufgeregt. Dann endlich, nach einer gefühlten halben Stunde, klingelte das Telefon wieder.

Kapitel 27

Luise schwirrte der Kopf vom Wodka und den vielen Stimmen, als sie mit den anderen der Reisegesellschaft auf dem Pensionsflur redete. Sie waren wieder in der *Agnieszka* untergebracht wie letztes Jahr, und wieder versammelten sie sich jeden Abend vor ihren Zimmern. Eigentlich hatte sie einen ruhigeren Abend erwartet, denn sie hatten einen Tagesausflug ins Glatzer Bergland unternommen und waren müde. Sie hatten ihren Tag in den Heimatdörfern bereits hinter sich, und sie war mit Rita noch mal auf ihrem Hof gewesen, wo sie der Bewohnerin Kaffee und Seidenstrumpfhosen geschenkt hatten und selbst gestrickte Pullover für die Kinder. Daraufhin waren sie wieder von ihr auf einen Wodka in ihre alte Stube gebeten worden. Sie hatten Fotos machen und aufs Feld gehen dürfen. Es war dasselbe Ritual wie im Jahr zuvor gewesen. Im Dorf waren sie sogar von Augustyn und seiner Frau empfangen worden. Sie hatten kurz vor Augustyns Haustür miteinander gesprochen. Sein Bruder sei im Winter gestorben, berichtete Augustyn. Er sei lange krank gewesen, Krebs. Seine Frau hätte sich schon vor Jahren von ihm scheiden lassen. Die Pferde hätten sie übrigens behalten, Felix sei ja so vernarrt in sie gewesen, weshalb Janusz sie nicht verkauft habe. Aber den Hof hätten sie doch bald aufgegeben, sie seien einfach keine Bauern, radebrechte Augustyn. Es schien, als würde er sich freuen, sie wiederzusehen. Er lächelte so breit, dass viele Fältchen in seinem braunen Gesicht erschienen, und wünschte ihnen alles Gute und Gottes Segen.

An jenem Abend hatten sich wieder alle ihre Köpfe heißgeredet und ihre Erlebnisse ausgetauscht, und auch jetzt war es kaum ruhiger.

Immer wieder spähte Luise heimlich auf die Armbanduhr. Noch einen Wodka, und sie würde in ihr Zimmer gehen. Sie hatte Glück, dass die Einzelzimmer im Erdgeschoss lagen. Wie dankbar war sie gewesen, als Ingrid so bereitwillig zugestimmt hatte, sich mit Rita ein Doppelzimmer zu teilen – und jetzt das.

Nicht nur, dass Ingrid und Rita sich ein Zimmer teilten und am Tisch nebeneinandersaßen, gerade hatten sich auch ihre Hände berührt. Es war nur kurz gewesen, ein knappes heimliches Drücken, ein schneller Tausch von Blicken und zwei eindeutigen Lächeln. Wahrscheinlich hatte es niemand bemerkt außer Luise. Unglaublich. *Ihre* Rita, sie war … Luise kippte ihren Wodka hinunter, den ihr jemand in die Hand gedrückt hatte. *Das* musste sie einfach hinunterspülen, es ging nicht anders. *Ihre* Rita und eine … Frau.

Aber ja, nun verstand sie so vieles. *Deshalb* hatte Rita nie Interesse an Männern gehabt, *deshalb* hatte sie nie geheiratet. *Deshalb* war sie bei ihrer letzten Heimatfahrt so glücklich gewesen. Sie war verliebt. Verliebt wie Luise in Marian, nur dass sie ihr nichts verraten hatte. Das war der Wermutstropfen, der kleine schlechte Nebengeschmack auf Luises Zunge. Im Gegensatz zu ihr hatte Rita sich ihr nicht anvertraut.

Luise wartete und beobachtete die beiden. Als Ingrid mit einer älteren Frau sprach, schlüpfte sie an Ritas Seite. »Wie lange geht das schon mit dir und Ingrid?«, fragte sie leise und unvermittelt.

Ritas Augenlider flackerten. »Oh, du hast es … bemerkt?«

»Ich kenne dich schon länger«, versetzte Luise. »Und ich habe Augen im Kopf.«

Rita knetete verlegen ihr Wodkaglas. »Seit der letzten Heimatfahrt«, gab sie zu. »Ich konnte es dir nicht eher sagen, weil … ich konnte es ja selbst kaum glauben.« Sie lächelte und leerte ihr Glas.

»Es ist in Ordnung«, sagte Luise mit rauer Stimme. »Hauptsache, du bist glücklich.« Genau das hatte Rita ihr letztes Jahr auf der Reise auch gesagt.

»Wirklich?« Ritas schwarze Augen forschten in Luises Gesicht.

»Aber ja. Sie ist nett, ich mag sie.«

Rita nickte. Sie schien erleichtert zu sein. Einer der Männer kam mit einer halb vollen Wodkaflasche auf sie zu. »Kommt, Heemtemadl, trinkt noch einen mit«, forderte er sie auf. Er füllte ihnen die Wodkagläser, die sie ihm bereitwillig hinhielten, und zog dann mit seiner Flasche weiter. »Auf die Heemte!«, rief er, nachdem er seine Runde beendet hatte, und alle hoben ihre Gläser. »Auf die Heemte!«, echoten sie.

Luise und Rita sahen sich an. »Auf die Liebe!«, raunte Luise.

»Auf die Liebe!«, sagte Rita lächelnd. Sie prosteten sich zu und tranken.

»Und Wolfgang? Weiß er was von euch?«, fragte Rita.

Luise schüttelte den Kopf. »Ich hab das Geheimnis gut bewahrt. Er hätte mich nicht fahren lassen, wenn er es wüsste«, sagte sie leise. Sie sah Ingrid zurückkommen und war froh, nichts mehr sagen zu müssen. Sie wollte nicht über Wolfgang sprechen. Solange sie hier war, wollte sie nicht an ihn denken, sondern die wenigen Tage unbeschwert genießen. Sie leerte ihr Wodkaglas und verabschiedete sich von Rita und Ingrid, dann ging sie nach unten auf ihr Zimmer.

Sie musste an Marian denken. Heute würde ihr vorletzter Abend sein. Ein besonderer Abend. Er hätte eine Überraschung für sie, hatte er zu ihr gesagt, sie solle sich schön anziehen. Gern tat sie ihm den Gefallen. Aufgeregt schlüpfte sie in ihr neues Kleid – ein leicht ausgestelltes schwarzes Kleid aus fließendem Stoff, das oben eng geschnitten war. Sie frisierte sich sorgfältig und betrachtete sich lange in dem fleckigen Spiegel an der Schranktür. Zufrieden nickte sie ihrem Spiegelbild zu, schlüpfte in ihre Jacke, nahm die Handtasche vom Haken und verließ ihr Zimmer über die Balkontür, die sie sorgfältig hinter sich zudrückte. Nachdem sie sich davon überzeugt hatte, dass niemand auf den Balkonen über ihr war, kletterte sie vorsichtig über die Brüstung und landete im feuchten Gras. Schnell lief sie über die Wiese in den Schutz einiger Bäume und von dort aus weiter die kleine Straße entlang zur Dorfstraße. Erst dort spannte sie ihren Schirm auf. Ein feiner Nieselregen fiel auf sie herunter. Das Regenwetter hatte es früh dunkel werden lassen, und die nasse Kälte hüllte Luise ein, als sie zur Haltestelle lief. Niemand war mehr unterwegs, alle hatten sich in ihre Häuser verkrochen. Sie erkannte Marians weißen Lada schon von Weitem, obwohl er das Licht ausgeschaltet hatte. Ihr Herz schlug rascher, als hätte sie Marian nicht in den letzten Tagen gesehen, als hätten sie nicht in den Nächten Haut an Haut nebeneinandergelegen und an den Abenden in seinem Hotel zusammen gegessen. Luise klappte ihren Schirm zu, öffnete die Autotür und ließ sich neben Marian auf den Beifahrersitz sinken. Sie schlug die Tür zu, und der Regen blieb draußen.

Marian trug einen dunklen Mantel und einen schwarzen Anzug. Das Licht einer Straßenlaterne fiel auf sein Gesicht und ließ die einzelnen silbernen Haare in seinen schwarzen Haaren aufscheinen. Sein weißes Hemd leuchtete ihr entgegen.

»Oh«, sagte sie nur. »Du …«

»Du bist spät«, tadelte er und blickte auf seine Uhr. Dann senkte er seine Lippen auf ihre für einen langen Kuss. »Du schmeckst nach Wodka.«

Luise lächelte. »Wir haben auf die Heimat angestoßen«, sagte sie freimütig.

Marian nickte und startete den Wagen. »Bist du bereit für Überraschung?«

»Ich bin gespannt. Fahren wir ins Hotel?« Sie konnte es eigentlich kaum noch erwarten, das zu tun, was sie in den letzten vier Nächten seit ihrer Ankunft getan hatten. Dieses Mal gehörten ihnen die späten Abende und die Nächte. So brauchte Luise keine Krankheit mehr vorzuschützen und die Gefahr, gesehen zu werden, wäre geringer. Nur morgen, an ihrem letzten Tag, würde sie noch einmal eine Magenverstimmung haben, damit sie gemeinsam im Gebirge wandern konnten.

Marian legte die Hand auf ihren Oberschenkel, während er den Lada mit der anderen über die nasse Straße steuerte. Unermüdlich schabten die Scheibenwischer die Regentropfen von der Frontscheibe. Sie fuhren über die Landstraßen ins Gebirge, dann ein langes Stück eine einsame Waldstraße entlang, bis ihnen die Lichter des Hotels zwischen den Bäumen entgegenschimmerten. Marian parkte den Wagen auf dem Parkplatz vor dem Hotel. Er stieg aus, spannte seinen Schirm auf und ging um das Auto herum, um Luise die Tür zu öffnen. Sie hakte sich bei ihm ein. Er hatte ausgezeichnete Manieren. Sie genoss es, wie er den Schirm über sie hielt und sie zum Hotel brachte. Überhaupt hatte er in diesem Jahr ein schönes Hotel für sie ausgesucht. Mit seinem Turm und den vielen Anbauten und vorspringenden überdachten Erkern sah es aus wie ein kleines Waldschloss. Im Fachwerk der oberen Etage gab es einen Erker mit einem überdachten Balkon – ihr Zimmer. Luise hatte es geliebt, morgens früh auf dem Balkon die frische Waldluft zu riechen und die Vögel zu hören. Jetzt leuchtete ihnen das Licht aus den hohen Fenstern der Gaststube im Erdgeschoss einladend entgegen. Über dem Eingang brannte eine Lampe. Kurze Treppen führten von zwei Seiten zur Tür hinauf.

Im Gastraum kam die junge Serviererin sofort zu ihnen und nahm ihnen die nassen Mäntel ab. Wie verwandelt sah die Gaststube aus! In der Mitte stand nur ein einziger Tisch, auf dem mehrere Kerzen in einem großen, mehrarmigen Leuchter brannten und ihr Licht auf zwei Gedecke warfen. Das weiße Tischtuch reichte fast bis zum Boden.

Die Serviererin rückte Luise den Stuhl zurecht und reichte ihnen die Menükarten. Marian wechselte mit ihr ein paar Worte, dann fragte er Luise, ob sie Wein wolle. Natürlich wollte sie.

Er bestellte bei der Frau, und sie eilte fort.

»Marian, das ist … ich bin sprachlos«, sagte Luise.

Er lächelte ein kurzes zufriedenes Lächeln und drückte ihr die Hand, dann übersetzte er ihr das Menü. Es würde drei Gänge geben. Schlesische Suppe, gebratene Ente, Quarkkuchen. Der verführerische Duft drang schon aus der Küche zu ihnen herüber.

»Hast du … etwa das ganze Restaurant für uns gemietet?« Luises Stimme fühlte sich heiser an. Sie bereute die Wodkas, die sie schon getrunken hatte, und das fettige Eisbein vom Abendbrot in der Pension. Zum Glück hatte sie es nur zur Hälfte geschafft.

»Es ist unser vorletzter Abend«, sagte er. »Morgen letzter Abend.« Ein trauriger Ausdruck flog über sein Gesicht. Die Serviererin kam und brachte ihnen Wasser, schenkte ihnen roten ungarischen Wein ein. Sie hoben die Gläser. »Auf uns«, hauchte Luise. »Auf unser Wiedersehen.«

»Dieses Mal es dauert nicht so lange.«

»Nein«, sagte sie lächelnd. Er würde nächstes Frühjahr mit seinem Orchester zu einer Tournee in die Bundesrepublik kommen, und sie würde ihn heimlich begleiten. Sie freute sich schon sehr darauf. Eine Ausrede für Wolfgang würde ihr schon einfallen. Er habe inzwischen ein gewichtiges Wort bei der Planung der Tourneen mitzureden, hatte Marian ihr erzählt, und er habe sich sehr für die Bundesrepublik Deutschland eingesetzt, was im Zuge der neuen diplomatischen Beziehungen und ihres ersten großen Erfolges auf fruchtbaren Boden gefallen sei. Seiner Frau habe das nicht gefallen, aber er sei darüber sehr glücklich. Sie würden ohnehin nur noch nebeneinanderher leben.

Zum ersten Mal hatten sie über ihre Ehepartner gesprochen. Luise hatte von Michalina gehört, die sie beneidete, weil sie Musikerin war wie Marian, dieselbe Sprache sprach wie er und in derselben Wohnung wohnte. Der Anfangsbuchstabe ihres Namens war derselbe wie seiner. Sie durfte ihn jeden Tag sehen. Er hatte Luise ein Foto von ihr gezeigt: eine hübsche Dunkelblonde mit grünen Augen und einem lebhaften Gesichtsausdruck.

Luise hatte ihm Fotos von Wolfgang und Sabine gezeigt und ihm mehr von ihnen erzählt. Sie hatte ihm gesagt, dass sie es nicht verstand, wie sie sich überhaupt wieder in Wolfgang hatte verlieben können. Er musste sie geblendet haben. Sie war einsam gewesen und hatte sich einen Mann gewünscht. Aber hatte sie ihn wirklich geliebt?

Es kam ihr nun so vor, als hätte sie nur einen Mann wirklich geliebt. Sie sahen sich über ihre Teller hinweg an. »Ich bin heute im Bus eingeschlafen«, erzählte sie. »Ich hab kaum etwas vom Glatzer Bergland gesehen. In der Stadt bin ich nur geschlafwandelt. Was hast du heute gemacht?«

»Geschlafen«, meinte er grinsend. »Heute Nachmittag war ich im Gebirge, meine alten Strecken ablaufen. Leider kann ich meine Mutter nicht sehen. Michalina denkt, ich bin in Warschau.«

»Aber nächstes Mal bestimmt, nicht?«

»Nächstes Jahr wir können uns zweimal sehen«, sagte er, lehnte sich zurück und betrachtete sie aus halb geschlossenen Augen, während die Serviererin ihre Teller abräumte. Luise drehte den Stiel ihres Weinglases. Sie fühlte sich beschwipst und mutig für Offenheiten. »Manchmal frage ich mich, was gewesen wäre, wenn ich geblieben wäre. Vielleicht habe ich einen Fehler gemacht.«

»Das weißt du nicht. Wir können nicht sagen, was wäre gewesen. Vielleicht hättest du mich wirklich gehasst.«

»Niemals.«

»Das sagst du jetzt. Du hattest Gründe damals. Ich verstehe deine Gründe.« Er beugte sich nach vorn und tastete nach ihrer Hand. »Denken wir nicht mehr an früher, an hätte und wäre. Wir wissen nie, was wäre gewesen. Wir haben heute, jetzt. Nur das ist wichtig.«

Luise seufzte und leerte ihren Wein, während die Serviererin die Teller mit dem dampfenden zweiten Gang vor sie hinstellte und ihnen die Gläser nachfüllte. »Wahrscheinlich hast du recht«, sagte sie. »Ich neige zu unfruchtbaren Grübeleien. Wolfgang sagt immer, ich würde zu viel in der Vergangenheit leben, in meinen Erinnerungen.«

»Erinnerungen sind sicher«, sagte Marian. »Niemand kann sie dir wegnehmen, sie sind sicheres Reich.«

Luise nickte. So hatte sie das noch nie gesehen.

»Man sagt, wer viel in Erinnerungen lebt, ist unglücklich im Jetzt«, meinte Marian. »Du bist nicht glücklich mit deinem Leben.«

Luise ließ ihr Besteck sinken. Seine Worte hatten sie getroffen. »Ich bin jetzt glücklich, mit dir«, sagte sie leise. »Hier in der Heimat bin ich glücklich, und ich bin glücklich über meine Tochter. Ich freue mich über Rita, es ist schön, eine gute Freundin zu haben. Aber mit Wolfgang ... ist es der Abgrund.«

Marian legte das Besteck weg und tupfte sich die Lippen ab. »Kannst du dich scheiden lassen?«

Luise sah auf ihren Teller hinunter. Der Rest des Entenbratens verschwamm vor ihren Augen. »Wir müssen uns scheiden lassen«, sagte sie. »Ich glaube, inzwischen will er es auch. Unsere Ehe ist zerstört. Er hat eine Geliebte.«

»Das ist gut, dann wollt ihr das Gleiche«, stellte Marian fest. »Redet miteinander, vielleicht könnt ihr euch einigen.«

Luise schluckte. Vor ihrem letzten Streit mit Wolfgang hatte sie auch noch geglaubt, sie könnte sich mit ihm einigen. Inzwischen glaubte sie nicht mehr daran. »Ich werde es … versuchen«, sagte sie ausweichend.

»Was heißt … versuchen? Du musst es tun, Luise, wenn du unglücklich mit ihm bist.«

»Es ist nicht nur wegen dir, weißt du? Unsere Ehe war schon vorher … sie ist schon lange am Ende. Wir passen einfach nicht zusammen.« Sie überlegte, wie sie sich ausdrücken konnte, ohne ihn zu sehr zu beunruhigen. »Wir haben noch nie über Scheidung gesprochen«, fuhr sie leise fort. »Es war bisher undenkbar. Er ist doch Major und hat einen Ruf und seine Karriere zu verlieren.«

»Ich verstehe«, sagte Marian. Er sah nun doch besorgt aus. »Ist es ernst mit seiner Geliebten?«

»Ich glaube ja. Er kennt sie schon lange.«

»Dann ist es meistens ernst«, sagte Marian lächelnd.

»Aber sie ist auch verheiratet. Es ist alles so vertrackt.«

»Was heißt *vertrackt*?«

»Verworren, verfahren«, erklärte Luise.

Er nickte und legte seine Hand auf ihre. »Du musst an dich denken, Luise«, beschwor er sie. »Es geht nicht nur um ihn. Wenn Unglück zu stark, gibt es nichts, das rechtfertigen kann, im Unglück zu bleiben. Du brauchst Frieden.«

Luise sah auf seine Hand hinunter. Sie wusste, dass er recht hatte. Wie lange hatte sie schon keinen Frieden mehr gehabt? Eigentlich war sie Zeit ihres Lebens nur im Krieg gewesen: im letzten Krieg, auf der Vertreibung, während der schweren Anfangsjahre im Westen, nach dem Umzug nach Allenheide, in ihrer Ehe. Es hatte nur wenige gute Zeiten zwischendurch gegeben, kleine friedliche Inseln am Anfang ihrer Ehe und in der Zeit, als Sabine klein gewesen war. Sie war müde und sehnte sich nach Frieden. Sie konnte nicht mehr in ihrer unglücklichen Ehe bleiben, wie auch immer es mit Marian und ihr weitergehen würde.

Sie hob den Kopf und schluckte den Kloß im Hals hinunter. »Du hast recht. Ich werde mit meinem Mann reden.«

Marian nickte. Er hob die Hand und legte sie an ihre Wange. Sie legte ihre Hand darauf und schmiegte ihre Wange in seine. Ob er sich auch scheiden lassen würde? Würde er Michalina ihretwegen verlassen? Aber selbst wenn, wie könnten sie jemals zusammenleben, solange es den Eisernen Vorhang gab?

Er warf ihr einen Luftkuss zu. »Komm, ich will dich wieder froh machen. Nun kommt Überraschung.« Er stand auf und reichte ihr die Hand.

»Was, jetzt kommt die Überraschung? Ich dachte, das Essen war die Überraschung.«

Er schüttelte den Kopf, nahm den Kerzenständer und zog Luise in eine Ecke des Raums, wo ein Klavier stand. Dort ließ er sich auf der Bank nieder und klappte den Deckel auf. Er fischte ein Blatt aus den Notenblättern und gab es ihr. Seine Finger glitten über die Tasten. Luise hielt den Atem an. Die Klänge kamen ihr bekannt vor. Es war die *Nachtigall*, *ihr* Lied. Er musste den deutschen Text von irgendwoher bekommen haben.

»Sing mit, Luise.« Er sah sie auffordernd an.

Doch sie schüttelte den Kopf. Wie konnte sie zu seinem herrlichen Spiel singen? Sie hatte seit Jahren nicht mehr gesungen.

»Bitte.«

Sie seufzte und räusperte sich. »Aber ich bin … vollkommen ungeübt.«

Marian ließ das Lied leise verklingen und ergriff ihre Hand. »Natürlich kannst du das noch, wenigstens ein bisschen. Ist nicht schlimm, wenn du die Töne nicht triffst. Hauptsache Musik.« Er spielte wieder die ersten Töne an und nickte ihr auffordernd zu.

»Warte.« Sie ging zum Tisch zurück, leerte ihr Weinglas und kam wieder. Sie straffte sich und nahm Haltung an, wie sie es in ihren Chorzeiten gelernt hatte. Dann nickte sie ihm zu.

Er begann zu spielen, aber sie verpasste den Einsatz. Also wiederholte er, und schließlich sang sie.

»Sing, Nachtigall, sing
Ein Lied aus alten Zeiten
Sing, Nachtigall, sing
Rühr mein müdes Herz …

Sie sang mechanisch, während sie beobachtete, wie seine feingliedrigen Finger über die Tasten glitten. Er schien eins zu werden mit dem Klavier und der Musik, wie früher schon am Klavier ihres Vaters.

Als die Liebsten ich besessen
Sangst du süß und bang
Seit der Liebste mich vergessen
Schwiegst du so lang
Ach sing, Nachtigall, sing
Ein Lied aus alten Zeiten
Bring, Nachtigall, bring
Mir mein Glück zurück

Luise hob den Kopf. Marian hatte dasselbe getan, und ihre Blicke begegneten sich. Sein aufmerksamer Blick war wie damals, als er sie durch den Türspalt der Stube ihrer Mutter hindurch betrachtet hatte. Es war der Blick, mit dem er herausfinden wollte, wie sie war und was sie tat. Er sah sie so, wie sie war.

Sie ließ das Blatt sinken. Er hatte aufgehört zu spielen und seine Hände auf die Oberschenkel gelegt. »Du hast so schöne Stimme. Du *musst* wieder singen. Versprich mir, du singst wieder, Luise.«

Sie legte das Blatt aufs Klavier zurück. »Ich wüsste nicht, wo. In unserem Dorf gibt's keinen Chor.«

Er erhob sich. »Aber sicher in Kreisstadt«, sagte er, während er hinter dem Klavier verschwand, wohin man die anderen Tische geschoben hatte.

»Vielleicht«, meinte Luise ausweichend. Sie lehnte sich gegen das Klavier. Ihr war warm vom Alkohol, ihre Wangen glühten. Vielleicht sollte sie wirklich wieder singen, sie hatte doch früher so viel Freude daran gehabt. Während sie noch darüber nachgrübelte, warum sie eigentlich nicht mehr gesungen hatte, erklang das Knistern eines Plattenspielers und kurz darauf die Stimme einer polnischen Sängerin. Marian kam zurück, fasste ihre Hand und führte sie auf die freie Fläche zwischen Klavier und Tisch. Er zog sie zu sich heran, und sie tanzten zu dem langsamen Lied.

»Was singt sie?«, fragte Luise.

»Sie singt Lied von Vermissen der Liebe, wenn sie nicht da ist, Lied von Sehnsucht. Wie es mir geht, wenn du nicht da bist.«

»Mir geht es auch so«, sagte Luise. »Ich liebe dich.«

Er hielt inne, sah sie lange an. Dann hob er die Hand und zeichnete mit dem Finger ihre Lippen nach. Es schien, als würde er etwas sehr Zerbrechliches berühren, von dem er Angst hatte, es zu zerstören.

»Ich liebe dich«, erwiderte er und senkte seinen Mund auf ihren.

Luise ließ sich in den Kuss fallen. Sie dachte nicht mehr, fühlte nur noch, fühlte ihr Glück. Wie von Ferne hörte sie es leise klirren, als die Serviererin ihren Tisch abräumte und ihnen den letzten Gang servierte. Aber sie ließen ihn stehen.

* * *

Wenig später musste Luise auf die Toilette, und auf dem Rückweg in die Gaststube ging sie durch den Vorraum nach draußen vor die Tür, um Luft zu schnappen. Es regnete nicht mehr. An der Lampe über dem Eingang hingen Spinnenweben, deren Tropfen im Licht glitzerten. Marians Lada stand einsam auf dem Parkplatz, nur ein weiteres Auto parkte noch in der Nähe der Auffahrt. Vermutlich der Inhaber. Wahrscheinlich war er gleich ins Bett gegangen und hatte die Arbeit seiner Tochter überlassen. Toller Kerl. Luise schüttelte missbilligend den Kopf. Sie wollte gerade wieder hineingehen, als sie ein Geräusch unten an den Stufen vernahm.

»Bleib stehen, Luise«, sagte jemand.

Sie fuhr zusammen beim Klang der vertrauten Stimme, die aus dem Dunkel mit ihr redete. Wolfgangs Stimme. Schemenhaft erkannte sie seine Gestalt unten am Fuße der Treppe im Schatten der Mauer. Er hielt eine Pistole in der Hand.

»Ich würde dir raten zu gehorchen«, sagte er. »Sag keinen Ton und komm runter.«

Luise schluckte. Ihr erster Gedanke, nicht auf ihn zu hören und einfach wieder reinzulaufen, löste sich auf in Angst und Starre. Was machte er hier? Wie war er hierhin gekommen? Wollte er sie zwingen, mit ihm zurückzukehren? Zitternd stieg sie die Stufen hinunter, wo Wolfgang sie empfing und schweigend den Arm um sie legte.

»Du riechst nach Rasierwasser«, schnaubte er. »Nach fremdem Mann.« Er ließ sie los und bohrte ihr den Lauf der Pistole in die Seite. »Geh!«, herrschte er sie leise an. »Los, dahin!« Er deutete mit dem Kinn in Richtung Wald.

Sie zögerte. Ihr Atem ging flach, und die Knie drohten ihr zu versagen. Doch ihr Gehirn konnte noch arbeiten. Nüchterne Gedanken schossen ihr durch den Kopf. Wollte er sie doch nicht mitnehmen? Wollte er sie etwa in den Wald bringen, um sie dort zu töten? Hilfesuchend sah sie zu den erleuchteten Fenstern des Hotels hinauf.

Wolfgang bemerkte es. »Von dort wird dir keiner helfen«, knurrte er. »Bevor dein Pole merkt, dass du weg bist, bist du im Wald. Also los, geh!« Der Druck der Pistole verstärkte sich.

Luise bewegte sich nicht. »Was willst du von mir? Mich umbringen? Lass uns reden. Wir können uns scheiden lassen. Ich verspreche dir, dass ich keine Schwierigkeiten mache. Sabine bleibt bei mir. Du brauchst auch keinen Unterhalt zu zahlen. Ich verrate nichts von .... von diesem Vorfall, ich schwöre es.«

Wolfgang nahm die Pistole weg und gab ihr einen mächtigen Schubs. Der kam so überraschend und heftig, dass Luise nach vorn taumelte. Kaum hatte sie sich gefangen, spürte sie die Pistole wieder hart in ihrem Rücken. »Sei still und geh«, befahl Wolfgang hinter ihr.

Luise erschrak über seine tönerne Stimme. »Bitte, lass uns reden«, flehte sie. »Wir finden eine Lösung, ich versprech's. Du kannst mich doch nicht einfach so umbringen.«

»Ich habe keine Angst, dich zu töten«, erwiderte Wolfgang. »Ich habe schon viele andere getötet.«

Widerwillig legte Luise ein paar Schritte zurück. Sie starrte in die Bäume, die sich dunkel vor ihr abzeichneten, und in die Büsche am Waldrand. Mit erschreckender Klarheit wurde ihr bewusst, dass er sie wirklich umbringen würde. Es wäre einfach für ihn, sie im Wald zu töten, im Dunkeln, wo man sie nicht sehen und nicht so schnell finden würde, und dann rasch zu fliehen. Vermutlich war er heimlich hier, und niemand würde ihn hier vermuten. Niemand würde darauf kommen, dass er hier gewesen war, und ihn später verdächtigen. Die Polen würden den Fall nicht aufklären können und selbst wenn, dann könnten sie ihn in Deutschland nicht verhaften. Sie hätten vermutlich sowieso wenig Ehrgeiz, den Mord an einer Deutschen aufzuklären, egal, was Marian tun würde. Wolfgang würde unbehelligt in Deutschland leben, Christel heiraten und Sabine sich selbst überlassen. Das war sein Plan, so einfach wie klug.

Luise hatte das Gefühl, keine Luft mehr zu bekommen. Gewichte hingen an ihren Füßen, sie konnte sich nicht mehr bewegen. Sie blieb stehen. »Ich geh nicht in den Wald«, rief sie. »Du musst mich schon hier töten.«

»Still!«, fuhr er sie an und schubste sie wieder. Sie fiel nach vorn auf die Knie und landete auf dem nassen Asphalt. Ihre Knie brannten, aber sie spürte den Schmerz nicht. Wolfgang zerrte sie am Arm hoch und schob sie wieder in Richtung Wald, aber sie sträubte sich. »Wolfgang, hör auf! Du bist nicht mehr im Krieg. Wir lassen uns scheiden. Ich verspreche, ich mache dir keinen Ärger.« Sie fühlte seine Wärme, die vertraute Oberfläche seiner Nappa-Lederjacke, die sie so oft mit einem Tuch abgerieben hatte. Er musste sich doch erweichen lassen.

»Bitte! Ich bin doch deine Frau. Willst du Sabine die Mutter nehmen?«

Wolfgang schluckte. Sein Adamsapfel hüpfte über dem Kragen seiner Lederjacke auf und ab. Seine hellen Augen glitzerten eisig im Licht der Parkplatzlaterne. Er ließ sie los, ohne die Pistole zu senken. »Dreh dich um«, befahl er mit rauer Stimme.

Ihr Herz raste. Sie dachte an Marian, während sie Wolfgangs Befehl nachkam und sich umdrehte. Würde er sich nicht längst fragen, wo sie blieb? Sah sie niemand durchs Fenster hier draußen auf dem Parkplatz? Wohl nicht. Die Küche ging nach hinten raus, und sie waren die einzigen Gäste im Hotel. Der ideale Ort für einen Mord. Wolfgang würde sie erschießen und dann wegfahren, vermutlich war das andere Auto auf dem Parkplatz seins. Sie fragte sich noch, wie er hier zu einem Auto gekommen war, wie lange er sie wohl beschattet hatte. Aber dann fragte sie sich nichts mehr. Sie dachte an Sabine und hielt die Luft an.

Doch der Schuss kam nicht. Stattdessen hörte sie ein lautes: »Hände hoch!«

Sie fuhr herum. Wolfgang stand reglos und hob langsam die Hände. Auf seiner Miene verwandelte sich Erstaunen in Entsetzen. Ein paar Schritte hinter ihm war plötzlich ein Mann aufgetaucht. Er hatte die Arme ausgestreckt und hielt eine Pistole in beiden Händen, mit der er auf Wolfgangs Rücken zielte. Es war Joachim Kösing. »Leg deine Pistole auf den Boden«, befahl er.

Wolfgangs Miene verzerrte sich, als hätte er in eine Zitrone gebissen. »Na, mach schon«, schnarrte Kösing, als Wolfgang noch zögerte.

Wolfgang bückte sich langsam und legte die Pistole auf den Boden. Er grinste bitter, als er sich wieder aufrichtete. »Da musstest du eine so weite Reise auf dich nehmen, um mich zu töten, Joachim.« Er schüttelte den Kopf.

»Am besten begeht man seine Verbrechen hinter dem Eisernen Vorhang. Eine gute Idee von dir«, erwiderte Kösing. »Du hast schon immer gute Ideen gehabt.«

»Sie liebt dich nicht, Joachim«, versetzte Wolfgang. »Sie liebt nur mich.« Er grinste Luise frech an, die zitternd dastand, unfähig, sich zu rühren.

»Das wird schnell wieder vergehen, wenn sie dich nicht mehr sieht«, meinte Kösing. Er bückte sich und hob Wolfgangs Pistole auf, gleichzeitig ließ er seine eigene Waffe in die Manteltasche gleiten. Luise sah auf seine Handschuhe und erschrak. Sie fragte sich gerade, was er vorhatte, als Wolfgang Kösings kurze Unaufmerksamkeit nutzte und sich auf ihn stürzte. Die beiden Männer rangen nur kurz miteinander, dann fiel ein Schuss.

Ohrenbetäubend laut krachte er über den Parkplatz und verhallte im Wald. Wolfgang fiel wie ein Tuch auf den Boden, wo er reglos liegen blieb. Im Nappa-Leder seiner Jacke klaffte ein feuchtes Loch, wo seine Herzgegend war. Luise starrte auf seine reglose Gestalt. Der Schuss hallte noch in ihren Ohren wider. Sie spürte, wie der Wind durch ihr Kleid fuhr, als sie Kösing auf sich zukommen sah. Er drückte ihr Wolfgangs Pistole in die Hand, mit der er Wolfgang gerade erschossen hatte.

»Wer hätte gedacht, dass euer lauschiger Abend einen solchen Abschluss nehmen würde?«, spottete er, wobei sich sein jungenhaftes Gesicht zu einem kalten Grinsen verzog. Luise starrte auf seine großen Hände in den Lederhandschuhen. Als geschähe es nicht ihr, beobachtete sie, wie er ihre Hände um Wolfgangs Pistolengriff legte, wobei er sorgfältig darauf achtete, dass der Lauf nicht auf ihn zeigte. Sie hatte schon immer geahnt, dass unter Kösings spöttischer Oberfläche ein tiefer Graben lag. »Ich … dachte, er war dein Freund«, hörte sie sich sagen. Ihre Zähne schlugen aufeinander, so sehr zitterte sie.

Kösing nahm ihr die Pistole wieder weg, legte die Waffe auf den Boden und gab ihr einen Tritt, sodass sie neben Wolfgang rutschte. Nun sah es so aus, als hätte Luise Wolfgang erschossen und die Pistole fallen gelassen. Er nahm seine eigene Pistole wieder aus der Manteltasche.

»Ein schöner Freund, der meine Frau heiraten will«, sagte er und versetzte Wolfgang einen leichten Tritt. Wolfgang regte sich nicht mehr.

»Sie … wollten heiraten?« Luises tonlose Stimme wurde vom Wind verschluckt.

Kösing sah sie mit einem mitleidigen Ausdruck in seinem Jungengesicht an.

»Wie … habt ihr uns gefunden?«, fragte Luise.

Er seufzte. »Ich hab keine Zeit, dir zu erklären, wo ich arbeite und was Wolfgang eine Zeit lang gemacht hat. Hör mir gut zu: Ich habe dir das Leben gerettet. Dafür wirst du der Polizei sagen, du hättest deinen Mann in Notwehr erschossen. Lass dir was einfallen, am besten eine kleine Rangelei. Ansonsten wirst du schweigen. Hältst du dich nicht daran, werden *wir* dich besuchen, und glaub mir, *wir* finden dich.«

Luise nickte. Sie spürte das Zittern ihres Körpers wieder. Erleichterung durchflutete sie, gleichzeitig hatte sie neue Angst. Sie hatte die Bedeutung seiner Worte nicht wirklich begriffen, aber sie ahnte, dass sie keine Wahl hatte. Er würde sicher nicht zögern, sie auch noch zu töten, wenn sie nicht einwilligte.

Kösing sah hastig zum Hotel hinüber, als hätte er ein Geräusch gehört, und hielt seine Pistole in die Richtung, aber es war alles still. Seine Waffe zuckte. »Versprich es!«, forderte er sie auf.

»Ich verspreche es«, antwortete Luise mechanisch.

Kösing nickte, dann wandte er sich um und hastete in langen Schritten die Auffahrt zum Parkplatz hinunter. Wolfgangs Pistole lag nur ein paar Meter von ihr entfernt. In diesem Augenblick fasste jemand sie am Arm. Marian. Er war so lautlos herangekommen, dass sie ihn nicht gehört hatte. Sein weißes Hemd leuchtete im matten Licht der Parkplatzlaterne. »Wer war das? Was ist passiert?«

»Das war Kösing.« Sie deutete zur Auffahrt hinüber, wo dieser gerade verschwunden war. »Er hat … meinen Mann erschossen.«

»Geh ins Hotel zurück«, sagte Marian. Ehe sie noch etwas erwidern konnte, hob er die Pistole auf und rannte den Parkplatz zur Straße hinunter. Hilflos musste sie mitansehen, wie er sich neben der Auffahrt im Gebüsch versteckte. Unten auf der Straße wurde ein Motor angelassen.

Luise lief mit zitternden Knien ins Hotel zurück. Sie hörte nur mit halbem Ohr, wie die schwere Tür hinter ihr ins Schloss fiel.

»Policja!«, rief sie, als die Serviererin ihr aufgeregt entgegenkam, *»Dzwoń na policję!«*

»Tak, tak«, rief die junge Frau und sagte etwas auf Polnisch zu ihr, das sie nicht verstand, woraus sie aber schloss, dass die Frau die Polizei bereits angerufen hatte.

Luise lief zum Fenster und sah hinaus auf den Parkplatz. Wolfgangs Leichnam lag wie ein dunkler Flecken auf dem Asphalt. Sie blickte zur Auffahrt hinüber und betete, Marian würde gleich wieder zurückkommen. Was war nur in ihn gefahren? Warum hatte er Kösing nicht einfach laufen lassen? War das Auto weggefahren? Nein, sie hatte nichts gehört.

Luise seufzte. Sie fühlte sich klein und schwach vor Angst. Marian. Sie musste ihm helfen. Hastig wandte sie sich um und rannte aus dem Hotel die Treppe hinunter auf den Parkplatz. Dort hielt sie inne und lauschte. Nichts. Sie schlich sich über den Parkplatz und tauchte auf der gegenüberliegenden Seite in die Büsche, die zwischen Parkplatz und Straße lagen. Das Laub unter ihren Füßen raschelte. Sie erschrak und hielt inne, aber sie hörte nichts, sondern sah nur Autoscheinwerfer durch die Büsche schimmern. Vorsichtig bog sie die nassen Zweige auseinander.

Das Auto stand gerade mal ein paar Schritte entfernt am Straßenrand. Seine Lichter leuchteten, aber der Motor war ausgestellt. Luise erschrak, als sie Marian vor der Fahrertür stehen sah. Er hatte ihr den Rücken zugewandt. Kösings Stimme drang leise aus dem Auto. »… es war ein Fehler, mich zu verfolgen. Luise hat mir versprochen zu schweigen. Aber jetzt muss ich Sie und Luise leider umbringen.«

»Das werden Sie nicht«, sagte Marian. »Sie werden aussteigen, sofort.« Er richtete Wolfgangs Pistole auf Kösing.

Kösing seufzte. Luise spürte ein schlechtes Gefühl aufsteigen, als würden ihr spinnenwebfeine Antennen eine ferne, drohende Gefahr zuschleudern. »Marian, komm zurück«, wollte sie rufen, doch kein Ton verließ ihren Mund. Stattdessen sank sie in die Knie und tastete in der feuchten Erde unter dem Laub nach einem Stein. Bald glitt ein kalter, heller Stein in ihre Hand, und sie richtete sich auf und schmetterte ihn mit aller Kraft an Marian vorbei zum Auto. Der Stein flog durch die Äste und knallte neben Marian gegen die Fahrertür. Ein Schuss peitschte auf und schlug in den dicken Ast eines Buschs nicht weit von Luise. Geistesgegenwärtig rannte Marian hinter das Auto und verbarg sich dort. Luise hörte, wie Kösing den Motor anließ. Sie beobachtete, wie der Wagen losfuhr. Marian kniete auf der Straße. Er hielt die Pistole mit beiden Händen, weit von sich gestreckt, und feuerte mehrfach auf Kösings Auto. Die Schüsse krachten durch die Nacht. Scheiben splitterten. Der Wagen rollte weiter die Straße entlang, den leichten Abhang hinunter bis zur nächsten Kurve, wo er von der Straße abkam und geradeaus Richtung Wald fuhr. Dort sank er in den Graben und blieb liegen. Die Lichtsäulen seiner Rückstrahler fielen auf die Fichtenstämme.

Luise rannte durch das Gebüsch auf die Straße zu Marian, der sich langsam erhob. »Bist du verletzt?«, rief sie. »Ist dir was passiert?«

Er schüttelte den Kopf und sah auf die Pistole hinunter, als wäre sie ein giftiges Tier. Dann blickte er zu Kösings Auto hinüber. Nichts regte sich dort.

»Du hast ihn erwischt«, sagte Luise.

Marian nickte. Er hob unschlüssig die Hand mit der Pistole und zuckte die Achseln. Dann ließ er sie wieder sinken. Auf einmal sah er sehr erschöpft aus. Luise warf sich in seine Arme. Sie presste sich an ihn, froh, seine Wärme zu spüren und seinen unverletzten Körper. Er hielt sie lange fest. Sie ließ sich in die Umarmung sinken und legte den Kopf an seine Anzugjacke. Langsam beruhigte sich ihr Herzschlag. »Danke, dass du mich gerettet hast«, murmelte sie an seinem Ohr. »Er wollte, dass ich die Tat auf mich nehme. Ich soll der Polizei sagen, ich hätte meinen Mann in Notwehr erschossen. Nach dem Mord hat er mir die Tatwaffe in die Hand gedrückt, damit meine Fingerabdrücke draufkommen.«

Marian ließ sie los. »Und meine sind jetzt auch drauf. Er wollte mich töten«, sagte er, immer noch fassungslos. »Du hast mir das Leben gerettet.«

In diesem Augenblick hörten sie die Sirene des nahenden Polizeiwagens durch den Wald hallen. Luise spürte ihr Herz wieder schneller schlagen. Angst stieg in ihr auf. »Marian«, sagte sie mit zitternder Stimme. »Der Mann ist gefährlich. Er ist wahrscheinlich beim Geheimdienst. Sonst hätten es die beiden nie hierhin geschafft.«

»Wer ist er?«, fragte Marian.

»Joachim Kösing, der Freund meines Mannes. Sie haben sich während der Kriegsgefangenschaft kennengelernt. Mein Mann hatte ein Verhältnis mit seiner Frau.«

»Deswegen hat er ihn getötet.«

Luise nickte. »So wie mein Mann mich töten wollte …« Sie sah hinauf zum Parkplatz, wo Wolfgangs Leichnam lag. Die Geschehnisse des Abends kamen ihr jetzt auf einmal unwirklich vor. Doch dann, als sie schon glaubte, sie würde aus dem Albtraum erwachen, tauchten die blauen Lichter des Polizeiwagens zwischen den Bäumen auf, und die Sirene hallte schrill durch den Wald. Marian nahm ihr Gesicht in beide Hände. In seiner Miene lag Angst, aber auch Entschlossenheit. »Hör zu«, sagte er. »Ich werde nicht dulden, dass sie dir den Mord an deinem Mann anhängen. Sag mir, was passiert ist.«

Luise nickte und erzählte es ihm in knappen Worten. Sie hielt inne, um Luft zu holen, als der Polizeiwagen an ihnen vorbeifuhr und auf dem Parkplatz hielt.

Marian ließ Luise los. »*Skurwysyn*«, knurrte er. »Dein Mann ist ein verdammter Bastard.« Er wiederholte noch einmal ihre

Geschichte, und sie bestätigte seine Worte. Zwei Polizisten stiegen aus dem Auto. Einer rannte zu Wolfgang, fühlte seinen Puls, gab dem anderen ein Zeichen. Daraufhin kamen beide zu ihnen. Es gab einen kurzen Wortwechsel auf Polnisch, während Marian ihnen schilderte, was geschehen war. Er gab ihnen die Pistole und deutete mit dem Kopf zu Kösings Auto hinüber. Die Männer zogen ihre Pistolen aus den Holstern und liefen zum Auto. Sie verschwanden im Dunkel hinter dem Licht der Scheinwerfer. Marian nahm Luises Hand, und sie starrten zum Auto hinüber, ohne etwas erkennen zu können. Sie hörten, wie eine Autotür geöffnet wurde. Nach einer Weile erklang ein lauter Befehl. Die Scheinwerfer des Autos erloschen, die Autotür fiel zu. Wenig später tauchten die Polizisten wieder auf der Straße auf. Sie führten einen schwankenden Kösing in Handschellen in ihrer Mitte. Sie kamen nur sehr langsam vorwärts, denn Kösing schien sich kaum aufrecht halten zu können. Er strauchelte mehrmals, und als sie an ihnen vorbeigingen, sah Luise die Rinnsale von Blut, die von seiner Stirn über sein Gesicht liefen und auf seinen Mantel tropften. Er warf Marian einen verächtlichen Blick zu.

Einer der Polizisten sagte etwas zu Marian, bevor sie Kösing ins Polizeiauto verfrachteten, und Marian übersetzte seine Worte für Luise. Er nahm ihre Hände in seine und drückte sie fest. »Es kommt noch ein Wagen«, sagte er. »Wir müssen mit zur Polizeiwache nach Jelenia Góra.«

Luise nickte. Zitternd umklammerte sie seine kalte Hand.

Kapitel 28

Niederschlesien, Juni 1992

Sie hatten die Stelle erreicht, von wo aus sie die Schneekoppe sehen konnten. Es war ein schöner, aber etwas diesiger Tag. Die fernen Gebirgszüge lagen unter einem milchigen Dunst. Sabine deutete aus dem Autofenster. »Siehst du, da ist die Schneekoppe. Vielleicht sollten wir morgen schon rauf, wenn das Wetter noch schön ist.«

»Können wir machen«, sagte Jochen, der neben ihr am Steuer saß. »Ich kann aber jetzt nicht gucken. Ich seh ja noch genug.«

Sabine warf ihm einen schnellen Blick zu. Seine dunklen Locken waren durcheinandergeraten. Vorn schienen sie an seiner Stirn festzukleben, und dort, wo sein Kopf an die Stütze kam, lagen sie festgedrückt an seinem Hinterkopf. Ein Schatten lag in seinem Gesicht, weil er sich nicht rasiert hatte. Nicht einmal ein frisches Sweatshirt hatte er sich angezogen.

Sie seufzte in sich hinein. Nicht zum ersten Mal wünschte sie sich, er würde das alles ernster nehmen. Aber er war ja nur der Fotograf. Zumindest sah er sich so. Sie kurbelte die Scheibe des VW Golf ein wenig herunter. Frische, nach Gräsern und Blumen riechende Luft strömte herein. Der Geruch des

Sommers. So roch nur der Juni. Sie wandte ihr Gesicht dem Fenster zu und atmete tief, während der Fahrtwind ihr Gesicht kühlte.

Jochen suchte im Radio den deutschen Sender, den sie gerade noch empfangen konnten. Er resignierte und wechselte auf einen polnischen. »Wie ist denn das Bier hier?«, wollte er wissen.

»Ganz gut.«

»Und der Wein?«

»Gibt's hier kaum. Mehr Likör oder Wodka.«

»Na, dann kannst du ja gleich zum Hotel fahren«, sagte er grinsend.

»Meinetwegen. Aber denk an die Fotos.«

Er winkte lächelnd ab, und sein Lächeln machte ihn unwiderstehlich. Sabine legte ihren Kopf auf seine Schulter. »Du wirst sehen, das wird nett. Die werden dich schon nicht fressen. Sie sind sehr gastfreundlich.«

»Ich weiß. Das hast mir oft genug erzählt.«

»Sie werden dich mögen.«

Jochens Lächeln verschwand. »Darum geht's mir nicht. Ich weiß nur nicht, ob die Geschichte wirklich das Richtige für dich ist.«

Sie nahm den Kopf von seiner Schulter. Jetzt kam diese Leier wieder, sie konnte es nicht mehr hören. »Das hast du schon hundert Mal gesagt. Ich weiß, dass sie richtig ist. Die Zeit ist reif dafür, die Leute wollen so was lesen.«

»Ich glaube, es ist genau der falsche Weg, so was anzupacken, wenn du Redakteurin werden willst«, erwiderte er. »Die linke Presse wird dich in den Boden stampfen, und für die Vertriebenen bist du zu nüchtern. Du hängst zwischen allen Stühlen. Ich wundere mich, warum Volkmann dir überhaupt das Okay gegeben hat.«

»Tja, er hat die Zeichen der Zeit erkannt«, versetzte Sabine. »Deutschlands Wiedervereinigung, Polens Öffnung nach dem Kommunismus, visafreies Reisen … hier verändert sich doch gerade alles.«

»Der und die Zeichen der Zeit? Der ist doch auch ein Ewiggestriger«, entgegnete Jochen. »Stammt der nicht auch aus Pommern oder so?«

»Aus Ostpreußen.«

»Na, siehst du. Der hat doch nur noch 'n Jahr bis zur Rente. Er will eine schöne heimatduselige Geschichte von dir fürs ältere Publikum, das ist alles.«

Sabine kurbelte die Scheibe wieder hoch. Dies war normalerweise der Punkt, wo sie Jochen am liebsten ihre Wut entgegenbrüllen würde. »Stimmt doch gar nicht«, rief sie ungehalten. »Er will eine Geschichte, die zeigt, wie's ist. Schön authentisch.«

»Authentisch, authentisch. Du bist doch viel zu nah dran. Was ist mit der professionellen Distanz?«

»Professionelle Distanz«, schnaubte Sabine. »Wie soll ich eine gute Geschichte schreiben, wenn ich mich emotional aus allem raushalte? Natürlich bin ich nah am Thema dran, Mama hat mir ja immer wieder alles von der Vertreibung erzählt. Ich konnt's schon gar nicht mehr hören.«

»Ich weiß«, sagte Jochen. Er schwieg, während er sich darauf konzentrierte, einen Traktor auf der Landstraße zu überholen. »Professionelle Distanz ist nicht gleich emotionale Distanz, Schatz, das weißt du«, sagte er. »Aber du bist mittendrin in der Geschichte, du bist ein Teil davon.«

»Was ist daran verkehrt?«, entgegnete Sabine. »Vielleicht hat Volkmann mich gerade deswegen ausgesucht.«

Jochen hob abwehrend die Hand. »Okay, okay, ich wollt's ja nur noch mal sagen. Ich will dich nur warnen.«

Sie seufzte. »Du hast mich schon genug gewarnt. Ich wäre froh, wenn du nicht mehr davon anfangen würdest.«

»Sorry«, meinte er nach einer Weile. »Ich sag nichts mehr. Aber behaupte später nicht, ich hätte dich nicht gewarnt.«

Sie brummte etwas in sich hinein. Beide schwiegen. Sie musterte ein ockerfarbenes Mietshaus am Straßenrand, an dessen Hauswand ein riesiges Plakat von Papst Johannes Paul II. hing. Jochen und seine Haarspaltereien. Aber ja, er hatte recht, sie war alles andere als unabhängig. Dass die Geschichte ihrer Familie anders war, hatte sie irgendwann im Laufe der Jahre begriffen. Sie konnte nicht von sich behaupten, in dem Dorf zu wohnen, in dem ihre Vorfahren begraben waren. Sie besaßen keinen trutzigen Bauernhof, der über mehrere Generationen an sie vererbt worden war. Ihre Oma hatte in einer Siedlung gewohnt, die für Vertriebene errichtet worden war. Lange war ihr das wie selbstverständlich vorgekommen, es gehörte zu ihrer Familie wie die Schürzen ihrer Oma. Ebenso die ständigen Heimatreisen ihrer Mutter. Über viele Jahre hinweg war sie jedes Jahr nach Schlesien gefahren und völlig entrückt wiedergekommen. Diese Reisen waren Sabine stets wie ein übertriebener Heimatkult vorgekommen, ein Festhalten am Gestrigen, an vergangenen Welten, die nie mehr zurückkommen würden. Aber mittlerweile dachte sie anders.

»Vielleicht schreibe ich die Geschichte ja nicht als Journalistin, sondern als Schriftstellerin«, sagte sie.

Jochen entgegnete nichts mehr, für ihn war die Sache offenbar jetzt erledigt. »Mach, wie du meinst«, sagte er nur, während er den Golf in die Ortseinfahrt lenkte. *Gaj Lipowy* stand auf dem Ortseingangsschild von Lindenau.

Sabines Aufregung stieg. Sie trank noch ein paar Schlucke Wasser aus der Flasche, klappte die Sichtblende herunter und überprüfte sich im Spiegel. Sie fand, dass sie angestrengt aussah, die lange Autofahrt hatte ihre Spuren hinterlassen. Ihre hellen Augen blickten ihr nervös entgegen.

»Du siehst schön genug aus«, bemerkte Jochen, und sie stieß ihm leicht den Ellenbogen in die Seite und ordnete hastig ihr dunkelblondes Haar.

Auf ihre Bitte hin parkte Jochen an der Dorfstraße unterhalb des Hofes. Sie brauchte noch ein paar Augenblicke, um sich vorzubereiten, bis alles auf sie einstürmte. Sie nahm die Tasche mit den Geschenken aus dem Auto und prüfte im Fenster, ob ihr Pullover noch richtig saß. Jochen stieg aus und streckte sich, dann ging er auf die gegenüberliegende Straßenseite und sah in die Landschaft. »Sieht ja ganz schön aus«, meinte er und rieb sich die Hände. »Aber frisch für die Jahreszeit ist's.« Er kam zum Auto zurück und zog sich seine Jacke über.

»Na ja, es ist Gebirgsklima«, meinte sie. »Im Winter Skigebiet.«

»Brrrr«, machte er und nahm sie in die Arme. Sie machte sich von ihm los. »Na komm, so kalt ist's doch auch wieder nicht. Außerdem scheint doch die Sonne.«

Jochen nahm ihre Hand, und sie schritten die Dorfstraße hinauf zum Hof. Still war es, nur die Vögel zwitscherten. Über den Blumen in den Vorgärten tanzten die Bienen. Sie bogen in die mit Kies bestreute Auffahrt ein. Über dem Löschteich tanzten Mücken, an seinem Ufer wuchs Sauerampfer. Die beiden Linden warfen kühle Schatten auf den Weg. Eine Promenadenmischung rannte bellend auf sie zu und wurde zurückgepfiffen. Henryk nahm seinen Hund am Halsband und winkte ihnen vom Hof her zu. »Sabine!«

Sie ging zu ihm. *»Dzień dobry, Henryku.«*

Er nahm sie in die Arme und küsste sie auf die Wangen.

»Das ist Jochen.« Sie deutete auf ihren Begleiter.

»Ah, Mann?« Ein freudiger Ausdruck trat in Henryks rundliches Gesicht. Er war ein stattlicher Mann mit Halbglatze, kaum älter als sie.

»Nein, mein Freund.«

»Ah.« Die beiden Männer reichten sich die Hände. Jochen war kaum kleiner als Henryk, wirkte aber durch seine schlanke Statur zierlicher. Inzwischen war auch Henryks ganze Familie herausgekommen und begrüßte sie. »Karolina deutsch«, erklärte Henryks Frau Ewa stolz und schob ein etwa sechzehnjähriges Mädchen nach vorn, die größte ihrer drei Töchter, die wie blonde Orgelpfeifen um sie herumstanden.

»Guten Tag, Karolina.« Sabine umarmte das Mädchen, und sie küssten sich auf die Wangen. »Du hast uns also den schönen Brief geschrieben?«

Karolina nickte. »Ja, ich habe Deutsch in Schule.«

»Prima.« Sabine bewunderte insgeheim Karolinas lange Haare, die zu einem dicken Zopf geflochten waren.

»Kommen rein«, bat Henryk, der ungefähr ebenso viel Deutsch sprach wie Sabine Polnisch – nicht mehr als ein paar Brocken.

»Dziękuję«, sagte Sabine. Das Ritual würde dasselbe sein wie immer, sie würden erst essen und danach ein wenig herumgeführt werden, dann würden sie hoch auf die Felder gehen, von denen Jochen eine gute Fernsicht und somit wunderbare Motive für seine Aufnahmen haben würde.

Henryk führte sie zum Wohnhaus. Stolz deutete er auf die neue weiße Fassade. Er war dabei zu renovieren, wie Karolina im Brief geschrieben hatte. Vorder- und Seitenfront des Hofes waren weiß verputzt, die Fenster vergrößert und die Türen erneuert worden. Über der Haustür hatte er einen Balkon angebracht. Sie gingen durch den Flur ins Wohnzimmer, wo sie ein gedeckter Tisch erwartete. Sabine folgte Ewa in die Küche und gab ihr ihre Gastgeschenke, wie sie es sich von ihrer Mutter abgeschaut hatte – Kaffee und Schokolade, Kaugummis und Zopfspangen für die Mädchen sowie eine Tasche mit guter, gebrauchter Kleidung von sich und sämtlichen ihrer Freundinnen. Ewa bedankte sich.

Sie und Henryk bewirteten sie mit Nudelsuppe, Hähnchenschenkeln und Kartoffelpüree, anschließend gab es den obligatorischen Wodka. Nachdem sie getrunken hatten, erhob sich Henryk, nahm eine Schachtel aus dem Schrank und gab seiner Tochter ein Zeichen.

»Hier sind die Sachen. Vater hat beim Renovieren auf Dachboden gefunden«, erklärte Karolina. »Schauen selbst. Dürfen behalten.«

»Dziękuję«, sagte Sabine und blickte kurz in die Runde.

Es war auf einmal still geworden. Alle schwiegen und beobachteten, wie sie feierlich den Deckel der Pappschachtel aufklappte. Ein muffiger Geruch strömte ihr entgegen. Jemand hatte die Schachtel mit einer Serviette ausgelegt. Darin lagen zwei Umschläge, ein paar fleckige Kinderbücher und ein alter Teddybär. Der erste Umschlag war offen. Sabine hielt ihn auf und spähte hinein. Sie erkannte mehrere Fotos und nahm sie heraus. Es waren alte Schwarz-Weiß-Aufnahmen. Die erste zeigte ihren Großvater mit Onkel Manfred auf der Pferdekoppel, daneben stand ein fremder Mann mit einem Mädchen. Die Pferde waren stämmig, das Sonnenlicht fiel auf ihr glänzendes Fell. Sabine durchfuhr ein Stich, als sie das Foto mit ihrem Opa sah, von dem sie nur noch eine vage Erinnerung hatte. Wie jung er damals war!

»Das ist mein Großvater«, erklärte sie und reichte das Foto an Henryk weiter. Karolina übersetzte.

»Und hier … das muss er beim Pflügen sein.« Sie zeigte auf ein kleines Schwarz-Weiß-Foto mit einem gezackten weißen Rand, das einen Mann mit seinem Pferd von Ferne auf dem Feld zeigte.

Auf dem nächsten Foto sah man ein paar ältere Damen in Mänteln auf der Terrasse eines Ausflugscafés. Sabine erkannte ihre verstorbene Uroma wieder, die sie nur von Fotos kannte. »Meine Urgroßmutter, Babcia«, sagte sie und tippte auf die

Dame in der vorderen Reihe. Karolina übersetzte. Jochens dunkler Haarschopf beugte sich über die Fotos, und auch Henryk und Ewa betrachteten sie lange. Ewa sagte etwas zu Karolina.

»Meine Mutter möchte wissen, lebt Oma noch?«

»Nein. Sie ist in den Fünfzigerjahren gestorben, kurz vor meiner Geburt.«

Ewa nickte. Sabine ließ die nächsten Fotos herumgehen, die ein großes Haus zeigten und ein fremdes Hochzeitspaar, und blieb dann an dem letzten hängen – der großen Innenaufnahme einer Kirche mit einem üppig geschmückten Altar, Balkonen und einem Kronleuchter, die Henryk lange betrachtete. Er sagte etwas zu Karolina, die seine Worte übersetzte. »Vater fragt, ob das Dorfkirche ist?«

»Ich glaube, ja.« Sabine wunderte sich, warum Henryk das fragte, aber dann kam sie darauf, dass er die Kirche ja nie gesehen hatte, jedenfalls nicht so, wie sie früher gewesen war. Soweit sie von ihrer Mutter wusste, nutzten die Polen seit dem Krieg die katholische Kirche, und die alte evangelische Dorfkirche verfiel seitdem. Außerdem besaß Henryk ihren ehemaligen Hof erst seit ungefähr fünfzehn Jahren.

Nun waren sie durch mit den Fotos. Sabine nahm den zweiten Umschlag, der schwer in ihrer Hand wog. Er war verschlossen. Sie wollte ihn öffnen, aber Karolina sagte: »Vater sagt, Sie besser öffnen später.«

Sabine warf einen fragenden Blick zu Henryk, und er nickte ernst.

»In Ordnung«, sagte sie, obwohl sie vor Neugier brannte. Sie fragte sich, was in dem Umschlag war und warum sie ihn nicht hier öffnen sollte. Irgendwelche Urkunden? Alte Sparbücher?

Sie räusperte sich, strich über den fleckigen Einband von *Puckis erstes Schuljahr*, und für einen Augenblick fehlten ihr die Worte. »Ich … das ist einfach total lieb von euch«, brachte sie schließlich hervor. »Sag deinen Eltern herzlichen Dank. *Dziękuję.*«

Henryk und Ewa nickten. Sie tranken noch einen Wodka. Henryk unterhielt sich noch ein bisschen mit Jochen, wobei seine Tochter übersetzte, dann gingen sie wieder hinaus. Henryk führte sie ein wenig herum. Er fachsimpelte mit Jochen über die neuen Türumrandungen aus Natursteinen. Sie sahen den Stall, den Schuppen, die Scheune. Danach verabschiedeten sie sich herzlich, und Sabine ging mit Jochen zu den Feldern hinauf. Als sie oben am Querweg angelangt waren, hielt sie es nicht mehr aus. »Ich muss es wissen.« Sie setzte sich auf die Feldmauer und holte die Pappschachtel aus ihrer Tasche. Jochen ließ sich neben ihr nieder, legte sein Kinn auf ihre Schulter und beobachtete, wie sie den Umschlag ungeduldig aufriss. Neugierig spähten sie hinein. Keine Urkunden, keine Sparbücher. Vorsichtig zog Sabine eine uralte Kladde aus dem Umschlag. Der Rücken des alten Buches war zerrissen, und der hintere Deckel fiel ihr in den Schoß. Die Papierseiten waren dick und aufgebläht, offenbar waren viele Dinge zwischen sie gelegt worden. Einige lose Blätter drohten herauszufallen.

»Vorsicht«, warnte Jochen.

Sabine legte sich die Kladde in den Schoß. Der Deckel war unbeschriftet. Vorsichtig drehte sie ihn um und sah auf das alte Blatt Papier, auf dem die verblichenen Buchstaben einer Mädchenhandschrift standen.

Kapitel 29

Es war schon spät, als Sabine die Kladde endlich zuklappte. Aus dem gekippten Fenster ihres Hotelzimmers drang frische Luft herein und das ferne Geräusch fahrender Autos. Ihr Zimmer lag in einer ruhigen Seitenstraße nicht weit vom Kurpark entfernt. Sabine war froh, hier untergekommen zu sein, in einem traditionsreichen Hotel in Cieplice, einem alten Kurort, der zu deutscher Zeit Bad Warmbrunn geheißen hatte, aber inzwischen zu Jelenia Góra gehörte.

Sabine sah wieder auf die Kladde, die vor ihr auf dem Schreibtisch lag. Jochens regelmäßige Atemzüge kamen aus dem Bett zu ihr herüber. Er hatte es aufgegeben, die Kladde mit ihr lesen zu wollen. Als sie gesehen hatte, dass es ein Tagebuch war, noch dazu das alte Tagebuch ihrer Mutter, hatte sie es zugeklappt und erklärt, es allein lesen zu wollen, und sich durch keinen Einwand davon abbringen lassen. Sie wusste, Jochen hatte es schwer mit ihr, sie konnte schwierig sein und hatte ihren eigenen Kopf. Sie wusste genau, was richtig für sie war, und so hatte sie auch gewusst, dass das Tagebuch niemanden außer ihr etwas anging. Sie wandte sich um und betrachtete Jochen. Seine Haare lagen noch verknautschter an seinem Kopf, der unrasierte Schatten zog sich bis zu seinem Hals hinunter. Er liebte Dreitagebärte, und er liebte sie. Sie wusste, er würde ihre

Beziehung gern verbriefen, zumindest hatte er einmal so etwas in der Richtung gesagt, aber sie war ihm ausgewichen. Sie hatte Angst. Tief in sich trug sie die Erinnerungen an die Streits ihrer Eltern, und sie ahnte, dass sie wie ihr Vater war – herrschsüchtig und egoistisch. Wahrscheinlich würde sie jede Ehe zerstören.

Sie seufzte und wandte sich wieder zum Schreibtisch um, wo die Kladde im Schein der Tischlampe lag. Beim Durchblättern waren ihr gepresste zerbröselte Blumen entgegengefallen, Kornähren, kleine Zettel mit selbst gemalten Bildern. *Wo Herz, da auch Glück*, stand auf einem, daneben ein gemaltes Herz. Dann gab es viele andere Zettel mit Zeit- und Ortsangaben in fehlerhaftem Deutsch.

H wie Herz, hatte ihre Mutter geschrieben.

Sabine fühlte sich merkwürdig; in ihr kämpften ein paar mächtige Gefühle um die Oberhand, und während sie noch miteinander rangen, fühlte sie sich seltsam klar und still. Sie verstand jetzt vieles, das vorher immer unklar gewesen war, im Verborgenen. Doch gleichzeitig warf das neue Fragen auf. Es war berührend, die Überbleibsel einer alten Liebe in den Händen zu halten, aber auch befremdlich, dass sie so viel Neues über einen Menschen erfahren hatte, der ihr neben Jochen der vertrauteste Mensch der Welt war.

Nachdenklich trommelte sie mit den Fingern auf die Tischplatte. Dann erhob sie sich, nahm ihre Handtasche und verließ das Hotelzimmer.

An der Rezeption musste sie klingeln. Es dauerte eine Weile, bis der Rezeptionist – ein junger Mann mit einem aufgesetzten höflichen Lächeln – aus dem Nebenraum kam.

»May I make a phone call, please?«, fragte sie ihn.

»Of course.« Er deutete auf die Glastür, hinter der sich die Telefonzelle verbarg. »One moment please.«

»Thank you.« Sabine betrat die Zelle, in der es nach abgestandenem Rauch roch. Auf einem vergilbten Schild wurde in mehreren Sprachen das Verfahren der Anrufe erklärt, aber sie kannte es schon. Als es klingelte, nahm sie den Hörer ab und wählte die Nummer. Lange hörte sie nur das Freizeichen, aber dann ertönte das Klicken, als jemand abhob. »Steidler.«

»Mama?«

»Sabine, endlich.« Ihre Mutter klang erleichtert. »Seid ihr gut angekommen?«

»Ich hab dich jetzt wahrscheinlich geweckt, oder?«

»Nein, ich lag noch auf der Couch.«

»Gut.«

Eine kleine Pause trat ein. »Wie … war es denn?«, fragte ihre Mutter schließlich. »Hast du alles bekommen?«

»Ja, Henryk hat mir die Sachen gegeben.«

»Die Fotos auch?«

»Ja, auch die Fotos. Nur Omas Kettenuhr nicht, und das Silberhochzeitskrönchen von Uroma fehlt auch.«

»Das haben sie behalten. War ja klar.«

»Ist doch gut, dass sie uns so viel gegeben haben. Das hätten sie nicht zu machen brauchen. Sehr nett von Henryk.«

»Das stimmt.« Wieder trat eine lange Pause ein. »Hat er dir auch mein Buch gegeben?«, fragte ihre Mutter leise.

»Hat er.«

Am anderen Ende der Leitung schien ihre Mutter aufzuatmen. »Ist es nicht längst zerfallen?«

»Nein.« Sabine musste schlucken, als sie an die zerbröselten Blüten dachte.

»Hast du es gelesen?«

»Ja. Du hast mir gesagt, dass ich alles, was er mir gibt, lesen kann.«

»Stimmt.«

»Mama, du wusstest, dass er mir dein Tagebuch gibt, nicht wahr? Du hast mich gebeten, die Sachen zu holen. Du wolltest, dass ich es lese.«

»Sabine, ich … Als Henryk, oder besser: seine Tochter, mir schrieb, dass er die Sachen auf dem Dachboden gefunden hätte, wusste ich sofort, was er meinte. Wir haben doch damals alles in den Verschlag auf dem Taubenboden gelegt, in dem wir uns immer vor den Russen versteckt haben.«

»Jaja, das weiß ich doch«, meinte Sabine ungeduldig. »Das hast du mir alles schon erzählt. Aber von dem Tagebuch hast du mir nichts gesagt. Warum nicht?«

Ihre Mutter schwieg lange. »Du solltest es lesen, ehe wir darüber sprechen«, sagte sie dann. »Ich wollte, dass du verstehst …«

»Was verstehst? Dass du verliebt warst? Mama, wer ist H?«

Ihre Mutter räusperte sich. »Bitte nicht am Telefon. Ich komme übermorgen, dann reden wir, ja?«

»Wie du meinst«, sagte Sabine. Sie verabredeten sich für den übernächsten Tag und legten auf. Enttäuscht stieg Sabine wieder die Treppe ins Obergeschoss hinauf. Warum machte ihre Mutter so ein großes Geheimnis daraus? Warum wollte sie, dass sie ihr altes Tagebuch las, ehe sie sich trafen?

Leise schlich sie sich ins Zimmer zurück, verriegelte die Tür, hängte ihre Tasche an die Garderobe. Sie hatte die Tischlampe brennen lassen. Sie trat an den Schreibtisch und öffnete vorsichtig die Kladde wieder dort, wo sie bei der letzten Eintragung einen Zettel hineingelegt hatte.

Lindenau, im April 1946
Liebes Tagebuch,
nun schreibe ich meine letzten Zeilen hier hinein. Es ist alles verloren. Selbst das genaue Datum weiß ich nicht, das habe ich auch verloren. Es

ist aber auch einerlei. Ich weiß nur, in ein paar Tagen ist Ostern und ich darf gar nicht daran denken, wie traurig wir es wohl verbringen werden. Normalerweise hätte ich Ostersonntag mit dem Chor vor der ganzen Gemeinde gesungen. Aber jetzt sind schon viele Deutsche weg, und die, die noch hier sind, leben unter polnischer Verwaltung. Auch wir. Ich hätte nie gedacht, dass ich dies einmal schreiben werde: Wir werden froh sein, bald wegzukönnen. So, wie wir jetzt leben, ist das kein Leben mehr. Normalerweise hätten wir schon viel mehr gemacht, aber wozu? Wir werden ja doch bald evakuiert … Ich sitze hier im Stall, während ich diese Zeilen schreibe. Meine Tränen fallen aufs Papier, liebes Tagebuch, und verwischen die Buchstaben.

Auch du musst leider hierbleiben, ich kann dich nicht mitnehmen. Ich muss dich jetzt woanders verstecken, denn ich glaube, jemand hat dein Versteck im Stall gesehen. Ich weiß aber schon, wo – bei den anderen Sachen –, ich muss nur aufpassen, dass Janusz mich nicht erwischt, wenn ich mich auf den Dachboden schleiche. Am besten warte ich, bis er wieder so betrunken ist, dass er gar nichts mehr merkt.

Also müssen wir jetzt voneinander Abschied nehmen, liebes Tagebuch. Du hast mir sehr geholfen. Ich habe den Trost, dass ich eines Tages zurückkommen und hier wieder etwas eintragen werde. Daran glaube ich ganz fest.

Ach ja, aber das habe ich ja schon mehrmals geschrieben – H. ist bis heute nicht wiedergekommen. Heute früh bin ich aufgewacht mit der Gewissheit, dass er nicht mehr wiederkommen wird. Ich wusste es einfach – wenn er es bis jetzt nicht geschafft hat, dann wird er nicht mehr kommen. Punkt. Seltsamerweise bin ich darüber gar nicht mehr so traurig. Ich habe schon zu viel um ihn geweint.

Sabine strich mit dem Finger über die Seite. Sie konnte noch die Stelle erkennen, wo die Tränen ihrer Mutter die Bleistiftbuchstaben verwischt hatten.

Das Tagebuch war zweifellos ein wertvolles Zeitzeugendokument, das sie gut für ihre Arbeit gebrauchen konnte. Sie konnte es nutzen wie all die anderen Zeitzeugenberichte, die sie bereits gelesen hatte. Sie hatte breit recherchiert und kannte sich mittlerweile sicher besser in der jüngeren schlesischen Geschichte aus als ihre Mutter. Aber wer war H., den ihre Mutter in ihren letzten Eintragungen so vermisst hatte? Warum war er weggegangen und nicht mehr wiedergekommen? Die Liebe zu diesem Mann hatte länger gedauert als die zu ihrem Vater, über den sie nur am Anfang etwas geschrieben hatte. War sie der Grund dafür, warum die Ehe ihrer Eltern so schlecht gewesen war? Hatte ihre Mutter vielleicht immer noch diesen Mann geliebt, der unerreichbar für sie war, auch während ihrer Ehe? Sabine seufzte, schloss vorsichtig das Tagebuch und löschte das Licht. Sie tastete sich ins Bad, zog sich um, wusch sich und putzte sich die Zähne. War es vielleicht wirklich so, dass man im Leben nur einmal wirklich lieben konnte, dass es nur den einen, richtigen Menschen im Leben gab?

Ach nein, dachte sie, das ist doch nur das, was die Geschichten einem weismachen wollen. Die Wirklichkeit sah anders aus, sie selbst hatte vor Jochen schon einige Beziehungen gehabt und war jedes Mal sehr verliebt gewesen. Aber war es nicht mit ihm anders? Kam sie nicht besser mit Jochen aus als mit den anderen, passten sie nicht gut zueinander? Sie schlich sich ins Bett und kuschelte sich an ihren schlafenden Freund, aber er merkte nichts davon.

* * *

Sabine musste ihre Neugier bis zum Wiedersehen mit ihrer Mutter noch bezwingen. Jochen und sie fuhren am nächsten Tag nach Karpacz und von dort mit der Seilbahn den halben Weg zur Schneekoppe hinauf, dann wanderten sie den Rest des Weges. Jochen hatte Glück, denn das Wetter war gut, und sie hatten eine wunderbare Fernsicht bis weit in die Landschaft hinein. Er lief begeistert über den Gipfel und schoss Foto für Foto, dann wanderten sie über den Melzergrund wieder hinunter.

Am Tag danach fuhren sie morgens nach Jelenia Góra, wo sie durch die Innenstadt bummelten und sich die barocke Gnadenkirche zum Heiligen Kreuz im Park ansahen, ein ehemals evangelisches Gotteshaus, das mittlerweile in eine katholische Kirche umgewidmet worden war und seither offiziell Kreuzerhöhungskirche hieß. Hinein konnten sie nicht, dafür zeigte Sabine Jochen den alten Friedhof. Die Grufthäuser der deutschen Patrizierfamilien waren verwittert und ihre Inschriften mit Graffiti überzogen. Löcher klafften in den Grabplatten, Müll lag in den geplünderten Gräbern. Gut gemeinte Restaurationsversuche, die sich hier und da in Sandstrahlungen zeigten, waren offenbar erfolglos geblieben.

Jochen kam aus dem Fotografieren nicht mehr heraus, und sie hätten beinahe die Zeit verpasst. Als sie das Café in der kleinen Seitenstraße erreichten, wo sie sich verabredet hatten, war ihre Mutter schon da. Sie saß unter einem großen Sonnenschirm und trank ein Glas Wasser. Als sie sie sah, erhob sie sich und umarmte Sabine und Jochen. Sabine, die gut einen

Kopf größer war, konnte auf sie herabsehen. Sie spürte kurz den Körper ihrer Mutter, als sie sie an sich drückte. Er hatte im Laufe der Jahre ein wenig von seinen weiblichen Formen verloren und war gerader geworden, aber nicht dick. Ihre Mutter war immer noch hübsch mit ihren dunklen Haaren, die sie zu einem Kurzhaarschnitt trug und in denen nur wenig Grau schimmerte. Zum Glück trug sie keine altmodischen Röcke und klobiges Schuhwerk wie viele Frauen ihres Alters. Heute trug sie zu ihrer geblümten Bluse eine schicke Stoffhose und sportliche Schuhe. Sabine war stolz auf ihre hübsche Mutter. Sie hoffte, von ihr genügend gute Gene für ein langes Jungbleiben im Alter geerbt zu haben, aber sie kam eher nach ihrem Vater und ähnelte auch ein wenig ihrer Oma.

»Ist es warm genug, um draußen zu sitzen?«, fragte sie, als sie ihrer Mutter zum Tisch folgte, nachdem Jochen sich mit den Worten, er würde sie nun allein lassen, sie hätten bestimmt genug zu bereden, verabschiedet hatte und in der Gasse verschwunden war.

»Es ist sehr schön, komm«, meinte ihre Mutter und deutete auf den Platz ihr gegenüber. Sabine setzte sich und bestellte zwei Kaffee und noch ein Glas Wasser für sich. »Wie war die Fahrt?«, fragte sie.

»Gut. Ich hab mir Zeit gelassen.«

Sabine lehnte sich zurück in die weiche Auflage ihres Stuhls, während der Kellner ihre Getränke brachte. Sie beobachtete ihre Mutter, während sie noch ein wenig über die Fahrt redeten und sie von ihrem gestrigen Ausflug zur Schneekoppe erzählte, sah ihre hellen Augen, ihr nur allzu bekanntes Mienenspiel, ihre vertrauten Gesten, und sie fragte sich wieder, wie es nur so viel Unbekanntes in vertrauten Menschen geben konnte. Ihre Mutter hatte noch nie Tagebuch geschrieben, sie hatte sie überhaupt selten schreiben sehen, nur hin und wieder einen Brief an Rita oder Geburtstagskarten an ihre vielen Heimatfreunde. »Mama, wer ist H?«, fragte sie unvermittelt.

Ihre Mutter rührte den Kaffee um und schwieg, als hätte sie die Frage nicht gehört. Sie hielt inne und legte den Löffel auf die Untertasse. Dann hob sie den Kopf und sah ihr gerade in die Augen. »Das ist eine lange Geschichte«, sagte sie. »Aber ich bin hier, um sie dir zu erzählen.« Sie beugte sich nach vorn und schlang die Hände um die Kaffeetasse. Dann begann sie, die Geschichte von sich und jenem Mann zu erzählen, den sie in ihrem Tagebuch H genannt hatte. Wie er als Kriegsgefangener auf ihren Hof gekommen war. Wie sie sich ineinander verliebt hatten und niemand es wissen durfte. Wie er unter polnischer Besatzung zur Miliz gekommen war und plötzlich zu eben den Besatzern gehört hatte und sie sich nur heimlich hatten treffen können. Ihre Briefe, die sie in der Feldmauer versteckten. Ihre tragische Trennung, die Vertreibung, das Wiederfinden seines letzten Briefes bei den Sachen ihres verstorbenen Vaters Jahre später. Ihr unverhofftes Wiedersehen im Theater 1972.

»… als wir 1974 das erste Mal wieder in die Heimat fahren konnten, im Sommer, habe ich wieder einen Brief von ihm in der Feldmauer gefunden«, erzählte sie. »Er wusste, dass ich kommen und im Versteck in der Mauer nachsehen würde.« Sie lächelte wehmütig.

»Du meinst die Mauer am Querweg?«, fragte Sabine.

»Ja, wo wir früher unser Roggenfeld hatten.«

»Da haben Jochen und ich vorgestern gesessen, als wir dein Tagebuch ausgepackt haben.«

Ihre Mutter nickte. »Ich habe ihn dann angerufen, und wir haben uns am nächsten Tag in Jelenia Góra getroffen«, fuhr sie fort. »Wir haben uns so gestritten, dass ich beinahe aus dem Café gelaufen wäre, aber er hat mich zurückgehalten. Das ist das Wichtigste. Er muss dir hinterherkommen, wenn du gehen willst. Für ihn musst du die schönste Frau der Welt sein, weißt du? Und er muss für dich der schönste Mann der Welt sein. Nur dann wird es was. Dein Vater hätte das nie getan, aber ich wohl auch nicht für ihn.« Sie leerte ihre Kaffeetasse und schob sie fort.

»Ich weiß, ihr wart nicht glücklich. Ich habe eure vielen Streits ja mitbekommen«, sagte Sabine. »Warst du vielleicht die ganze Zeit über in den anderen Mann verliebt?«

»Nein.« Ihre Mutter schüttelte energisch den Kopf. »Er hat damit nichts zu tun, ich hatte ihn vollkommen abgeschrieben, als ich deinen Vater wiedertraf. Dein Vater und ich – wir hätten glücklich werden können, aber wir haben beide Fehler gemacht. Es tut mir leid, dass du das alles miterleben musstest.«

»Ist schon gut.« Sabine machte eine wegwerfende Handbewegung. Sie hatte ihre Kindheit und die Spuren, die die Lieblosigkeit ihres Vaters in ihrer Psyche hinterlassen hatte, bereits gründlich aufgearbeitet. Eine ihrer Mitbewohnerinnen in ihrer ehemaligen Studenten-WG hatte Psychologie studiert und ihre Beratungskünste an ihr an langen Abenden und durchgeredeten Nächten ausprobiert.

Sie beugte sich nach vorn. »Warum hast du mir nicht eher davon erzählt? Warum hast du mich angelogen?«

»Ich musste es tun«, verteidigte sich ihre Mutter. »Ich hatte meine Gründe.«

»Welche Gründe?«

Ihre Mutter schluckte. Sie nahm einen Schluck Wasser. Offenbar musste sie sich überwinden, weiterzuerzählen. »Nicht nur ich, sondern auch dein Vater ist fremdgegangen«, fuhr sie fort. Und dann erzählte sie Sabine die Wahrheit über Christel und wie sie sie eines Sommertags in Maldenberg mit ihrem Vater zusammen gesehen hatte. »Ich habe deinem Vater zunächst nicht gesagt, dass ich es wusste. Aber ich hatte den Punkt erreicht, an dem ich mich von ihm nicht mehr einschüchtern lassen wollte. Als er mir die Heimatreise verbieten wollte, weil ich heimlich im Wollgeschäft arbeitete, um Geld für die Reisen zu verdienen, habe ich ihm gedroht, Kösing alles von Christel und ihm zu erzählen. Das muss bei ihm etwas Schlimmes ausgelöst haben. Hätte ich geahnt, was dann passierte … ich hätte alles anders gemacht.«

Sabine spürte, wie die Angst weiter in ihr hochkroch. Obwohl es warm war und sie ihre Jacke trug, bekam sie eine Gänsehaut. Sie ahnte, dass die Welt, wie sie sie kannte, gleich in sich zusammenstürzen würde und sie nichts dagegen tun könnte. »Es war kein Unfall, nicht?«, hörte sie sich sagen. »Du willst mir sagen, Vater hatte keinen Autounfall, wie du mir erzählt hast.«

Ihre Mutter seufzte leise. »Nein, es war kein Unfall. Aber ich konnte dir die Wahrheit nicht eher sagen. Das wirst du verstehen, wenn ich es dir jetzt erzähle. Dein Vater ist mir nach Polen gefolgt«, fuhr sie fort. »Er wollte mich umbringen.«

»Was?«, fuhr Sabine auf. »Das kann doch nicht sein.«

»Doch, es ist so, leider«, sagte ihre Mutter traurig. »Ich konnte es ja damals selbst nicht glauben. Man kann es immer nur so lange nicht glauben, bis es tatsächlich passiert.« Und sie erzählte Sabine, was an jenem Abend im Waldhotel geschehen war. »Kösing war nicht tot. Die Polizei fand ihn verletzt im Auto, er hatte einen Streifschuss an der Stirn. Nur ein paar Fingerbreit weiter, und er wäre tot gewesen. Wer weiß, was passiert wäre, wenn er davongekommen wäre? Dann hätten sie mich wohl hier eingesperrt und nicht mehr freigelassen. Aber so konnten sie Kösing festnehmen. Sie wollten mir die Wahrheit erst nicht glauben, doch dann hat Marian für mich ausgesagt. Er hat gesagt, er hätte durchs Fenster beobachtet, wie Kösing deinen Vater erschoss. Sie wollten es ihm erst nicht abnehmen, aber dann hat die Serviererin seine Aussage bestätigt. Daraufhin nahmen sie Kösing in die Mangel, und er hat alles im Verhör zugegeben. Trotz allem, was er getan hat – er hat mir das Leben gerettet.«

Sabine saß einige Augenblicke reglos in ihrem Stuhl. Von Ferne hörte sie eine Kirchturmuhr zweimal schlagen. Undeutlich fuhr ihr durch den Kopf, dass sie schon zwei Stunden hier waren. Um vierzehn Uhr an diesem sonnigen Junitag erfuhr sie also, dass ihr Vater ermordet worden war. Von Onkel Joachim, seinem Freund, dem großen schlaksigen Mann, der sich auf dem Campingplatz immer einen Spaß daraus gemacht hatte, sie und die anderen Kinder mit dem Wasserschlauch nass zu spritzen. Darum also hatten sie die Freunde ihres Vaters seit dessen Tod nicht mehr gesehen. Ihre Mutter hatte ihr immer gesagt, sie wolle keinen Kontakt mehr zu ihnen, weil sie sie sowieso nie so richtig gemocht hätte. Vor allem Christel nicht, die sie schon früher gehasst hätte. Sie hatte ihr die Geschichte von den Moors in Lindenau erzählt und von dem zweifelhaften Gebaren der Männer, und Sabine hatte Verständnis für ihre Mutter gehabt, obwohl sie anfangs ihre Urlaube am Gardasee und die anderen Kinder vermisst hatte.

»Bevor er zur Bundeswehr ging, war dein Vater beim Nachrichtendienst gewesen. Nach seinem Tod habe ich Unterlagen darüber in seinem Tresor gefunden«, fuhr ihre Mutter fort. »Kösing muss da wohl sein Chef gewesen sein, er war ja bis zuletzt dort. Das erklärt auch, warum dein Vater und Kösing nach Polen kommen konnten, mitten durch den Eisernen Vorhang, warum sie uns finden konnten und dass sie Waffen hatten.«

»Was geschah dann weiter?«

»Nun, die Polizei hat mich nach den Verhören wieder freigelassen. Aber ich musste trotz Kösings Geständnis noch lange dableiben. Du weißt doch noch, dass du bei der Oma in Kurstadt warst.«

»Es war eine merkwürdige Zeit«, meinte Sabine. »Ich weiß noch, wie Rita mich von der Klassenfahrt abholte und mich nach Kurstadt brachte. Es hieß, du könntest erst mal nicht zurückkommen und der Papa hätte einen Unfall gehabt.«

»Genau. Es dauerte lange, bis sie seinen … Leichnam freigegeben haben. Bis sie mich endlich gehen ließen. Dann die Überführung nach Deutschland …«

Sabine erinnerte sich daran, wie ihre Mutter damals wieder zurückgekommen war – bleich und schmalgesichtig. Als ihr Vater schließlich auf dem Friedhof in Kurstadt neben seiner Mutter beigesetzt wurde, war sie sehr in sich gekehrt gewesen. Sabine hatte damals alles dem Tod ihres Vaters zugeschrieben. Jetzt wurde ihr klar, was wirklich in ihrer Mutter vorgegangen sein musste.

»Einige Monate später war Kösing auf einmal wieder in Deutschland«, fuhr ihre Mutter mit leiser Stimme fort. »Sie haben ihn wahrscheinlich gegen einen polnischen Mann ausgetauscht, der in Deutschland inhaftiert war. Alles ging weiter wie bisher, als wäre nichts gewesen. Die haben das alles unter Verschluss gehalten. Die offizielle Version hieß, es hätte einen Unfall gegeben. Wenig später tauchte Kösing bei mir auf und beschwor mich, niemandem die Wahrheit zu erzählen. Sonst dürfte ich mich nicht wundern, wenn dir etwas passieren würde.«

Der Kellner kam und räumte ihre Gläser ab. »Noch mal Wasser?«, fragte er auf Deutsch.

Sabine rechnete nach, dass es etwa das dritte Wasser wäre. »Nein danke, bringen Sie mir bitte ein Bier.«

»Mir auch«, sagte ihre Mutter.

»Aber Mama, das ist ja wie im Krimi«, sagte Sabine und ließ sich wieder in das Polster zurückfallen. »Unglaublich.«

»Verstehst du jetzt, warum ich dir nicht die Wahrheit sagen konnte? Ich musste dich schützen.«

Sabine nickte. »Aber warum sagst du sie mir jetzt?«

»Weil Kösing tot ist.«

»Was?«

»Ja, er ist kürzlich gestorben«, antwortete ihre Mutter. »Ich hab's ganz schnöde durch die Zeitung erfahren. Christel, die trauernde Witwe. Er hat sie bestimmt nicht gehen lassen, und sie musste bei ihm bleiben bis zum Schluss. Was für ein Unglück, mit diesem Mann verheiratet zu sein.« Sie lachte schadenfroh auf.

»Und du und dieser Marian? Wie ging es weiter mit euch?«

Ihre Mutter seufzte tief. »Nach der Sache im Waldhotel ging er zu seiner Frau zurück«, erzählte sie. »Es war ja offiziell nur ein Unfall gewesen, da ist nichts an die Öffentlichkeit gekommen. Seine Frau wusste nichts davon. Ich durfte erst mal nicht mehr nach Polen zurück. Wir haben uns zwei Jahre nicht mehr gesehen. Es war eine schlimme Zeit. Ich glaubte, wir überstehen die nicht. Ich hatte Angst, er bleibt bei seiner Frau. Aber als ich endlich wieder nach Schlesien durfte, fand ich seinen Brief in der Feldmauer vor wie früher, und alles begann von Neuem. Wir trafen uns wieder, und seitdem habe ich begriffen, dass er mich nie allein lassen wird. Und ich ihn auch nicht.«

»Wusste seine Frau von euch?«, fragte Sabine.

»Nicht sofort. Aber die Wahrheit kommt immer nach und nach ans Licht. Er konnte das nicht mehr lange so weiterführen. Sie haben sich ein paar Jahre später scheiden lassen.«

Sabine saß reglos auf der weichen Auflage ihres Stuhls. Sie sah geistesabwesend auf ein paar Leute, die die Gasse entlangschlenderten, offenbar polnische Touristen. Nun verstand sie alles. Die vielen Reisen, die ihre Mutter all die Jahre nach Schlesien unternommen hatte – sie hatte nicht nur ihre Heimat wiedergesehen, sondern auch ihren Geliebten. Und sie hatte immer geglaubt, ihre Mutter würde nach dem Tod ihres Vaters nur noch für die Arbeit in ihrem Wollgeschäft leben, das sie später mithilfe der Erbauszahlung von Helene gepachtet hatte.

»Du hast Marian also all die Jahre hindurch hier wiedergetroffen?«, fragte sie.

Ihre Mutter nickte und lächelte. »Nicht nur hier«, ergänzte sie. »Durch meine Arbeit im Geschäft, meine Witwenrente und durch die Eigentumswohnung in Maldenberg, die dein Vater uns hinterlassen hat, konnten wir uns mehr leisten, nicht nur dein Studium. Ich habe Marian auf seinen Tourneen begleitet, sooft es ging.«

»Ich verstehe«, meinte Sabine. »Deine vielen Urlaube an der Nordsee – du warst nicht immer dort, nicht? Du hast ihn wiedergesehen.«

Ihre Mutter nickte. »Es ging ja nicht anders. Wir mussten jede Gelegenheit nutzen, uns zu sehen. Vor Kurzem war er das erste Mal in Deutschland als Reisender – und nicht als Pianist eingebunden in eine Tournee.«

Sabine beugte sich nach vorn. »Aber du hättest mir eher von ihm erzählen können. Ich hätte nichts verraten, niemandem.«

»Es ging nicht«, sagte ihre Mutter. »Ich habe überlegt, ob ich es tun soll, nachdem du zum Studieren ausgezogen bist und mir gesagt hast, ich solle mir wieder einen neuen Mann suchen, damit ich nicht so allein wäre. Aber es war mir wegen Kösing zu gefährlich. Wer weiß, auf welche Ideen er gekommen wäre? Immerhin hatte Marian ihn ja angeschossen. Es war besser, du wusstest nichts.« Sie sah hinunter auf ihr Bierglas, das der Kellner gerade gebracht hatte, und wischte sich die Tränen aus den Augenwinkeln.

Sabine tastete nach ihren Fingern. »Ich verstehe, Mama«, versicherte sie. »Ich versteh doch.« Sie drückte ihr die Hand.

Ihre Mutter sah sie mit großen Augen an. Sie sah auf einmal sehr erschöpft aus. »Wirklich?«

»Ja«, meinte Sabine nachdrücklich.

Ihre Mutter seufzte erleichtert. Sie nahmen ihre Gläser und tranken, als wären sie fast verdurstet. »Ich hatte schon Angst, du würdest mir meine Lügen übel nehmen. Ich musste dich doch schützen …«

Sabine nickte. »Es war bestimmt schwer für dich, das alles mit dir allein abzumachen.«

»Ich konnte mit niemandem darüber reden, nicht einmal mit Rita«, brach es aus ihrer Mutter heraus.

»Wusste Rita überhaupt von Marian? Sie ist doch anfangs noch mitgefahren. Sie war auch in Schlesien, als … das Unglück passierte.«

»Sie wusste von Marian und mir«, erklärte ihre Mutter. »Ich habe ihr erzählt, dass ich Marian wiedergetroffen habe. Aber sie weiß bis heute nicht, was am Waldhotel wirklich passierte und wie dein Vater starb. Sie sollte es auch nie erfahren. Ich habe ihr nur irgendwann erzählt, dass ich Marian wiedertreffe und ihn auf seinen Tourneen begleite. Wir haben einen Schweigepakt geschlossen. Schließlich musste auch sie ihre Freundschaft zu Ingrid viele Jahre verbergen. Verzeih mir, dass ich es ihr erzählt habe und dir nicht.«

Sabine winkte ab. Sie trank mehr, als sie eigentlich wollte. Sie hatte auf einmal das Gefühl, dass ihre Mutter ihr immer noch nicht alles gesagt hatte. Aber das war einerlei. Sie hatte schon so viel gehört, da kam es auf das Letzte nicht mehr an. Sie leerte ihr Bierglas, um sich auf das vorzubereiten, was noch kommen würde.

»Du wirst ihn gleich kennenlernen«, sagte ihre Mutter. Ein kleines Lächeln trat in ihre Miene.

»Ah.« Sabine ließ sich in das Polster zurücksinken. Neugier stieg in ihr hoch. Neugier auf den Unbekannten, den ihre Mutter fast ihr ganzes Leben schon liebte.

»Sabine, ich möchte dir etwas sagen. Marian und ich … wir hatten so lange nur so wenig voneinander, wir wollen zusammenbleiben.«

»Was heißt das?«, fragte Sabine. »Wollt ihr zusammenziehen? Heiraten?«

»Nun, wir wollen nichts überstürzen. Wir schauen erst mal, was geht, schließlich werden wir ja nicht jünger«, meinte ihre Mutter mit einem wehmütigen Lächeln. »Aber wir werden zusammenbleiben. Marians Eltern sind leider schon tot, aber er will mich bald seinen Geschwistern vorstellen.«

»Ich verstehe«, sagte Sabine mechanisch.

»Jetzt, wo die Grenzen endlich offen sind, wird alles einfacher für uns«, fuhr ihre Mutter fort. »Wir könnten hier leben oder bei uns. Wie wir wollen.«

Sabine räusperte sich. Es kam überraschend, aber sie wollte nicht egoistisch sein. Also lächelte sie ihre Überraschung weg. »Dann bist du ja wieder in deiner Heimat, Mama«, sagte sie mit rauer Stimme.

»Ja, nicht?« Ihre Mutter strahlte.

In der Ferne schlug die Kirchturmuhr dreimal. »Da ist er ja schon.« Sie winkte und lächelte wie ein Mädchen. Sabine wandte sich um und sah, wie ein älterer Mann über die Caféterrasse auf sie zukam. Trotz seines Alters ging er leichtfüßig. Er war nur etwas größer als ihre Mutter und schlank. Das grau melierte Haar, das früher mal schwarz gewesen sein musste, wellte sich vorn an der Stirn, was ihm etwas Jugendliches verlieh.

»Sabine, ich freue mich, dich kennenzulernen«, meinte er formvollendet, nachdem ihre Mutter sie einander vorgestellt hatte. Sie küssten sich auf die Wangen.

»Ich freue mich auch«, erwiderte Sabine.

Er setzte sich neben ihre Mutter und nahm deren Hand. Die beiden waren ein hübsches Paar. Wie selbstverständlich glitten ihre Hände ineinander, und sie sahen sich kurz an. Ihre Mutter nickte kaum merklich. Er sah erleichtert aus.

»Deine Mutter hat dir erzählt, was wir vorhaben, Sabine?«

»Ja, hat sie.«

»Es ist sicher große Überraschung für dich, nicht?«

Sabine bemühte sich um ein ordentliches Lächeln, aber sie konnte nicht verhindern, dass ihre Unterlippe ein wenig zitterte. »Schon. Aber ich werde mich noch daran gewöhnen.« Sie betrachtete den Mann, die große Liebe ihrer Mutter, und es rührte sie auf einmal so, dass ihr die Tränen in die Augen schossen. »Ich glaube, ihr habt es verdient«, sagte sie mit rauer Stimme.

»Wir sind ja nun unabhängig, nachdem die Zeit der großen Tourneen vorbei ist. Vielleicht sind wir den Sommer über hier und den Winter in Maldenberg. Oder umgekehrt? Was meinst du, Marian?«

»Das sehen wir schon. Wie wir wollen«, meinte er und drückte ihre Hand.

Der Kellner kam, und sie zahlten und verabredeten sich für den Abend, wo sie mit Jochen essen gehen wollten. Gerührt beobachtete Sabine, wie Marian ihrer Mutter aus dem Stuhl half, obwohl sie seine Hilfe alles andere als nötig hatte. Er bot ihr den Arm dar, und sie hakte sich bei ihm unter, und so gingen sie die Gasse entlang, nachdem sie sich voneinander verabschiedet hatten.

»Tschüss, Mama und Marian«, rief Sabine, und die beiden drehten sich noch einmal um und winkten ihr zurück.

»Tschüss, Sabine, bis heute Abend.«

»Bis heute Abend.« Sabine sah den beiden hinterher, bis sie am Ende der Gasse um die Ecke gebogen waren. Dann kamen ihr doch die Tränen, und sie konnte gar nicht mal sagen, ob es Tränen der Trauer oder der Freude waren, wahrscheinlich beides. Sie wusste, dass sie wohl noch lange brauchen würde, bis sie alles, was ihre Mutter ihr erzählt hatte, verarbeitet hatte. Aber sie würde mit ihr reden können, ihre Mutter wäre immer noch in der Welt, selbst wenn sie hier wäre. Es gab keinen Eisernen Vorhang mehr.

Sabine bummelte durch die Straßen der Innenstadt, und je weiter sie lief, desto leichter wurden ihre Schritte.

Jochen wartete auf dem Rathausplatz vor den Häusern mit den Laubengängen auf sie. Er nahm sie in die Arme, betrachtete sie mit einem prüfenden Blick. »Darf ich?« Er rieb ihr mit dem Finger den verwischten Lidstrich weg. »War's so schlimm?«

»Nein«, sagte sie. »Nur ziemlich viel. Ich erzähl's dir gleich in Ruhe.«

Es beruhigte sie, dass er sie noch einmal in die Arme nahm und fest drückte. Sie fühlte sich gleich viel leichter. »Ich glaube, ich hab die Geschichte«, sagte sie.

»Ja? Dann bin ich gespannt.«

Er nahm ihre Hand, und sie gingen über den sonnenbeschienenen Platz zum Hotel zurück.

Glossar

Ale Gake – schlesischer Mundartausdruck für die Schneekoppe
Baude – früher Schutzhütten für Viehhirten, später ausgebaut zu Herbergen und Gaststätten für Wanderer und Touristen; typisch für das Riesengebirge

BHE – Bund der Heimatvertriebenen und Entrechteten, von 1950–1961 eine politische Partei in der Bundesrepublik Deutschland, die sich mit ihrer Politik an die Heimatvertriebenen richtete; 1953–1955 im Bund und noch länger in den Ländern an Regierungsbildungen beteiligt

Breslau – heute Wrocław, viertgrößte Stadt in Polen und Hauptstadt der Woiwodschaft Niederschlesien; im Deutschen Reich Hauptstadt der Provinz Niederschlesien

Bubikopf – Kurzhaarfrisur für Frauen und Mädchen, die um 1920 aufkam (verschiedene Tragevarianten)

Gerichtskretscham – Dorfgasthaus, früher Gerichtsort des Dorfgerichts

Hirschberg – polnisch Jelenia Góra, Stadt in Niederschlesien im Hirschberger Tal am Fuße des Riesengebirges; im April 1945 durch die Rote Armee erobert und wenig später unter polnische Verwaltung gestellt

Iwan – damals umgangssprachlich für die Rote Armee

Kanonenofen – gusseiserner kleiner Ofen

Katjuscha – russischer Mehrfachraketenwerfer, der im Zweiten Weltkrieg eingesetzt wurde, von den Deutschen auch »Stalinorgel« genannt

Kochanie – polnisch Liebling

Liegnitz – polnisch Legnica, Mittelstadt in Niederschlesien, bis 1945 Sitz des Regierungsbezirks Liegnitz, heute kreisfreie Stadt in der polnischen Woiwodschaft Niederschlesien

Panther – deutscher Panzer im Zweiten Weltkrieg, der von der Firma MAN entwickelt und hergestellt wurde

T-34 – russischer Panzer im Zweiten Weltkrieg

Stabsoffiziere – zweithöchste Dienstgradgruppe der Offiziere nach den Generälen, umfasst die Dienstgrade vom Major bis zum Oberst

Anmerkung der Autorin und Danksagung

Alle Menschen und Ereignisse in meiner Geschichte sind frei erfunden, und auch die meisten Orte der Handlungen sind fiktiv, sie haben jedoch teilweise reale Vorbilder.

Mein besonderer Dank gilt meiner Mutter und meinen beiden Tanten dafür, dass sie mich an ihren Erinnerungen haben teilhaben lassen. Zusätzlich zu meinen Recherchen und weiteren zahlreichen Erfahrungsberichten waren es gerade ihre lebendigen detailreichen Schilderungen, die mich in die vergangene Welt geführt haben.

Ein großes Dankeschön geht an meine beiden hervorragenden Erstleser, auf die ich mich immer verlassen kann. Ihr geübter Blick für meine neuen Manuskripte ist wirklich beeindruckend.

Herzlichen Dank an meinen Lektor Fabian Knecht für die gute und vertrauensvolle Zusammenarbeit sowie an meine beiden Lektoren Ute Köhler und Dr. Rainer Schöttle für ihre ausgezeichnete Textarbeit. Herzlichen Dank auch an meine Agentin Lianne Kolf und ihr Team und an all die begabten Menschen bei Amazon Publishing, die so hart hinter den Kulissen arbeiten.

Schließlich möchte ich meine Liebe und Dankbarkeit meiner ganzen Familie aussprechen und meinen Freunden, die mich beim Schreiben wie immer großzügig unterstützt und ermuntert haben.

Printed in Poland
by Amazon Fulfillment
Poland Sp. z o.o., Wrocław

83968467R00228